KB162472

홍기돈
비평집

초월과 저항

역락비평신서 30

초월과 저항

홍기돈 비평집

역락

어떠한 어른도 지난날 한때는 모두 아이였다. 내가 아직 아이였을 때 세상은 경이로웠다. 올려다본 밤하늘은 광활하였고, 흘러가는 시간은 막막하기 그지없었다. 무한한 세상 한가운데서 나는 두서없는 물음을 던지곤 하였다. 나직하게 읊조리기 좋은 피터 한트케의 시 「아이의 노래」를 빌려 표현자면 그때는 '질문들의 시간'이었다. "왜 나는 나이고, 네가 아니지?/ 왜 나는 여기에 있고, 저기에 있지 않아?/ 시간은 언제 시작되었고, 공간은 어디서 끝나는 걸까?/ 태양 아래 삶은 한낱 꿈에 불과한 것이 아닐까?/ 내가 보고 듣고 냄새 맡는 것들이,/ 혹시 진짜 세계 이전 다른 세계의 환상인 것은 아닐까?"

속절없는 시간이 흘렀고, 나는 어른이 되었다. 어른이란, 특히 책임질 줄 아는 어른이란 질문하는 대신 답변해야 하는 존재여야 한다, 고 생각했다. 가령 이제 막 사회로 진입하는 세대가 '7포 세대'라고 자포자기해버린 채, 왜 한국 사회는 이 모양 이 꼴이냐고 따질 때, 기성旣成 세대에게는 답변해야 할 책임이 있다는 것이다. 답변하지 못한다면 변명이라도 늘어놓을 수 있어야 한다. 어른이 되어 내가 지켜본 한국 사회와 문단은 언제나 내가 원하는 데로 나아가지 않았다. 그래서 변명이라도 남기려면 그 흐름에 맞서야만 했다. 그러면서 하늘로 향하던 시선은 무거워졌고, 현실로 눈을 돌린 수평의 시간이 펼쳐졌다.

이 책 『초월과 저항』은 수평의 시간 이후 내가 서 있는 자리를 드러내는 비평집이라 할 수 있다. 주지하다시피 현재 한국 문단은 표절, 성추

행·성폭력, 학연, 출판자본(문학권력)의 막강한 영향력 등 연이은 추문으로 지저분하게 얼룩진 상태다. 한때 문학권력 논쟁에 나서서 이를 바로잡고자 하였으나, 변화를 이끌어내는 데 실패하고 말았다. 굳이 오수汚水 속에 몸담을 필요는 없을 터, 그 뒤로는 은인자중隱忍自重하면서 고전 탐닉으로 한 시절 흘려보냈다. 그러면서 나름의 깨우침을 얻었다. 발 딛고 있는 현실에 대한 반성·투쟁으로부터 비로소 초월의 가능성이 열리게 된다는 사실. 어릴 적 쏟아냈던 물음들은 이러한 깨우침 가운데서 온전히 되살아났고, 더불어 내가 서 있는 자리를 확인하게 되었다.

나의 깨우침은 대체로 동아시아 사상의 공통 지반에 뿌리를 내리고 있다. 무한자[無, 空, 虛]를 설정하고 이해하는 방식, 유한자[分身]에 불과한 존재가 무한자에게로 나아가는 과정 등이 이에 해당한다. 근대사유를 기반으로 하는 과학의 폐해가 어떠한 재앙을 초래하고 있는가는 이제 분명해졌다. 백가쟁명 쏟아지고 있는 탈근대 논의가 제대로 된 궤도에 오르기 위해서는 인간에 대한 재규정이 필요하며, 이를 위해서는 동아시아 사상을 둘러싼 심도 깊은 검토가 이루어져야 한다. 이 책 Ⅰ부 '초월: 무한자를 사경寫經하는 작가들'에 묶인 글들은 동아시아 사상의 위상을 정립해 나가려는 의도 아래 쓰였다.

무한자와 유한자의 관계를 통해 파악하자면, 지금 우리가 살고 있는 근대체제는 기묘하기 이를 데 없다. 유한자가 무한자에게로 나아가기 위해서는 제 자신을 스스로 비워 나가야만 할 터인데, 근대체제는 타자를 짓밟고 올라서서 보다 더 많은 것들을 소유해야 한다고 채찍질해 대는 구조인 까닭이다. 이는 지금껏 출현했던 어느 문명권에서도 드러난 적이 없었던 근대만의 천박한 특징이다. 문명의 작동 원리가 그러하니 종교, 문학·예술까지도 천박을 제 운명으로 받아들이고 있다. Ⅱ부 '저항: 근대를 넘어서려는 모험 혹은 기억'에는 이러한 운명에 맞서는 작가들 및 내 자신의 시도를 묶었다.

　Ⅰ부와 Ⅱ부의 관련성은 탈근대 철학의 내재적 초월론에서 설정하고 있는 '초월' 개념을 근거로 설명할 수 있다. 이에 따르면, 초월이란 어떤 초월적 세계를 가리키는 말이 아니라, 자신의 존재성을 스스로 넘어서는 과정으로 이해해야 한다. 그러니 Ⅱ부에서 확인할 수 있는 작가들의 고투는 초월을 향한 몸부림이라 할 수 있다. Ⅰ부 작가들에게는 현실과의 치열한 길항 지점이 추상화된 대신 무한자에게로 나아가려는 지향이 뚜렷하다. 반면 Ⅱ부 작가들은 무한자를 제대로 끌어안지 못하였으되 둘러싸고 있는 현실에 대한 저항의식이 선명하다. 이러한 지점은 작가의 한계가 아닌, 유한자로서의 인간에게 내재한 한계로 이해해야 온당하겠다. 지금 여기 있을 때 지금 저기 부재할 수밖에 없는 존재가 유한자 아니던가.

　그때는 몰랐으나, 지금은 안다. 어릴 적 두서없이 쏟아내었던 물음들은 무한자에게로 나아가고자 했던 유한자 인간으로서의 본능이었다. 무한자의 자리로 감히 올라설 수는 없기에 그에게로 나아가는 도정에서 나는 끊임없이 물음을 던질 수밖에 없다. 동시에 나를 넘어서기 위해서는 내 몸에 깃든 현실의 중력까지 떠메고 있어야 한다. 답변이든 변명이든, 중력에 맞서 부단히 떠오르고자 시도하는 자에게만이 그 자격이 주어질 터이다. 그러니 내면에서 터져 나오는 물음들에 스스로를 비추면서, 견고하게 돌아앉은 체제의 불통성과 맞서면서 새로운 길을 예비해 나가는 것이 내게 주어진 과제가 아닐까 싶다. 그 도정이 멈추는 지점에 이르러 나의 묘비명이 새겨질 것이다.

끝으로 몇 분께 고마운 인사를 전한다. 하이데거의 존재/존재자를 이해하는 데 신승환 가톨릭대 교수의 도움이 컸다. 그리고 원효의 무한자/유한자를 파악하는 데 이도흠 한양대 교수의 조언은 나침반처럼 작용하였다. 하이데거가 전하는 존재/존재자의 관계는 원효가 설명하고 있는 무한자/유한자의 관계와 유사한 측면이 많아서 비교할 만하다. 그러니까 나는 신승환 교수의 하이데거와 이도흠 교수의 원효 사이를 오가며 중간 부근에서 나의 자리를 마련해 나간 셈이 된다. 벌써 십오 년여 시간이 흘렀으나, 최봉영 전前항공대 교수의 가르침도 부기해야겠다. 내가 미욱한 탓인데, 성리학의 사상 체계를 배울 때는 미처 깨닫지 못했던 바를 마지막 만남 이후에야 다른 사상과의 비교 속에서 비로소 채워 나가게 되었다. 그리고 볼품없는 원고들이 깔끔한 한 권의 책으로 정리되는 데 역락출판사로부터 적지 않은 도움을 받았다. 책이 나오는 모든 과정에서 꼼꼼하게 신경을 써 주신 이태곤 편집이사, 섬세하게 교정을 봐 주시고 인상적인 책 표지까지 꾸며주신 안혜진 선생님께도 감사의 인사 올린다.

『화엄경』에 따르면, 제석천 궁전에는 투명한 구슬 그물[인드라망]이 드리워져 있는데, 그물코마다 걸린 영롱한 구슬에는 우주 삼라만상이 투영된다고 한다. 이 구슬에 저 구슬이 투영되고, 저 구슬에 그 구슬이 투영되는 식이다. 물론 그 역도 성립한다. 나의 구슬에는 예컨대 신승환·이도흠·최봉영·이태곤·안혜진의 구슬이 투영되어 있다. 모쪼록 이 비평집이 누구에게든지 영롱한 구슬의 연쇄가 드러나는 계기가 되었으면 좋겠다는 바람을 가져 본다. 인드라망 자락의 일단이나마 그만큼 환하게 밝아질 터이기 때문이다.

홍기돈

I 부 초월: 무한자를 사경寫經하는 작가들

Ⅱ부 저항: 근대를 넘어서려는 모험 혹은 기억

I 부

초월:
무한자를 사경寫經하는
작가들

무한자에게로 나아가는 길: 당신 안의 나, 내 안의 당신
─ 전동균의 『당신이 없는 곳에서 당신과 함께』에 대하여

1. 예수의 옆구리 상처와 전동균의 옆구리 상처

전동균은 "살아남기 위해 옆구리에 상처를 내는/ 산짐승"이다. (「마른 떡」) "옆구리에 푹, 부러진 가지 하나 꽂혀 있는 눈사람"이다. (「내 대신 울고 있는」) 그러니 『당신이 없는 곳에서 당신과 함께』 읽기는 그의 "옆구리에 작은 구멍"을 확인하는 과정일 수밖에 없다. (「천둥 속의 눈」) 그런데 왜 하필 다른 곳도 아닌 옆구리에 난 구멍인가. 옆구리 구멍을 통하여 존재 근거가 비로소 확인되기 때문이다. 창에 찔려 생긴 옆구리 상처가 부활한 예수의 표적으로 활용된다는 사실을 상기한다면, 시인이 부러진 가지를 제 옆구리에 꽂아 만드는 상처는 살아있음을 확인하려는 의식의 상징이라 할 수 있다.

물론 시인 전동균이 예수와 똑같을 리 없다. 예수가 신의 아들임을 확신하는 반면, 시인은 자신에 대해 유한한 존재임을 절박하게 인식하고 있다는 사실이 대표적이다. 예컨대 일시적인 존재라는 자각은 "우리는 모두 깨진 그릇 같은 존재들,/ 누군가 간신히 본드로 붙여놓았죠/ 언제 부서져

흩어질지 몰라요"(『1205호』)라든가 "저희는/ 저희 모습이 비치면 금이 가는 살얼음"(『당신이 없는 곳에서 당신을 불러도』)과 같이 드러난다. 그러한 삶마저도 퍽 불완전하여 "객사 창틀에 놓여/ 얼다 녹다 얼다 녹다/ 곰팡이 슨" 것으로 파악될 따름이다. (『마른 떡』) 그러니 무한한 존재를 전제할 때면 그는 스스로를 낮출 수밖에 없다. "저는 깨어진 돌조각, 해진 속옷의 얼룩과 같으니/ 젖은 그 눈길 멀리 거두소서"(『흰, 흰, 흰』)

유한자라는 자기규정으로 인하여 전동균은 무한한 존재와 맞대면하여 존재 근거를 마련해 나가게 된다. 일시적이고 가변적인 존재는 어떻게 무한한 존재에 다가설 수 있을까. 시집 제목 『당신이 없는 곳에서 당신과 함께』는 그러한 노력, 즉 무한자 '당신'에게로 나아가 그와 하나가 되려는 유한자의 절박한 시도를 담고 있다. 「오대산장」의 3·4연은 "서어나무숲에서 온 영하의 밤들/ 혼자 얼었다가/ 혼자 부러지는 고드름들// 누군가를 찾으면서/ 기다리면서/ 영원히 떠나보내면서"라고 되어 있는바, 시인은 저 오대산의 고드름마냥 고독하게 무한자에게로 향하는 길을 닦아 나갔다. 그 길을 이제 우리가 따라나설 차례다.

2. 수평축: 객사客舍 눈먼 나그네의 담배 연기

2-1. 시인이 제 눈을 찌르는 까닭

지금 우리가 살고 있는 근대체제의 특징은 탐욕과 소유·소비를 부추긴다는 데 있다. 지금껏 존재했던 어떤 문명도 절제를 미덕으로 내세웠다는 사실과 비교한다면 유별나다고 할 수밖에 없다. 그런 점에서 우리네 삶의 방식은 "온갖 쓰레기를 다 삼키고도/ 입 벌린/ 쓰레기통"(「이 저녁은」)과 닮아있는 셈이다.[01] 시인이 이 쓰레기통과도 같은 우리 시대의 삶으로부터 탈주하여 무한자에게로 향하는 자세의 일단은 「천둥 속의 눈」에서 확인할 수 있다. 소리 형식으로 드러나는 '천둥'이란 지금 여기 현현하지 않으면서도 존재하는, 즉 형체가 없으면서도 함께 하는 무한자 당신일 터, 그 속의 '눈'이란 금세 녹아 사라지는 유한자의 운명을 함축하고 있을 수밖에 없겠다. "천둥 치며 눈발 쏟아지는 이 저녁" 시인은 다음과 같이 진술하고 있다.

"하얗고 까맣고 파랗고 붉은, 더러는 아무 빛깔도 없는 눈송이들……장님 앞에 추는 춤 같고 귀머거리 앞에 부르는 노래 같습니다" 아무리 화려하다고 한들 장님이 바라볼 리 만무하며, 귀머거리가 들을 리 없다. 근대체제의 작동 원리가 소유·소비를 추동할 욕망 창출에 기대고 있음을 염두에 둔다면, 유한자에 들러붙은 저 하얗고 까맣고 파랗고 붉은 빛깔들은 유한자를 현혹하는 근대체제의 물질(상품)이라 이해할 수 있다. 기실 유한자가 "통곡도 뉘우침도 없이" 무한자의 세계를 망각한 채 "딜그럭딜그럭/ 텅 빈 운동장 트랙을 돌고" 돌도록 만들기 위해서는 물질의 유혹이 막강해야만 한다.(「눈은 없고 눈썹만 까만」) 그러니까 시인의 장님, 귀머거리

---

01 「이 저녁은」에서의 '쓰레기통'은 유한자를 거두어가는 무한자의 속성을 드러낸 것으로 읽을 수도 있다. 이때 쓰레기는 무용한 존재로서의 유한자를 환기시킨다. 『당신이 없는 곳에서 당신과 함께』 전체 흐름이 유한자와 무한자 사이의 긴장으로 유지되고 있음을 전제한다면, '쓰레기통'은 무한자의 속성으로 이해하는 것이 일면 타당하겠다. 그렇지만 이를 굳이 근대체제로 파악하는 이유는 두 가지다. 첫째, 유한자의 존재는 생동生動 과정 가운데서 접근해야 한다. 소멸이라는 결과에 입각해서 접근해서는 곤란하다는 것이다. 그러할 때 유한자는 한낱 쓰레기를 넘어 나름의 의미를 획득할 수 있게 된다. 둘째, 시집을 통틀어 유한자를 소멸이라는 결과에 입각하여 진술한 경우는 「이 저녁은」이 유일하다. 의도적인 오독은 이 시의 예외성을 근거로 가능해진다.

행세는 근대체제의 욕망 구조로부터 이미 벗어난 상태가 된다.

그런 점에서 전동균이 『당신이 없는 곳에서 당신과 함께』에서 장님과 관련된 진술을 반복하고 있음에 주목할 필요가 있다. 이를테면 「누구의 것도 아닌」에서는 "내 눈이 보는 게 무엇인지/ 나는 무엇인지/ 끊임없이 의심하리라/ 아무것도 보이지 않게 되는 순간, 나는 만나리라"라고 의지를 표백하고 있으며, 「1205호」에서는 "자기 눈을 찌르는 칼날들"을 떠올리고 있다. 그리고 「'자정의 태양'이라 불리었던」에서는 "당신처럼/ 존재하지 않는, 사라지지도 않는" "이 책은" "장님이 된 자만 읽을 수" 있다고 하면서, 그러고도 "또다시 제 눈을 찔러야 한다"고 진술한다. 「독바위」의 침엽수들은 눈 대신 목을 찌르고 있으나, 찌르는 주체의 자리를 눈이 차지하고 있다. "어스름이 우산처럼 펼쳐져도/ 제 목을 찌를 듯 번쩍이는/ 침엽의 눈들"

시인이 이처럼 제 눈을 찔러 장님이 되려는 까닭은 인간에게 두 눈은 욕망을 복제하는 기관이기 때문이다. 즉 "정면에 속지 않겠습니다/ 그 너머를 보겠습니다"라는 의지를 관철하는 방편이 눈[目]이라는 욕망의 창窓 제거라는 것이다.(「당신 노래에 저희 목소리를」) 무한자의 원리가 작동하는 "죽은 것과 산 것들 제멋대로 뒤엉켜/ 캄캄하고/ 눈부신" 세계는 정면 너머에 펼쳐져 있다.(「문밖에 빈 그릇을」) 따라서 그 시인의 장님되기는 그러한 세계로 진입하기 위하여 마땅히 치러야 할 대가라 하겠다.

2-2. 객사의 나그네와 무위의 '담배연기'

『당신이 없는 곳에서 당신과 함께』에서 시인의 장님되기 모티프와 더불어 주목해야 하는 것은 객客으로서의 자기 인식이다. 물질로 향하는 욕망을 끊는다면 응당 무소유의 방향으로 나아가게 될 터인데, 그것이 어느 경지에 이르면 자신이 취하고 있는 것들에 대해 잠시 빌려 쓰고 있다는 의식을 낳게 되고, 거기서 한 걸음 더 나아갔을 때 자신조차도 천지간의 손님으로 인식하는 데 이르게 된다. 따라서 이 시집에서 심심치 않게 출몰하는 '객/손님'이라는 단어는 그러한 수준을 가늠하는 단서로 삼아도 무방하다. 시인은 「허기의 힘으로」·「병아리 햇볕들이 지나가고」에서 스스로를 "객지에 사는 것"·"취객"이라 이르고 있으며, 「손님」에서는 "내게는 내가 만든 게 하나도 없구나/ 나는 내 손님이구나"라고 토로하고 있다. 그리고 '객사客舍' 창틀에 놓여 얼다 녹다를 반복하는 「마른 떡」은 시인 자신에 대한 표상이다.

'객/손님'이란 단어가 직접 등장하지 않지만, 「보말죽」의 시인은 "금능리 72번지 양선자 할망" 집에 "한달 남짓" 세 들어 살고 있으며, 「죄처럼 구원처럼」에서는 "남의 집 문간방에서 혼자 담배를 피우며 사는 것"이라는 원願을 늘어놓고 있다. 자신의 삶을 "내 것이 아닌 게/ 내 것처럼 왔다가 떠나는 동안/ 또 그것들을 맞이하고 배웅하는 동안"이라고 표현하는 「아무 데서나 별들이」에서도 객으로의 인식이 드러난다. 이처럼 스스로에 대한 객으로서의 인식은 누차 반복될 만큼 도저한데, 그러한 까닭에 연이어 펼쳐지는 것이 무위無爲 자각이다. 가령 "내게는 내가 만든 게 하나도" 없다고 토로할 때, 시인에게는 그를 존재케 한 무한자의 거대한 흐름에 거스름 없이 동참하는 역할만 주어지게 된다.

「죄처럼 구원처럼」에서 "오늘 하루도 다 갔네, 뭘 했는지 몰라,/ 세상에 없는 사람과 마주 앉아 밥을 먹듯 피는 담배연기"라고 말할 때도 마찬가지다. '세상에 없는 사람'이란 무한자를 가리킬 터, 그는 "사라져서도 모든 곳에 있는 당신"이며 그저 "당신 일만 할 뿐"인데, 그가 하는 일이란 "곁에 있어도 안 보이는 것들의/ 숨소리"를 끊임없이 이어나가는 작업이다.(「잊으면서 잊혀지면서」) 천지 만물은 무한자의 그러한 작용 안에서 생성하며 변화하는바, "앵두나무에 앵두가 열린 걸 신기해하고"(「P」), "어린 딸이 커서 처녀가 되는 일이/ 기적의 일부란 것을 조금은 알고"(「부끄럽고 미안하고 황홀해서」) 있는 시인은 가히 무한자, 즉 '세상에 없는 자'와 마주해 있다고 할 수 있다.

다만 작용[用]으로써 드러날 뿐 제 몸체[體]를 감추고 있는 무한자가 공을 내세울 리 없다. 무한자가 그러할진대, 무한자의 작용 가운데서 출현하고 변화하다 사라지고 말 유한자가 무얼 했노라 공치사할 수 없는 것은 당연하다. 유한자는 그저 무한자의 흐름에 동참할 수 있을 따름이다. 그래서 불가에서는 다음과 같이 말한다. "종일토록 행하여도 일찍이 행했다 할 것이 없고 종일토록 말하여도 일찍이 말했다 할 바 없다."[02] 이러한 무위를 시인은 '담배연기'에 빗대어 표현하고 있다. 연기란 사라지기 위하여 존재하는 것. 따라서 저 무위의 담배연기는 무한자의 작업과 닮아 있다고 하겠다. 이렇게 시인은 조금씩 조금씩 무한자에 다가서고 있다.

3. 수직축: 날개 없는 시인이 비상飛上하는 방식

3-1. "날지 못하는 것은 운명이지만, 날지 않으려 하는 것은 타락이다."

유한성을 자각한 존재가 무한자를 향해 나아가 하나 되기를 희구하는 것, 이를 욕망 범주로 정리한다면 초월욕망에 해당한다. 초월욕망은 다른

---

02 원오 극근圜悟克勤, 「제16칙: 경청의 껍질을 깨고 나옴[鏡淸啐啄]」『碧巖錄』上, 藏經閣, 1993, 150쪽.

생명체가 가지지 못한 인간만의 고유한 특징이다. 철학자 김영민은 이를 인간의 숙명으로 제시해 놓은 바 있다. "날지 못하는 것은 운명이지만, 날지 않으려 하는 것은 타락이다."[03] 『당신이 없는 곳에서 당신과 함께』는 그 자체가 이미 초월욕망의 흔적인 까닭에 시집 전체를 관통하는 긴장은 기실 상승하려는 의지와 하강의 운명 사이에서 빚어지고 있다. 그 가운데에도 그러한 긴장이 잘 드러나는 시편으로는 「부끄럽고 미안하고 황홀해서」라든가 「문밖에 빈 그릇을」, 「내 곁의 먼 곳」, 「독바위」를 꼽을 수 있다.

가령 「부끄럽고 미안하고 황홀해서」를 보면, 하강의 운명과 상승의 의지를 각각 '빗방울'과 '날개'에 빗대어 드러내고 있다. "갑자기 유리창을 때리는 빗방울/ 속에서 펼쳐지는 날개/ 어떤 꽃을 피워야 할지 망설이는/ 나뭇가지의 떨림을 보는 것을 좋아하지요/ 우연히 생겨나서/ 우연히 만난/ 수많은 별들, 수많은 사람들" 죽음의 방향으로 무겁게 추락하기에 모든 생명체는 유한할 수밖에 없으나, 그 유한자는 무한한 세계로부터 와서 무한한 세계 안에서 일시적인 관계를 맺고 살아간다. (그리고는 다시 무한자에게로 돌아간다) 시인은 그렇게 유한자와 무한자가 교차하는 '갑자기'로 집약되는 순간을 지켜보는 자다. 두 번의 '우연히'라는 표현에서 확인할 수 있듯이, 무시무종無始無終의 시선으로 유한자의 운명을 들여다보기도 한다.

「문밖에 빈 그릇을」은 다음과 같이 시작된다. "저 달빛, 참,/ 얼음 뚫고 흘러가는 여울물 소리 같다// 문밖에 빈 그릇 내놓고// 창가에 담요 펴고 눕는다/ 이거 얼마 만이냐, 활짝 문을 연다" 천상계에서 지상계로 내려앉는 달빛은 무한자의 강림을 연상케 한다. 무한자의 일이란 생명을 불어넣고, 생명이 이어질 수 있도록 터로서 기능하는 것. '얼음 뚫고 흘러가는 여

---

03 김영민, 「시작時作과 시작始作―문화文禍 시대의 글쓰기」, 『손가락으로, 손가락에서: 글쓰기(와) 철학』, 민음사, 1998, 140쪽.

울물'과 같이 생명이 움트는 계절을 열어 나가고 있지 않은가. 전동균의 탁월한 감각은 그 자신을 '문밖에 빈 그릇'으로 치환해 내는 데서 확인할 수 있다. 문밖에 빈 그릇을 내놓은 까닭은 머무르는 일 없이 흐르는[動] 무한자를 채우기 위함일 터인데, 이는 기실 '활짝 몸을' 열고 '창가에' 누운 시인의 모습이기도 하다. 천상계와 지상계의 교통은 이렇듯 스스로를 비워낼 줄 아는 시인의 여유에 기대어 가능해지고 있다.

「내 곁의 먼 곳」, 「독바위」의 경우는 우주나무 이미지가 인상적이다. 우주나무란 신단수神檀樹처럼 천상계와 지상계를 매개하는데, 「내 곁의 먼 곳」에서 시인이 "잎 진 큰 나무 아래서 비를 맞는 건/ 즐거운 일"이라고 하는 까닭은 '먼 곳'(무한자)으로 향하는 근거가 '큰 나무'를 통하여 마련되기 때문이다. 빗방울처럼 결국 하강할 수밖에 없는 운명이지만,[04] 시인은 날아오르려는 의지를 꺾지 않는다. 그러한 까닭에 그에게만은 "젖은 몸으로/ 허공과 싸우듯 허공을 껴안은/ 나뭇가지의 투명한 불꽃들"이 개시하는 것일 터이다. "소나무 아래" "비를 맞고 서" 있는 「독바위」=시인'은 「내 곁의 먼 곳」보다 다소 무겁다. "시꺼멓게 탄/ 나뭇가지들, 만지면/ 재가 되는 울음들"을 들으면서 "이글이글/ 빗줄기만 서" 있는 풍경을 바라보는 양상이기 때문이다. 시인이 상승과 하강 사이에서 얼마나 힘겹게 출렁거렸던가는 「내 곁의 먼 곳」과 「독바위」의 비교로써 감지하게 된다.

3-2. 청정적빈淸淨赤貧: 천상계와 지상계를 잇는 매개

비상하려는 자는 가벼워져야만 한다. 어떠한 기준도 없이, 맹목의 방향으로써 중력을 거슬러 더 가벼워지고자 경주해야 한다는 것이다. 그래

---

04 「그러나 괜찮았다」의 "주문呪文 같은 빗방울"도 같은 상징으로 읽을 수 있다.

야만 텅 비어 있어서 한없이 가벼운 무한자에 이를 수 있다. 예컨대 「잊으면서 잊혀지면서」 5연을 보라. "곁에 있어도 안 보이는 것들의/ 숨소리 자욱한/ 백중百中" 백중은 과일과 채소가 많이 나와 100가지 곡식의 씨앗을 갖추어 놓는 날이다. 그렇다면 이 시에서 백중이란 왕성한 생명력을 상징할 터, 무한자는 제 자신을 비워놓고—그래서 '곁에 있어도 안 보이는' 것일 텐데— 비워놓은 그곳에서 만물을 길러내고 있지 않은가. 「가을볕」의 "당신이 모시는/ 적빈赤貧"이라는 표현도 비어있음이 당신 무한자의 속성이라는 사실을 전달하고 있다.

이를 철저히 깨닫고 있는 만큼 전동균은 제 자신을 비워내고자 하는 태도를 견지하고 있다. 앞서 「문밖에 빈 그릇을」을 통하여 그 일단은 이미 드러났다. 「거돈사지居頓寺址」에서도 시인은 자발적으로 가난해져서 낮아지는 것이 곧 높아지는 것, 즉 지상계와 천상계의 교통 가능성을 "누구도/ 제가 지닌 가난보다 더 높게/ 더 낮게 살 수는 없으나"라고 제시하고 있다. 물론 철저하게 무소유를 실천하며 걸식으로 연명하며 득도에만 매달렸던 탁발승과 같은 존재는 사라진지 오래다. 시인 역시 "맨발의 지팡이들은 오래전에 추방되었어요"(「약속이 어긋나도」)라고 현 세태를 전한다. 그렇지만 그럴수록 더욱 정결한 태도를 지켜나가고자 하니, 이를 보여주는 작품이 「예禮」다.

「예禮」에서는 수행자修行者로서 전동균의 면모를 확인할 수 있다. "한밤에 일어나 세수를" 한다거나, "손톱을 깎고/ 떨어진 머리카락을 화장지에 곱게 싸" 불사르고, "엉킨 숨을 풀며 씻은 발을 다시" 씻는다는 앞의 다섯 행은 정갈한 수신修身의 행동거지를 드러낸다. 홀로 있을 때에도 도리에 어긋나지 않도록 말과 행동을 삼가는[愼獨] 정갈한 태도에도 불구하고 모 자람이 느껴지면 마음을 다시 다잡는다. "아직은 부름이 없구나/ 더 기다

려야겠구나, 고립을 신처럼 모시면서/ 침묵도 아껴야겠구나" 물론 시인을
부르는 주체는 무한자가 될 터이다. 「문밖에 빈 그릇을」에서 유한자와 무
한자의 교통을 이끌어내었던 '빈 그릇'의 역할을 이 시에서는 '흰 그릇'이
감당하고 있기 때문이다.

"흰 그릇을 머리맡에 올려둔다/ 찌륵 찌르륵 물이 우는 소리가 들리
면/ 문을 조금 열어두고 흩어진 신발을 가지런히 놓고/ 불을 끄고 앉아/
나는 나를 망자처럼 바라본다// 초록이 오시는 동안은" 여기서 '초록'·'찌
륵 찌르륵 물이 우는 소리'는 각각 「문밖에 빈 그릇을」에서의 '달빛'·'얼음
뚫고 흘러가는 여울물 소리'에 대응한다. 즉 생명력의 근원인 무한자·무
한자의 움직임과 관련된다는 것이다. 그리고 머리맡에 올려둔 '흰 그릇'이
비어있다는 사실은 스스로를 '망자처럼' 바라본다는 데서 알 수 있다. 망
자亡者란 죽은 자이니 비어있는 자로서 비어있는 무한자에게 다가서 있는
존재인 까닭이다. 이렇게 「예禮」의 어떤 요소들은 「문밖에 빈 그릇을」의
변형으로 이해할 수 있다. 이는 상승의 유력한 방편으로 청정적빈한 삶을
설정해나가는 시인의 인식이 드러나는 대목이라 하겠다.

4. 무한자의 형상화 양상

4-1. 검고 적막한 무한자의 몸[體]

무한자란 대체 어떠한 대상이기에 시인이 그토록 다가서고자 하는 것
일까. "존재하지 않는, 사라지지 않는"(「'자정의 태양'이라 불리었던」)이라고 하
였고, "곁에 있어도 안 보이는 것들"(「문밖에 빈 그릇을」)이라고도 하였으니,

일단 몸[體]의 외양을 취하지 않았다는 사실을 알 수 있다. 그래서 시인은 다만 이미지를 활용하여 무한자의 면모를 환기시킬 수밖에 없었는데, 이때 반복되는 무한자의 면모는 검고 적막하다는 것이다. 무한자를 검게 그리고 적막하게 그려내는 까닭은 만물의 근원이 검고 적막하다고 여겨지기 때문이다.

먼저 검은 색에 대한 옛 사람들의 이해를 살펴보자. "은옥재殷玉栽의 설문해자說文解字에는 현玄을 이렇게 해설하고 있다. 현玄은 검은색[黑]인데 그 검은색은 빨간색[赤]을 내포하고 있으며 다시 그 빨간색은 노란색[黃]을 내포하고 있는 그러한 유원幽遠한 색채가 곧 현玄이라는 것이다. 실제로 묵색墨色 속에 빨간색이나 노란색이 포함되어 있는지 어떤지는 알 수 없으나 아무튼 묵墨은 존재의 근원적[幽遠]인 것, 즉 실재實在를 상징하는 색채라는 것만은 확실하다."[05] 이로써 검은색은 만물의 근원을 나타내는 색이며, 그 근원은 지금 여기로부터 멀리 떨어져 있음[幽遠]을 알 수 있다. 덧붙이건대, 『당신이 없는 곳에서 당신과 함께』에서, 가령 「내 곳의 먼 곳」이란 제목에 드러나듯이, 빈번하게 '먼'이란 거리가 제시되는 까닭은 이와 관련된다.

그리하여 전동균은 근원으로서의 무한자를 "혼이 혼을 부르는 꺼먹소沼"(「녹지 않는 얼음」), "죽은 것과 산 것들이 제멋대로 뒤엉켜/ 캄캄하고/ 눈부신"(「문밖에 빈 그릇을」)이라고 설명하는가 하면, 그와 합일하기 위하여 제 자신이 "움막 속의 검은 빵"(「검은 빵」)으로 구워지기를 기도하고 있다. 「잊으면서 잊혀지면서」에서 검은색은 비어있는 속성과 결합한 양상으로 제시된다. "속이 텅 빈 느티나무 그늘엔/ 흩어진 쌀알과 놋방울 소리와/ 넘

---

05 朴容淑, 「東洋畵에서 韓國畵까지」, 『狀況』, 1972. 겨울, 92쪽.

쳐나는, 넘쳐나는 검은 물의 번쩍임" 이때 '흩어진 쌀알과 놋방울 소리'는 무巫를 상징하니, 천상계와 지상계의 교통까지 담겨 있음을 알 수 있다. 이밖에 「밤의 파수꾼」, 「밤마다 먼 곳들이」 등 많은 작품이 배경으로 삼고 있는 밤은 검은색의 대치인 경우가 대부분이다.

검은색과 마찬가지로 적막寂寞 또한 존재의 근원, 즉 무한자에 닿아있는 속성이다. 그래서 『장자』에서는 "마음을 비우고 고요함을 지키고 편안하고 담백하며 적막하면서 하는 일 없는 것이 천지자연의 기준이며 지극한 도이다."[06]라 이르고 있다. 조선 중기의 송익필宋翼弼이 「객중客中」이라는 시에서 "적막해야 마음 근원 드러난다네."[07]이라고 읊었던 것도 스스로 적막에 접어들어야만 무한자에 가 닿을 수 있기 때문이었다. 전동균 역시 적막한 무한자를 예감하며 스스로 적막에 빠져들고 있다. 가령 "적막들이 짖고" 있다는 「오대산장」은 적막에 빠져든 자신의 상태를 나타내며, 「거돈사지居頓寺址」에서는 "윙윙대는 적막의/ 가장 깊은 안쪽으로, 먼 바깥으로 걸어가고" 있다고 진술하고 있다. 그리고 적막한 무한자의 속성에 대해서는 「이토록 적막한」이라든가 "그 적요한 마당"(「죄처럼 구원처럼」)이라고 표현하고 있다. 이것이 무한자의 몸에 대한 전동균의 인식이다.

4-2. 용用: 어린 딸이 처녀로 자라는 근거

보이지는 않으나, 무한자는 부단히 제 할 일을 진행하고 있다. 시인이 「잊으면서 잊혀지면서」를 통해 "붙다여/ 사라져서도 모든 곳에 있는 당신은/ 당신 일만 할 뿐이어서"라고 이야기하는 것은 이를 드러내기 위해서

---

06 莊子, 安炳周·田好根 共譯, 『譯註 莊子』2, 傳統文化硏究會, 2004, 226쪽.

07 정민, 「정민의 世說新語 86: 간위적막艱危適莫」, 『조선일보』, 2010.12.23.

이다. 일찍이 장자 또한 이러한 사실을 지적해 놓은 바 있다. "하늘의 도道는 끊임없이 운행하여 한때라도 정체停滯하는 법이 없다. 그래서 만물이 이루어진다."**08** 이를 일종의 힘이라 할 수 있을까. 그래서 시인은 "날마다 해와 달을 깨우고 움직이는 힘은 무엇인지/ 그 힘이 왜/ 없어도 좋은 우리를 있게 하고/ 아침이면 눈꺼풀을 열게 하는지"(「이토록 적막한」) 묻고 있다. 시인이 "앵두나무에 앵두가 열린 걸 신기해하고" 있는 까닭도 이 힘을 의식하기 때문 이다. 이렇게 힘을 행사하여 변화를 일으키는 무한자의 역할을 일러 용用이라 한다.

『당신이 없는 곳에서 당신과 함께』에서 용으로서 무한자의 면모는 "바라볼 때마다 나무들은/ 모습이 달라지고/ 이름이 바뀌고"(「거돈사지居頓寺址」), "조금씩 달라지는 별들의 표정"(「약속이 어긋나도」) 등으로 표현되고 있다. 그래서 그 과정과 하나가 되고자 초월욕망을 드러내기도 한다. "어제보다 찬 공기를 숨 쉬는 일/ 어린 딸이 커서 처녀가 되는 일이/ 기적의 일부란 것을 조금은 알고 있답니다/그래서 밥을 먹을 때마다/ 하늘을 볼 때마다/ 부끄럽고 미안하고 황홀해서/ 부서지는 햇빛이나 먼지 속으로 달아나고 싶어요/ 한낮에도 발가벗고 춤을 추고 싶어요"(「부끄럽고 미안하고 황홀해서」)

만물은 소용돌이처럼 휘몰아치는 무한자의 움직임 가운데 존재한다. 그 안에서 나서 자라고 쇠해지다 죽는다. 이것이 유한자가 끌어안고 있는 운명이다. 전동균은 무한자가 일으키는 소용돌이 속에서 제 운명을 직시하고 있다. "*왜? 왜? 왜?/ 어떻게? 어떻게? 어떻게?*/ 휘몰아치는 소용돌이 속을/ 우리는 걸어간다/ 옆구리에 지느러미가 돋아나도/ 비늘들이 발

---

08 莊子, 위의 책, 222쪽.

등을 뒤덮어도// 우는 대신 웃는 표정으로"(『이토록 적막한』) 여기서 지느러미가 돋아나도, 비늘이 뒤덮어도 소용돌이 속을 걸어간다는 진술은 얼핏 시인의 의지로 읽힐 수 있으나, 소용돌이가 유한자의 존재 조건이고 보면 의지 따위가 개입할 영역은 이미 아니라고 전제해야 한다. 전동균은 지금 지느러미, 비늘을 활용하여 상相을 이야기하고 있다.

4-3. "단 하나의, 수많은 얼굴", 상相

상이란 무엇인가. "보이는 것은/ 보이지 않는 것에서" 왔는데(『당신이 없는 곳에서 당신을 불러도』), 보이지 않는 것은 무한자의 체이며 보이는 것이 상이다. 시인이 "단 하나의, 수많은 얼굴"(『누구의 것도 아닌』)을 말할 때, 단 하나의 얼굴이 무한자의 체·수많은 얼굴이 상이다. 그러니까 모든 유한자는 무한자의 분신分身이라 할 수 있다. 만물이 무한자의 분신인 까닭에 만물은 형제라 할 수 있다. 그래서 "내가 새매라고, 예티라고, 부들이라고 부르는 것들은/ 저를 무어라고 생각할까요/ 그들의 형제인 나를"(『약속이 어긋나도』)이라고 말할 수 있는 것이다. 「그러나 괜찮았다」, 「보말죽」 등에서 확인할 수 있는 변신變身 모티프도 분신이라는 맥락 위에서만 이해가 가능하다. "잠깐, 먼 불빛이 비치기도 했다. / 그때 내 모습이 여우로, 마른 고기로/ 바늘엉겅퀴로 바뀌는 것 같았다"(『그러나 괜찮았다』)

체, 용, 상의 관계에 대하여 가장 명료하게 설명해 놓은 이는 원효가 아닐까 싶다. 그에 따르면 체는 매우 깊고, 광대하며, 온갖 보배가 다함이 없을 뿐만 아니라, 온갖 형상이 비추어 나타나는 바다와 같다.[09] 바닷물의 움직임[用]을 파도라고 말하지만, 기실 파도라는 것은 자체가 따로 있는

09　원효, 은정희 역주, 『대승기신론 소·별기』, 一志社, 2013, 51쪽.

것이 아니며, 자체가 있는 것은 바닷물이다.[10] 그러니 체와 용을 따로 생각해서는 곤란하다. 바닷물의 움직임은 파도에 의해 드러난다. 바다는 중생의 형류상形類像을 모두 나타낸다고 하였는데,[11] 이를테면 유한자는 물결을 이루고 있는 하나하나의 물방울이 아닐까. 그러니까 그 물방울이 바로 상이라는 것이다. 한낱 바다 표면의 물방울에 불과한 유한자가 바다가 어찌 생겼는지, 바다 깊은 곳에 무엇이 있는지 제대로 알아챌 수는 없다. 무한자의 체가 없다는 것은 이러한 양상을 가리키는 비유이다.

"왜 내 눈엔 멧돼지 발자국만 보일까/ 멧돼지는 어디로 갔을까"(「멧돼지는 무엇일까」) 유한자가 어찌 멧돼지, 즉 무한자의 몸을 바라볼 수 있겠는가. 무한자는 흔적만을 남길 뿐이다. 그러니 유한자에게 주어진 숙명이 있다면, 그것은 스스로 고독한 순례자가 되어 무한자에게로 향해 열린 길을 묵묵히 따라 나가는 일이라고 말해야 한다. 『당신이 없는 곳에서 당신과 함께』에는 심심찮게 물음표가 등장하고 있다. 무한자에게로 열린 길 위에서 "천둥에 놀란 나뭇잎처럼/ 끊임없이 질문하는 일"(「그러나 괜찮았다」)이 그의 숙제인 까닭이다. 그래서 시집에 실린 마지막 시 「당신 노래에 저희 목소리를」은 다음과 같은 다짐으로 채워져 있다. "초록 앞에서 벌벌벌 떨며/ 뱀과 모래와 사람은 무엇이 다른지 계속 묻겠습니다" 무한자에게로 나아가는 전동균의 길이 끊어지지 않으리라는 사실은 이러한 경외감을 통하여 충분히 예견할 수 있다.

---

10   위의 책, 171쪽.

11   위의 책, 185쪽.

5. 아픈 당신과 함께, 아픈 당신을 넘어

전동균이 당신을 부르고, 붓다를 찾고, 주를 따를 때 무한자와 그의 관계는 일견 주主와 종從의 관계처럼 다가온다. 그렇지만 이는 '무한자=만물' 앞에서 스스로를 내려놓는 하심下心의 표현으로 이해해야 할 것이다. 그에게 무한자는 인격신이 아니다. 또한 자신이 객客임을 내세우고 있으나, 이때의 객은 주主에 맞서는, 명사형으로 고정된 객체가 아니라, 일시적인 존재라는 사실을 환기시키는 방편이다. 즉 "내가 지구에 사람으로 온 건 하찮은 우연, 불의의 사고"(「벙어리 햇볕들이 지나가고」)라는 인식이 객이라는 표현을 낳았다는 것이다. 굳이 이러한 사실을 덧붙이는 까닭은 전동균의 무한자가 기독교·이슬람교에서 설정하고 있는 인격신처럼 이해되어서는 『당신이 없는 곳에서 당신과 함께』를 오독할 수밖에 없기 때문이다. 근대 체제의 '주체—객체'의 관계에 입각하여 접근해서는 『당신이 없는 곳에서 당신과 함께』가 요령부득일 수밖에 없을 터이기 때문이다.

이리하여 『당신이 없는 곳에서 당신과 함께』의 전동균은 성찰하고 반성하는 주체로서 자신의 자리를 마련해 놓고 있다. 시방 인류는 무한자 바깥에서, 무한자를 대상으로 삼아, 무한자의 움직임을 거스르며 살아가고 있는 바, 시인은 이를 "아픈 세상"(「필터까지 탄」)이라 진단한다. 세상이 아프기에 시인은 "약속은 어긋나고 예언은 빗나갔어요"(「약속이 어긋나도」)라고 부정적인 판단을 내릴 수밖에 없다. 현 문명에 대한 부정적인 인식이 작동할 때 동시에 진행되는 것이 반성이다. "우리는 먼 곳에서 왔고/ 오늘밤엔 더 먼 곳으로 가야 하지만/ 뻘 위의 널 자국, 파헤쳐진 흙들에게/ 새꼬막, 낙지, 짱뚱어 들에게/ 용서를 빌듯 서 있어요"(「떨어지는 해가 공중에서 잠시 멈출 때」) 앞서 말했듯이, 인간만이 무한자에게로 다가서려는 초월욕망을 품을 수 있고, 그렇기 때문에 아픈 세상과 더불어 아플 수 있다. 시인이 "이 세상에 사람으로 와 기쁘다고/ 계속 아프겠다고" 다짐하는 것은 그러한 까닭이다.

들판을 뛰어다니는 토끼를 잡아다가 해부를 한다고 해도 인간이 알 수 있는 것은 다만 토끼의 신체 구조와 각 장기의 기능일 따름이다. 그러한 방식으로 우리는 결코 살아있는 토끼를 파악할 수 없다. 이를테면 본디 문학비평이란 그러한 속성을 끌어안고 있는데, 이 글의 경우 그러한 양상이 두드러지지 않은가 싶다. 작품들과 어울려 노니는 여유로운 경지를 보여주지 못하고, 그저 해설로 일관하고 말았다는 것이다. 사족에 불과한 변명을 덧붙이건대, 하나의 세계와 유희하기 위해서는 그에 앞서 이해가 가능해야 한다. 현 한국 문단의 수준에서 『당신이 없는 곳에서 당신과 함께』의 세계는 먼저 이해될 필요가 있겠기에, 진작부터 한계를 예감하면서 이러한 방식으로 써 내려갈 수밖에 없었다. 끝으로 시인의 표상이 드러나는 「살아 있는 것보다 더 곧게」를 옮겨 놓는 까닭은 그 아쉬움을 달래는 한편, 그의 의지에 경의를 표하기 위함이다.

잣눈을 지고도 끄떡없는,
더 새파란 그늘을 펼친 주목 옆에
고사목 하나

모가지 부서지고
어깨가 깨졌지만
살아 있는 것보다 더 곧게

죽음 속에서

죽음을 넘어
마지막 큰 가지를 북대 쪽으로

가라,
너는 네 길을 가라
혼자서 가라, 거기에 아무도 없을지라도

굶주린 멧돼지와
피투성이 삶과
통곡하듯 번쩍이는 빙벽들의 그믐밤을 부르며

사랑과 자유를 들고
당도한 세 번째 유형의 인간
— 니코스 카잔자키스의 『전쟁과 신부』에 대하여

1. 목적론적 세계관을 넘어, 진리의 울타리를 넘어

니코스 카잔자키스(Nicos Kazantzakis)의 『전쟁과 신부』는 새로운 인간형의 출현을 알리는 작품이다.[01] 표나게 내세우지는 않았으나 소설의 주인공 '야나로스 신부'가 이에 해당하며, 소설은 그의 거듭남을 중심으로 펼쳐지고 있다. 달리 말한다면, 『전쟁과 신부』는 부활절을 꼭짓점으로 삼아 전개되고 있고, 그날 벌어진 긴장감 넘치는 사건을 통하여 다시 살아 돌아오는 존재가 바로 야나로스 신부이며, 그러한 까닭에 야나로스 신부는 예수 이후 다시 출현한 완전한 인간에 해당한다는 것이다. 그러니 터키인들의 대학살이나 그리스 내전 따위의 참혹한 실상에 대한 고발은 야나로스 신부의 시선 위에서 겹쳐 읽을 때 비로소 의미가 드러날 수 있게 된다.

---

01 이 글은 『전쟁과 신부』(열린책들, 2008)를 대상으로 작성되었다. 『전쟁과 신부』에서 인용하는 페이지는 괄호 안에 숫자로 표시한다.

먼저 야나로스 신부가 거부하고 있는 부류의 인간들을 보자. 신부의 왼 편과 오른 편에는 각각 "반역자, 볼셰비키!"로 배척되는 '붉은 두건'(사회주의 혁명세력)과 "파시스트, 불한당!"이라고 비난받는 '검은 두건'(자본주의 민족주의)이 자리하고 있다.(36) 좌우로 나뉘어서 격렬하게 증오하며 치열한 전쟁을 벌이고는 있으나, 이들은 기실 똑같은 방식으로 자신들의 존재를 규정하는 양상이다. 그들은 왜 싸워야 하는지, 정의가 과연 무엇인지 질문하거나 회의하기를 주저하며 스스로를 그저 전쟁의 수단으로 설정하고 만다. 검은 두건의 논리를 상징하는 대위는 다음과 같이 말하고 있다. "만일 우리들이 이 처지에서 의문을 품기 시작한다면, 하느님이 도와주셔야지—그렇지 않으면 우린 모두 악마에게 쓸려가고 말아! 군인은 질문을 하지 않고 죽여야 하는 인간이야!"(262) 반대편에서 붉은 두건의 지침에 충실한 '루카스'는 다른 가능성을 모색하는 대장에게 다음과 같이 쏘아붙이고 있다. "당신은 당에 가입했는데도 마음속에 뱀들이 가득합니다. 당신은 그것을 의문이라고 부르지만 난 뱀이라고 부르죠. 하지만 참된 투사는 의문을 품지 않고 그냥 싸웁니다. 지도자들만 질문을 하고 회의를 열고 결정을 내리면, 나머지 우리들은 명령을 받아 그대로 실천만 하죠. 그래야만 투쟁에서 승리하게 되니까요."(364~5)

인간이 한낱 수단으로 전락해 버릴 위험은 목적론적인 세계관에서 극대화된다. 역사란 하나의 명확한 목적을 향하여 나아가고 있으며, 인간(의 삶)이란 그러한 목적을 달성하기 위한 도구로서 의미를 획득하게 된다는 것이 목적론적 세계관의 기본 골격이기 때문이다. 목적론적 세계관을 배격하는 야나로스 신부의 인식이 가장 선명하게 두드러지는 대목은 '니코데무스 수도사'와 논쟁하는 장면이라 할 수 있다. 여기서 나타나는 수도사의 태도는 레닌의 세계가 구축되어 빵의 문제가 해결된 뒤 예수의 재림이 이루어지리라는 단계론에 해당한다. 이에 대해 신부는 "하느님은 사람들에게 저마다의 구원을 위해 적절한 대답을 해 줘요."(109)라고 단언하면서 다음과 같이 자유의 가치를 적극 옹호하고 나선다.

> "가장 위대한 인간의 미덕은 자유예요. 보다 정확히 얘기하자면, 자유를 찾으려는 투쟁이죠."
>
> "그렇다면 왜 당신은 사랑을 설교하나요?"
>
> "사랑은 시작이지, 끝이 아녜요. 인간이 그것부터 시작해야 하기 때문에 나는 '사랑하라!'고 외치지만, 하느님이나 나 자신과 얘기할 때면 나는 '사랑하라!'고 하지를 않고 '자유를 찾기 위한 투쟁'을 얘기해요."
>
> "사랑으로부터도 자유로운 해방인가요?"
>
> 핏발이 머리로 왈칵 몰리자 야나로스 신부는 또다시 머뭇거렸다. "나한테 따지지 말아요!" 그가 소리쳤다.
>
> 하지만 그는 대답할 엄두를 내지도 못했다는 사실이 창피했다. "사랑으로부터도 해방되어야죠……." 그는 나지막한 목소리로 덧붙여 말했다.
>
> 수도사는 겁이 나서 부르르 떨었다. "그렇다면 왜 당신은 자유를 원하죠? 무슨 목적을 위해서요?"
>
> "자유란 말이죠." 신부가 떨리는 목소리로 대답했다. "자유란 목적이 없어요. 그리고 그런 자유란 세상에서는 발견되지도 않아요. 세상에서 우리들이 발견하는 건 자유를 찾으려는 투쟁이 전부입니다. 우리들은 달성하지 못하는 목표를 쟁취하기 위해 투쟁하고, 그것이 인간이 야수들과 다른 점이죠."(107~8)

야나로스 신부가 경계하는 또 하나의 부류는 흔들리지 않는 진리 속에 거하여 안식을 취하는 유형의 인간들이다. 『전쟁과 신부』에서 '아토스 산'은 속세와 절연한 "거룩한 고독이" 깃든 최고의 수도처로 제시되어 있으나, 신부는 아토스 산에서의 고행과 결별하고 인간의 마을로 내려왔다. 이를 비난하는 이들에게 반박하는 야나로스 신부의 논리는 다음과 같다. "오늘날에는 고행자가 되기 위해서 사람들과 더불어 그들 속에서 살고, 싸우고, 그리스도와 함께 골고타에 오르고, 그리고 날마다 십자가에 못 박혀야 합니다. 수난일 단 하루뿐이 아니라, 날마다 말예요! (중략) 그리스도는 40일 동안 황야에 나가 계셨어요. 그런 다음에 그리스도께서는 고독의 정상으로부터 내려와 굶주림과 고통에 시달리고, 사람들과 함께 투쟁하고, 십자가에 매달리셨습니다. 그렇다면 참된 그리스도의 추종자가 따라야 할 의무는 무엇입니까?"(30~1) 고행·수도는 고통 받는 이들 속에서 이들과 함께 행할 때에만 유의미하다는 인식이 여기에서 드러난다.

그리고 '아르세니오스 신부'의 사례로까지 나아가면, 진리에 모든 것을 내맡기는 행위가 인간의 몫이 될 수 없으리라는 인식도 확인하게 된다. 아르세니오스 신부는 어떤 존재인가. 그는 "고치 속의 누에처럼" "스무 살 때부터 골방에 틀어박혀" 오로지 그리스도 재림의 순간을 나무에 새겨 넣으며 일생을 보낸 인물이다. (79) 작가는 이를 다음과 같이 표현해 놓고 있다. "그의 가슴과 얼굴과 영혼은 나무와 한 덩어리를 이루었고, 온 세상이 혼돈 속으로 침몰했으며, 이곳 하느님의 방주 안에 남은 존재라고는 수도사와 나무 조각뿐이었으니, 마치 하느님이 세상을 다시 빚어 보라고 그에게 명령이라도 내린 듯싶었다."(77~8) 그런데 이 신실한 신부는 "심한 단식을 한 데다가, 너무 거룩하시고, 하느님과 대화를 너무 많이 나누셨기" 때문에 결국 미치고 만다. (90) "한밤중에 일어나 등불을 밝히고는 나무에다 악마와 발가벗은 여자와 돼지들을" 조각하는가 하면,(90) "벌거벗고 오렌지나무 숲을 이리저리 돌아다니기 시작했고, 땅바닥에 쓰러져 발작적으로 고함을 지르고는" 하는 것이 그가 보여준 최후의 모습이다.(92)

어찌하여 아르세니오스 신부는 이러한 종말을 맞이하게 되었을까. 그가 인간이었기 때문이다. "우리들은 누구나 다 마음속에 악마와 발가벗은 여자와 돼지들을 간직하고" 살아간다.(90) 다만 아르세니오스 신부는 그 어두운 부분을 부정하고, 반대편에만 철저하게 매달렸을 따름이다. "하느님에 대한 두려움이라는 쇠사슬로 묶인 채 악마들이 얼마나 오랜 세월 동안 그의 내면에 숨어 살았을까? 그렇기 때문에 그렇게 잠도 못 이루고 고뇌하며 그는 성자들을 조각했던 것일까? 그가 비밀로 간직했던 온갖 욕망들은 열성적인 기도를 통해 평생 잠들어 버렸고, 그는 성자로서 죽을 가능성도 있었으리라. 하지만 비밀의 문이 열렸고, 그의 이성은 방황했고, 갇혔던 악마들이 모습을 드러냈다."(91)

『전쟁과 신부』에서 니코스 카잔자키스가 극복 대상으로 삼은 인물 유형은 이 두 가지, 즉 목적론적 세계관에 매몰된 인간형과 진리(=이데아, 천국, 절대이성)에 매달려 현실을 돌아볼 줄 모르는 인간형이다. 그 외에도 신을 빙자하여 제 잇속을 챙기려고 하는 사기꾼 같은 신부, 장사치 따위가 등장하지만, 이들은 대결의 상대가 아니라 경멸의 대상이므로 굳이 구체적인 내용을 따져볼 필요는 없겠다. 그렇다면 이제 살펴봐야 하는 사실은 작가가 내세운 인물 야나로스 신부가 이러한 인간 유형들을 어떻게 넘어서고 있는가가 될 것이다.

2. 사랑과 자유를 들고 당도한 세 번째 존재

붉은 두건과 검은 두건이 내세우는 것은 정의正義이다. 다시 말하여 붉은 두건은 자신들이 설정하고 있는 정의에 입각해서 검은 두건을 "파시스트, 불한당!"으로 배척하고, 검은 두건은 그들이 내세우는 정의를 근거로 붉은 두건에 대해 "반역자, 볼셰비키!"로 규정하는 것이다. 양자는 모두 자신들이 품고 있는 정의를 회의하지 않는다. 그러니 작가가 파악하기에 소설의 배경이 되는 그리스 내전은 정의가 말라붙어서 문제가 되는 것이 아니라, 거꾸로 배타적인 정의가 넘쳐나기 때문에 심각한 것이라고 할 수 있다. 이렇게 출몰하는 정의란 이념이 지향하는 바의 결정結晶일 터, 야나로스 신부는 다음과 같이 정의(이념)의 가변성을 질타하고 있다. "이념이란 그것을 섬기는 사람들의 형태와 모습으로 나타나니까, 이념은 따로 존재하지 않고 오직 그것을 믿는 사람만이 존재해."(321)

그러한 까닭에 야나로스 신부가 꿈에서 만난 그리스도는 "재림은 정의가 아니라 자비를 의미한다."라고 이야기하며,(82) 신부 자신도 그 길을 따르고 있다. "자비를! 정의가 아니라 자비를! 인간의 불운한 영혼은 정의를 견디지 못하고, 인간은 나약하여 죄악을 탐하고 하느님의 계명을 무겁다고 여기니, 정의도 좋기는 하지만 그것은 천사들을 위한 몫이고, 인간은 자비를 필요로 한다."(84) 따라서 『전쟁과 신부』의 작가는 그리스 내전의 참혹한 현실을 넘어서는 방식으로 정의 대신 자비(사랑)를 내세웠다고 이해해도 무방하겠다. 어떤 상황에서건 인간은 사랑(자비)에서 시작해야 한다는 것이 그의 기본 관점인 듯하다.

니코스 카잔자키스가 내세운 야나로스 신부는 자비(사랑)를 출발점으로 삼되 이에 머무르지 않고 자유를 향하여 앞으로 성큼 발을 내딛는다.

비유컨대 신부는 자유를 향해 날아가는 화살이라고 할 수 있다. 그래서 신부는 자유를 찾으려는 투쟁의 한가운데 자리하게 된다. 자유를 찾으려는 투쟁에 앞서 야나로스 신부가 명확히 하는 것은 자신이 천사와 짐승 사이에 놓인 나약한 인간이라는 사실의 확인이다. "나는 인간이지 천사도 아니고, 당신도 알다시피 짐승도 아녜요. 인간이라고요……."(92) 라는 토로, "갈팡질팡하는 것이 내 의무일일지도 몰라요. (중략) 어쩌면 그것이 하느님께서 나에게 맡기신 자리인지도 모르고, 난 그걸 저버리지는 않겠어요."(94)와 같은 다짐 등이 이를 드러내고 있다. 아마도 인간은 애당초 나약한 존재인 까닭에 황금처럼 견고한 진리를 열망하고, 기꺼이 진리에 포섭되어 그 그늘에서 안식을 꿈꾸곤 하는 것이리라. 하지만 신부는 갈팡질팡하는 자신의 속성을 그대로 인정하여 의무로 삼고, 그 자리에서 자유의 근거를 확보하고자 한다.

이때 흥미로운 점은 작가가 그리스도를 해석하여 제시하는 관점이다. 작가는 그리스도를 기존 체제(율법 중심의 사회)에 맞서서 적극적으로 자유를 구현했던 존재로 파악하고 있다. 즉 야나로스 신부가 따라야 할 모델로 그리스도를 설정하고 있는 것이다. 성직자가 되겠노라 포부를 간직하고 있는 '키리아코스'는 마을 사람들에게 그리스도를 '불규칙 동사'라고 설명하고 있다.

> "자, 여러분에게 하나 알려주고 싶은 게 있는데, 사회에 대해서 그리스도는 우리들이 불규칙 동사라고 일컫는 그런 존재였습니다."
> "그게 도대체 무슨 소리인가요?" 이발사 파고니스가 물었다. "당신이 한 얘기를 설명해 주세요."
> "그건 유대 학자들과 바리사이파 사람들과 안나스와 가야파 같은 그리스도 주변의 모든 사람이 규칙 동사였다는 뜻이고, 조상들의 시

대부터 그들이 율법을 정했으며 그 율법들을 따랐다는 뜻입니다. 그들은 무엇이 옳고 무엇이 나쁘며, 무엇이 명예롭고 무엇이 불명예스러운지 정확히 알았는데, 그건 그들에게 십계명이라는 길잡이가 있었기 때문입니다. 율법을 따르는 자는 누구나 사회에 잘 적응했으며, 율법을 거역하는 자는 반항아요 사회로부터 오만한 자로 낙인이 찍혀서, 사회는 분노하고, 혼란을 느끼고, 기초가 흔들린다고 느꼈어요. 그래서 사회는 불규칙 동사를 움켜잡고 이렇게 말했습니다. 〈그래서 너는 우리들처럼 규칙적으로 동사 변화하기를 거부하겠다는 말이지?〉 그렇다면 너는 없어져야 해!"(210)

불규칙 동사란 율법(도그마) 바깥의 자유로운 인간을 가리킨다. 그리스도의 길이 그러했다면, 그리스도의 뒤를 좇고자 하는 야나로스 신부 또한 불규칙 동사가 되어야만 한다. 이를 위해서는 자유에의 결단이 요구될 수밖에 없는바, 『전쟁과 신부』에서는 그러한 장면이 다음과 같이 펼쳐지고 있다. "나이를 먹은 그의 내면에서 이제는 분노하고도 엄격한 비밀의 목소리가 울려 나왔다. '야나로스 신부여, 너는 부끄럽지도 않느냐? 왜 너는 나에게서 충고를 바라느냐? 너는 자유롭고—나는 너를 자유로운 존재로 만들었노라! 너는 왜 아직도 나에게 매달리느냐? 참회를 그만두고, 야나로스 신부여, 몸을 일으켜 스스로 책임을 맡고, 어느 누구에게서도 충고를 바라지 마라. 너는 자유가 아니더냐? 너 스스로 결정을 내려라!'"(236) 이에 따르면 그리스도와 조물주는, 진리 안에 거하고 있는 자들의 편이 아니라, 진리 바깥에서 자유의 가능성을 적극적으로 실현하려는 자들과 함께 한다.

부활절을 맞아 다시 살아 돌아온 존재가 다름 아닌 야나로스 신부라는 해석은 그래서 가능해진다. 그는, 그리스도가 적극적인 자유인이었던 것처럼, 자신의 몫으로 주어진 자유를 적극적으로 구현할 수 있는 존재로 거듭났다. 목숨을 내걸고 과감하고 단호하게 펼쳐 보인 행위는 그리스도가 걸었던 길 위에 그대로 겹쳐진다. 그것이 바로 그리스도를 다시 살려내는 니코스 카잔자키스 나름의 방식이며, 새롭게 출현하는 인간이 마땅히 끌어안아야 할 덕목이 되는 것이다. 정리하자면, 야나로스 신부는 자비(사랑)를 출발점으로 삼되 보다 많은 자유를 향해 적극적으로 비상하려는 자이다. 2,000여 년 전 그러한 존재가 우리 곁에 왔으나, 율법에 갇힌 유대인들은 그를 십자가에 매달아 못질하였다. 그 뒤에 당도한 야나로스 신부는 이념의 총탄에 쓰러졌다. 양과 늑대 이외의 세 번째 동물이 아직까지도 우리 곁에 자리를 잡지 못하고 있는 까닭이다.

이 세상에서는 양이 되거나 늑대가 되거나 양자택일을 해야 한다고 그는 생각했다. 만일 양이라면 너는 잡아먹히고, 늑대라면 너는 잡아먹혀야 한다, 하느님이시여, 더 힘세고 보다 너그러운 세 번째 동물은 없나요? 그리고 그의 내면에서 어떤 목소리가 대답했다. "세 번째 동물은 존재한다. 그렇다, 그것은 존재한다. 야나로스 신부여, 인내하라. 수천 년 전에 세 번째 동물은 우리들을 찾으려고, 인간이 되려고 길을 나섰지만, 아직 도착하지 못했다. 너는 시간이 없느냐? 하느님은 서두르지 않으신다, 야나로스 신부여."(133)

3. 카잔자키스의 '야나로스 신부'와 니체의 '위버멘쉬'

기실 『전쟁과 신부』를 읽다보면 니체의 『차라투스트라는 이렇게 말했다』가 떠오른다. 야나로스 신부는 차라투스트라가 소설적인 형상을 입은 양상에 해당하리라는 인상이 짙게 다가오기 때문이다. 예컨대 야나로스 신부는 자신이 천사와 짐승 사이에 위치한 인간이라고 강변하고 있다. 작가는 전쟁터에서 출몰하는 것이 인간 내면에 잠들어 있는 짐승이라고 지적하기도 한다. "자신의 생명이 위험에 처했고, 적군이 나를 죽이려고 한다는 사실을 깨닫는 순간에, 인간의 내면 깊은 곳에서는 갑자기 시커멓고 털투성이인 무엇이—자신의 내면에 숨어 존재하리라고는 의심하지도 않았던 어떤 조상祖上이 튀어나오고, 그러면 지금까지 지녔던 인간의 얼굴은 사라지고, 고릴라처럼 뾰족하고 날카로운 이빨들이 돋아나며, 두뇌는 피와 머리카락으로 범벅이 됩니다."(154) 이러한 인식은 『차라투스트라는 이렇게 말했다』의 다음과 같은 대목을 연상시킨다.

> 사람은 짐승과 위버멘쉬 사이를 잇는 밧줄, 심연 위에 걸쳐 있는 하나의 밧줄이다.
> 저편으로 건너가는 것도 위험하고 건너가는 과정, 뒤돌아보는 것, 벌벌 떨고 있는 것도 위험하며 멈춰 서 있는 것도 위험하다.
> 사람에게 위대한 것이 있다면 그것은 그가 목적이 아니라 하나의 교량이라는 것이다. 사람에게 사랑받아 마땅한 것이 있다면, 그것은 그가 하나의 **과정**이요 **몰락**이라는 것이다.[02]

야나로스 신부는 자신이 짐승과 위버멘쉬 사이에 놓인 존재라는 사실을 정확하게 인지하고 있으며, 그 위에서 위버멘쉬를 향해 나아가고자 시도하고 있다. 그럼에도 불구하고 목적이 아니라 교량이고 과정인 까닭에

---

02   프리드리히 니체, 정동호 옮김, 『차라투스트라는 이렇게 말했다』, 책세상, 2000, 21쪽.

그는 끊임없이 번민에 싸여 갈등하는 것이 아닌가. 또한 그러한 긴장을 놓치는 순간 인간이 짐승 수준으로 굴러 떨어지고 말 것임을 직접 진술해 놓기도 하였다. 아르세니오스 신부의 몰락을 제시하는 장면에서는 아폴론에 맞서 디오니소스를 복원시킴으로써 인간의 육체성을 부각시키는 니체의 견해가 떠오르기도 한다. 서양철학사의 굵직한 계보가 이성(=아폴론)을 중심으로 구축되는 까닭에 '향일성向日性의 철학'으로 명명되는 바, 아르세니오스 신부가 발 딛고 있는 세계는 육체성을 거세하고 빛나는 영혼으로만 직조된 세계이기 때문이다.

아토스 산에서 내려온 야나로스 신부의 선택은 차라투스트라의 하산과 연관하여 접근할 수도 있겠다. 차라투스트라의 하산은 초월론의 개념에 중대한 변동을 가져온 사건이다. 즉 초월이란 공중 들림 받아 신비스러운 다른 세상으로 건너가는 것이 아니라, 이 세계의 모순과 맞서서 자신의 존재 의미를 한 단계 고양시키는 계기로 설정할 수 있게 된 것이다. 이를 내재적 초월론이라고 이르는 바, 철학사전에서는 다음과 같이 설명하고 있다. "그것은 어떤 초월적 세계를 가리키는 것이 아니라 자신의 존재성을 '스스로 넘어섬'에서 찾는 것이다. 즉 초월을 실체론적이 아니라 넘어섬 그 자체에서 이해하는 존재성을 말한다. 아울러 그 넘어섬이 외적 실체로서의 어떤 초월세계를 향해 가는 것일 수도 없다. 오히려 자기 넘어섬 자체가 내재적으로 규정되는 초월론을 뜻한다."[03] 아토스 산에서 내려왔다고 비난하는 이들에 대한 야나로스 신부의 응수를 보면, 카잔자키스의 니체 이해가 어느 수준에까지 이르렀는가를 짐작할 수 있다.

니체의 차라투스트라는 그리하여 진리 너머의 자유에 도달하였다.

03 신승환, 「초월/초월성」, 『우리말 철학사전』4, 지식산업사, 2006, 354쪽.

"더 없이 자유롭다는 자들이여, 이렇게 말하는 것이 고약한 일이라 하더라도 오직 이것에 관해서만 이야기하도록 하자. 더 고약한 것은 침묵이다. 억압된 진리는 모두 독이 되고 말기 때문이다. 우리의 진리가 견뎌내지 못하고 부서질 수밖에 없는 것이라면 남김없이 부숴버리도록 하자! 지어야 할 집이 아직도 많이 남아 있으니."[04] 『전쟁과 신부』의 야나로스 신부 역시 마찬가지다. 소설을 보면 곳곳에서 "크리스토스 아네스티(그리스도께서 부활하셨도다)!"라는 문장이 등장하는데, 바로 그러한 자유 안에서 차라투스트라는 그리스도의 부활에 해당하며, 야나로스 신부는 부활한 그리스도이자 차라투스트라의 현현이 될 터이다.

오해를 벗기 위하여 첨언하자면, 『전쟁과 신부』에서 느껴지는 니체의 영향을 되짚어보는 까닭은, 어떤 사상에 대한 이해와 깊이가 얼마나 깊어야 일류 소설가가 될 수 있는지 보여주는 사례가 될 수 있기 때문이다.

---

04   프리드리히 니체, 앞의 책, 195쪽.

심연 위 '아슬아슬한 다리'에서 펼쳐진
부단한 투쟁의 기록

— 니코스 카잔자키스의 『영혼의 자서전』에 대하여

1. 『영혼의 자서전』의 두 축: 죽음의식과 자유의지

살아있는 어떤 인간도 자신의 그림자를 뛰어넘지는 못한다. 그런 점에서 『영혼의 자서전』이 니코스 카잔자키스(Nicos Kazantzakis, 1883~1957)의 마지막 작품이라는 사실은 퍽 흥미롭다. 평생에 걸쳐 자신의 그림자를 뛰어넘기 위하여 작가가 얼마나 치열하게 방황하였던가를 담아내고 있는 글이 『영혼의 자서전』이기 때문이다. 오랜 동반자이자 아내였던 엘레니 카잔차키에 따르면, 카잔자키스는 1956년 가을 『영혼의 자서전』을 집필하기 시작하였으며, 다른 원고들과는 달리 고쳐 쓸 기회를 갖지 못한 채 죽음에 이르고 말았으니, 이 글은 때맞춰 끝내지 못한 미완이라고도 할 수 있다. 그럼에도 불구하고 카잔자키스는 이 책 1장 전부와 마지막 부분 가운데 하나인 『『오디세이아』의 싹이 내 마음속에서 열매를 맺었을 때」만은 퇴고를 마쳤다.[01] 아마도 자신의 그림자를 충분히 의식하였기에 카잔자키

---

01   엘레니 카잔차키, 안정효 옮김, 「『영혼의 자서전』에 관하여」『영혼의 자서전』(하), 열린책들,

스는 하필 『영혼의 자서전』의 그 대목을 삶의 마지막 순간까지 손질했을 것이다.

그렇다면 인간 내면에 그림자가 형성되는, 『영혼의 자서전』 1장에 해당할, 유년기를 카잔자키스는 어떻게 보내었던가. 그는 「해방」 마지막을 다음 문장으로 매듭지음으로써 유년기의 경계를 분명하게 제시하고 있다. "월계수와 조상들의 뼈로 장식된 문을 통해서 나는 사춘기로 들어섰다. 나는 이제 어린아이가 아니었다."(141) 어린아이였을 적 카잔자키스의 구체적인 체험들은 두 가지 주제로 수렴하는데, 「조상들」로부터 「외할아버지의 죽음」까지 압도하는 바가 '죽음'이라면, 「크레타와 터키」에서부터 「해방」까지의 주제는 '자유'이다. 이때 싹튼 죽음의식과 자유의지는 이후 카잔자키스가 평생 맞닥뜨려야 할 그림자의 질료가 되었다고 정리해도 무방하다.

1-1. 죽음의식: 난폭한 아버지와 초자아에 대한 불안

먼저 카잔자키스의 죽음의식을 이해하기 위해서는 그의 부친 미할리스를 살펴봐야 한다. 말이 별로 없었던 미할리스는 모든 이들에게 두려움의 대상이었다. 가령 학교 선생님은 어린 카잔자키스가 장자상속권의 뜻을 사냥 옷이라고 대답하자 "한심한 소리! 어떤 무식한 바보가 너한테 그런 소리를 하든?"이라고 책망하다가 "아버지"라는 말을 듣고는 두려움에

2014, 717~8쪽. 같은 책에 실린 「니코스 카잔자키스 연보」에서는 『영혼의 자서전』이 집필되기 시작한 해가 1955년으로 나타난다. 이 경우에 따른다고 해도 『영혼의 자서전』이 니코스 카잔자키스의 마지막 작품이라는 사실은 변함이 없다. 또한 인용하는 『영혼의 자서전』 판본에는 카잔차키가 설명하고 있는 장의 구분이 없다. 이하 『영혼의 자서전』은 위의 판본에서 인용하며, 인용페이지는 괄호 안에 숫자로 표기한다.

움찔하여 비판을 포기하고 만다. "그래, 물론 극히 드문 경우이기는 하지만 사냥 옷이라는 의미도 있어."(66~7) 외할아버지도 미할리스를 두려워하기는 마찬가지였다. "항상 용의주도하게 계산을 한 외할아버지는 난폭한 짐승 같은 사위가 분명히 집에 없을 시간을 골라 찾아와서 문을 두드렸다."(36) 어린 카잔자키스 역시 아버지가 두려웠기에 그의 부재 상황을 바랐던 듯하며("아버지가 집에 없었을 때는 얼마나 평온했던가!", 40), 아버지가 죽은 뒤 몇 년까지도 "아버지에 대한 비밀스러운 증오"를 내면 깊숙이 품고 있었다.(30) 반면 어머니는 아버지에게 납치당해 끌려온 '바다의 요정'으로, 어느 순간 자신을 내버려둔 채 "모습을 감출까 봐 무서워서 몸을" 떨었던 것으로 회상되고 있다.(42)

아버지의 폭력성은 자식의 영혼에 생채기로 남아 짙은 그림자를 드리우곤 한다. 카잔자키스의 내면에는 아버지에게로 향한 증오에 비례하는 만큼의 공격 본능이 싹텄을 것이다. 그렇지만 공격 심리가 발각되거나 공격 본능이 표출될 경우 난폭한 아버지는 그 이상의 수준으로 카잔자키스를 처벌하지 않을까. 이러한 두려움으로 인하여 공격 본능은 외부의 아버지를 향해서가 아니라, 공격 본능이 발생한 자신에게로 되돌려지게 된다. 즉 카잔자키스는 두렵기만 한 아버지를 자신과 동일시하여 내면으로 받아들였고, 내면에 자리를 잡은 아버지는 카잔자키스의 초자아가 되어 카잔자키스를 검열하였으며, 초자아의 시선에 포획된 카잔자키스는 아버지에게 발산하고 싶었던 공격성을 고스란히 제 자신에게로 돌려 그에 상응하는 수준의 자기 징벌적인 심리 상태에 처하게 되었다는 것이다.

아버지를 증오하였던 카잔자키스는 대상의 죽음(부재)을 바랐다. 하지만 그러한 갈망이 커질수록 증대했던 것은 오히려 자신이 죽게 되리라는 두려움이었다. 그는 처음 들었을 때 공포감을 준 단어로 '아브라함'을 제시하고 있다. "두 개의 'ㅏ' 소리는 머릿속에서 진동했고, 무슨 깊은 잠이나 컴컴하고 위험한 우물처럼 들려오는" 듯싶었던 까닭은 "그가 아들을 죽이기 위해 데리고 나갔었다는 사실을" 알았기 때문이다. (67) 히브리말에서 두려움을 느꼈던 까닭은 "예수의 수난일에 유대인들이 기독교인의 아이들을 잡아다가 꼬챙이를 빙 둘러 박은 구유에 던져 놓고는 피를 짜 먹었다는 얘기를 할머니에게 들어서 알고" 있었기 때문이다. (68) 둘 모두 어린 아이의 죽음이라는 공통점이 있다. '죄악'이라는 단어가 "말이 아니라 뱀, 이브를 속인 바로 그 뱀"으로 곧장 치환되어 무시무시하게 다가섰던 까닭은 초자아의 시선 아래서 자기 스스로가 아버지를 속인 뱀(죄악)으로 겹쳐졌기 때문이며, 성경 공부에서 '하바꾹'이란 단어를 들었을 때 요괴인간에게 잡아먹히게 되리라는 지극한 암담함이 동반했던 이유 역시 자신이야말로 하나님(초자아)의 심판에 임박한 죄인이라는 죄책감이 고개 들었기 때문이라 할 수 있다.

"죽음이란 항상 나를 유혹하는 이상한 신비였다."(81) 카잔자키스로서는 이렇게 정리할 도리밖에 없다. 그가 짊어진 초자아에 대한 불안이 죽음의식에 침윤해 있는 탓에 항상 이와 맞대면해야 하였으며, 바로 그 지점에서 어떻게든 도약의 발판을 마련해야 했기 때문이다. 그런 관점에서 이웃 여인의 죽음을 목도하여 주체 못할 정도로 슬피 우는 네 살배기 카잔자키스를 이해해야 한다. 이웃 여인의 죽음에는 카잔자키스 자신의 죽음이 투사되었으며, 그런 점에서 그 죽음은 온전히 타인의 죽음에만 머무르지 않았다는 것이다. 네 살배기 유아가 열네 살 소년이 된다고 해서 초자아에 대한 불안이 사라지는 것은 아니다. 마흔이 된다고 하여 말소되지도 않는다. 오히려 더욱 증폭된다고 전제하는 것이 타당할 터이다.

초자아와 자아의 관계는 아직 분할되지 않은 자아와 외부 대상 사이에 실제로 존재하는 현실 관계가 원망으로 말미암아 왜곡된 형태로 재현된 것이다. 그것은 전형적이기도 하다. 그러나 여기에는 본질적인 차이가 있다. 초자아가 처음에 갖는 엄격함은 어린이가 대상한테서 경험한 엄격함이나 어린이가 대상의 속성으로 생각하는 엄격함을 나타내는 것이 아니라, 오히려 대상에 대한 어린이 자신의 공격 욕구를 나타낸다는 점이다. 이 주장이 옳다면, 처음에는 공격 본능의 억제를 통해 양심이 생겨나고, 이렇게 생겨난 양심은 그 후 같은 종류의 억제가 일어날 때마다 점점 강화된다고 주장할 수 있다.[02]

카잔자키스는 이러한 경향과 일치하는 듯하다. 가령 빈 시절 그는 여성과 함께 밤을 보내기로 약속했는데, 만남을 앞두고 얼굴 전체가 부어올라 무섭게 뒤틀려 버리는 사태가 발생한 적이 있다. 빌헬름 슈테켈은 이를 '성자의 병'이라 알려주며, 다음과 같이 설명하였다. "불교적 세계관에 빠진 당신의 영혼, 이른바 영혼이라는 것은 여자와 자는 걸 대죄大罪라고 믿죠. 그런 까닭에 그것은 육체가 죄를 범하지 못하게 막아요. 육체에 그토록 심한 영향을 끼치는 영혼은 우리 시대에는 희귀하죠."(489) '성자의 병'은 카잔자키스가 의사의 처방에 따라 여자와 헤어져 빈을 떠나는 순간 낫는다. 이는 카잔자키스의 초자아(양심)가 어느 정도로까지 강화되었는가를 보여주고 있다. 카잔자키스의 삶은 그림자로 놓인 초자아(양심)와 대면하여 이를 뛰어 넘으려는 과정의 연속이었다.

---

02 지그문트 프로이트, 김석희 옮김, 「문명 속의 불만」, 『문명 속의 불만』, 열린책들, 2009, 310쪽.

1-2. 자유의지: 성인聖人이 전장戰場으로 나서는 까닭

유년기에 겪은 터키의 학살을 기술하는 과정에서 카잔자키스는 혼동을 드러내고 있다. 그가 생존했던 시기 터키의 지배에 대항하는 크레타인의 투쟁은 두 차례 일어났다. 카잔자키스가 여섯 살이었던 1889년 투쟁이 첫 번째이며, 열네 살·열다섯 살이었던 1897~8년 투쟁이 두 번째였다. 연보에 따르면, 첫 번째 투쟁 시기 그의 가족은 그리스 본토로 6개월간 피신하였고, 두 번째 투쟁이 벌어졌을 때는 낙소스 섬으로 옮겨갔다. 그런데 카잔자키스는 아버지와의 대화에서 자신의 제안으로 낙소스 행이 결정되었고, 항구로 나갔을 때 "(아직 여덟 살도 안 된) 나에게 아버지가… 우리 남자들이 여자들을 보호해야 해. 내가 앞에서 갈 테니 넌 뒤를 맡아." 라고 말한 것으로 정리하고 있다. (116~7) 그의 가족이 낙소스로 떠난 것은 두 번째 투쟁 때의 일인데, 그는 왜 첫 번째 투쟁 당시의 일로 착각했던 것일까. 이는 "영웅성을 지닌 성인"에게로 향한 카잔자키스의 열망이 그만큼 강렬했기 때문이다. (89) 어린 시절부터 그는 '영웅성을 지닌 성인'을 인류의 가장 숭고한 본보기로 설정하고 있었다.

카잔자키스가 지향하는 바로 성인의 길을 선택한 것은 전혀 의아할 바없다. 한 인간의 내면에 초자아(양심)와 죄책감의 긴장 관계가 형성되고나면, 이후 공격 본능이 발동했다가 억제될 때마다 초자아(양심)와 죄책감은 동시에 강화되고, 결국 이는 종교(성) 영역으로까지 다다를 가능성이농후하기 때문이다. 어른이 되고난 뒤 '성자의 병'을 앓았듯이, 카잔자키스는 이를 증명하는 사례라 할 수 있다. 그렇지만 이로써 추구되는 것은겨우 한 개인의 해탈로 한정되며, 이조차 영혼의 자유만을 갈망한 데 지나지 않는다는 비난에 직면한다면 어찌해야 할까. 카잔자키스가 성인의 길을 좇되 영웅성을 가미할 수밖에 없었던 까닭은 여기서 비롯되었다. 물론 어린 카잔자키스의 내면에서 어떤 일이 벌어지고 있는지 알아챈 사람은 없었으니 실제로 비난이 가해졌던 것은 아니다. 허나 터키의 두 차례 학살은 비난보다 결코 덜하지 않은 무게로 그를 묵직하게 짓눌렀다.

터키의 학살이 카잔자키스 바깥에서 벌어졌던 사건인 만큼, 사태를 감당해야 한다는 책임감은 외부로부터 주입되었다. 예컨대 아버지와 그의 친구들이 모여 나누는 이야기의 주제는 전쟁이었는데, 여기서 자유는 죽음과 등가를 이루는 형편이었다. 한쪽에서 "자유를!"이라고 외치면 다른 쪽에서 "죽음을!"이라고 대답했고, 순간 어린 카잔자키스의 머릿속은 피가 넘쳤던 것으로 나타나 있다. (85~6) 카잔자키스가 이를 숙명처럼 수용했던 데에는 집안 내력이 개입했을 터이다. "1878년 혁명 때, 비록 무척 늙고 거의 눈이 멀었어도 할아버지는 무기를 들었다. 할아버지는 싸우러 산으로 갔지만, 터키인들에게 포위를 당해 적이 던지는 밧줄에 잡혀서는 사바티아나 수도원 밖에서 죽음을 당했다."(34) 아버지 또한 전쟁 현장에서 물러서지 않았는데, 가족들을 낙소스로 피신시킨 뒤 크레타로 돌아와서 무기를 쥐었을 정도였다. 그러니 "꼬마 팔리카리(진정한 남자)"로 불린 카잔자키스가 "까마귀는 비둘기를 낳지" 못하리라는 시선 속에서 유년기를 보냈던 것은 당연했을 수밖에 없다. (86)

어른이란 철이 든 존재를 가리킨다. 즉 계절(철)의 변화에 따라 요구되는 노동을 수행함으로써 홀로 설 수 있는 존재가 어른이라는 것이다. 하지만 카잔자키스는 어른되기의 방법을, 일상이라는 회로에로의 안착이 아닌, 주어진 책임감의 수행에서 마련해 나갔다. 자, 한편에는 크레타가 놓여있고, 반대편에는 터키가 자리한다. "나는 맞선 양편에서 어느 쪽을 택해야 하며 내 의무가 무엇인지를 잘 알았고, 할아버지와 아버지의 뒤를 이어 전쟁을 할 만큼 어서 자라고 싶었다."(84) 뿐만 아니라 이러한 방향에서 자신이 성장했으리라 여기기도 하였다. 아버지가 묻는다. "만일 터키인들이 문을 부수고 들어오면 어떡하겠니? 그들이 안으로 들어와 넌 죽이면 어떡하지?" 무서움에 맞서서 "전 겁을 내지 않겠어요!"라고 대답할 수 있었을 때, 카잔자키스는 "사내다운 용기로 가슴이 가득" 차올라 "마음이 커지느라 뿌지직 소리가 나는" 듯한 느낌을 받았다. (111) 이런 상황을 실제 맞닥뜨려 무사히 넘기고 난 뒤 그는 "갑자기 아이에서 어른으로 탈바꿈하기" 시작하였다고 써놓기도 하였다. (112)

왜 카잔자키스의 성인聖人은 영웅의 면모를 지녀야만 하는가. 두 가지 사실을 이유로 꼽을 수 있다. ① 카잔자키스는 크레타의 상황으로 인하여 투쟁이 존재의 형식이라는 사실을 생득적으로 알아차릴 수 있었다. 그리고 크레타 사내라면 투쟁의 복판으로 뛰어들어 상황 타개를 위해 적극적으로 맞서야 한다는 세계관을 형성해 나갔다. 이는 마땅히 감당해야 하는 의무였기에 타협의 여지가 없었고, 그에게 어른되기는 이를 통해서만 가능한 것이었다. ② 다른 한편에서 그는 죽음의식에 붙들려 있었다. 죽음의식을 떨쳐내기 위해서는 이와 맞설만한 무언가가 요구될 수밖에 없다. 투쟁 과정을 목도하면서 카잔자키스는 자유가 죽음을 대가로 삼아 비로소 획득되는 가치임을 확인할 수 있었다. 죽음 건너편에 놓여있되 죽음과 등가를 차지하는 것이 바로 자유임을 의식·무의식으로 깨달았다는 것이다. 카잔자키스의 성인은 ①과 ②를 충족시키기 위하여 전장戰場으로 나서야만 했다. 『영혼의 자서전』에는 그가 성인을 전장으로 인도하는 순간이 다음과 같이 나타나 있다.

성자들의 전설은 너무 답답해서 숨이 막힐 지경이었다. 이제는 내가 믿지 않게 되었다는 얘기가 아니다. 믿기는 했지만, 성자들이 너무

온순하다는 생각이 들었다. 그들은 신 앞에서 자꾸 머리만 조아리며 설설 길 뿐이었다. 내 몸 속에는 크레타의 피가 끓어올랐다. 크레타의 피를 확실히 염두에 두지는 않았지만, 나는 참된 인간이란 아무리 곤경에 처했어도 신의 앞에서까지도 저항하고, 투쟁하고, 두려워하지 않아야 한다는 단정을 내렸다. (99)

2. 그리스도가 된 카잔자키스: 세 단계로 감행된 자유로의 비상

카잔자키스의 그림자는 죽음의식과 자유의지로 지어졌다. 그렇지만 두 개의 질료는 카잔자키스의 의식을 거치면서 하나로 통합된다. 그가 만약 죽음의식의 굴레로부터 벗어날 계기를 자유의지에서 포착하지 못하였다면 한낱 비관주의자로 생을 마감했을지 모른다. 역으로 말하건대, 터키와의 대결 속에서 획득한 자유의지에 맹목적으로 휘둘렸다면 편협한 민족주의자로 경사했을 터이나, 죽음의식의 견제를 받으며 그는 수준 높은 예술가의 반열에 오를 수 있었다. 그런 점에서 다음과 같은 진술은 기억해 둘 만하다. "나는 거칠고 쉴 곳 없는 자유의 오름길에 올랐다. 우선 터키인들로부터 찾아야 하는 자유, 그것이 첫 단계였고, 그 다음에는 내면의 터키인인 교만과 악의와 시기로부터, 공포와 게으름으로부터, 눈을 멀게 하는 헛된 사상으로부터, 그리고 마지막으로 가장 사랑과 흠모를 받는 대상들까지도 포함한 모든 우상들로부터 자유를 찾으려는 새로운 투쟁이 시작되었다."(84~5)

「해방」에서 어린 시절의 종언을 선언한 카잔자키스는 곧이어 두 개의 절을 사춘기에 할애한 다음, 이후 「아테네」에서 「카프카스」에 이르는 열

세 절의 제목을 모두 도시·국가·산·사막과 같은 공간으로 설정하였다. 이는 『영혼의 자서전』 전체의 절반 분량에 해당하는데, 작가가 공간에 초점을 맞춰 써 내려간 까닭은 사춘기 이후의 삶이 구도를 위한 순례 과정으로 부각되기를 바랐기 때문일 터이다. 「카프카스」 바로 뒤에 배치된 절이 「탕자 돌아오다」인 바, '탕자의 비유'에 빗대어 자신의 여정을 정리하는 데서도 작가의 그러한 의도가 드러나기도 한다. 이를 카잔자키스 식으로 표현한다면 '자유의 오름길'이 될 터, 기실 사춘기 이후 귀향에 이르기까지의 여정은 그가 제시하고 있는 상승의 세 단계와 일치하고 있다. "터키인들로부터 찾아야 하는 자유"를 갈구했던 첫 번째 단계에는 「아테네」, 「크레타로 돌아오다—크로노스」, 「그리스 순례」가 해당한다. 자유를 위협하는 터키가 국가 단위에 입각해 있는바, 이에 맞서기 위해서는 우선 그리스의 정체성을 확립하고 민족감정을 고양시키는 것이 적절한 방안일 터, 아테네·크레타·그리스에서의 시기에 카잔자키스는 이를 수행할 수 있었던 것이다.

첫 번째 단계에서 두 번째 단계로 도약하는 계기는 「이탈리아」 체험에서 마련되었다. 이곳의 백작 부인이 카잔자키스에게 보여준 환대는 분에 넘칠 정도였다. 바로 그러한 이유로 인해 이탈리아를 떠나면서 카잔자키스는 다음과 같이 설명하고 있다. "나에게는 두 가지 가능성밖에 없어서, 내가 행복감에 점점 길이 들어서 강렬함과 영광을 몽땅 상실하느냐, 아니면 그런 감정에 익숙해지지 않아서 전과 마찬가지로 항상 그것을 대단하게 생각하며 완전히 자아를 상실하느냐 하는 것이었죠."(250) 이후 그는 이탈리아를 떠나 「나의 벗 시인—아토스 산」·「예루살렘」·「사막—시나이」를 떠돌았으니, 내면의 악과 적극적으로 대결하였던 두 번째 단계는 이렇게 펼쳐지게 되었다. "나는 내 삶을 어찌해야 할지 몰랐으며, 무엇보다도 나는 영원한 문제들에 대한 해답을, 나의 해답을 우선 찾아내고, 내가 무엇이 될지는 다음에 결정해야 했다. 만일 이 땅에서 장엄한 삶의 목적조차 발견하지 못한다면, 덧없고 하찮은 내 인생의 목적을 어찌 찾겠느냐고 나는 혼자 생각했다."(254~5)

두 번째 단계에서 카잔차키스는 의미 있는 성취를 이루었는데, 그것은 다름 아닌 초자아의 검열로부터 벗어나야 한다는 인식의 전회轉回이다. 그가 아토스 산의 수도원들을 전전하며 목격했던 것은 절대자 앞에 지극히 몸을 낮춘 수도사들이었다. 구원을 위하여 자신의 육체성까지 수치스러워하는 그들은 그리스도를 오직 하나의 형상으로만 그리고 있었다. "주님은 항상 한숨을 짓고, 몹시 괴로워하고, 흐느껴 울며—항상 십자가에 못 박히죠."(282) 그리스도의 이러한 형상에는 자책감(죄의식)에 사로잡힌 인간의 두려움이 투사되어 있다. 즉 자신이야말로 신(초자아)으로부터 징벌받아 마땅한 존재인데, 그리스도가 그 죄를 대속하였으니, 이를 조금이라도 상쇄하기 위해서는 육체의 안락을 금해야 한다는 것이다. 그러니 "새로운 십계명이 죄악과 미덕을 어떻게 분류할지" 알지 못했지만, 어쨌든 그와는 다른 "새로운 십계명이!" 필요하다는 카잔차키스의 깨달음은 초자아로부터 점차 자유로워질 수 있음을 나타낸다고 할 수 있다. (318) 그리고 시나이 사막 한가운데에서는 드디어 그 자신이 그리스도라는 사실을 자각하기에 이르렀다.

카잔차키스는 어떻게 그리스도가 될 수 있었던가. 그는 먼저 냉혹한 시선으로 자신을 검열하는 존재가 기실 자신의 그림자에 불과하다는 사실을 알아차렸다. "넌 도망칠 때마다 앞으로도 항상 내 목소리를 듣게 되겠지. (중략) 넌 아직 나를 모르나? 넌 내가 신의 목소리라고 생각하겠지? 아냐, 난 네 목소리야. 난 항상 너와 함께 여행하고, 절대로 네 곁을 떠나지 않아."(376) 신, 즉 초자아가 카잔자키스 자신의 한 측면이라면, "인간은 누구나 반은 신"일 터이다. 그러한 의미에서 모든 인간은 절대자의 독생자이며, "육체와 정신의 투쟁"을 통하여 "신과의 결합"에 도달한 "그리스도의 신비는 단순히 특정한 교의教義를 위한 신비가 아니라 보편적인 개념"이라는 판단이 가능해진다. (397~8) 이로써 카잔자키스는 죄의식에 쫓겨서가 아니라, 존재를 고양해 나가는 과정으로서 신과 대면할 수 있게 되었다.

> 내 마음을 매혹시키고 나에게 무엇보다도 더 많은 용기를 주었던 것은 자신이 그리스도임을 깨달은 인간이 어떻게 벅찬 투쟁과 만용과 미친 듯한 희망을 품고 신에 도달해서, 신과 한 덩어리 한 몸이 되려고 노력했느냐 하는 사실이었다. 신에게 이르는 길은 이것뿐이었다. 그리스도의 피투성이 발자취를 따라 우리들은 우리 내면의 인간을 혼으로 바꿔 놓아 신과 한 몸이 되도록 해야 한다. (396~7)

자신을 포획하고 있던 죽음의식으로부터 자유로워진다면 카잔자키스가 더 이상 세계 도처를 떠돌아다닐 필요는 없어진다. 그러니 고향「크레타」로의 회귀는 당연해 보인다. 그렇지만 고향에서의 체류가 오래 지속되어서는 곤란한데, 평온한 일상 속에서 영혼이 마모되어 길들여지고 말 우려가 잠복하고 있기 때문이다. 과거「이탈리아」를 떠나며 첫 번째 단계에서 두 번째 단계로의 도약이 가능해졌던 것처럼, 이번에는「크레타」를 벗어남으로써 두 번째 단계에서 세 번째 단계로 도약해야 할 상황이 펼쳐졌다. 모든 우상으로부터 자유로워지려는 세 번째 투쟁의 첫 자리에서 그가 니체 사상을 접하고 이를 무기로 삼게 된 것은 필연이라 할 수 있다. 애초그의 의식/무의식은 '초자아—자아—이드'의 틀로 파악하기 용이한 구조를 취하고 있었던바, 니체의 '신(위버멘쉬)—인간—원숭이' 설정은 이에 대응할 뿐만 아니라,[03] 니체가 선포한 인간 바깥에 선험적으로 군림하는 신(절대가치)의 죽음은 그의 깨달음과 일치하는 까닭이다.

카잔자키스는 "원숭이에서 인간으로, 인간에서 신으로의 상승"이 이루어져 한다고 『영혼의 자서전』 여러 곳에서 반복하여 강조하고 있다. (22) 그만큼 그는 니체 사상에 동조하였다. 다음과 같은 선언은 니체의 목소리라 이해해도 무방할 정도이다. "이제부터 우리들은 신이 명령했기 때문이 아니라, 두렵거나 희망에 찼기 때문이 아니라, 스스로 일하고 싶기 때문에 일하리라."(449~450) 니체 사상으로 무장한 카잔자키스는 종교와 맞서는 자리로까지 나아갔다. 종교는 이제, 경건하게 추종해야 할 대상 영역에서, 극복하여 뛰어넘어야 할 우상으로 전락하게 된 것이다. 종교에 관한 인식의 전도顚倒를 초래했을 만큼 니체 사상의 충격은 거대하였으니, 카잔자키스로서는 「파리—위대한 순교자 니체」라고 하여 니체의 이름으로 파리 시절을 정리할 수밖에 없었던 듯하다.

> 비겁한 자와, 노예가 된 자와, 서러움을 받는 자로 하여금 위안을 얻어 주인 앞에 참고 머리를 조아리며 (우리들이 유일하게 확신하는) 현세의 삶을 인내하게끔 만들기 위해 내세의 보상과 벌을 심어놓은 종교는 얼마나 교활한가. 나는 격분해서 소리쳤다. (중략) 그렇다, 천국을 바라거나 지옥을 두려워하는 사람은 자유로울 리가 없다. 희망의 술집이나 공포의 지하 술 창고에서 취하는 우리들은 부끄러운 존재이다. 이것을 깨닫지 못하며 나는 얼마나 오랫동안 살아왔던가!(455~6)

---

03 "사람은 짐승과 위버멘쉬 사이를 잇는 밧줄, 심연 위에 걸쳐 있는 하나의 밧줄이다."(프리드리히 니체, 정동호 옮김, 『차라투스트라는 이렇게 말했다』, 책세상, 2000, 21쪽)

우상이라 하여 종교를 배격하였으나, 지금 여기 펼쳐진 상황을 은폐하고 호도하기 위한 내세來世의 설정을 거부하였을 뿐, 인간이 품고 있는 영성까지도 카잔자키스가 부정했던 것은 아니었다. 그러했기에 불교철학은 그에게 니체사상을 심화·확장시킬 수 있는 자양분이 될 수 있었다. 예컨대 그가 설명하는 니체의 영원 회귀를 보라. "필연성에 의해 물질의 조합이 과거와 똑같은 모습으로 다시 태어날 새로운 순간이 오리라. (중략) 우리들은 시간의 수레바퀴에서 변함없이, 똑같이 회귀한다. 따라서 가장 덧없는 사물들까지도 영원성을 얻었고, 가장 무의미한 우리의 행동들은 가늠하기 불가능한 중요성을 지니게 되었다."(446~7) 이는 불교철학에서의 윤회輪回와 비슷한 면이 있다. 물·불·흙·공기 따위의 원소가 인연에 따라 조합되면 하나의 형체를 이루고, 형체를 유지하는 동안 생명체로 머물다가 생명이 다하면 애초의 원소 상태로 분해된다는 것이 불교에서의 가르침이다. 물론 분해된 원소는 훗날 어떠한 인연의 의해 다른 형체를 이루게 될 터이다. 덧붙이건대, 여기에는 시간의 연결 고리만이 아니라, 뭇 생명이 하나라는 공간적 인식 또한 내재해 있다.[04]

그리고 구원에 관한 불교철학의 입장은 카잔자키스에게 설득력 있게 다가섰을 것이다. 그는 이미 니체가 선포한 신의 죽음에 동조하고 있었

---

04 카잔자키스가 니체를 어떻게 이해하였는가에 대해서는 논의가 필요하다. 예컨대 그는 니체 사상에서 영원 회귀와 초인을 대조 관점에서 파악하고 있다. "영원 회귀는 희망을 지니지 못했고, 초인이 위대한 희망이다."(450) 삶을 의미 생성의 과정으로 파악했던 니체가 영원 회귀에서 희망의 단초를 확보하지 못하였을까. 니체는 삶에 관한 이해 방식을 '있음(being)'에서 '됨(becoming)'으로 돌려세운 사상가다. 이를 적극 평가하는 나로서는 카잔자키스의 니체 이해에 적극 동의할 수가 없다. 그런데 한 가지 의문이 남는 것은 카잔자키스가 됨(becoming)의 관점을 시종일관 유지하며 『영혼의 자서전』을 써 내려갔다는 사실이다. 그도 의미 생성에 관한 니체의 견해를 충분히 알고 있었을 텐데 왜 그렇게 진술하였을까.

다. 따라서 구원에 이르기 위해서는, 타력他力에 의지할 것이 아니라, 그리스도의 길을 뒤따름으로써 스스로 구원하는 방식을 취해야만 한다. 그러한 그에게 다음과 같은 주장은 얼마나 매력적으로 비쳤겠는가. "구원이란 모든 구세주들로부터의 해방을 의미한다. (중략) 인류를 구원으로부터 해방시키는 자가 구세주니라."(484) '일체유심조一切唯心造'라는 말이 있듯이, 불교철학에서는 구원을 자신의 바깥에서 찾지 말라고 한다. 그런데 이로써 추구되는 것은 개인의 해탈로 한정되며, 이조차 영혼의 자유만을 갈망한 데 머무르는 것은 아닐까. 물론 뭇 생명의 아픔을 나의 고통으로 승화시켜 더불어 해탈할 길을 모색한다면 상관이 없겠으나, 카잔자키스의 붓다는 야만인들의 도시 침공에도 이를 다만 자기 바깥의 일로만 치부하고 있으니, 「빈—나의 병」 시절 카잔자키스의 관심은 개인의 해탈(구원)에만 머물렀다는 판단이 가능해진다.

기실 어린 시절 카잔자키스는 이와 같은 상황에 직면한 바 있었다. 죽음의식과 대면하여 개체의 울타리 안에서 영혼 문제의 해결에만 골몰할 수 있었으나, 사회의 조건을 환기시켜 균형감을 불어넣었던 것이 자유의지였다. 죽음의식과 자유의지의 결합은 '영웅성을 지닌 성인'이야말로 인류의 가장 숭고한 본보기라는 인식으로 이어졌다. 이처럼 죽음의식과 자유의지의 길항은 카잔자키스의 의식/무의식을 추동하는 원동력인 만큼, 죽음의식의 방향으로 기울어진 다음에는 자유의지가 발현하게 될 터, 성인 붓다의 길 위에 탑재한 것이 마르크시즘의 유물사상이었다. 「베를린」·「러시아」에서의 활동은 사회주의자로서의 면모를 드러낸다. 그렇지만 그가 통상 통용되고 있는 의미에서의 사회주의자였다고 규정하기는 어렵겠다. 그리스도(영성)를 포기하지 않았다는 점에서 온전한 유물론자가 아니었으며,(572) 볼셰비키 지도자들이 알지 못하는 진실을 들여다보고 있기 때문이다. (586) 자유의지의 분출 속에서도 죽음의식의 견제가 유효하게 작동한 증거로 이를 이해할 수 있지 않을까.

순례의 마지막 여정인 「카프카스」는 탕자의 귀환을 예비하는 수순에 해당한다. 그가 카프카스에서 볼셰비키에게 처형될 15만 명의 그리스인들을 본국으로 송환한 것은 서른여섯 살이었던 1919년의 일이나, 러시아에 방문하였던 마흔네 살 1927년의 사건보다 뒤에 배치한 까닭이 여기에 있다. 이제 자유로의 비상을 향한 카잔자키스의 고단한 여정은 막을 내리고 정리해야 할 시점에 이른 것이다.

3. 인간의 숙명과 신에게 이르는 길

인간은 신을 향해 나아갈 뿐, 결코 신이 될 수 없다. 예컨대 카잔자키스가 빈 시절 앓았던 '성자의 병'을 떠올려 보라. 시나이 사막을 벗어날 즈음 그는 이미 초자아(신)의 검열로부터 자유로워질 수 있는 인식을 갖추었다. 그렇지만 아무리 뛰어난 사상가도 개·돼지 따위와 마찬가지로 먹고 배설하는 생물로서의 육체성을 극복할 수 없는 것처럼, 그는 유년기에 깊숙하게 새겨진 초자아(신)의 존재로부터 완전히 벗어나지 못하였다. 그것이 인간에게 주어진 숙명 아닐까. 인간에게 허용된 것이라곤, 육체에 갇혔음에도 불구하고 얼마만큼이나 자신의 영성을 계발할 수 있는가, 달리 말하자면, 초자아(신)의 검열로부터 어느 수준으로까지 벗어날 수 있는가를 둘러싼 정도의 차이일 뿐이다. 카잔자키스라고 하여 인간의 숙명에서 예외였을 리 만무하다.

처음 길을 나섰을 때 카잔자키스는 이러한 사실을 몰랐다. 그래서 그는 감히 다음과 같이 써 내려갈 수 있었다. "글을 쓰면서 나는 으쓱했다. 마음 내키는 대로, 내 기분 맞도록 현실을 멋대로 변형시키던 나는 신이 아니겠는가? (종략) 그는 흙을 빚어 세상을 창조했고, 나는 어휘를 빚는다. 신은 지금처럼 땅 위를 기어 다니는 인간을 만들었고, 나는 꿈을 이루는 공기와 상상력으로 시간의 횡포에 항거하는 인간을, 보다 영적인 인간을 빚어내리라. 신의 인간은 죽지만, 내가 창조한 인간은 살리라!"(192~4) 하지만 먼 여정에서 돌아와 삶을 정리하는 시점에 이르러서 그는 처음처럼 자신만만할 수가 없었다. 삶의 종착역으로 진입할수록 그간의 모든 노력이란 자신에게 드리운, 그래서 결국 자신의 것으로 들러붙은 그림자를 뛰어넘으려는 시도에 불과했다는 사실이 분명해졌기 때문이다.

> 나는 평생에서 오직 한 사람, 아버지만을 두려워했었다. 이제 내가 두려워할 사람은 누구인가? 어렸을 때 눈을 들어 보면 그는 거인처럼 느껴졌다. 자라는 동안에 내 주변의 사람들과, 집과, 나무들 그리고 모든 사물들이 줄어들었다. 아버지만이 어릴 적에 본 그대로 항상 거인으로 남았다. 내 앞에 우뚝 솟은 아버지는 내가 받을 몫의 햇빛을 막아섰다. 나는 아버지의 집에서, 사자의 굴에서 살지 않으려고 애썼지만 소용이 없었다. 비록 내가 갈팡질팡하고, 떠돌아다니고, 힘든 지적인 모험에 몸을 던져도, 아버지의 그림자는 항상 나와 빛 사이를 막아섰다. 나는 영원히 끝나지 않는 일식日蝕 밑에서 항해했다.
> 나의 내면에는 많은 어둠이, 많은 부분의 아버지가 존재한다. 이 어둠을 빛으로, 한 방울의 빛으로 바꿔 보려고 나는 평생 결사적으로 싸웠다. 그것은 연민이나 휴식도 없는 가혹한 투쟁이었다. (661~2)

하지만 그가 정녕 전하고 싶었던 바는, 그와 같은 토로가 아니라, 다음 대목에 집약되어 있을 것이다. "나는 지금까지 완전히 패배를 당하지 않았고, 완전한 승리를 거두지도 못했다. 나는 끊임없이 투쟁한다. 당장이라도 나는 전체가 파멸할 터이며, 당장이라도 나는 전체가 구원을 받으리라. 아직도 나는 심연 위의 '아슬아슬한 다리'를 건너는 중이다."(662) 십자가를 메고 골고다에 올라 못 박힘으로써 인간 그리스도는 그 스스로 신의 아들이 되었다, 라고 나는 판단한다. 물론 어떠한 인간도 각자의 십자가를 메고 저마다의 골고다에 오를 터이나, 십자가의 무게를 감당치 못하여 도중에 주저앉고 마는 탓에 신의 아들이 되지 못하는 것이다. 그렇다면 자신이 그리스도임을 깨달았던 카잔자키스는 과연 신의 아들 반열에 올랐던가. 글쎄, 자신 안에서 스스로 구원하고자 나선 자에게 그러한 평가가 굳이 필요할까. 인간이 세워놓은 우상을 잣대 삼아 내리는 측정은 십중팔구 호사가들의 입방아에 오르내리다가 결국엔 가뭇없이 증발하고 말 터이기 때문이다.

카잔자키스는 죽음을 눈앞에 두고, 그가 이룬 성취를 내세우는 대신, 『영혼의 자서전』 가운데 「『오디세이아』의 싹이 내 마음속에서 열매를 맺었을 때」 부분을 조용히 퇴고해 나갔다. 거기에는 다만 "나는 끊임없이 투쟁한다." 라고 나타나 있고, "아직도 나는 심연 위의 '아슬아슬한 다리'를 건너는 중이다." 라고 적혀 있을 따름이다. 카잔자키스가 마지막 순간까지 자신의 십자가를 짊어지고 충실히 골고다 언덕에 올랐다는 사실만큼은 이로써 확인하게 된다. 그리고 이 지점에서 진정한 자유인의 표상이 빛을 발하기도 한다.

호접몽蝴蝶夢으로 펼쳐진 무위자연의 시학
— 안상학의 영한시집『안상학 시선』에 대하여

안상학의 시 세계는 무위자연無爲自然의 인식을 바탕으로 구축되고 있다. 자연이란 존재하는 것이기에 체體를 가지고 있음에 분명하다. 하지만 그 속성은 고정된 형태로 머물러 있는 게 아니라 매 순간 변하는 것이기에 용用의 양상으로 드러날 따름이다. 예컨대 태양[陽]이 언제 한 자리에 머무른 적 있었던가. 또한 그 빛은 그림자[陰]를 짓게 마련이다. 만물[相]은 이처럼 조화/대립하는 양과 음의 운용을 통해 생겨나고, 변화하고, 소멸한다. 여기서 만물 가운데 한 부류인 인간은 통체統體인 자연 안에서 부분자部分子로서 위상을 갖는다. 그러니 인간의 존재 의미는 자연의 속성을 체득하는 데서 부여될 터, 이를 가능케 하는 방식이 바로 무위인 것이다.

1. 자연의 용用과 생의 형식

자신을 「벼랑의 나무」에 빗대고 있는 시편을 보자. "숱한 봄/ 꽃잎 떨궈/ 깊이도 쟀다// 하 많은 가을/ 마른 잎 날려/ 가는 곳도 알았다"는 1·2연은 음양의 작동 원리를 이제 인지하게 되었다는 진술에 해당한다. 봄은

양의 기운이 약동하는 계절을 나타내며, 가을은 음으로 기울어지는 시점을 상징하므로, 양과 음이 교차하는 시간 속에서 삶의 존재 형식을 깨달았다는 의미로 부각되기 때문이다. 깨달음이 있었다면 깨달은 바를 실행으로 좇기면 하면 된다. 마지막 연 "이제 신발만 벗으면 홀가분할 것이다"가 바로 그 의지를 드러내는 바, 신발을 벗는다는 행위는 인위人爲를 부정하고 자연의 운행에 따르겠다는 맥락에서 이해할 수 있다. 절벽을 형상화한 3연의 내용은 깨달음의 절대성에 닿아 있겠다.

자연에서 나왔다가 자연으로 돌아가는 과정이 우리네 삶이라면, 삶이란 어쩌면 「소풍」과 같은 것일지도 모른다. 그런 까닭에 시인은 죽음을 지고 삶을 바라보는 입장에 서 있다. 첫 행 "두어 평 땅을 둘둘 말아 지게에 지고" 간다는 진술이 이를 보여준다. 물론 이 시편에서도 존재를 관통하는 작동 원리는 음양의 교차이다. 해[낮=陽], 달[밤=陰]이 만들어 낸 길을 보라. "해와 달이 서로의 빛으로 눈이 먼 이 길을 뒤뚱이며 간다." 그 길을 따라 걷던 시인은 "달의 뒤편"·"태양의 뒤편", 그러니까 삶의 바깥에 자리를 펴고, 마치 나비 꿈을 이야기하는 장자처럼, 이번 생을 떠올려 본다. 이때 새삼 부각되는 것은 "이상하리만치 사랑하는 것들과 가까이 살 수 없는 이번 생"의 애달픈 정조다. 장자가 허방처럼 놓인 현실의 근거를 언급하며 사상가로 나아간 방면, 안상학이 시인으로 자리 잡게 된 까닭은 아마도 이러한 정조에 깊숙하게 침윤하였기 때문일 터이다.

「선어대 갈대밭」은 사물의 대대待對 관계를 보여주는 작품이다.[01] 동쪽으로 누운 갈대를 보면 흔히 "서풍이 불었다는" 사실을 유추한다. 갈대

---

01 대대待對: 음과 양이 대립한다고는 하나, 각각의 성질을 드러내기 위해서는 상대의 존재가 요청될 수밖에 없다. 가령 밝음이란 어두움을 전제로 했을 때 성립 가능한 개념이다. 따라서 대대란 대립하는 한편 서로 보완하는 음과 양의 관계를 나타내는 용어라 할 수 있다.

의 현황은 바람이 힘을 가한 결과인 까닭이다. 하지만 시인은 이를 바람과 갈대의 관계로 파악한다. 2연 1행의 "아니다"라는 부정이 가능한 까닭은 휘어지는 갈대 줄기의 속성에 주목했기 때문이며, 다시 3연 1행의 "아니다"가 가능해지는 까닭은 땅에 정착한 갈대 뿌리에 주목했기 때문이다. 그렇다면 갈대가 누운 원인의 일단은 갈대 스스로 제공한 셈이 되고 만다. 원인을 제공한 바람과 갈대의 관계를 통합·정리하는 것이 4연이다. 서로의 상황(속성)을 이해한 듯, 바람은 갈대의 등을 다독이며 떠나고, 갈대는 바람이 쉽게 떠나도록 등을 밀어 준다. 서양 변증법 역시 관계에 주목한다고는 하나, 이는 대립물의 갈등에만 초점을 맞추는 경향이 있다. 바람(이동)과 갈대(정주)가 충돌하는 지점을 드러내되, 서로 감싸안는 하나의 관계로 정리한다는 점에서 「선어대 갈대밭」의 사유 방식은 서구 변증법의 논리 구조와 비교할 만하다.

　이동과 정주의 관계를 삶/죽음의 충위에서 펼쳐놓은 시편이 「아배 생각」과 「아버지의 검지」다. 아배는 생존하였을 때 집밖으로 나돌기 일쑤인 시인에게 당일의 거처를 묻곤 했다. 형식만 물음일 뿐, 기실 이는 정주하는 아비가 정처 없이 부유하는 아들을 책망하는 내용이다. 하지만 그런 아배도 결국 "오래 전에 집을 나서 저기 가신 뒤에는 감감 무소식이다." 삶이란 게 본디 자연에서 잠깐 소풍 나왔다가 다시 자연으로 돌아가는 과정(이동)인 까닭이다. 정주하는 모든 삶을 쉴 새 없이 이동하는 지평 위에서 파악하는 시인의 견해가 설득력을 얻게 되는 까닭은 바로 이 지점에서 획득된다.

　「아버지의 검지」에서는 정주한 자의 세계 인식 방식에 대한 거리 두기가 나타난다. 인간은 고정된[명사형] 언어로써 끊임없이 변화하는[동사형] 자연을 포획하여 사유하는 존재이며, 책은 이를 드러내는 상징이다.

시선이 향하는 대목을 검지가 찬찬히 좇고 있으니, 아버지는 신중하게 책을 읽었을 테다. 그렇지만 언어(책)를 통해 얻는 지식은 늘 모자라거나 넘치는 법이다. 어떤 대목은 지나쳐 버리고, 또 어떤 대목에서는 자신이 생각하는 내용을 덧붙여 메워 넣기 때문이다. "검지는/ 모든 책 모든 쪽 첫 줄은 읽은 적 없지만/ 마지막 여백은 반드시 음미하고 넘어갔을 것이다" 그래서 시인은 문자 대신 여백을 읽어 나가기 시작한다. "나는 이렇게 아버지의 여백을 읽고 있는 중이다" 비록 '-것이다'를 반복하며 추측에 머물 수밖에 없지만, 확정된 사실을 지연시키면서 부재하는 아버지에게 다가서는 과정이 아버지 되살리기의 효과적인 방법인 까닭이다. 세계 인식 방편으로도 이는 아마 유효한 바 있을 것이다.

2. 정리情理의 세계에 펼쳐진 애달픈 사랑

안상학은 존재자의 근거 형식을 살피되 애달픈 정조로 경사한 까닭에 시인이 되었다고 앞서 언급하였다. 『안상학 시선』에 실린 사랑 시편들은 그러한 면모를 보여준다. 「간헐한 사랑」을 보자. '간헐'이란 반복되는 음양의 되풀이 현상을 가리킨다. 심장은 움츠러들었다가 펴지면서 박동을 만든다. 샘은 물을 모은 다음 분출하며, 떠오른 해는 지고, 가득 차오른 달은 이울게 마련이다. 세상의 운행 원리가 그러하니 "영원한 것이 있다면 아마도 간헐한 것이" 아니겠는가. 자, 사랑이 떠나갔다. 사랑이라고 다를 수 있겠는가. "내 사랑이 간헐하게 이우는 소리를 들으며 살고 있습니다." 어찌하지 못한 채 시인은 꺼져가는 사랑을 생의 형식이라 치부하며 그저 안타깝게 용인하고 있는 것이다. 「인연」 역시 마찬가지다. "당신은 봄을 지나 여름, 가을, 겨울로" 떠나갔으니 순리順理에 따랐다면, "봄을 거슬러 겨울, 가을, 여름으로 떠나온" 시인은 역리逆理를 범한 셈이 된다. 양(☉)과 음(♀)이 서로에게 이끌리는 마음은 자연의 이치理致. 추론하건대, 당신과의 사랑이 싹 텄을 때, 시인은 어떤 이유에서인지 마음이 이끄는 바를 뿌리쳐야 했을 것이다. 그렇게 맞이한 이별 뒤 남는 것은 도저한 아쉬움이다. "당신이나 나나 그런 봄날 다시 보기는 어려울 것만 같은/ 어쩌지 못하는 계절을 굴리며 그냥 이렇게/ 생애 끝까지 살아야 하는가보다 생각하는 요즘입니다"

이별의 상처가 깊숙하게 패인 자는 어떻게든 수습 방안을 찾아야 한다. 「몽골에서 쓴 편지」, 「발에게 베개를」은 그 과정을 보여주는 시편들이다. 독수리는 "독수리가 살 수 있는 곳에" 살며, "자작나무다워지는 곳이" 자작나무의 거처다. 자연의 면모가 그러할진대, 시인은 어찌하여 마음의 흐름을 거부하였던가. 시인이 훼손된 사랑으로 인해 아픈 까닭은 여기서 빚어졌다. 몽골과 한국의 거리는 관계가 훼손된 발신자(시인)와 수신자(당신)의 거리를 연상시키는데, 여하튼 시인은 자신의 뒤늦은 깨달음을 편지에 적어 당신에게 띄운다. "내 마음이 자꾸 좋아지는 당신에게 나를 살게 하고 싶었습니다/ 당신처럼 자꾸만 마음이 좋아지는 나에게 살게 하고 싶었습니다" 발과 머리의 자리를 바꾸겠다는 「발에게 베개를」 역시 같은 맥락에 놓인다. 분별지分別智[02]를 짓는 머리가 아닌, "마음의 발"로서 생의 나침반을 삼겠다는 의지가 주제이기 때문이다. "더 늦지 않게 마음먹는다/ 가고 싶은 곳에 앞장서 가는 발을 따라나서리라/ 머물고 싶은 곳에 발과

---

02 분별지(分別智, discriminating knowledge): 어떤 사태를 올바르게 파악하기 위해서는 사물이 상호 관계 맺는 양상 속에서 '이것도 저것도(both/and)'처럼 함께, 즉 양쪽을 아울러 보아야 하는데, '이것이냐 저것이냐(either/or)'의 입장에서 세계를 나누고 가르면서 따지는 지식.

함께 머물리라 마음먹어본다" 자, 뒤늦은 깨달음은 과연 파국 상황을 반전시킬 수 있었을까.

쉽지 않은 일이다. 「그 사람은 돌아오고 나는 거기 없었네」를 통해 시인은 토로한다. "시간이 가고 오는 것은 내가 할 수 있는 게 아니었네. / 계절이 오고 가는 것은 내가 할 수 있는 게 아니었네." 어쩌면 "낙엽이 다 지길 기다려 둥지를 트는 까치처럼" 기다리지 못하고 조급하게 서둘다가 일을 망쳤는지도 모를 일이다. "밤을 기다려 향기를 머금는 연꽃"이라든가 "봄을 기다려 자리를 펴는 민들레"가 시인에게 삶의 태도를 조용히 가르치고 있기 때문이다. 사랑이 떠난 자리의 공허가 클수록 사랑의 절대성 또한 더욱 커다랗게 부각된다. 우리말에서 "그리다"는 두 가지 의미를 가진다. ① 연필이나 붓 따위로 나타내다 ② 사랑하는 마음으로 간절히 생각하다. 「그려본다는 것」은 그 두 의미를 중첩시키면서 써 내려간 작품이다. "시력을 잃어가면서 새로운 세상을" 본 모네처럼, 시인은 지금 여기 자신으로부터 멀리 떨어져 나간 사랑의 존재감을 절박하게 그리고 있다. 「늦가을」임을 아는 데도 "문득" 봄날의 "그 꽃"이 떠오르는 것도 시인이 "그 꽃"을 그리기 때문이며, "언젠가 단 한 번" 내리쳤던 번개를 "언제고 (중략) 한 번 더" 학수고대하는 것도 열렬한 사랑의 순간을 시인이 그리기 때문이다. (「노정」)

여기 "오직 한 마리 벌만" 사랑하여 "한사코 찾아다니느라 향기를" 잃어버린 꽃이 있다. "많은 꽃들을 다 모른 체하고 오직 한 송이에 눌러 앉거나/ 꽃 진 자리 봉긋한 무덤 앞에 망연자실 푹 무질러 앉아/ 하 많은 세월을 기다리느라 날개를" 잃어버린 벌도 있다. (「착종」) 안상학이 하필 애달픈 정조를 노래하는 까닭은 그러한 꽃과 벌처럼 향기·날개를 상실하고 만 탓일 게다. 이로부터 시인의 감각이 열렸다.

3. 무위無爲의 주체와 인위人爲의 폭력성

"도道는 그릇이 텅 비어 있는 것 같지만 그것을 써 보면 절대로 차고 넘치지 않는다. 심원深遠하여 만물의 조종祖宗인 듯하다."03 『도덕경』 일절인데, 여기서 도는 자연을 가리킨다. 자연의 체[體]는 비어 있으므로 매 순간 변화 가능하며, 만물을 품어 길러낼 수 있는 것이다. 주지하다시피 근대적 주체는 끊임없이 욕망을 충족시키면서 비대해져 가는 면모를 특징으로 한다. 자연의 속성을 체득하기 위하여 근대적 주체와는 다른 주체를 구성해야 하는 이유가 여기 있다. 그래서 시인은 주체가 온전하게 소유할 수 있는 영역을 한정하여 제시해 놓았다. 시 「발밑이라는 곳」을 보자. "내 발밑은 나만의 공간이다./ 한 날 한 시에 태어난 그 누구라도/ 서로의 발밑을 동시에 밟을 수는 없다" 딛고 선 발밑에 대한 소유는 제한되는데, "발밑 없이 와서" 종국엔 "발밑을 잃고서야 돌아가는" 게 인생인 까닭이다. 그렇다면 살아가는 동안 잠시 빌렸다고 표현하는 게 적절하려나. 자신의 발밑조차 빌려 사는 주제에 남의 발밑까지 노린다면 이는 천만부당한 작태라 해야 한다. 그래서 시인은 타인의 발밑을 빼앗은 전범戰犯에 비판을 가하는 한편 나무에게서 가르침을 구한다. "세상 누구의 발밑도 건드려서는 안 된다/ 많은 부분 나무들에게서 배우고 익힐 필요가 있다"

나무(식물)에게서 가르침을 얻으려는 자세는 「얼굴」에서도 나타난다. 제 발밑에 충실한 나무는 제 얼굴에도 충실하다. "세상 모든 나무와 풀과 꽃은/ 그 얼굴 말고는 다른 얼굴이 없는 것처럼/ 늘 그 얼굴에 그 얼굴로 살아가는 것처럼 보인다" 그렇지만 인간은 상황에 따라 얼굴을 바꾸는데,

---

03   노자, 김학주 옮김, 『노자』, 을유문화사, 2005, 137쪽.

시인은 자신을 매개로 삼아 인간의 그러한 면모를 지적한다. "어쩔 때 나는 속없는 얼굴을 굽기도 하고/ 때로는 어떤 과장된 얼굴을 만들기도" 하면서 "진짜 내 얼굴을" 숨기기 일쑤다. 인간은 왜 수 많은 얼굴을 펼쳐 보여야 하는 것일까. 작품에는 제시되지 않았으나, 아마도 무언가를 얻어내려는 욕망을 충족시키기 위함일 것이다. 그러한 판단의 근거는 「내 손이 슬퍼 보인다」에서 마련할 수 있다. 시인은 사람을 "네 발로 와서 두 손으로 살다가/ 네 발로 돌아가는" 존재라고 전제한다. 그리고 살아가면서 "앞 발이 손이 되는 것은 대체로 소유를 위해서며", "폭력을 위해서며", "군림을 위해서"라고 질타하고 있다. 시인이 자신의 손까지도 슬프게 바라보는 까닭이 그것인바, 인간이 소유·폭력·군림을 위하여 손 내밀 때 진짜 얼굴은 숨겨야 하지 않았겠는가.

「팔레스타인 1,300인」은 자신의 발밑을 지키려다가 죽어간 이들에 관한 시편이다. 그렇기 때문에 부제는 "그들은 전사하지 않고 학살당했다"라고 제시되었다. 학살을 고발하는 여타의 문학작품이 그러하듯이, 이 시 역시 생명보다 우월한 이념·욕망 따위는 존재하지 않음을 갈파하고 있다. "오래된 신화나 낡은 종교나/ 고리대금의 자본이나 석유 냄새나는 배후나/ 거대한 제국의 그림자거나 값싼 민족주의거나/ 혹은 집 없는 설움이거나/ 사람을 죽여서 얻을 수 있는 상찬은 없다" 그런데 이러한 고발은 인위人爲에 내장된 폭력성과 결부됨으로써 독창성을 획득하게 된다. "인간이 인간을 제압할 수 없는 퇴화된 어금니의 역사에는/ 다수를 향한 살기를 품은 칼의 발전사가 내장되어 있다", "인간이 인간을 포획할 수 없는 퇴화된 발톱의 역사에는/ 불특정 다수를 겨냥한 살의를 품은 총의 발전사가 암장되어 있다" 이는 무위의 편에 섰을 때 비로소 가능한 진술이다. 즉 현실 고발에서도 안상학은 그 나름의 세계관을 그대로 관철시켜 나가고 있다는 것이다.

「평화라는 이름의 칼」의 경우에는 "평화를 가장한 **평화라는 이름의 칼**"이 내장하고 있는 허위를 폭로하는 시편이다. 기실 '평화라는 이름의 칼'은 피로써 피를 씻어 내겠다는 논리와 태도를 상징하고 있을 터인데, 칼에 새겨진 '평화라는 이름'이 폭력이라든가 전쟁·학살과 같은 야만성을 은폐하여 하얀 여백으로 밀어내 버리는 지점에 주목할 필요가 있겠다. "소위 법 없이도 살 사람들이" 상황을 "미처 인식하기도 전에 **평화라는 이름의 칼**에 의해" 학살당해왔던 까닭은 그 여백을 읽어내지 못했기 때문이 아닌가. 앞서 여백을 읽기 위하여 확정된 사실(명확한 언술)을 지연시켜 나가는 시인의 태도를 분석했던 바 있다. 그러니까 이 시를 써 내려간 동력은 활자 바깥의 여백을 읽어나가고자 하는 시인의 태도에서 확보되었다고 정리해도 되겠다. 안상학의 시 세계는 무위자연의 인식을 바탕으로 구축되어 있다.

물 그림자 속의 세계와 목수가 지어 놓은 집
— 유용주 시선집 『낙엽』에 대하여

1. 십자가 메고 골고다 언덕을 오르는 또 한 명의 목수

모든 인간은 각자 저마다의 십자가를 짊어지고 골고다 언덕에 오른다. 목수 생활로 호구책 삼았던 젊은 날의 유용주는 그 사실을 일찌감치 깨달았던 듯하다. 먼저 「가장 큰 목수」의 한 대목. 예수 그리스도가 "스스로 못 박힘으로 세계에서/ 가장 큰 목수" 되었듯이, "우리 主 容珠 그리스도" 역시 "무수하게 자신의 손가락을" 내리치면서 목수가 될 수 있었다. 여기서 그는 "20년 가까이 세상 공사판을 떠돌아" 다녔노라 이력을 드러내는 바, 「가장 가벼운 짐」에서는 새삼 "일생 동안 목수들이 져 나른 목재는,/ 삶의 무게는 얼마나 될까"라고 묻고 있다. 이어서 "숨이 끊어진 뒤에도 관을 짊어지고 가는" 존재가 목수라고 규정하였으니, 짊어지고 나르는 동일한 행위 속에서 어깨 위 '목재 = 관'이라는 등가 관계가 성립함으로써 이는 자연스럽게 예수가 짊어졌던 십자가의 이미지와 겹쳐지게 된다.

첫 번째 시집 『가장 가벼운 짐』에서 이 두 편의 시가 주목되는 까닭은 이후 유용주 시가 전개될 세 갈래 면모 가운데 두 측면의 향방을 노정하고 있기 때문이다. 첫 번째 부류: 짊어진 십자가의 무게를 가늠코자 할 때 시인은 자신의 내력으로 파고 들어가는 양상을 드러낸다. 두 번째 시집 『크나큰 침묵』의 「막소주 맛」·「끈질긴 혓바닥」·「옥선이」·「닭 이야기」·「아름다운 시절」·「꺼먹 고무신」·「대전에서 자전거 타기」, 세 번째 시집 『은근살짝』에 실린 「흑백 사진」·「집」·「11월」·「배 나온 남자」·「중견中犬」, 그리고 네 번째 시집 『서울은 왜 이리 추운 겨』의 「조리사」·「제삿날」과 같은 시편들이 여기에 해당한다.

두 번째 부류는 주위 인물들이 힘겹게 짊어지고 있는 삶의 십자가를 따뜻한 시선으로 끌어안을 때 직조되고 있다. 이들 시편들은 각 작품마다 대상으로 삼은 인물의 상황이 무척이나 구체적이며, 적지 않은 작품에서 해학을 동반한다는 점에서 주목을 요한다. 이는 시가 충만한 생동감을 확보하는 방편으로 작용하는 한편, 민중의 면면이라는 따위 뭉뚱그려진 추상적 표현을 허용치 않게 만드는 근거이기도 하다. 『크나큰 침묵』에 실린 「마늘 까는 노인」·「오돌개」·「동무 생각」이라든가, 『은근살짝』의 「조개눈과 화등잔」·「건널목」·「위대한 표어」, 『서울은 왜 이리 추운 겨』에서는 「살을 붙여서」·「한량」·「푸른 집 푸른 알」·「기름장어」·「동행」·「고래」·「머나먼 항해」·「취생몽사」·「흙비」·「놀양목」 등이 두 번째 부류로 꼽을 만하다.

물론 십자가의 이념이 사랑 안에서 하나가 된다는 것인 만큼, 첫 번째와 두 번째 부류가 선명하게 나뉘지는 않는다. 가령 남동생의 성장 과정을 현재까지 쭉 전개하고 있는 「늦둥이」는 자신과의 외모 비교가 시작과 끝을 이루고 있으며, 딸의 상경 생활을 그리고 있는 「시골 쥐」는 결국 애틋한 마음을 매개로 동일화에 이르는 양상이다. "서울은 왜 이렇게 추운 겨/아이와 나는 애꿎은 소주병만 찾았다"(마지막 연) 시대의 야만과 상처를 자신의 삶 속에서 앓고 있는 「자화상」·「개 두 마리」는 "자신의 손가락을 내려치는" 목수의 행위에 해당하니 첫 번째 부류와 두 번째 부류를 매개하는 셈이며, 시대적 야만의 출처에 대한 비판과 야유를 담은「칼국수 먹는 구렁이」·「만수산 드렁칡들이」·「나팔수와 펜」또한 모든 이에게 부여된 십자가의 버거운 무게에 잇닿아 있으므로 같은 맥락으로 묶을 수 있다.「칼국수 먹는 구렁이」·「만수산 드렁칡들이」·「나팔수와 펜」은『은근살짝』에 실렸고, 나머지는 모두『서울은 왜 이렇게 추운 거』에 담겨 있다.

셋째 부류는 공空에 관한 인식과 이에 맞닿아 있는 자연질서의 이해이다. 첫 번째 시집에서 그 가능성을 예비하는 시편「목수는 흔적을 남기지 않는다」또한 목수로서의 존재 자각에 입각해 있다. "목수는 쉴 새 없이 집을 짓지만/ 짓는 것에 구속당하지 않는다/ 연장 가방만 챙기면 어디든 떠날 수 있다" 소유와 집착으로부터 자유로운 목수의 면모는『벽암록』제16칙의 다음 구절을 떠올리게 한다. "은밀한 경지를 얻는다면 (중략) 종일토록 행하여도 일찍이 행하였다 할 것이 없고 종일토록 말하여도 일찍이 말했다 할 바 없다." 삶이란 결국 비어있는 토대 위에서 펼쳐졌다가 토대로 귀환하는 과정일 터인데, 이를 알아차린 자라면 다만 그 과정에 충실할 뿐 굳이 사사로이 노고를 내세우지 않을 터이다. 고전과 자연을 매개로 삼아 목수 유용주는 공에 관하여 웅숭깊게 천착해 들어간다.

비어있음에 입각한 인간과 자연의 이해는 네 번째 시집『서울은 왜 이리 추운 거』에서 절정을 보이는 만큼, 여기 수록된 작품 수만 해도 결코 만만치 않다. 장자莊子 풍으로 읽히는「뻥이라고 했다」·「겨울밤」이라든가, 엄혹한 상황에 맞선 의지를 한 폭 산수화로 풀어낸「소한小寒」을 대표로 하여「묵언」·「채근담을 읽었다」·「형제간」·「고드름」·「노을」·「놀양목」·「노구」등이 이에 해당한다. 두 번째 시집『크나큰 침묵』에서도 비어있음에 관한 내공을 드러내 보인 바 있는데, 이는「추석」이라든가「아까운 놈」·「구절리 가는 길」·「구멍·1」·「구멍·2」등에서 확인할 수 있다.

2. 아이의 어른되기; 유용주의 경우

시편들 내용을 조합해 보면 유용주의 성장 환경은 어느 정도 면모가 드러난다. "부산에서 태어나 여섯 살까지 살았다"고 하였으니 고향은 부산일 테고, 고향이 전북 장수로 알려진 까닭은 여섯 살 되던 해 "여름에 아버지 본적지로 이사했다"는 사실과 맞닿아 있다. 이사 전력을 펼쳐놓은 「개 두 마리」에서 이 나라에 만연한 지역주의를 질타하고 있거니와, 전라도 출신이라는 데 따라붙은 낙인이 얼마나 무겁고 끈질긴가를 보여주는 작품이 「끈질긴 혓바닥」이다. "태어나면서 그곳은 저주받은 땅이었다. 전과자의 호적등본처럼 뻘건 탯줄을 끊고 도회지로 도회지로 흘러 다녔지만 얼마나 질긴 혓바닥인지 누님은 나를 서울 금은방에다 취직을 시키면서 대전이 집이라고 주인을 속이기까지 했다" 70~90년대 전라도 차별이 극에 달했던 것은 주지의 사실인바, 유용주는 그로 인한 무게를 감당해야 했겠다.

그 무게 위에는 가난이 얹힌 형국이다. 국민학교 입학 전부터 유용주는 밭일을 도와야 했고, 누나는 10대 중반에 팔려가다시피 집을 떠났다. "쌀 몇 가마니에 나를 장계 북동 어떤 남자한테 팔았는디 그 남자 나이를 속인 거여 알고 보니 서른일곱. 스무 살이 넘게 차이가 나는 겨"(「제삿날」) 그런 남자에게서 탈출한 뒤 펼쳐진 누나의 삶은 「꺼먹 고무신」에서 드러난다. "은행동에서 선화동으로 삼성동에서 대흥동으로 꽃다운 처녀 시절 부엌데기 남의집살이 손마디 굵은 세월의 밑바닥 긁고 다닌 업순이 누나" 더군다나 부친은 집안에서 폭군으로 군림했던 듯하다. 「제삿날」의 기본 진술이 불호령으로 일관했던 아버지에 대한 시인과 누나의 기억이고, 「고향」에서 큰형은 "아버지가 무서워 사춘기 나이에 도망"을 했던 것으로 나타나 있다. 가부장제의 폭력 또한 그가 떠메었던 짐이었던 것이다.

유용주는 과연 이 무거운 짐들로부터 어찌 자유로워질 수 있었을까. 문제의 해결 과정을 풀어내는 것이 서사 영역인 반면, 시는 다만 그에 대한 창작자의 현재 감정을 드러낼 뿐이다. 이러한 맥락에서 「아름다운 시절」은 관심을 요하는 시편이라 할 수 있다. 타지에서의 "오랜 직장 생활을 청산하고" 어머니께서 집으로 돌아오신 뒤 장마가 시작되었는데, 장마는 시인의 상상이 빚어낸 현상일 따름이다. "우리 집 건너에는 키 큰 낙엽송들이 군락을 이루어 바람이 불면 꼭 태종대에서 듣던 파도 소리가 내 여린 귓전을 철썩거렸는데 그 날 새벽은 비까지 추적추적 내렸나 보다" 철썩이는 소리는 시인의 부모가 사랑을 나누는 과정에서 발생한 소리일 터, 소리의 유사성을 통한 물 이미지로의 전환이 기발한 까닭은 삶의 형식에 관한 사유로 나아갈 근거가 마련되고 있기 때문이다.

물은 생명력의 상징이다. 그런데 시인은 침수량이 증대하는 데 따라 "과수원 모랭이에 묻힌 할머니"에 대한 걱정을 키워 나간다. 이로써 삶과 죽음의 동시성이 작동하기 시작한다. 자, 시인 옆의 부모들 역시 언젠가 "저 깊이를 알 수 없는 땅속으로 혼불 나가듯 뭉텅뭉텅" 흘러가 버릴 터이다. "그럼 나는 누구이고 홀로 남아 어디로 흘러갈 것인가" 일찍이 소월이 자신의 기원에 대해 탐문하는 소년을 「부모」에서 내세운 바 있는데, 유용주는 동일한 주제를 성性으로써 풀어낸 셈이다. 뿐만 아니라 그는 여기서 한 발 더 나아가 성장한 자신을 부모의 자리에 겹쳐 놓기도 한다. "이미 오래 전에 바람 소리와 함께 부모님 머나먼 항해 떠나시고 오늘 밤 바로 그 자리에서 아내와 딸 아이 먼저 재워놓고 늦게까지 나무들의 거대한 파도 소리를 홀로 듣는다" 반복되는 삶의 형식 가운데서 스스로 아버지의 자리에 놓였음을 깨달았을 때, 드러나지 않았던 아버지의 마음이 이해되기 시작한다.

국민학교 입학 전의 시인이 밭일하다 잠시 쉬는데 담뱃불을 내던지며 매몰차게 화를 내던 아버지. "지금 생각하면 자기 스스로에게 화를 낸 것 같지만……" 제사를 지내면서 시인은 생전에 제대로 모시지 못한 게 못내 아쉽기만 하다. "이게 다 무슨 소용이여, 살아 계실 때 따뜻한 밥이라도……." 「제삿날」에 등장하는 이러한 소회는 말줄임표를 동반함으로써 시인의 감정에 깊이를 부여하고 있다. 이제 가난을 극복하여 "훤칠한 집을" 짓고 있노라 자부심이 생길 때 새삼 인정받고 싶은 대상이 아버지이기도 하다. "저승길이 아무리 멀다 하더라도 한 번 오실 때도 됐잖아요. 술상 조촐하게 봐놓고 기다릴 테니"(「집」) 등그렇게 솟은 아버지의 "무덤 앞에/ 엎드린 장년의 사내" 유용주는 "벼랑 끝에서 바닥까지 피 흘렸던/ 무덤 주인의 몸부림"을 잘 알고 있기에 "아버지,/ 더 평평해지세요"라며 무념무상의 자연으로 돌아가기를 기원하기도 한다.(「11월」)

아이의 어른 되기와 관련하여 「아름다운 시절」과 더불어 주목하게 되는 시는 「꺼먹 고무신」이다. "국민학교 4학년 때 옴팡집에 돌아왔더니/ 피비린내 자욱한 곳에서 쌕쌕 잠을 자고 있던 아이"라고 하였으니 막내 동생 「늦둥이」는 유용주 나이 열한 살 즈음 태어났으리라. 그로부터 이 년 뒤 아버지는 "반신불수 어머니 업고", "광주 큰 병원"으로 떠난다. "이제 막 두 돌 지난 녀석을 내게 맡겨놓고 겨울 아침 허이허이 가셨다 내게 남겨진 건 똥기저귀와 때맞추어 쇠죽 쑤어 바쳐야 될 늙은 소, 허청에 물거리 몇 짐, 썰렁한 부엌과 너무 커서 그림자에 놀라는 방, 설거지와 멜빵 늘어진 지게와 무식하게 내려쌓이는 눈뿐이었다" 홀로 남겨진 데 따라 어린 유용주가 맞닥뜨려야 했던 불안, 이에 더해진 늦둥이·늙은 소에 대한 책임감이 얼마나 버거웠을까. 이 집 저 집 부엌데기로 떠돌던 누나가 한 번 다녀

갔을 때 애면글면 매달렸고 있는 모습을 보면 이는 능히 짐작할 만하다.

어른이 된다는 것은 제 앞에 놓인 문제를 어떻게든 스스로 감당해 내야 한다는 사실을 의미한다. 십대 전반기에 벌써 "슬픔이나 외로움은 한꺼번에 들이닥치는 무서운 놈"이라는 사실을 깨달아야 했던 유용주는 훗날 시인이 되어 자신이 "우리 主 容珠 그리스도"임을 선언한다. 자기 삶의 주체主體가 바로 제 자신임을 내세우는 장면이다. 따라서 유용주의 세계에서 자신의 십자가를 떠메고 골고다 언덕에 오르는 부류의 시편들은 그러한 선언의 기원을 드러낸다는 데 의미가 놓인다고 정리할 수 있다.

3. 거대서사가 사라진 시대, 역사는 어떻게 이어질 수 있는가

유용주는 스스로를 구원할 그리스도가 되기 위하여 자기 삶의 주主가 자신임을 선포하였다. 이는 타인에게도 동일하게 적용해야 할 덕목이어야 한다. 자기 삶의 주가 되지 못한다면, 그는 특정 목표의 달성을 위한 도구로 전락하고 말 위험이 크기 때문이다. 주변 인물들의 개별적 삶의 면면을 구체적으로 형상화해 나가는 유용주의 작법은 이와 연관된다. 이에 해당하는 시편들은 크게 두 갈래로 나뉜다. 첫 번째는 동료 문인들을 대상으로 삼은 경우다. 「위대한 표어」처럼 대상 김종광의 개성이 부각된 시편이 있기는 하지만, 윤중호·박영근·김지우의 부재를 읊은 「건널목」·「취생몽사」·「머나 먼 항해」·「흙비」 등에서 확인할 수 있듯이, 이러한 갈래의 시편들은 주로 죽음과 관련이 있다.

왜 하필 동료 문인들의 죽음인가. 「중견中犬」을 보건대, 그가 지향했던 삶의 지평이 문인들을 매개로 펼쳐졌기 때문인 듯하다. "각종 성인병을 쓰러진 술병처럼 달고" 다니는 상황에 처하고 보니 선배·동료의 부재가 새삼 크게 다가섰던 것. "몸과 마음 시퍼렇게 독이 올라 문학 공부를 시작한 뒤로 멀리서 바라보며 존경했던 김현, 김남주, 고정희 선생님 흙이 되어 돌아가시고 술자리에서 몇 번 만났던 기형도, 이연주, 진이정도 물이 되어 흘러가 버리고 김소진도 가고 중호 형도 가고 김강태, 임영조 선생님 가시고 가까이 모시며 숨소리까지 배우려 했던 명천 선생께서도 관촌 마을 소나무 뿌리로 돌아가시고" 떠나간 문인들이 한 명씩 호명되는 과정에서 그들에 대한 애정이 느껴지기도 하지만, 그들 방향으로 기울어져 있다는 시인의 자각은 더욱 크게 다가온다. 『은근슬쩍』의 표사에서, 『서울은 왜 이리 추운 겨』의 해설에서 안상학·김정환이 유용주의 안위를 걱정하고 있거니와, 이들 시편들은 시인의 좋지 않은 건강 위에서 읽을 수 있겠다.

다른 갈래는 문단 바깥 사람들을 대상으로 삼은 경우다. 동생·딸을 읊고 있는 「늦둥이」·「시골 쥐」는 한 줄씩 한 줄씩 이력 및 처지를 풀어가는 방식이 인상적이다. 세세한 성장 과정이 한 줄씩 축적될 때마다, 인물의 특징이 하나씩 드러날 때마다 서사의 진행이 이뤄지는 한편, 시가 마무리될 때 문득 대상에 대한 시인의 깊은 애정이 돋을새김된다는 사실이 예사롭지 않기 때문이다. 「한량」의 '재철이 양반', 「푸른 집 푸른 알」의 '병준이', 「기름장어」의 '문기 형님'을 형상화하는 작법도 「늦둥이」의 경우와 크게 다를 바 없는데, 여기서는 해학의 요소로써 대상을 끌어안는 면모가 두드러진다. 하나의 사건을 제시한 뒤 이를 매개로 '순길이'의 성격·'병준이'의 나이를 부각시키고 있다는 점에서 「고래」·「동행」은 이들 시편들과 전개 방식이 다르다. 작법을 둘러싼 유용주의 다양한 시도는 이 지점에서 확인하게 된다.

그 외에는 사회 현실을 비판한 작품들이 있다. 이들 가운데 시인의 방식이 잘 드러난 시편은 「자화상」일 것이다. 유용주는 뇌졸중으로 쓰러졌다가 겨우 살아난 바 있다. "죽음 직전까지 갔다 온 뒤"라는 기술은 이를 가리킬 터이다. 그러한 그가 박근혜 정권에 맞서 펼쳤던 투쟁이 4연에서 펼쳐지고 있다. 그렇지만 저항의식보다 앞섰던 것은 세월호 참사로 희생된 아이들에 대한 죄책감이다. "무슨 소용이란 말인가/ 아이들이 그렇게 많이 죽었는데/ 몸은, 일찍 없어져야 할 물건 아니냐/ 아직 숨이 붙어 있구나/ 밥을 꼬박꼬박 챙겨 먹고 있구나"(5연) 망조 든 나라의 운명과 반비례하는 자신의 목숨을 부끄러워하는 데서 사회의 아픔을 품는 유용주의 방식이 드러난다. 거대서사의 신화가 신뢰를 상실한 이 시대, 우리는 어떻게 역사를 만들어 나갈 수 있을까. 각자가 자기 삶의 주가 된다는 자율성을 존중하되, 상처의 공유 안에서 운명 공동체로 일어서고자 하는 유용주의 세계관은 이에 대한 답변을 마련하는 데 분명 유효한 바 있을 터이다. 물론 동병상련을 매개로 가난한 이들의 공존 가능성을 내보이고 있는 「닭 이야기」의 사례 또한 이에 포함되어야 하겠다.

4. 유용주의 뻥과 장자의 나비 꿈

유용주가 세계의 운행을 어찌 파악하고 있는가는 「구절리 가는 길」에 잘 드러나 있다. '산 속에 들어앉은 돌'이란 자연의 체體를 가리키고 있을 터이다. 자연의 질서와 합치된 이를 일러 선인이라 하는바, 선仙이란 사람과 산(=자연)의 결합이 아니겠는가. 일찍이 소월 역시 「산유화」에서 자연의 비유로써 산을 내세운 바 있다. 또한 동양 산수화에서 바위는 자연의 골격을 상징하는 만큼, 저 돌은 자연의 체일 수밖에 없다. 자연의 체가

운동을 하면[用], 사물의 분화와 변화가 나타난다. 그러니까 돌 속의 나무·물·꽃·단풍은 자연의 분신分身=物이며, 자라고·흐르고·피고·지는 일련의 과정은 자연의 흐름[事]에 해당한다는 것이다. 그렇다면 운동은 어떠한 형식으로 전개되는가. 대대待對 관계인 양과 음의 교차를 통해서 이다. "물 속에 하얀 돌 자라네/ 돌 그림자 속에 검은 물고기 자라네" 15행의 돌아간다는 표현 또한 양(하얀)/음(검은)의 순환[回]에서 파생한 것이기도 하다.

사람에 관한 진술은 자연의 체·용이 전제된 뒤에야 비로소 등장한다. 아무리 오만방자하게 굴어 봐야 사람 역시 그 질서 안에 머무를 수밖에 없기 때문이다. 뿐만 아니라 시인은 사람의 존재를 "물 그림자 속에" 배치해 놓고 있다. 자연의 용으로써 드러나는 상相의 관점에서 사람을 이해하고 있는 셈이다. 상이란 체의 용에 따라 출현하였다가 가뭇없이 사라지고 마는 것. 그러니 "크나큰 침묵"이란 생멸生滅을 낳는 자연의 도를 가리킨다고 하겠다. 「채근담을 읽었다」에서 유용주는 나무·돌·물이끼·고동 따위는 그냥 지나치면서 왜 하필 "살얼음이 깔려" 있는 데 흔적으로 남은 오소리·고라니·너구리·담부 떼·멧돼지의 발자국에는 눈길을 멈추고 있는 것일까. 부재로써 존재를 드러내는 방식이 생멸의 교차와 닮아있는 까닭이다. 그가 보고파 하는 "썩어 거름이 된 삶" 또한 이와 무관치 않다.

시인은 "천년 해소 기침에 시달린 수룡골 늙은네"를 그리거나(「놀양목」), 스러지는 "저, 저놈의 가을 햇빛!"을 안타까워한다(「아까운 놈」). 인생 황혼녘에 유람 나선 노인들의 모습을 포착한 시편도 있다(「노을」). 이들은 조만간 사라지고 말 운명이라는 데서 공통점을 드러낸다. 그 반대편에 놓인 작품은 구스타브 쿠르베의 〈세상의 기원〉을 활자화시켜 놓은 듯 느껴지는 「구멍·1」이겠다. 그러니까 시인의 관심은 존재의 유무가 교차하는 지점에 놓여 있다는 것인데, 삶이 죽음을 끌어안고 전개된다는 이러한 인식은 장자의 유명한 나비 꿈과 겹쳐지는 바 있다. 각각의 존재가 자연의 분신이니, 죽음을 공통분모로 하여 장자와 나비는 서로의 자리를 뒤바꿀 수 있었고[物化], 한 마디의 생을 한바탕 꿈이라 이를 수도 있었다. 유용주의 「묵언黙言」은 이를테면, 그러한 질서와 하나가 되려는 시도 아닌가.

　호방·분방한 상상력이 돋보이는 「뻥이라고 했다」는 그러한 시도를 가로막는 조건과 관련된다. "지금은 사라져 다시는 볼 수도 들을 수도 없는" 것들을 하나하나 떠올리다가 유용주는 마침내 "강이 흐느끼는 소리를 들었다/ 산이 우는 소리를 들었다"에 도달하고 있다. 근대 과학주의에 맞닥뜨려 결국 자연이 직면하게 된 상황이 드러나는 순간이다. 시인은 이명박 정권이 벌였던 4대강 사업의 비극과 대면하여 이 시를 쓰지 않았을까. 기실 유용주는 자연에 의탁하여 사회 현실을 드러내는 데 일가견을 자랑하는바, 「소한小寒」은 대표적 사례로 꼽을 만하다. "물이 얼면 소리가 막히는 법"이라면서 한겨울 엄혹한 상황을 읊고 있는 이 시는 이명박—박근혜로 이어지는 정권을 겨냥하고 있다. 「군불을 피우면서」 "한꺼번에 아궁이에 처넣어도/ 시원찮을 놈들"을 질타하던 그가 여기서는 "봉화산"으로 눈 돌리고 있으니, 정화의 봉화烽火가 타오르기를 염원하는 태도가 느껴지기도 한다. 이명박·박근혜의 적폐 세력이 (초)불의 힘으로 권좌에서 내쫓긴 사실은 우리가 이미 목도하는 바다.

　『가장 가벼운 짐』에서 출발한 유용주의 시작詩作이 『크나큰 침묵』과 『은근살짝』을 거쳐 『서울은 왜 이리 추운 겨』에 이르기까지의 변화를 살펴보면, 줄곧 스스로를 비워 나가는 과정이었음을 확인할 수 있다. 마지막 시집에 이르러 본질로서의 공空을 다룬 시편들이 많아졌다거나, 타인의 처지와 이력을 보듬는 작품들 역시 두드러진다는 데서 이는 증명된다. 비교하건대, 앞서 발표된 시집들에서는 자신의 경험과 내력을 돌아봄으로써 근거를 마련해 나가는 면모가 보다 주류를 이루었다고 할 수 있다. 하지만 이러한 변화는 단절의 양상으로 치닫는 것이 아니니 굳이 대립시켜 이해할 필요는 없다. 다만 환갑 맞은 유용주가 어떻게 골고다 언덕에 오르는가를 가늠하기 위하여 첨언할 따름이다. 이는 "우리 主 容珠 그리스도"가 자기 스스로 구원해 나가는 양상과도 관련이 있겠다.

십자가를 메고 골고다 언덕에 오르는 또 한 명의 목수여, 「긴 하루 지나고」 "더는 속을 수 없다는 듯/ 흙 속으로 스며" 들지라도, 부디 끝끝내 "눈부시게 피어나는 소금기둥 하나"로 우뚝할 수 있기를(「투명한 땀」). 시인의 환갑에 대한 나름의 축언으로 마무리한다.

바람이 불어오는 곳에 펼쳐진
불일불이不一不二의 세계
— 여국현의『새벽에 깨어』에 대하여

1. 네 가지 경향으로 구축된 여국현의『새벽에 깨어』

『새벽에 깨어』는 여국현의 첫 시집이다. 첫 시집은 하나의 경향, 하나의 주제로 수렴하지 않는 양상을 드러내는 게 일반적인데, 아마도 이는 오랜 습작 과정이 한 권의 분량으로 압축되기 때문에 벌어지는 현상이 아닐까 싶다. 시인으로서는 여러 가능성이 혼재하는 자신의 세계가 아직 명확한 방향으로 구축되지 않은 징표라고 이해해도 무방하겠다.『새벽에 깨어』는 네 가지 경향이 공존하는 면모를 드러내고 있다. 먼저 ㉠ 일상의 긴장 바깥에서 삶의 의미를 넓게 성찰하고 포용해 나가는 흐름이 확인된다. 그리고 ㉡ 시인의 시선에 포착된 길 위의 비루한 현실이 반영된 시편들도 적지 않게 포진해 있다. ㉢ 별리의 아픔을 토로하는 시편들도 하나의 경향으로 자리를 차지하고 있다. 또한 ㉣ 시인의 내력 및 처지가 제재로 활용된 경우도 하나의 범주를 구성한다.

추측컨대『새벽에 깨어』의 여러 부류 가운데 ㉠ 일상 바깥에서 삶의 의미를 반추하고 있는 시편들은 ㉢과 ㉣ 부류의 시편들보다 나중에 썼었을 터이다. 우선, 첫 번째 시집인 만큼, 상대적으로 완성도가 높다는 사실은 습작의 연륜이 축적된 결과로 이해할 수 있기 때문이다. 또한 의미를 반추하는 행위는 격동하는 감정이나 치열한 갈등 양상으로부터 벗어나서 스스로를 객관화했을 때나 가능해진다. 즉 ⓒ에서 드러나는 처절한 긴장·아픔이 어느덧 가라앉고, 결절 단위로 응고된 ⓔ의 고난·상처가 승화 가능성을 내장하게 되었을 때 비로소 ㉠ 부류의 시편들이 쓰일 수 있다는 것이다. ⓒ의 시편들은 시집의 Ⅱ부 '편협한 내 사랑'에 배치되었으며, ⓔ에 해당하는 시편들은 Ⅲ부 '내 그림자'를 구성하고 있다. Ⅰ부 '걷다, 길'의 시 몇 편을 통해서도 시인의 이력이 문득 드러나기도 한다.

Ⅰ부의 시편들은 ㉠과 ⓛ의 시편으로 구성되어 있다. 시적 성취로 평가하자면, 언어의 압축 및 절약을 통한 효과 창출이란 측면에서, ㉠ 범주가 ⓛ 부류보다 한 걸음 더 나아간 셈이라 할 수 있겠는데, 양으로 보자면 ⓛ 쪽이 보다 많다. 이는 시인이 ⓛ의 세계에서 ㉠의 방향으로 나아가는 양상을 드러내는 지표가 될 터이다. 또한 비슷한 시간대에 창작되었다고 하더라도, 여국현은 향후 ㉠ 방향으로 세계를 구축해 나갈 가능성이 적지 않으리라 예상할 수 있다. 비루한 현실의 재현이란 상황 타개의 출구를 만드는 무기가 되지도 못하고, 시인 자신의 존재를 웅숭깊게 가꿔가는 방편이 되지도 못한다. 이러한 상황에서 ㉠의 길이 열린다. 지난 시절 치열한 계급 대결의 기록자이자 투쟁가였던 시인들이 보여주었던 변모의 행보는 그러한 선례가 되지 않을까.『새벽에 깨어』에서 시인이 일단 ㉠ 지점에 기착하고 있다는 판단은 그래서 설득력을 확보할 수 있다.

따라서 이 시집은 ㉠의 의미를 살펴보되, ⓒ·ⓔ의 세계에서 어떠한 경로를 거쳐 ㉠에 도달하였는가를 살펴보는 방식으로 접근하는 것이 적절하겠다. 이에 덧붙여 ㉠과 ⓛ이 혼재하면서 빚어지는 양상도 잠시나마 살펴볼 필요가 있다.

2. 현장 노동자가 자연의 분신分身으로 나아가는 과정

시집 『새벽에 깨어』의 가장 앞에 실린 시 「화살」, 「주목과 바람」에는 시인이 자신의 존재를 규정하는 방식이 잘 드러나 있다. 나(시인)는 누구인가. 「화살」에 따르면 "가장 멀리서/ 가장 곧고 가장 빠르게 날아온" "무수한 화살을/ 기쁘게 받아" 들이는 자다. 물론 "진홍빛 단풍나무 사이/ 무수한 화살들"에서 드러나듯이, 「화살」은 가을햇살을 이른다. 그러한 까닭에 "진홍빛 단풍나무"와 더불어 가을햇살 맞으며 "붉디붉게 물들었다"는 시인은 자연의 절대적인 위력에 포섭된 존재일 수밖에 없다.

「주목과 바람」에서는 어떠한가. 바람은 매 순간 나(시인)를 휘감고 있다. 경건함이 느껴지는 "어둠 속 잠 깬 새벽"은 물론, 이성의 원리가 작동하는 "환한 낮의 거리에서", 한껏 감흥이 달아오른 "사람들 사이 떠들썩한 저녁 환한 불빛 속에서도" 바람은 여전한 까닭이다. 그 바람은 또한 신비하기도 한데, 도무지 "알 수 없는 바람소리"이면서도 "안팎으로 내 몸에 가득"하기 때문이다. 휘감고 도는 신비한 바람을 늘 감지하고 있었던 나(시인)는 "눈보라 세찬 태백산/ 주목 앞에" 서서야 비로소 바람의 비밀을 깨닫게 되었다.

높은 산 위에서 세찬 바람·눈비 견디며 '살아 천년, 죽어 천년' 꼿꼿하게 버티고 서 있는 나무가 주목朱木이다. 이는, 니체 식으로 말하자면, 심연에 가 닿은 존재의 표상이라 할 만한데, 존재의 심연에 가 닿은 자는 어떠한 조건과도 맞대면하여 이를 헤치고 나아가는 과정 가운데 위치하며[생성], 그러한 행위의 연속 속에서 나름의 의미를 구축해 나가기 때문이다[정체성]. 이항 대립에 갇히는 법 없이 존재론 층위에서 차이와 동일성의 긴장을 고스란히 끌어안고 있다고나 할까. 물론 여기서 불어 닥치는

'바람'은 형태를 갖지 않는다는 점에서 동일성의 반대 의미, 즉 변화·차이·생성의 조건을 의미하게 된다. 자, 변화무쌍한 바람이 "주목 앞에서 내 이름 부르며" 불어오고 있었으니, 나(시인)에게는 주목의 길을 따를 뿐 다른 도리가 없다. 나(시인)의 선택에 앞서서 기꺼이 순응해야 할 주목(자연)의 세계가 이미 펼쳐져 있다는 것이다.

「화살」, 「주목과 바람」에서 확인하게 되는 나(시인)는 자연의 분신分身이라 할 수 있다. 다시 말해 나(시인)라는 인간은 통체統體인 자연의 부분자部分子로서 제시되었다는 것이다. 이는 '나는 생각한다. 고로 존재한다.'라는 명제로 집약되는 근대의 인간관에서 멀리 떨어져 있다. 이성의 절대성이 들어설 여지가 없다는 말이다. 주지하다시피, 근대 자본주의 체제를 비판하기는 하지만, 세계를 변혁하겠노라는 과학적 세계관 역시 이성의 절대성에 입각해 있다. 그러한 탓에 과학적 세계관 또한 「화살」·「주목과 바람」의 세계로부터 멀찍하게 벗어나 있을 수밖에 없는 처지다. 바로 이 지점에서 주목을 요하는 작품이 「걷다, 길」이며, Ⅲ부의 시편들 그리고 이력이 드러나는 Ⅰ부의 몇 편이다.

먼저 「새벽에 깨어」를 보면, 고등학교 졸업 이후 여국현은 고깃배를 탔던 듯하다.[01] 가정 형편으로 인해 대학 진학이 좌절되었을 터인데, 그 좌절은 다음과 같은 절망을 낳고 있다. "무엇도 시작할 수 없을 것 같던/ 열아홉 절망의 봄/ 바람에 맡기듯 나를 맡겼던 어두운 바다/ 집어등 환하게 밝히며 나서서/ 새벽 어스름을 등지고 조용히 돌아오던 고깃배/ 위에서 흔들리던 삶은/ 경건하고 두렵고 눈물겨웠다"(4연) 이후 중공업 노동자

---

01 사실을 확인해 보니, 고등학교 졸업 후 시인은 대학 진학을 포기하고 바닷가에서 몇 달 살았다고 한다. 좋지 못한 건강 탓에 고깃배를 타지는 못했으나, 새벽마다 바다 위 흔들리는 고깃배를 보며 삶을 떠올렸다고 한다.

로 생계를 이어갔던 양상은 「실재현상」, 「작업장에서」에서 확인할 수 있다. 물론 "쇳가루 펑펑 튀는 작업장에서" "엄습하는 졸음과 소음"에 맞서며 "떠지지 않는 눈"으로 야근까지 수행해야 했던 그 삶은 퍽이나 고단하였을 터이다. 뿐만 아니라 현장에서 동생의 추락사까지 직접 목도하였는데, 이를 시인은 동생의 머리가 "터진 석류알처럼" 바닥에 쏟아졌다고 표현해 내었다.(「그가」) 그가 몸담았던 사업장에서는 산업재해가 비일비재했던 듯 또 다른 노동자의 죽음을 전달하고 있기도 하다.(「어떤 일요일」)

노동자 시절과 관련된 이들 시편에 놓인 정서는 분노다. 예컨대 「어느 새벽」의 7연 "지금 깨어있는 사람들은 모두/ 푸른 수의를 입고 있다"가 이를 드러낸다. 일상의 어떠한 세목도 제거된 채 순응과 저항, 양단간의 결단만이 제시된 상황이기 때문이다. 「실재현상」에서는 과학적 세계관도 추출할 수 있다. 이는 "가느단 강철배관 속의 핏빛 기름이/ 오십 톤이 넘는 쇠롤을 굳건히 받치고 있다는" 사실로부터 시인이 "시간과/ 공간과/ 현상을 초월하여/ 내려누르는 모든 것은/ 핏빛의 저항을 받는다는 것이/ 핏빛의 저항에 의해 들려지고야 만다는 것이" 보편원리라는 주장을 이끌어내는 데서 파악 가능하다. 과학적 세계관의 거대 서사란 계급투쟁에 의한 역사의 전개·발전을 보편 원리로 설정하는 데서 성립하는 바, '시간과 공간과 현상을 초월'하는 저 보편적인 '핏빛의 저항'은 계급투쟁일 수밖에 없다. 거대 서사는 이와 같이 계급투쟁을 통하여 계급사회의 종식으로 나아가는 길을 예비해 놓았다.

그런데 1989년 베를린장벽이 무너지고, 1991년 소련이 해체되면서 거대 서사가 회의의 대상으로 급전한 것은 주지의 사실이다. 여국현 홀로 그러한 세계사의 전개로부터 자유로웠을 리 없다. 물론 작업장 노동자 생활을 청산하고 상경 후 공부한 끝에("회사 그만 두고 공부하러 서울 올라왔을 때",

「이해해, 아빠」), 이제 시간 강사로 지방대학을 떠돌게 되었어도(「버려진 발목 구두」「꿈속의 멀리뛰기」), 경제 상황은 여전히 곤란하였다. 그래서 그는 아빠가 시간 강사 대신 학원을 하면 좋겠다는 딸의 나직한 바람에 다음과 같이 답하고 있다. "아빠도 일 년 가까이 노량진 학원에도 나가고/ 주말이면 지방까지 다니는 임용고시 강의도 했었는데/ 그건 아빠 일이 아닌 것 같았어"(「이해해, 아빠」) 거대 서사가 예비해 놓은 길은 무너져 내렸으나, 경제난을 둘러싼 시인의 곤란은 요지부동 상태인 것이다. 「걷다, 길」은 이러한 상황에서 써내려갈 만한 시편이 되겠다.

"어두운 도시의 거리를/ 날개 다친 새처럼 허위적 거리며" 걷는 모습에서 벌써 하강의 이미지가 선명하다. 일기를 예보하는 "캐스터는 틀렸다"는 진술은 과학적 세계관의 패배를 암시하겠다. 온갖 첨단장비를 동원하여 구름의 이동 따위를 예측하는 행위는 과학에 입각해 있기 때문이다. 물론 시인 역시 과학적 세계관의 패배에 "예상치 못한 일격을 당한 듯" 당황하는 이들 가운데 하나일 터인데, 한 부류가 자본주의의 흐름에 동참하거나("몇몇은 맞은 편 버스정거장 쪽을 힐끔거렸다"), 다른 한 부류가 애초의 방향을 우직하게 밀고 나갔던 데 반해("몇몇은 결심이나 한 듯 길을 나섰다"), 그는 '어두운 도시의 거리를' 서성거리는 방향으로 입장을 정리한다. 이전에는 "두렵지 않았다/ 어디로 가는지 알고 걷는 걸음이었고/ 보이지 않아도 길은 있을 것이었으니" 걸음이 당당했다면, 지금부터는 현실('어두운 도시의 거리')에서 방황하며 길을 만들어 나가야 하겠기에 그 걸음이 위태할 수밖에 없다.

> 눈앞의 길은 빗속에서 뿌옇고
> 마주 달려오는 바람은 얼굴을 따갑게 밀어대지만
> 걷는다

걸어야 한다
또렷하게 보이지 않는 어디로라도
어기적거리며 걷는 걸음으로라도 멈춤 없이
걸어야 한다
가볍고 단호한 걸음으로 걷던 시절이 지났더라도
길이 연이어 길을 내어주던 시절이 지났더라도
                    —「걷다, 길」의 Ⅴ연

　　앞서 『새벽에 깨어』의 경향을 네 가지로 정리하였는데, ⓒ 길 위의 비루한 현실이 반영된 시편들은 「걷다, 길」에서 표백된 세계에 대한 시인의 대응 방식이 빚어낸 결과라 하겠다. 나(시인)는 오늘도 어두운 도시의 거리를 서성거리며 비루한 현실과 맞대면한다. 시인은 젊은 작가가 "이루지 못한 꿈의 안타까움"을 안은 채 "배고픔과 아픔 속에" 죽음에 이르고(「작가의 죽음」), 오랜 시간 성실하게 일상을 영위해 가던 소상인의 가게는 "문을 닫았다"(「통닭집 사내」, 「1984년, 빵가게」)는 사실을 확인한다. "수원역 고가 계단/ 겨울 찬바람 아래/ 한 사내/ 길게 누워" 있으며(「그 사내」), 좌판 벌인 사내는 장사는 애당초 포기해 버린 듯 "고개 숙인 채 졸고 있거나/ 입 벌린 채 잠들어" 있을 따름이다.(「길 위의 잠」) 나(시인)가 어두운 도시의 거리 위를 끊임없이 걸으면서 재현해 놓은 풍경은 그러하다.

　　그리고 「걷다, 길」로부터 이어진 또 하나의 방향이 ㉠의 세계이다. "길은 늘/ 앞으로만 나 있다 생각하며/ 걸어야 했던 시간들을"(1연) 뒤로 하고 "길을 잃고/ 걸음을" 멈춘 「자하르」의 시인을 보라. "침묵하라/ 침묵하라/ 더 깊은 소리를 위하여"(5연)라는 자세는 분명 존재의 의미를 추구하는 데로 나아가는 양상이다. 다시 말해 「걷다, 길」에서 「자하르」를 거쳐 나(시인)는 ㉠ 「화살」, 「주목과 바람」의 세계에 이르렀다는 것이다. 시집 『새벽에 깨어』의 한 축은 이처럼 ㉣ 모순에 찬 세계에 대해 대항하고자 했던 나(시인)가 ㉠과 ㉡의 양상으로 변모하는 과정을 담아내고 있다.

그렇다면 ㉢ 별리의 아픔을 토로하던 나(시인)의 행방은 어찌 이해할 수 있을까.

3. 바람이 불어오는 곳에 펼쳐진 불일불이不一不二의 세계

비루한 현실을 아무리 성실하고 치밀하게 재현한다고 한들 그것은 상황을 타개할 만한 무기가 되지 못한다. 또한 세상에 대해 스스로를 벼려나갈 계기가 될 수는 있겠지만 시인 자신의 존재를 웅숭깊게 가꿔나갈 방편도 되지 못한다. 그런 점에서 주목을 요하는 시가 「꿈속의 멀리뛰기」이다. 나(시인)가 지방대학으로 강의 나간 상황이기는 한데, 여기서는 경제 곤란이 토로되는 대신 ㉠ 일상의 긴장 바깥에서 그 의미를 넓게 성찰하는 면모가 부각되고 있기 때문이다. 지방대학에서 강의가 빌 때 나(시인)는 "산수유나무 사이 계단을 올라/ 묘 앞 잔디에 자리잡고 누워 해바라기를" 한다. 여기서 산수유나무는 자연에 해당하겠고, 계단을 오르는 행위는 상승을 의미할 테니, 이는 존재의 고양을 예비하는 통과제의의 성격이 다분하다. 과연 계단을 '올라' 선 자리에서 그의 눈에 들어온 광경은 "시시각각 모양 바꾸는 구름들"이다. 물론 이 구름들은 「주목과 바람」에서의 바람에 해당한다.

다시, 나(시인)는 누구인가. 이에 답하기 위해서는, 나(시인)는 자연의 운행에 포섭된 존재이기에, 먼저 자연의 운행에 관해 물어야 한다. "햇살 잘 드는 무덤가 잔디 사이로/ 어느 날은 노란 복수초가 피었다가/ 어느 날은 옅은 갈색의 낙엽이 굴러다녔다" 이러한 진술로써 환기되는 바는 자연이 생멸生滅이 펼쳐지는 마당[場]이라는 사실이다. 여기에 그대로 포개지는 체험이 바위 아래 묏등으로 뛰어내리며 넘어서고자 했던 나(시인)의 유년 시절 행위이다. "삶이란/ 죽음으로 뛰어내리기인 것/ 아무리 높이 올라도 묏등보다 멀리 뛸 수 없다는 것/ 삶과 죽음은 등을 맞대고 있다는 것" 인간의 모든 행위는 묏등을 건너뛸 수 없다는 점에서, '어느 날은 노란 복수초가 피었다가/ 어느 날은 옅은 갈색의 낙엽이 굴러' 다니는 자연의 장 안에 갇혀 있다. 이처럼 「꿈속의 멀리뛰기」는 「화살」·「주목과 바람」에서 확인할 수 있었던 '통체統體 자연 — 부분자部分子 나(시인)'라는 인식이 구축되는 경로를 보여준다.

「꿈속의 멀리뛰기」는 꿈이라는 매개항을 거쳐 진술되었다는 측면에서도 관심을 요한다. 장자의 나비 꿈에서 확인할 수 있듯이, 죽음의 편에서 보자면 삶은 한바탕 꿈일 수 있다. 시인이 장자의 길을 좇아 굳이 꿈을 끌어들인 까닭도 "삶과 죽음의 경계에 맞닿아 존재하는 나를" 드러내기 위해서이겠다. 장자의 나비 꿈이 워낙 널리 알려져서 곧잘 인용되는데, 기실 불교 사상의 기본 사유 방식도 이와 다를 바 없다. 만물萬物은 물·불·흙·공기가 인연에 따라 일시 형태를 지었다가 다시 물·불·흙·공기의 4원소로 되돌아가는 운명을 공유한다고 하지 않는가. 이는 『새벽에 깨어』의 ㉠ 계열 시편들을 불교 사상 측면에서 해석할 수 있는 가능성을 제공한다. ㉡ 별리의 아픔을 토로하는 시편들에서 ㉠ 계열로 나아가는 양상은 불교 사상의 측면에서 이해할 때 보다 쉽게 파악하게 된다.

원효의 『대승기신론소』에 따르건대, 진여문眞如門과 생멸문生滅門은 불일불이不一不二의 관계에 놓인다. 범박하게 정리하자면, 일체의 망상·상을 떠난 고요하고 맑은 불생불멸의 세계[眞如]와 분별·집착·번뇌가 일어나고 소멸하는 과정이 반복되는 중생의 세계[生滅]는 같지 아니하므로 하나가 아니요[不一], 각자의 세계는 두 세계의 차이를 통하여 비로소 드러나므로 둘이 아니라는[不二] 말이다. '이것이 있어 저것이 있다'는 연기론은 이를 가리킨다. 또한 원효는 생멸문과 진여문을 바다에 비유하여 설명하는바, 시시각각 변하는 물결이 생멸문이라면 바닷속 감추어진[藏] 지점에서 진여의 세계가 펼쳐져 있다. 감추어졌기에 진여의 세계를 완전히 알 수는 없겠으나, 우리는 생멸문을 통하여 진여의 일단은 파악할 수 있게 된다.

『새벽에 깨어』에 실린 ⓔ 별리의 아픔을 토로하는 몇 편의 시에서는 불일불이의 인식이 발견된다. 가령 「가을이므로」의 경우, "한없이 자기 몸" 떨어뜨리는 낙엽에 빗대어 별리의 심정을 펼쳐 나간다. "사랑해/ 아니야/ 사랑해/ 아니야 사랑해// 그럴 수도 있는 것이다"(4, 5연) 절박한 사랑(별리의 순간)에 집중한다면, 삶의 의미란 '아니야'(사랑하지 않아)라는 부정과 다시 이를 부정하는 '사랑해'의 중첩된 부정의 긴장 가운데서 펼쳐지는 법이다. 그래서 나(시인)는 "제 몸/ 제 마음 다 벗고/ 앙상한 뼈마디 속속들이/ 다 드러날 때까지 자기 몸 자기 마음으로/ 비로소 제대로/ 볼 수 있을 때까지" 부정과 부정을 이어나가고 있는 것 아닌가. 이는 「몸살」에서 "가고 보내는데/ 까닭 없을까/ 가고 보내는데/ 까닭 있을까"(2연)라는 중첩되는 이중의 물음으로 변주되기도 한다.

「두물머리 가는 길」의 두물머리는 이러한 부정의 중첩[물음의 중첩]을 시각화하는 소재라 하겠다. 두물머리는 북한강과 남한강이 합류한다고 하여 붙여진 명칭이겠고, 북한강·남한강이 합류하는 풍경은 부정의 중첩[물음의 중첩]으로 파악된다는 것이다. "뒤로 앞으로 가고 오는 모든 시간"이 "머뭇거리거나 당당하게 타고 내리는 모든 이들 사이/ 주저하거나 흩날리며 흐르고 멈춰선 모든 존재 사이"에 놓인다는 진술이 이러한 해석의 근거로 작용한다. 이 시가 「몸살」·「가을이므로」와 다른 점은 별리에 따른 조바심이 가라앉힌 형국이라는 점인데, 이는 직접적인 감정의 표출이 두물머리라는 객관사물로 형상을 갖출 수 있을 만큼 심리적 여유가 확보된 데 따른 결과이겠다. 물론 나(시인)도 이를 알고 있어서 그 스스로 망우忘憂역에 "근심은 슬그머니" 내려놓고 「두물머리 가는 길」로 나섰다고 표현하였다.

여국현은 아마도 「두물머리 가는 길」 어느 부근에서 바람이 어디에서부터 불어오는지 느끼기 시작하였겠다. "이제야 알겠다/ 애초 밖에서 불어오는 바람 아니었다// 네 속의 태풍/ 내 속의 광풍이었다/ 내 속의 그 바람 따라 웃고/ 내 속의 그 바람 따라 울고/ 내 속의 그 바람 따라 노래했다"(1, 2연) 물론 여기서 읊어지는 바람은 「주목과 바람」의 바로 그 바람이다. ⓒ 별리의 아픔을 토로하던 나(시인)가 ㉠ 일상의 긴장 바깥에서 그 의미를 넓게 성찰하고 포용해 나가는 경향으로 나아간 양상은 이로써 확인된다.

불교사상의 입장에서 보다 풍부한 울림을 던지는 작품들은 ㉠ 계열이다. 가령 「꿈속의 멀리뛰기」에서 "삶과 죽음의 경계에 맞닿아 존재하는 나를" 느낀다고 진술할 때, 나(시인)는 생멸문을 벗어나 진여문으로 나아가는 양상을 드러낸다. 「길고양이, 울다」는 염화미소의 태도에 다가서 있으며, 불교에서 소재를 취한 「풍경과 범종」에 표출된 침묵과 소리의 관계 또한 시인의 세계 인식 방편을 드러낸다.[02] "풍경은/ 처마 끝에서 요란하지만/ 한 걸음을 넘기 어렵고/ 범종은/ 침묵 속에서도/ 세상 끝 닿을 울림을 품고 있구나"(2연) 또한 「겨울, 아침」에서 넓은 유리창을 닦는 행위는 불교계의 수

---

02 다만 1연의 진술은 다소 혼란스럽게 다가온다. "가슴 속/ 빈 공간"이 불교에서 말하는 空, 실존철학에서의 자기 비움(kenosis)에 가 닿았다면 바람 따라 요란해질 리 없고, 바람 따라 요란하게 흔들릴 "채울 수 없는 공허함"은 "넓고 깊은" 세계로 이어질 수 없으리라 생각되는 까닭이다.

행修行을 연상시킨다. 넓은 유리창은 세계를 바라보는 틀, 즉 마음의 비유일 터이기 때문이다. 이 시에서 흥미로운 대목은 2연인데, 2연은 1~11행이 넓은 유리창을 닦는 모습(행위)의 진술인 반면 12~26행이 깨끗하게 닦인 유리창을 통해 바라보이는 바깥 풍경으로 구성되었다. 수행과 마음의 관계가 행위와 풍경을 통해 유비적으로 펼쳐지고 있는 셈이다.

표제작 「새벽에 깨어」 또한 만만치 않게 다가온다. 나(시인)는 "열아홉 절망의 봄" 출렁이는 "어두운 바다" "고깃배/ 위에서 흔들리던 삶"을 살았던 바 있다. 그러한 삶에 대해 스스로 "경건하고 두렵고 눈물겨웠다"고 토로하고 있는 바, 아마도 이는 살아나간다는 사실 자체의 경건함, 현실에 대한 두려움, 눈물겨운 자신의 처지에 대응하리라. 그런데 '새벽에 깨어' 잠든 "아이의 발가락을 가만히 잡고" 나(시인)가 문득 떠올리는 것은 어두운 바다 고깃배 위에서의 삶이며, 이제는 바닷속을 유영하기에 이른다.

> 아이들이 어렸을 때
> 잠든 아이의 발가락을 가만히 잡고 있으면
> 그 바다가 전하던 심연의 침묵이
> 웅웅거리며 들려오곤 했다
> 그 소리에 잠겨 유영하다
> 손가락 끝으로 전해지는 온기를 타고
> 그만 아이의 꿈속으로 들어가고 싶었다
> ―「새벽에 깨어」5연

바다 위와 바닷속의 교통은 시인이 '잠든 아이의 발가락을 가만히' 쥐면서 가능해지고 있다. 그런 점에서 시인의 그러한 동작은 부처와 중생이 하나라는 부처의 수인手印, 지권인智拳印을 연상시킨다. 먼저 바다의 표면

[生滅門]과 바닷속 세계[眞如]의 관계가 작동할 뿐만 아니라, 세파에 시달리는 나(시인)와 세속의 때가 묻지 않은 아이의 관계가 그 위에 그대로 포개지고 있으니, 중생·생멸문은 부처·진여와 하나가 되고 있기 때문이다. 또한 시인이 아이의 꿈속으로 들어간다는 것은 '나(시인) = 아이'의 일치가 허여되는 순간이기도 하다. 물론 수인을 풀었을 때, 이 세상은 다시 고해苦海로 펼쳐지게 된다. 그래서 나(시인)·아이의 처지와 현실은 여전히 눈물겹고 두려울 터이다. 하지만 '나(시인) = 아이'의 일치를 체험했던 이는 이제, '열아홉 절망의 봄' 시절과는 달리, 온기를 끌어안고 있다. "경건하고 따스하며 눈물겹고 두렵다/ 잠든 아이의 맨발을 통해 전해오는 삶은"(7연)

인드라망의 구슬은 서로 비추고 있다고 했다. 살아있는 존재의 온기는 그렇게 서로가 서로를 비추면서 생겨날 터, 「새벽에 깨어」의 저 온기는 이제 인드라망의 세계로 진입하였음을 드러내는 징표가 되겠다.

4. 『새벽에 깨어』 이후의 길 혹은 꿈

앞서 「꿈속의 멀리뛰기」·「새벽에 깨어」에 등장하는 꿈의 의미를 살펴보았는데, 『새벽에 깨어』에는 이외에도 꿈이 등장하는 작품이 두 편 더 있다. 「청담대교를 지나며·1」의 경우는 악몽이다. 꿈이라고는 하지만, 원자原子 단위 개별자들이 피곤에 절어있는 모습으로 아무런 관계 맺음도 없이 서로 무관하게 충돌할 따름이니, 그 꿈은 우리가 살고 있는 현실이 바로 "깊은 강 밑으로 가라앉는/ 악몽"임을 드러내기 위한 장치라 하겠다. 이때 '깊은 강'은 우리가 견디어 내고 있는 무겁게 침잠하는 시간의 상징이다. "홀연,/ 아름다워라/ 찰나의 순간/ 물살 위/ 저 빛!"(2연)이라고 하여 시인은 악몽의 탈출구로 자연 세계를 펼쳐놓기는 하였는데, 글쎄, '찰나의 순간' 개시된 광경이 과연 악몽과 같은 현실의 물질성을 그토록 쉽게 '홀연' 감당해 낼 수 있을지는 보다 찬찬히 톺아볼 필요가 있을 성싶다.

「길 위의 잠」에서는 좌판 상인의 꿈이 펼쳐진다. 아무래도 그 상인은 고단한 현실보다는 꿈속 세계에 더 취한 듯싶다. "사람들은 힐끔거리며 그의 앞을" 지나칠 뿐이며, 머뭇거리면서 "좌판을 살피기도" 하는 그 "누구도 그의 잠을 방해"하지 못하고 있기 때문이다. "좌판 위 소쿠리 속" 채소며 과일들 또한 "저희들 이야기로" 분주할 따름이다. 그렇다면 좌판 상인은 대체 어떤 꿈을 꾸고 있는 것일까. "길게 혹은 짧게 끊겼다 이어지는/ 그의 긴 숨결을 따라 걸어가는 길 위에/ 때로는 푸른 강이/ 때로는 짙푸른 하늘이/ 때로는 서늘한 바람이 나타났다 사라지고/ 강어귀에서 마을까지 한달음에 달려가는 아이/ 등 뒤로는 무지개가 보일 듯 말 듯 걸려있다"(5연) 이러한 꿈속 세계에 대해서도 현실의 물질성을 쉽게 감당하기가 어려우리라 말할 수 있다. 그 꿈은 자기위안에 머무를 따름이라는 것이다.

「청담대교를 지나며·1」과 「길 위의 잠」은 ㉠과 ㉡의 관점이 쉽게 융합되기 어렵다는 사실을 드러낸다. 이로써 『새벽에 깨어』 이후 여국현의 경로는 ㉠과 ㉡의 길항을 어떻게 봉합하며 나아가는가에 따라 결정되리라는 사실을 알 수 있게 된다. 물론 이는 여국현의 두 번째 시집을 대상으로 삼아 새롭게 논의하면서 확인해 나갈 일이다.

종교로서의 자본주의와 보살이 된 돼지
— 권성훈의 『밤은 밤을 열면서』에 대하여

1. 「21세기 십계명」과 종교로서의 자본주의

권성훈이 현실을 어떻게 파악하고 있는가는 「21세기 십계명」에 잘 드러나 있다. 이 세계를 주재하는 주체는 "하나님을 먹은 뱀"이며, 뱀의 "농염한 혀가 갈라지며" 삶의 규율이 굳건하게 세워졌다. 이것이 바로 모세가 하나님으로부터 전해 받았다는 열 가지 계시를 거꾸로 뒤집어 놓은 이른바 '21세기 십계명'이다. 얼핏 시인의 재기발랄한 면모가 부각될 터이나, 발터 베냐민이 지적해 놓은 「종교로서의 자본주의」를 떠올린다면 그 전도에 내포된 의미가 만만치 않음이 드러나게 된다.

베냐민이 지적하고 있는 "자본주의의 종교적 구조에서 세 가지 특징"은 첫째, "순수한 제의종교祭儀宗敎, Kultreligion"이다. 이는 "자본주의에서는 모든 것이 직접적으로 제의와 관계를 맺는 가운데에서만 의미를" 지닌다는 것이다. 두 번째는 그 제의가 영원히 지속되는데, 베냐민은 자본주의에서의 삶을 "꿈(희망)도 자비도 없는 제의를 거행하는 일"이라고 설명하고 있다. 셋째, 자본주의는 "죄를 씻지 않고 오히려 죄를 지우는 제의의 첫 케이스이다. (중략) 죄를 씻을 줄 모르는 엄청난 죄의식은 제의를 찾아 그 제의 속에서 그 죄를 씻기보다 오히려 죄를 보편화하려고 하며, 의식意識에 그 죄를 두들겨 박고 결국에는 무엇보다 신 자신을 이 죄 속에 끌어들임으로써 신 자신도 속죄에 관심을 갖도록 만든다."[01]

　꽉 막힌 종교체제로 설명될 만큼 자본주의의 구조는 완결적이며, 폐쇄적이다. 그래서 권성훈은 「더와 다」에서 이 세계를 일러 "더 가지려고 하는 이 방"으로 명명하면서, 삶의 방식을 "다 채우지 못하는/ 달콤함으로 달귀진 꿈속 반죽같이/ 찰랑이면서 수위를 조절하지 못하는 영광같이/ 모두가 다 다르게 더 가지려고만" 한다고 진술하고 있다. 형해만 남은 가족의 양상을 제시하고 있는 「드럼 세탁기」 역시 마찬가지다. 이 시에서 인간은 빨랫감, 즉 찌든 때를 제거해야 할 대상에 불과하다. 가족 구성원은 서로에게 아무 것도 묻지 않을 만큼 무관심하며, 다만 세탁기 안에서 서로의 죄악을 확인하듯 "팔이 사타구니 속에 사타구니가 가슴 사이로/ 아랫도리가 윗도리 속에 윗도리가 아랫도리 사이로" 들락거릴 따름이다. 우리 인간이 한낱 세탁기 속에서 뒤엉키는 더러운 빨랫감 따위에 머물러 있기는 곤란할 터, 마땅히 출구를 찾아나서야 하는 게 아닐까.

　『밤은 밤을 열면서』의 특징은 그 출구 찾기가 종종 육식肉食을 매개로 펼쳐지고 있다는 점이다. 물론 다른 의장을 거치지 않고 성찰이 진행되는 경우도 있다. "지느러미 파닥이며 뭍으로 걸어 나오는 물고기들"을 보면서 "나는 왜 수분 빠진 저 풍경을 떠날 수 없을까"라고 자문하는 「폭염주의보」가 대표적이다. '수분 빠진 저 풍경'이란 응당 생명력을 상실한 현실 세계의 지칭일 터, 마지막 두 행을 보건대 나아갈 방향은 가늠하지도 못한 채 고민만 깊어지는 듯하다. "충치 먹은 옥수수처럼 이빨을 보이며/ 파리

01　발터 베냐민, 최성만 옮김, 「종교로서의 자본주의」, 『발터 베냐민 선집5: 역사의 개념에 대하여, 폭력비판을 위하여, 초현실주의』, 도서출판 길, 2009, 122쪽.

한 생각이 편집증처럼 걸려 있어" 따라서 이번 권성훈 시집『밤은 밤을 열면서』의 전체 기조가 비관으로 기우는 것은 어찌할 수 없었던 듯 보인다.

2. 밤이 새벽을 열지 못하는 까닭

편집증처럼 걸려 있는 파리한 생각들의 산물인 까닭인지, 이것과 저것을 하나로 잇대는 상상력은 발랄하지만, 그럼에도 불구하고 육식을 둘러싼 시편들은 결국 비관으로 기울고 있다. 가령「발로만 출애굽」을 보자. 시인은 닭발 음식을 먹고 있다. 살아서 "철장"에 갇혀 있었으나 죽어서 철장 바깥으로 나왔으니 '출애굽'인데, 지금 오로지 닭발만 남았으므로 '발로만 출애굽'이다. 시인의 발랄한 상상력은 철장을 "엄숙하게 서 있었던 성전聖殿"으로 전환시키는 데서 드러난다. 조개탄 위의 닭발이 어디로도 가지 못한 채 "제 이름을 발로만 오그라지게" 쓰다가 사라지고 말리라는 사실은 충분히 예상할 수 있다. 실패한 출애굽으로 귀결하는 게 당연하리라는 것이다.

닭 요리에 대한 또 다른 시「유쾌한 치킨」에서도 탈주는 죽음을 통하여 마련되는 양상이다. 몸을 덮고 있는 깃털이 무언가. "목덜미에서 사타구니까지/ 부끄러움으로 치장한 순간순간의" 덮개에 불과하다. "그것은 벗어 버리려고 했던 그림자일 뿐"이었으니 진작 뽑아 버렸어야 했다. 자, 이제 "목 잘린 희망"일망정 "철장을 빠져나와/ 비로소 편안하게 누워" 있게 되었다. 그렇지만 죽어서 맞이한 해방은 한계를 이미 노정하고 있을 터이다. 시인이 닭튀김 반죽을 "살아서 입지 못하는 황홀한 옷 한 벌", 튀겨지는 순간의 고온을 "내 몸도 이렇게 눈부신 뜨거움을 가지고 있을 줄

이야", 의미 부여하고 있으나, 죽어서 누리는 호사·죽어서 깨달은 자신의 잠재력은 기껏해야 자기 위안 내지 만족에 불과하겠으니 말이다.

권성훈은 육식 대상의 삶/죽음이 자신의 경우와 별반 다르지 않다고 생각하고 있는 듯하다. 그래서 나의 먹을거리로 올라온 저들의 죽음에 대해 그렇게 의미를 부여하고 있다는 것이다. 「감자탕」을 보라. 감자탕의 "등뼈는 등을 보이고" 있으며, 살아있는 시인은 "늑골을 감추고" 살을 발라 먹고 있다. "뼈와 뼈 사이 죄가 발라먹은 저녁/ 구멍 난 자리마다 등을 보인 흔적들이다" 이 구절이 흥미로운 까닭은 등뼈의 살을 발라먹는 주체가 '죄'로 제시되어 있기 때문이다. 즉 시인 '나'가 들어서야 할 자리를 '죄'가 대체하고 있다는 것이다. 〈먹다/먹히다〉의 관계를 전제하건대, 등을 보이는 행위는 대결에서 패했거나 회피한다는 맥락을 형성하므로, 등뼈를 발라먹는 일이란 승리의 확인일 수밖에 없다. 그래서 '나=죄'라는 등식이 성립하게 된다.

그렇다면 시인은 정녕 승자일까. 무한경쟁, 무한대결이 펼쳐지는 현실 속에서 아마 그러하지는 못할 것이다. "명동 성당 골목집에서" 나오면서부터 그는 벌써 알아차리고 있다. "가슴을 내놓고/ 골목길을 빠져나오는 동안/ 나는 숭숭 뚫린 등뼈를 보일 것이다" 물론 이때 '골목길'은 시인이 살아나갈 인생의 비유다.[02] 좁은 골목길에서 벌어지는 〈먹다/먹히다〉의 대결로부터 그 누구도 자유로울 수 없으며, 가슴을 펼치고 앞으로만 나아갈 수도 없으리라. 이 지점에서 시인은 「발로만 출애굽」·「유쾌한 치킨」의 닭, 「감자탕」의 돼지와 동일한 층위에 자리할 수밖에 없게 된다. 따라

---

02 「감자탕」의 '골목길'은 「한길 순대」에서 '한길'로 변형되고 있다. 「슬픔의 문장」에 등장하는 '편육'의 "핏물 빠진 삶"은 〈먹다/먹히다〉라는 대결의 종식에 닿아 있기도 하다.

서 시인이 육식 대상의 죽음에 대하여 부여하고 있는 의미는 기실 자신의 삶/죽음에 대한 위안의 변형일 수밖에 없다. 물론 위안이 필요해지는 까닭은 종교로서의 자본주의 체제에서 기인한다.

등을 내어준 돼지로 인해 시인은 지금 여기 살아남을 수 있는 근거를 얻게 되었다. 이를 자신의 몸을 기꺼이 공양에 올린 행위로 파악할 경우 돼지는 보리타살(=보살)의 경지에서 이해할 법도 하다. "머리부터 발끝까지 모자라는 듯// 내장을 내주고도 희미하게 담긴// 뚝배기 한 웃음"(「보리타살 돼지」) 복날 뚝배기로 상에 오른 개 역시 마찬가지다. 기쁨과 슬픔을 한데 아우르며 자신의 희생/구원으로써 평화를 낳고 있기 때문이다. "구원은 언제나 뜨겁게 달아오른/ 한 올 털도 없이 찢겨진 기쁨같이/ 온몸 온 살로만 잎을 피운 슬픔같이/ 복날이 오고 봄날은 간다"(「꽃 피는 복날」)

이 즈음에서 시집의 제목을 환기할 필요가 있다. 『밤은 밤을 열면서』. 밤이 새벽을 열지 못하는 형국이다. 밤은 왜 밤으로 이어질 수밖에 없는가. 종교로서의 자본주의가 행사하는 위력이 그만큼 막강하기 때문이다. 이에 맞서기 위한 방편으로 시인은 기독교, 불교와 같은 종교의 계율, 개념 따위를 활용해 보기도 하지만, 그가 어찌 해 보기에는 역부족이다. 먹거나 먹히면서 자본주의는 당분간 지속되리라. 이것이 『밤은 밤을 열면서』 전언이다.

3. 반듯한 책상 앞의 시인

비극적인 시대를 살아가면서 권성훈은 비극적인 전망을 떨쳐 내지 못한다. 그렇지만 비극적인 인식에도 불구하고, 현 질서 바깥을 향한 시선만은 부여잡고 있어서 인상적이다. 예컨대 「사시들」을 보라. "어항 밑창에" 누운 "자연산 넙치들"의 "왼쪽으로 몰린 눈들"을 보느라 "나의 양쪽 눈"까지 한쪽으로 몰렸다. "얼마나 속으로만 흐르는 어둠에 엎드려야/ 사방에 눈을 돌리지 않고도/ 한 곳만 바라보는 혜안의 바늘로 반짝이나" 그는 왜 하필 한 곳만 바라보는 사시斜視를 일러 '혜안의 바늘'이라 표현하고 있는가. 「모서리」에 단서가 제시되어 있다. 모서리는 "두려움 없는 시선을 한 방향으로 고정하고/ 길들여진 중심을 날카롭게" 노려볼 수 있는 위치이다. "바깥으로 난 무릎을 꿇고/ 둥근 것들은 흉내 낼 수 없는" "반듯한 반란"을 일으킬 수 있는 자리가 모서리라는 것이다. 그러니 한 곳만 바라보는 사시란 모서리를 지향하는 의지를 담아낸 상징을 내포한다고 이해할 수 있다.

「하루도 책상같이」에서는 수신修身의 각오도 드러난다. 모서리가 "반듯한 반란"을 품고 있었듯이, 책상도 반듯하다. "그렇게 반듯한 표현으로 앉아 있는/ 책상이 옳았다" 자, 반듯한 책상에 마주한 '나'는 누구인가. 과거에서 미래로 이어지는 초월의 지점 위에 올라선 존재이다. "각자를 지키고 있는 각자의 이름으로/ 어느새 먼 곳에서 오고 계신 당신과 행여 와 있는 당신" 일단 권성훈은 반듯한 책상과 마주하여 앉아 있다. 이후 그의 행로를 결정하는 것은 얼마나 그 자리를 지키고 앉아 있는가에 달려 있을 성싶다.

천상계와 지상계의 교통 가운데 만들어진
초탈超脫의 자리
― 오영호 신작시에 대하여

1. 새·바람으로 드러나는 비상飛上의 상상력

오영호의 시조를 읽다보면 문득 날아오르려는 태도를 발견하게 된다. 그의 시선이 천상계와 지상계를 매개하는 대상에 곧잘 맞춰지고 있기 때문이다. 〈대표작〉으로 선별된 작품들 가운데 우선 새가 등장하는 경우를 살펴보자. 「새벽 우포늪」을 보면, "꽉 닫아" 걸린 "하늘 문" 열어젖히는 역할은 "파수꾼 왜가리들"이 담당하고 있다. 왜가리의 비행으로 "안개장막"이 걷히면 드디어 하늘과 우포늪["天池"]의 경계가 드러나는 것이다. 그리고 이에 따라 "태곳적 혼의 말씀"을 들려주는 양 "물무늬"가 "반짝"이고, "생명의 초록나라" "피라미들"은 "새로운 길을" 낸다. 시인도 왜가리의 비행으로 펼쳐지는 세계(풍경)에 기꺼이 동참하는바, 4연의 마지막 두 행이 이를 보여준다.

"우울한 내 마음의 뜰에도/ 가시연꽃 피고 있다" 진흙 아래 뿌리 내리고도 청정한 자태를 유지하는 것이 연꽃이라, 불교에서 연꽃은 불보살의 자리를 상징한다. 그러한 연꽃 중에서도 하필 가시연꽃인 까닭은 아마도 자신의 청정을 지켜나가기가 결코 만만치 않기에 스스로의 의지를 결연하게 다잡겠는 상징이겠다. 우울하다는 마음 상태는 가시연꽃과 상관한다고 볼 수 있겠는데, 이는 4연의 1·2행과의 흐름 속에서 파악할 경우 점층적 관계를 형성하면서 깊이를 획득하게 된다. 즉 ㉠ '우울한 내 마음의 뜰'이 있는데 ㉡ 우울은 '가시연꽃' 피어 청정하게 걷히고 ㉢ 청정한 개별적인 세계(내 마음의 뜰)는 근원적 세계("물무늬에 반짝이는 태곳적 혼의 말씀")와 교섭해 나가는 과정에 이른다는 것이다.

「눈 온 아침」에는 "비둘기 한 쌍"이 상서롭게 등장한다. 작품 분위기는 어디 때 묻은 곳 한 군데 없을 정도로 정갈하다. 눈이 내려 온통 새하얀 세상에서는 순결함이 느껴지며, 이와 연동하여 시간대는 희망이 움트는 아침이다. 시인은 이에 절대성을 부여하려는 듯 하느님을 모셔다 놓기까지 하였다. "밤새 하느님이/ 펼쳐놓은 화선지"라고 했으니 한 폭의 정지한 영상일 터인데, 여기서 오로지 움직임을 갖는 존재가 "낙관을 툭툭" 찍는 비둘기 한 쌍이다. 어찌하여 비둘기 한 쌍만이 예외일 수 있는가. 화선지 바깥에서 화선지 안으로 "날아온", 그러니까 천상계에서 지상계로 하강한 하느님의 전령이 바로 그들이기 때문이다.

과연, 비둘기의 강림은 "신생아 울음소리"로 이어지고 있다. 5행부터 펼쳐지는 이러한 전환은 시조 양식의 종장과 결부하여 주목할 만하다. 주지하다시피 평시조의 일반적인 음수율은 3·4·3·4(초장)/ 3·4·3·4(중장)/ 3·5·4·3(종장)이다. 형식이 강제하는 바에 따라 중장에서는 초장 내용을 강화하게 되며, 종장에 이르러서는 앞에 펼쳐놓은 내용을 정리하는 한편 변화를 꾀함으로써 완성도를 끌어올려야 한다는 것이다. 「눈 온 아침」의 경우, 시각 이미지에 이끌려 고요하기만 하던 풍경이 5행, 즉 종장 첫 구에 이르면서 돌연 "신생아 울음소리"(청각 이미지)로 깨어나고 있다. 그러면서도 "온 마을이/ 환하다"라고 하고 있으니 다시 시각 이미지가 결합하는 양상이다.

청각 효과로써 수묵화 같은 풍경의 고요함을 깨뜨려 변화를 꾀하고 있다면, 새하얀 눈의 순결한 이미지와 강림한 비둘기의 상서로운 이미지는 여전히 배경으로 남아 있다. 즉 생명의 신성함 혹은 고결함이 이로써 더욱 부각되고 있으니, 1~4행(초·중장)과의 연결 관계가 훌륭하게 이어지고 있다는 것이다. 췌언贅言 하나 없는 깔끔한 진술이 그 효과를 배가시키고 있음은 물론이다. 그런 점에서 「새벽 우포늪」과 「눈 온 아침」의 왜가리, 비둘기는 하늘의 질서를 지상 위에 전하거나 펼쳐놓는 매개자라 할 수 있다.

「바닷가를 걸으며」의 경우에는 수신修身을 떠올리게 하는 시편이다. 겨우내 시인은 누군가로부터 상처를 받은 모양이다. 그로 인해 마음이 무거워졌는바, 이는 "팔아버린 양심들을/ 한 배낭 짊어" 졌다는 표현으로 나타나고 있다. 이때 부정적인 마음의 상태에서 탈각하는 계기를 제공하는 것이 "가마우지 한 마리"이다. 사람이란 불완전한 존재인 탓에 누구나 죄를 짓게 마련인데, 그 불완전함을 근거로 서로를 이해하고 용서할 수 있어야 한다는 메시지를 "갯바위에 앉아 묵상중인 가마우지 한 마리"로부터 읽어내는 것이다. 물론 가마우지 따위가 메시지를 전할 리는 만무한 노릇이다. 그러니 가마우지를 응시하던 시인이 이러한 깨달음에 다다랐다고 이해해야 온당하리라.

살아가는 과정으로 곧잘 비유되는 "길을 걷는다는" 행위는, 시간 속에서 자기 존재의 깊이를 서서히 이루어 나가는 양태를 가리키는 게 아닐까. 이 시에서는 가마우지를 매개로 깨닫게 된 바를 체득體得의 경지로 끌어올리는 양상으로 나타나고 있다. 마음 상해 단절해 버렸던 관계를 다시 풀어놓는가 하면("닫힌 문을 열어"), 타인과의 관계 속에서 생겨난 상처를 자기 자신으로부터 다독여 나가고 있기 때문이다("상처 난 슬픈 영혼을 깁고 또 깁는 것"). 「바닷가를 걸으며」의 백미는 단연 4연으로 판단되는데, 인간사의 고단함을 자연 이미지로 승화시켜 내는 방식이 돋보이기 때문이다. 상처를 치유해 나가는 데 소요되는 시간을 "밀물과 썰물"의 교차로 담아내는 한편, 상처를 그 "사이 바다의 속살"이라 표현해 내는 게 퍽 인상적이다. 또한 다리[橋] 형상의 "무지개"를 통해 단절을 넘어설 단초를 마련해 놓는 솜씨도 만만치 않게 다가온다.

사회 문제를 바라볼 때도 새는 어김없이 등장한다. 「독도에 발을 놓다」를 보면, 한국에서 일본으로 "사철 울분 삭힌/ 푸른 메시지를 쉼 없이" 전달하는 것은 "철새"이며, 「만해를 만나다」에서 "만해의 서슬 푸른 말씀"을 "물고" 나는 것도 "철새들이"다. 그러니까 정언正言의 메신저 역할을 담당하는 것도 새라는 것이다. 「전정」에서 "저녁놀 잔주름 위로/ 군무群舞하는/ 푸른 새떼"도 같은 맥락으로 묶을 수 있다. "남이야 죽든 말든/ 처먹어 웃자란 놈", "바람과 햇살을 막는/ 시퍼런 철면피들", "싸움질하거나" "비실대는 가지까지" 솎아낸 "환한 세상"의 표상이 푸른 새떼가 군무하는 저녁놀 번진 하늘인바, 이 역시 바른(正=환한) 사실의 전달과 관련되는 까닭이다.

이처럼 자주 출몰하면서 다양하게 변주되는 새 이미지와 비슷한 역할을 담지하고 있는 소재는 바람이다. 기실 창공으로 가볍게 떠오르는 새 이미지가 세계를 구성한다고 여겨졌던 물·불·흙·공기의 4원소 가운데 공기와 친연성을 가진다는 사실을 떠올린다면, 이는 어쩌면 당연한 현상일 수도 있겠다. 그러한 까닭에 오영호의 시조에서 바람은 대체로 긍정적인 분위기를 동반하고 있다. 가령 「새벽 우포늪」에서 바람은 "파수꾼 왜가리들"과 "손을 잡고" 있으며, "태곳적 혼의 말씀"을 "온종일" 실어 나르며 "반짝이는" "물무늬"를 만들어 낸다. 「바닷가를 걸으며」에서는 "죄 짓지 않은 사람이 있기는 하겠냐."라고 전언하는 가마우지와 동격이다. "바람이 전하는 말"도 이와 다르지 않을 터이기 때문이다.

「만해를 만나다」에서의 "하얀 바람"은 "대청봉을 넘고 달려와/ 산문 연백담사 풍경을" 울리고 있으므로 구도求道의 자세와 관련되겠다. 그리고 「우수 무렵」에서는 "천년 느티나무"의 생명력을 일깨우는 "회춘 바람"으로 등장한다. 24절기 가운데 두 번째인 우수雨水를 언급한 김에 덧붙이자면, 오영호의 시조에서 봄은 치유의 면모가 뚜렷하게 부각된다고 말할 수 있다. "회춘 바람"이 부는 「우수 무렵」은 물론이고, '3월 귤밭에서'라는 부제가 붙은 「전정」에서는 "묵은 상처도 아물리라" 기대하게 되는 시간대이며, 「바닷가를 걸으며」에서는 "상처 난 영혼을 깁고 또" 기워 나가는 계절인 것이다.

시종 긍정적인 새 이미지와는 달리 바람의 경우 부정적인 양상과 결합하는 사례도 확인할 수 있는데, 이때는 언제나 '광狂'이라는 접사를 동반하고 있다. 제주국제공항의 비행장 활주로 아래에는 4·3 당시 집단학살 당한 이들의 시신이 무더기로 묻혔다고 알려져 있다. 그래서 「정뜨르 비행장」(=제주국제공항)의 "4월 바람"은 "광란의 춤사위"를 펼치는 것으로 나타나고 있다. 또한 「독도에 발을 놓다」에서는 "고약한 무리들"(일본)이 "잊을 만하면(…) 툭툭 던지는" "잽"(억지)과 잇닿아 있어서 "광풍"일 수밖에 없다.

오영호의 시조에 나타나는 새·바람 이미지를 이렇게 분석해 보면, 그가 지향하는 세계가 어떠한 것인가를 가늠할 수 있다. 자신의 무게를 스스로 덜어내어 가볍게 비상하고자 하는 의지가 새·바람과 같은 소재를 빈번하게 불러내고 있을 터이며, 이들은 대체로 하늘이나 자연의 말씀을 전하고 있으니, 자연의 흐름이랄까 질서를 좇으면서 살아가고자 하는 삶의 태도가 시작詩作의 바탕에 깔려 있다는 것이다.

2. 해원하지 못한 4·3의 상처와 갠지스의 유장한 흐름

군이 새나 바람이 아니더라도 오영호의 시조에서는 천상계와 지상계의 교통이 종종 발견된다. 예컨대 「반도 광장엔」을 보자. 1연을 보면, 광장에 피어있는 "촛불 꽃"은 "하늘의 뭇별들이" 하강한 것으로 나타나고 있다. 3연의 "천심天心"이란 표현은 1연의 그와 같은 설정을 근거로 삼아 힘을 얻게 된다. 이 시가 흥미로운 사실은 제주에서 활동하는 제주 출신 시인이 촛불 정신을 4·3항쟁의 연장으로 파악하고 있는 지점이다. 우선 제목이 '광화문 광장에선'이 아니라 '반도 광장에선'으로 자리를 잡고 있는 데서 섬사람의 시각이 드러난다. 또한 촛불 꽃을 쥐어든 이들은 "개혁의 그날을 향한" 형형한 눈빛을 보여주는데, "천심天心을 끌어안은 4월의 그 함성으로" 추악한 현실을 질타하고 있다.

「반도 광장엔」 2연이 중의적인 맥락으로 읽히는 까닭은 문득 출몰한 "4월의 그 함성"이 돌연하게 느껴지기 때문이다. 기실 따지고 보면 광화문에 모여 하나둘 촛불을 켜 들었던 이들의 심리 상태는 슬픔이라기보다는 분노에 가까울 터이다. 또한 누가 죽은 것도 아니니 "만장輓章들이 펄럭"일 일도 아니다. 그렇다면 이는 4·3 당시의 대량 학살에 잇닿아 있는 진술이 아니겠는가. 그러니까 시인은 4·3항쟁과 촛불 투쟁의 공통점, 즉 ㉠ "살 에는 눈보라"로 상징되는 엄혹한 시대 상황과 ㉡ "처박힌 진실"로 요약되는 규명 요구를 발판으로 삼아 촛불 투쟁에 4·3항쟁을 중첩시키는 모험을 감행한 셈이 된다. 시조 창작에 모더니즘 기법을 도입한 것이니 퍽 신선한 시도라고 할 수 있겠다.

"슬픔"이라든가 "만장"의 의미를 4·3과 관련하여 해석할 단서를 제공하는 시편이 「정뜨르 비행장」이다. 기실 ⓐ 「정뜨르 비행장」의 몇 구절은

ⓑ「반도 광장엔」의 표현을 떠오르게 한다. ⓐ "막힌 혈을 뚫고 있다."/ ⓑ "막힌 혈을 뚫어 새 피를 돌게 하는", ⓐ "혼절하는 슬픈 영혼"·"부릅뜬 하얀 눈물"/ ⓑ "부릅뜬 슬픔들", ⓐ "진실을 파묻어버린 먹물 빛 활주로"/ ⓑ "처박힌 진실", ⓐ "동강 난 4월 바람"/ ⓑ "천심天心을 끌어안은 4월의 그 함성" 등. 그러니까「정뜨르 비행장」에 드러나는 4·3에 대한 작가의 인상이「반도 광장엔」에 이월된 양상이라는 판단이 가능해지는 것이다.

「우수 무렵」「표석 앞에 서다」에서는 오래된 느티나무가 하늘과 땅을 잇는 신목神木의 이미지를 풍기고 있다.「우수 무렵」의 수목원 느티나무는 천년이나 되었다. 유한한 인간(시인)의 눈길에 의하자면 영원의 풍모를 드리우는 셈일 텐데, 오랜 시간 안으로 안으로 깊어지며 성숙해진 듯 "동안거/ 수행을 끝낸" 자태이다. 아마도 여름엔 묵묵히 하안거 수행에 정진하였으리라. 이러한 느티나무에 "은침의 햇살들이// 콕, 콕콕" 쏘아대자 "회춘 바람"이 일렁인다. 그렇다면 바람이 일기 시작하는 장소는 천년 느티나무가 되겠는데, 그런 점에서 회춘回春은 두 가지 의미로 해석할 수 있겠다. 일차적으로는 도로 젊어졌다는 뜻으로 영원의 방향으로 열린 그 도저한 생명력을 떠올리게 하며, 이차적으로는 봄이 다시 돌아왔다는 맥락에서 봄을 불러오는 주체라는 의미로 발돋움하기도 한다.

「표석 앞에 서다」의 "등 굽은 느티나무"도 신령스럽기는 마찬가지다. "무자년 원혼들이" 머무는 평화공원은 "올레길 산길 돌아/ 거친오름 자락"에 있는데, 느티나무의 등이 굽었다는 묘사는 올레길 산길 돌아간다는 구부러진 형상과 상동相同 관계를 취하는바, 4·3이 벌어졌던 무자년의 원혼을 끌어안고 있는 면모로 다가서기 때문이다. 더군다나 평화공원의 느티나무 역시 "굴곡진/ 나이테 돌아/ 새싹으로 피어"나고 있으므로 도저한 생명력을 드러내기도 한다. 이와 대조되는 존재가 "신원의 꿈 등에 진/ 구순

길의 어머니와 칠순의 유복자"다. 물론 이들도 등이 굽어 있을 터이다. 무겁게 짐을 지고 있는 것처럼 신원의 꿈을 등에 지고 있으니 말이다. 그렇지만 신원伸冤에서 신은 구부러진 것을 편다는 뜻이니, 느티나무와는 달리 살아있는 자로서의 원망願望이 있다.

또한 구순九旬, 칠순七旬이라는 나이는 느티나무와는 달리 삶의 유한성을 환기시킨다. 마지막 연의 "다시 못 올 것 같아요 하늘에서 만나요"라는 "젖은 목소리"는 이와 연동하여 긴 울림을 자아낸다. "뼈 하나 찾지 못해/ 새겨진 이름 보며/ 뭣이라,/ 한 마디 말이라도 해야겠는데/ 후, 하고/ 터지는 한숨/ 눈시울만 붉어지고"(3연) 겨우 살아남은 아내가 구순이 될 때까지, 유복자가 칠순 노인이 될 때까지 뼈 한 조각 찾지 못하였으니 표석 앞에 서서 어떻게도 할 말이 없다. 그저 할 수 있는 한 마디는 자신 또한 죽음이 멀지 않았고, 죽음을 통해서 비로소 만날 수 있으리라는 것. 이처럼 해원되지 못한 한恨을 직시하고 있기에 오영호는 4·3 관련 시편을 반복하여 써 나가고 있을 터이다.

「20루피 한 장」, 「까불지 마라 등신아」, 「하지 소묘」를 보면 천상계와 지상계의 교통이 나타나지 않는 대신 지상의 세계가 이미 종교성을 품고 있다. 「20루피 한 장」은 "소와 개들도 자유롭게 활보하는/ 성지 바라나시"의 골목길이 배경이다. 성지聖地 바라나시에서는 소와 개 따위가 인간과 등가를 이루고 있는 형국인 것이다. 심상한 묘사에 불과하다고 해도 무방할 「20루피 한 장」의 이러한 서두가 심상치 않은 의미를 획득하게 되는 것은 적선積善, 즉 "가난한 자에게 베풂은 당연한 일/ 복 받는 일"로 이어지면서이다. 인도 문명권의 세계관에 따른다면, 이번 생에서 무언가를 누릴 경우 다음 생에서는 그 반대 상황에 맞닥뜨리게 된다. 예컨대 이번 생에서 부자라면 다음 생에서는 가난뱅이로 살아가게 된다는 것이다. 적선이란 다음 생의 빈곤을 조금이나마 덜 수 있는 보험에 해당한다.

그러니 구걸하는 입장이라고 하여 주눅 들어야 할 까닭이 없다. 동냥을 받았음에도 불구하고 "불구의 몸을 끄는 흐릿한 눈빛 사나이"가 "고맙다 말하기는커녕 덤덤한 얼굴 표정"을 유지할 수 있는 이유이다. 반대로 겨우 "천원에도 못 미치는" "20루피 한 장"을 적선한 시인은 "부끄럼"을 느끼고 "발걸음이" 무거워진다. 다음 생에서 돌려받을 복("복 받는 일")이라고 하기엔 형편없기 때문이다. 더구나 그조차도 "자꾸만 미적거리는/ 마음"을 추슬러야 하지 않았나. 이 역전된 관계가 재미있는 대목인데, "움켜쥔 손가락 사이로/ 갠지스가 흐르고"라는 표현으로 이를 이끌어낸다는 사실이 절묘하다. 이생에서 내생으로 이어지는 믿음 체계를 갠지스의 유장한 흐름으로 형상화해 낸 것이니, 그 영원한 세계 내에서 20루피 따위는 물론 나(의 것)와 너(의 것)의 분별까지도 사소해진다고 말할 수 있기 때문이다.

「까불지 마라 등신아」에서도 "갠지스는 인도의 마음"이라고 해서 갠지스가 등장한다. 이 시조에서도 갠지스는 유한과 영원이 교차하는 상징이다. 아마도 망자의 영혼은 "수면을 밝히며 피어오르는 화장하는 불빛"을 따라 천상계로 올라갈 것이며, "시신을 태운 재"는 "꽃잎과 함께 떠내려가는 강물에" 이끌려 바다로 내려갈 것이다. 이것이 영원에 닿아있는 갠지스의 면모를 드러낸다면, "똥오줌이" 섞인다는 것은 먹고 배설하는 생명체의 유한성을 끌어안고 있는 갠지스의 면모를 보여주는 진술이 된다. 자, 영원의 입장에서 보건대, 강물의 청정淸淨이니 오탁汚濁 따위를 따지며 유한성, 즉 "그렇게 더러운 물을 어떻게 마실 수가 있느냐"에 매달리는 행위는 얼마나 사소해질 수 있는 일일까. 이를 일깨우는 소리가 마치 죽비처럼 내려친다. "당신의 몸은 똥오줌으로 가득 차 있으면서 깨끗한 척……"

순례자의 응수를 수용하는 시인의 마음가짐이 재미있다. "등신아, 까불지 마라." 등신等神이라고 하면 일반적으로 어리석은 사람을 일컫는데, 본래 나무나 쇠 등으로 만든 사람 형상을 가리켰다. 말하자면 영혼은 없이 물질(육체성)만 두드러지는 존재가 등신일 터인데, 영원의 지평을 망각하고 유한한 껍데기에 갇혔던 스스로를 등신이라 자책하는 것이다. 그러면서 "확 타오르는/ 나의 얼굴"이라는 진술이 이어진다. 이는 갠지스의 "수면을 밝히면서 피어오르는 화장하는 불빛"의 붉은 색감에 그대로 겹쳐진다. 영혼의 존재가 육체성(얼굴) 위로 드러나는 양상인 셈이다. 그러니 영성 어린 갠지스의 흐름이 시인에게로 번지는 순간이 이렇게 표현되었다고 할 수 있겠다.

「하지 소묘」에서는 "고요를/ 눌러대는/ 6월의 햇살 아래" 세계 전체가 하나의 도량道場으로 자리하고 있다. "한 마리 무당벌레"는 "장좌불와長坐不臥: 결코 눕지 아니하고 꼿꼿이 앉은 채로만 수행하는 방법" 중이며, "하얀 봉숭아꽃"은 "까만 사리"를 뱉어놓고 있지 않은가. 햇살이 고요를 눌러댄다고 하였으니, 온 세계는 묵언수행을 하는 양 적막할 정도로 엄숙하기도 하겠다. 〈대표작〉으로 선보이는 작품들 가운데 「갈치국」의 경우만 초월의 의지와 무관하다. 갈치국을 매개로 어머니에 대한 그리움을 표현하고 있는 내용인데, 모든 어머니가 성모聖母의 풍모를 어느 정도 띠고 있는 만큼, 이 또한 천상계의 요소를 품고 있노라고 이야기할 수도 있지 않을까.

이렇게 분석한다면, 나는 지금 오영호의 〈대표작〉으로 가려 뽑힌 14편의 시조들을 천상계와 지상계의 교통이라는 하나의 관점으로 꿰어나간 셈이 된다. 표현을 달리 하자면, 오영호는 그만큼 천상계의 가치와 원리로 이 땅의 세계를 바꾸어 내고자 하는 의지가 강하다고 할 수 있겠다. 이때 천상계의 가치와 원리는 "태곳적 혼의 말씀"이 "물무늬"로 반짝이고 있는 자연에서부터 도출되고 있는 까닭에, 변혁 의지라고 하더라도 그 양상은 대립과 갈등이 아닌 포섭과 성찰의 방식으로 드러나고 있다. 자연에 뿌리를 두고 있는 바로 이러한 변혁 의지와 성찰 방식이 비상飛上의 상상력을 낳는 동력이다. 그리고 이러한 상상력을 통해 시인의 존재 또한 왜가리·비둘기·가마우지·철새 등속들처럼 스스로 초탈하여 자유로워지고 있음을 가늠하게 된다.

우주의 기슭을 유랑하는
외로운 오디세이의 항해일지
— 오태환의 신작시에 대하여

1. 영원과 유한의 충돌에서 빚어지는 죽음의식 혹은 시

보들레르는 1863년 발표한 에세이 「근대생활을 그리는 화가」에서 "모더니티의 한쪽은 찰나적·일시적·우연적 측면이며 다른 한 쪽은 영원불변한 측면"이라고 쓴 바 있다. 이번 『신생』특집으로 묶인 오태환의 '바다, 내 언어들의 희망 또는 그 고통스러운 조건' 연작을 읽고 있으면, 그가 의도했든 의도하지 않았든 상관없이, 보들레르의 주장이 자연스럽게 떠오른다. 존재의 영원불변한 측면을 부여잡고 일상의 찰나적·일시적·우연적 면면을 파악하고 있는 자세가 반복하여 다가오기 때문이다. 그런 점에서 오태환은 보들레르의 후예라고 판단할 만하다.

오태환이 설정하고 있는 영원성의 면모가 가장 잘 드러난 시편은 「바다, 내 언어들의 희망 또는 그 고통스러운 조건·7」이다. 그러니 논의의 편의를 위하여 연작 순서와 무관하게 이 시를 출발점으로 삼도록 하자. 시는 백명숙의 여섯 번째 전시회 〈展—TRANSIT〉를 관람하며 받은 느낌을 내용으로 하고 있다. 그렇지만 백명숙의 작품 세계에 대한 시인의 진술이 기실 시인 자신의 세계에 관한 진술이기도 하다는 점에 주목해야 한다. 즉 시인이 백명숙의 비구상 작품들을 통하여 읽어내는 내용은 곧 그가 백명숙의 비구상 작품들에 부여하고 있는 의미인바, 이는 투사投射, projection의 맥락에서 파악해야 한다는 것이다. 시인이 백명숙의 세계와 연결되어 백명숙과 더불어 영원을 상징하는 우주로 이동하고 있다는 사실은 전시회의 제목 〈TRANSIT〉가 암시하는 바이기도 하다.

여기 백명숙의 작품들이 펼쳐져 있다. 그 앞에 선 시인을 사로잡는 것은 "존재론의 서늘한 상념"이다. 시인은 이에 대하여 분명히 표현한다면서 작품을 "감싸는 블루 속에서 우주의 심도深度를 종단하는 우주상수의 아스라한 떨림 비슷한 환상"을 겪는다고 밝혀놓고 있다. 그렇다면 개개의 존재란 우주상수의 아스라한 떨림으로 인해 생겨난 파동[事의 측면] 내지 파편[物의 측면]에 해당하는 셈이 되는 것인가. 이로써, 우주물리론에서 차용한, 광활한 '우주宇宙'와 불변을 뜻하는 '상수常數'의 조합으로 이루어진 용어 '우주상수'는 오태환/백명숙이 설정하고 있는 영원성을 드러내게 된다. 또한 파동을 거슬러 우주상수(영원성)로 회귀하려는 파편의 운동 방향 또한 운명처럼 주어져 있음이 나타난다. 시인은 그 운동을 다음과 같이 진술해 놓고 있다. "무수한 교란과 삼투를 일으키면서 스스로 변형·생성하는 이 다기한 블루들은 시간과 공간의 윤리학 너머, 우주 속 가장 깊은 지점의 추위와 고독에 닿으려 한다." 그런 점에서 오태환/ 백명숙은 자신의 근원(영원성)을 찾아 길을 나선 여행자이다. 시인의 표현을 차용하여 "자신의 황막한 블루 안에서 온몸이 끝없이 난파되면서, 우주의 기슭과 기슭을 항해하는 스산하고 외로운 오디세이"라 불러도 무방하겠다.

「바다, 내 언어들의 희망 또는 그 고통스러운 조건·13」은 '우주의 기슭을 항해하는 오디세이'의 자리에서 써 내려간 시편이다. 무슨 의미인

가. 이 시를 쓰고 있는 시인은 지구 바깥에서 지구상에서 펼쳐지는 삶의 방식을 들여다보고 있다는 것이다. 시는 두 개의 문단으로 구성되어 있다. 먼저 첫 번째 문단을 보자. 1억5천만 년 전 화성과 목성 사이의 거대 소행성 두 개가 부딪쳤고, 이때 생긴 소행성들이 6천5백만 년 전 중생대 백악기의 지구로 돌진하였다. "TNT 100조 톤의 위력으로" 충돌하였기에 "지구상에 대멸종의 재앙"이 벌어졌음은 의문의 여지가 없다. 두 번째 문단에서는 충돌 현장의 지구 반대편 모습이 제시되어 있다. 이는 평온한 일상이라 이를 만하다. "소행성이 충돌하기 직전, 혹은 직후" 익룡 탈라소드로메우스는 그저 제 새끼들에게 "민물홍합 청거북 민달팽이 메기 등속을 여느 때처럼, 차례차례 달래며 거둬 먹이고" 있을 따름이니 말이다. 그 익룡과 새끼들 또한 대멸종의 재앙으로부터 자유롭지는 못했을 터, 시인은 "제 앞날을 까마득히 모르는 그것"이라는 표현을 잊지 않고 덧붙여 두었다.

이 지점에서 시의 부제가 '역사란 무엇인가'라는 사실을 떠올릴 필요가 있다. 굳이 역사의 개념을 규정해야 한다면, 그것은 자연 변화에 관한 것이 아니라 인류 사회에 관한 것이기 때문일 터이다. 여기 등장하는 소행성 충돌이니, 익룡이니 하는 것을 메타포로 읽어내야 하는 까닭은 여기서 말미암는다. 백악기 익룡이 그러했던 것처럼, 일상의 가치에 침윤된 이들은 우리가 발 딛고 선 일상 질서가 얼마나 허약한가를 몰각한 채 살아나간다. 가령 죽음과 맞대면하여 일상을 구축하고 있는 가치 체계를 돌아보자면 우연하고, 덧없고, 일시적인 것에 불과할 따름인데, 그러한 것들을 절대적인 목표인 양 좇아 삶을 탕진하는 이들이 얼마나 많은가. 요약컨대 소행성 충돌이란 허방 위에 구축된 일상 질서의 위태로움을 환기시키는 소재이며, 익룡은 일상의 질서를 신봉하는 이들을 가리킨다. 그러니 역사란 대재앙 속에서 겨우 살아남은 이들이 가늘게, 가늘게 일상 질서를 연장하며 이어온 궤적에 해당한다. 이러한 주장을 펼치기 위하여 오태환은, 영원을 향하여 나아가는 자답게, 유장한 시간대를 거슬러 오르고 지구의 반대편을 넘나들면서 지구 바깥에 자리를 마련했을 것이다.

기왕 죽음을 언급하였으니 「바다, 내 언어들의 희망 또는 그 고통스러운 조건·7」의 에필로그: "오후 두 시의 어금니처럼 화려하고 단단한, 햇빛을 맞으며 내가 쓰고 내가 다시 읽는, 절박하게 무의미한 아니, 내가 이슥하게, 이슥하게 한 번 더 죽는"에 대해 정리하고 넘어가는 것이 좋겠다. 영원을 좇아 우주의 기슭을 항해하는 일이란 화려하고 단단한 의지 속에서 펼쳐지는 사건이나, 이를 담아내는 시작詩作은 어쩔 수 없이 유한한 삶에서의 일이 되고 만다. 그러니 시인으로서는 시 창작이 절박함을 배면으로 하는 무의미한 작업에 불과할지 모른다는 우려를 떨치기 힘들다. 이렇게 영원과 유한이 대면하는 순간 솟아오르는 것이 죽음의식이다. 즉 영원성과 유한성을 매개하는 것이 죽음이며, 오태환은 바로 그 자리에서 시를 길어 올리고 있다는 것이다. '바다, 내 언어들의 희망 또는 그 고통스러운 조건' 연작은 그러한 지점에서 창작되었기에 한데 묶이고 있다.

2. 차안此岸에 갇혀 날아오르지 못하는 새

「바다, 내 언어들의 희망 또는 그 고통스러운 조건·8」의 부제는 '지상의 망명자들'이다. 영원성을 가슴에 품은 이들이 비루하고 속물적인 지상의 삶을 견디어 내면서 유배객, 망명자로 자처하는 것은 낭만주의 이래 낯설지 않은 인식이다. 부제를 통해 짐작할 수 있는 것처럼, 「바다, 내 언어들의 희망 또는 그 고통스러운 조건·8」은 망명객이 견디어내어야 하는 지상의 삶을 대상으로 삼고 있다. 이는 첫 문장에서부터 여실히 드러난다. "모래의 언덕과 모래의 강이 은단銀丹처럼 얽질러진다" '모래의 언덕'이란 차안此岸의 세계를 가리킬 터이며, 강에는 물 대신 모래가 흐르고 있으니 이 세계는 생명력이 고갈된 상태라 파악할 수 있겠다. 형태의 유사성에 의해 모래는 은단으로 대체되었고, 이는 하얀 색깔을 통하여 치자꽃 이미지로 전환되어 나아간다. 이러한 변환은 사막과도 같은 이 세계의 불모성이 감추어지는 과정과 일치한다. 보라, 마냥 여유로운 듯 "왼손을 바지주머니에 찌르고 건들! 건들! 건들! 흔들리고" 있는 치자꽃은 들어낸 내장, 뜯긴 견갑골, 뿔 따위의 잔인한 사건의 증거들을 뒤로 밀어내고 있지 않은가. 그런 점에서 흔들리며 퍼져나가고 있는 "치자꽃 향기"는 이 세계를 유지토록 하는 환각제라고 이를 수 있겠다. 하지만 시인은 이 세계에 망명하고 있는 존재인 까닭에 세계 바깥을 알고 있으며, 그러므로 환각을 환각으로 충분하게 알아챌 수 있다. 지상에서 견디는 삶이 "저 창백한 시간들"로 채워지는 것은 그렇게 깨어있기 때문일 것이다.

오태환은 시간이 창백하게 흐르고 있음을 알고 있으나, 그 흐름을 거스르지는 못한다. 피안彼岸을 향해 날아오르지 못한 채 차안此岸에 머물러야만 하는 삶, 운명이다. 그가 결국 "떠나지 못하는 것들" 가운데 하나인 "죽은 새"로서 「바다, 내 언어들의 희망 또는 그 고통스러운 조건·8」에 등장하게 되는 까닭이 여기에 있다. 날아오르지 못하는 새 이미지는 「바다, 내 언어들의 희망 또는 그 고통스러운 조건·5」에서도 확인하게 된다. 시는 "망가진 선풍기의 고개를 끄덕거렸어"라는 구절로 시작한다. 아마 시인의 눈에는 그 모양이 날개 접은 새가 머리를 주억거리는 것처럼 보였나 보다. 그리고 이는 날아오르지 못하는 새로서 시인의 처지를 환기시켰던 듯하다. 두 번째, 세 번째 시구는 다음과 같다. "그는 뒤돌아 앉아 나를 조심조심 떠서 비닐 지퍼팩 속에 담고 있었지 근데 자꾸, 새울음 소리가 들렸어" 뒤돌아 앉았다는 것은 외면한다는 의미인데, 그렇다면 '그'는 외면하는 방식으로 '나'를 살해하고 있는 셈이 된다. 일찍이 마르크스는 인간의 자리에서 인간을 지워버리는 의식의 죽음을 일러 자본주의의 물신성이라고 맹렬하게 공박했던 바, 이 구절은 이와 비슷한 맥락에서 독해할 수 있다. 그러니 새는, 망가진 선풍기가 고개가 꺾이면서 나는 소리일 터인데, 죽음의 현장에서 울고 있는 셈이 되겠다.

「바다, 내 언어들의 희망 또는 그 고통스러운 조건·5」는 시인의 의도적인 착시에 의해 펼쳐지기 시작하였다. 그래서 부제가 "새 하나가 허투루 우는 날"이다. 하지만 살해당하면서 허투루 울고 있으나 시인의 자리는 여전히 현실보다 높은 곳에 설정되어 있음이 흥미롭다. 천상계로 오르지는 못했더라도 새로서의 기품을 포기할 수 없다는 결기가 은연중에 드러난 대목이기 때문이다. "황량한 젖가슴에 매달리듯이/ 나는 욕실 천장에 매달려 있을 뿐이었는데"(천장에 매달렸다고 하는 것은 환풍기의 팬(fan)을 연상시킨다. 선풍기의 날개가 형태의 유사성을 매개로 하여 환풍기의 팬으로 이동할 수 있었던 것이다) 이 순간 드러나는 살해당하는 나와 천장 욕실에 매달려 내려다보는 나의 분리에서 덧없는 일상과 영원성의 분리·대립이 지속되고 있음을 확인할 수 있다.

새가 직접 등장하지는 않으나, 삶이란 수직축을 따라 상승하는 것이 아니라는 인식은 「바다, 내 언어들의 희망 또는 그 고통스러운 조건·12」에도 나타난다. 즉 가로로 누운 지평선의 무거움에 갇힌 채 "가망 없이" 펼쳐지는 것이 우리네 삶이라는 인식이 이 시의 주제라는 것이다. 먼저 여기 나타나는 베개 비유를 살펴보자. 베개는 오른쪽이 눌렸을 때 왼쪽이 올라가며, 왼편이 눌렸을 때 오른편이 올라간다. 오태환은 사계절의 순환 역시 같은 방식으로 이해하고 있다. 그러한 까닭에 개화開花란 생명이 약동하는 증거가 아니라 "눈보라의 캄캄한 뇌출혈/ 별빛의 흥건한 내분비"로 파악된다. 무겁게 누운 지평선의 질서가 잠깐 터져서 새고 있는 양상으로 이해된다는 것이다. 직접 제시하지는 않았으나, 시인은 개화(생명)의 반대편 어디쯤에서 펼쳐지고 있을 죽음을 염두에 두고 있었으리라. 기실 생명은 그 자체로서 죽음을 끌어안고 있는 개념이다. 그러니 다음과 같은 진술이 가능해진 것 아니겠는가. "그가 죽는 날 그는 자기가 전신으로 새는 소리를 숨죽여, 듣고 있을 거다" 오태환은 지금 삶의 현장에서 "천지간의 느린 누설"을 응시하고 있는 것이다.

3. 강상降霜 무렵, 삼계탕이 끓고 있는 시간

모더니티의 영원불변한 측면을 괄호 안에 묶고 모더니티의 찰나적 · 일시적 · 우연적 측면에 대한 대응 양상을 보여주는 시는 네 편이다. 그 가운데 두 편은 성性에 관한 시인의 견해가 나타나 있으며, 다른 두 편에서는 현실 비판이 두드러진다. 먼저 성을 대상으로 삼고 있는 시편들부터 살펴보자. 남성의 시각에서 여성은 영원히 풀리지 않는 수수께끼로 남아 있(곤 한)다. 「바다, 내 언어들의 희망 또는 그 고통스러운 조건 · 9」는 그러한 문제를 다루고 있는 시편이다. "내 몸속에서 제정製幀된 여자들이 모조리 모호하다는 사실"에서 이는 드러난다. 그런데 그녀들의 이러한 특징은 시의 언어를 닮아있다는 점에 주목할 필요가 있다. 찰나 · 일시 · 우연의 세계를 살아나가는 존재자로서는 영원한 세계의 적막을 헤아릴 길이 없으며, 그러한 까닭에 영원과 맞대면한 시인의 언어는 추상으로 일관하게 되는 바, 오태환은 다음과 같이 말할 수밖에 없다. "시의 언어가 모호할 수밖에 없는 것은, 모호해야 하는 것은 안타깝지만 숙명적이다"(이로써 시인은 '바다, 내 언어들의 희망 또는 그 고통' 연작이 다소 난해하게 펼쳐지는 이유를 밝혀 놓은 셈이 된다) 앞서 영원과 유한이 맞대면하는 순간 죽음의식이 솟아난다고 지적하였는데, 섹스의 현장이 "내가 한 번 더 죽은 그곳"인 까닭도 이로써 해명할 수 있다.

「바다, 내 언어들의 희망 또는 그 고통스러운 조건·9」에서 흥미를 끄는 대목은 단연 〈3〉 부분이다. "어떤 이가 말했다 그의 음경은 흑단黑檀의 장경藏經처럼 검고 화려하다 누리에 가득 차 있다 또한 허공처럼 예리해서 새벽 두시의 빗소리든 천산북로의 인주印朱빛 사막이든 하늬바람 하린 모가지든 버히지 못할 게 없다 다른 이가 말했다 그것의 지극함은 냉금지冷金紙에 쳐 올린 청매靑梅같이 소슬하고 어엿하니, 문득 맑은 문자가 무심히 반야般若에 이르렀다고 할 만하다" 전자는 마치 모든 것들을 집어삼켜 버리는 블랙홀처럼 여성의 성기를 말하고 있다. 이는 성聖을 연상케 하는 '흑단의 장경'과 같은 자리를 차지하고 있어서 운명을 환기시키는 '인주빛 사막'조차도 빨아들여 버린다. 후자는 여성의 성기가 모조模造 흑단의 장경이 아니라 진정한 장경, 즉 '무심히 반야에' 이른 '맑은 문자'라는 견해를 밝히고 있다. 이런 두 가지 입장은 충돌하지 않으면서 나란히 진행하면서 하고 있는데, 여기에 대한 분석 및 평가는 잠시 뒤로 미뤄 두고자 한다. 다만 이러한 병존이 "모호가 모호를 누르듯이 그녀들의 행간行間 안으로, 행간行間의 섬 안으로" 들어가고자 하는 태도를 낳고 있다는 사실만 지적해 둔다. 모호(여성의 모호성)로써 모호(영원의 모호성)를 넘어설 가능성이 언뜻 비치는 장면이기 때문이다.

「바다, 내 언어들의 희망 또는 그 고통스러운 조건·11」 또한 성性을 대상으로 하는 시편이다. 연작 9번째 작품에서와는 달리 여기서의 섹스에는 긴장이 없고 다만 쾌락을 추구하는 행위만 나타나 있다. 그리고 두 번째 문단에서의 행위는 첫 번째 문단에서 진행되고 있는 행위의 반복이다. 이는 인간(의 性)이 사물과 같은 충위에 놓여 있음을 고발하는 것으로 파악할 수 있다. 첫 번째 문단에서 "흰 커피잔 두 개가 두 개가 포개져" 있는 형태에서 연상된 성행위가 두 번째 문단에 나타나는 남자와 여자의 성행위 모습과 그대로 겹쳐지고 있기 때문이다.[01] 반복되는 행위를 통하여 '흰 커피잔 두 개=남자와 여자'라는 등식은 선명하게 부각된다. 그렇다면 오태환은 연작 11번째 작품에 이르러, 9번째 작품에서 드러내었던, 성性을 매개로 하는 영원과 유한의 마주침을 비관하게 된 것일까. 두 문단에 걸친 묘사에 대해 시인은 연을 바꾸어 한 줄의 감상으로 정리하고 있다. "느닷없이 전파잡음 같은, 춥고 어두운 울음소리가 귀청을 뚫고 지나갔다" 이 시의 부제는 '강상降霜 무렵'이다. 이상견빙지履霜堅氷至라고, 첫서리가 내릴 즈음에 임하여 결코 만만치 않은 시련(얼음)의 도래를 우울하게 예감하는 분위기를 풍기고 있다.

「바다, 내 언어들의 희망 또는 그 고통스러운 조건·14」의 주인공은 천상의 반대편, 즉 "지하철역 입구로부터 3·4미터 내려간" 지하에 거하고 있다. 수직축을 따라 상승하는 대신 하강하고 만 셈인데, 그런 까닭에 그의 삶은 찰나적·일시적·우연적 세계의 암담한 무게를 펼쳐보이게 된다. 먼저 그의 몸 상태를 보자. 이미 감각이 마비되어 버린 듯 갈비뼈도, 허파도, 발바닥도 남의 것이다. 의식은 "망가진 전구알처럼 제멋대로 켜졌다

---

01 "A4용지 두어 장 넓이의 벽면에 죽은 남자와 죽은 여자가 누워 있다"고 하였으니 시에 나타나는 묘사는 축소판 영화포스터의 장면일 것이다.

꺼지는" 양상을 반복한다. 의식이 켜졌을 때 할 수 있는 일이라곤 아직 죽지 않았다는 사실의 확인일 뿐이고, 따라서 그에게 "확실한 것은 이제 곧 숨이 끊어진다는 사실뿐이었다" 이렇게 삶과 죽음의 경계에 놓인 그는 진눈깨비—눈도 아니고 비도 아닌—를 맞고 있다. 그렇지만 지저분한 노숙자에게 관심을 가진 이는 없다. 무관심하게 지나치는 "그 수많은 발자국 소리들을" 보건대 노숙인은 하나의 사물에 불과하다. 연작 11번째 작품은 강상 무렵 쓰였고, 14번째 작품은 "12월 27일 아침 9시 32분" 이후에 창작되었다. 그렇다면 서리를 밟았던 시인은 이때에 이르러 단단하게 굳은 얼음을 목도하고 있는 셈이 되는 것인가.

「바다, 내 언어들의 희망 또는 그 고통스러운 조건·10」에서도 찰나적·일시적·우연적 세계에 대한 시인의 비관을 읽을 수 있다. 시에는 세 가지 층위의 발화가 뒤섞여 있다. ⅰ) 삼계탕 레시피 ⅱ) 상대방을 공격하는 쌍욕이 섞인 대화 ⅲ) 포클레인과 관련된 진술. 주지하다시피 ⅰ) 삼계탕에는 닭의 머리가 들어가지 않는다. 따라서 삼계탕으로 요리된다고 지칭되는 대상은 이성(머리) 능력이 상실된 존재라고 이해할 수 있겠다. 또한 '닭대가리'라는 표현은 머리가 나쁜 상대를 비하할 때 사용되기도 한다. 시인은 굳이 닭대가리라는 표현을 반복해서 강조하고 있기도 하다. ⅱ) "없는 닭대가리끼리 서로 번갈아" 나누는 대화는 쌍욕이다. 닭대가리들은 "멱살을 잡고" 싸우기도 한다. 이것이 그네들의 존립 방식이다. ⅲ) 포클레인은 불도저 따위와 함께 개발을 상징한다. 세계는 "포클레인의 식성대로" 파헤쳐진다. 그렇지만 이는 수직축을 따라 상승하는 운동이 아니라, 수직선에 갇혀 감당해나가는 고된 노역에 불과하다. 다음 구절이 그러한 사실을 드러낸다. "바라보는 포클레인 지평선을 지평선의 그늘을 징역처럼" 징역처럼 지평선 안에 갇혀 있는 포클레인은 그저 지평선만 바라볼 따름인 것이다. 기실 ⅰ)과 ⅱ)와 ⅲ)은 진술 방식에서 변별되기는 하지만, 이들은 모두 삼계탕 안으로 "숭덩숭덩" 썰려 들어가 "보글보글" 끓여지는 과정이라고 할 수 있다. 부제가 '삼계탕, 이런 레시피'인 까닭이다.

연작 10번째 작품에서 지평선에 갇힌 채 "똑딱이단추 같은 눈들을" 달고 보글보글 끓는 통 안에서 서로 싸워대고 있는 어리석은 존재는 14번째 작품에서 죽어가는 노숙자 옆을 바쁘게 지나치던 발자국소리의 주인들이다. 그들을 우중愚衆이라 단언할 수 있을 터인데, 시인은 찰나적·일시적·우연적 세계의 가치를 기꺼이 따르는 이들을 그리 파악하고 있다. 역으로 우중에 불과한 그들은 시인으로 하여금 이 세계가 한낱 찰나적·일시적·우연적 세계에 불과하다는 사실을 일깨워지는 존재이기도 하다.

4. 개화開花, 앞으로 벌어질 수밖에 없는 사건

오태환이 미술가 백명숙에게서 파악하고 있는 사실을 오태환 자신에게 그대로 돌려주어도 무방하다. "자신이 의식하든 그렇지 않든, 우주의 深度에서 아스라이 빚어내는 우주의 음악과 접선하려는 자세로 읽을 수 있다."(「바다, 내 언어들의 희망 또는 그 고통스러운 조건·7」) 이번 특집으로 묶인 시편들은 그러한 시도가 얼마나 진지하게 펼쳐지고 있는가를 확인시켜 주기에 모자람이 없다. 하지만 그의 태도가 진중하면 진중할수록, 시도가 치열하면 치열할수록 문득 안타까움이 느껴지기도 한다. 이는 세계를 파악하는 방식에 있어서 시인과 나의 차이에서 비롯되는 것일 터이다.

오태환은 연작 9번째 작품에서 "섬 안으로 들어가는 것처럼 나는 그녀 안으로 들어가고 싶다"라는 바람을 드러낸 바 있다. 그러면서 이를 실현하는 형식으로 "들숨이 날숨을 누르듯이, 위의 꽃이 아래의 꽃을 누르듯이"를 제시하였다. 그런데 내 견해에 따르면, 목숨 붙은 것들은 천지간에서 한 번 숨을 내쉰 다음 한 번 숨을 들이마시면서[一呼一吸] 천지의 질서와 함께 하는 것 아닐까 싶다. 음양이 순환하는 질서를 하나의 완결된 체계로 이해하고 그 안에서 찰나적·일시적·우연적 세계와 맞대면하는 것이 어쩌면 하나의 출구를 마련하는 단서가 될 수 있으리라는 것이다. 들숨과 날숨을 대대待對의 관점에서 하나의 쌍으로 파악하고, 그 확장으로서 천지의 질서를 이해할 경우, 천지의 분신分身인 시인은 통체統體로 나아가는 지향(운동)을 유지하는 한편 남루한 현실까지도 그러한 운동 안으로 끌어갈 동력을 비로소 확보할 수 있기 때문이다. 따라서 시인이 생활세계(지구) 바깥 어딘가에 다른 차원으로 영원성을 설정하고 추구하는 반면, 나는 그 영원성이 이 세계에 편재해 있으리라고 생각한다는 점에서 차이가 있다고 하겠다.

「바다, 내 언어들의 희망 또는 그 고통스러운 조건·9」의 〈3〉에서 시인은 여성의 성기에 관한 두 가지 입장을 병존시켜 드러낸 바 있다. 얼핏 모순처럼 보일 수도 있으나, 모순을 끌어안고 그와 맞서면서 나아가는 것이 인간에게 주어진 몫이고, 이것이야말로 "모호가 모호를 누르듯이" 삶의 의미를 개진해 나가는 방식이 아닐까. 그런 까닭에 「바다, 내 언어들의 희망 또는 그 고통스러운 조건·6」의 한 부분을 옮겨 적는다. "나는 마당에 피는 꽃들을 목격하며 생각했다 꽃이 피는 것은 분명히 지금 벌어지는 사건이지만, 동시에 아직 벌어지지 않은 사건이며 금세 벌어질 사건이다 이미 벌어진 사건이기도 하고 이전에 벌어진 적이 없는 사건이기도 하다 꽃이 피는 것은 또, 아주 오래 전부터 여태까지 연쇄적으로 벌어지고 있는 사건일 수도 있다 그러니까 앞으로 결코 벌어질 리 없는 사건이란 점은 부정하기 어렵다" 그리고 마지막 문장에 대하여 한 마디 첨언한다. 아니다, '그러니까 앞으로 벌어질 수밖에 없는 사건이란 점은 부정하기 어렵다'라고 수정해야 하리라고, 나는 생각한다.

하산하는 예술혼과 비천飛天하는 현실
― 김광렬의 『내일은 무지개』에 대하여

1. 언어로 그린 자화상 『내일은 무지개』

시집 『내일은 무지개』에는 김광렬의 면모가 선명하게 배어 나온다. 그는 먼저 자신의 존재를 늘 깨어있어야 하는 시인으로 규정하고 있다. 가령 "몽둥이를 들거나/ 달콤한 말로 달래" 보아도 "시를 붙들고/ 죽어라고 놓지" 않겠다는 결의의 표백인 「뼈다귀를 문 시인」을 보라. 어떠한 폭압이나 회유에도 물러나지 않겠다는 그의 오기가 드러난다. 무르익어 "화분처럼 곱다랗게" 전시되는 순간을 "어디론가 사라진다는 뜻"으로 이해하고 있는 시편은 어떠한가. 무르익는 대신 "한 천년 세월/ 독한 가시를" 키우면서 "그 가시로 나를" 찌르겠다는 태도에서 스스로에 대한 엄중한 성찰을 끝까지 이어나가겠다는 결기가 엿보인다.(「무르익지 않겠다」) 또한 「나는 나다」에서는 굳이 자신의 귀를 마이산馬耳山 모양으로 만들지 않겠노라는 다짐도 나타난다. "나는 내 모습으로 살아가는 것,/ 그것이 삶이다/ 작고 볼품없어도 나는 나다" 진리眞理에 매달릴 것이 아니라, 구체적이고 개별적인 일리一理에 근거하여 삶을 가꾸어 나가겠다는 지향인 것이다. 이렇듯 시를 매개로 한 그의 방향 설정은 단호하고 분명하다.

반면 일상을 살아나가는 시인의 태도는 부끄러움이라는 정서로 집약된다. 그는 왜 부끄러운가. 첫째, 자본주의 체제의 일상이 자연 및 인간을 착취함으로써 운영되기 때문이다. 시집에 묶인 시들을 써 내려갈 즈음 대한민국 현실이 비정상적이었던 사정도 여기에 개입한다. 너저분한 세계의 바깥으로 나아가지 못할 경우 자의식 강한 자는 부끄러울 수밖에 없다. "커피가 니그로의 눈물이라면/ 사막이 낙타의 고통이라면/ 촛농이 대한민국의 아픔이라면/ 바람은 제주의 한숨// 나는 여태껏 니그로의 눈물을 마셔왔고/ 얼마 전 사막의 낙타를 탔었고/ 지금은 제주시청 앞에서 촛불을 켜들었고/ 아주 오래 전부터 제주의 한숨 속에 살아왔다// (중략) 모든 게 당연하다고 생각했을 뿐/ 통증은 잎사귀에 잠시 몸살 앓다 가는/ 바람 같은 것이라 여겼을 뿐"(「부끄러움이 나를 부스럭거리게 한다」 1,2,5연) 유유자적 누리는 일상의 여유가 어떠한 구조와 원리로 운행하는가를 문득 깨달은 시인이 부끄러움을 느낄 때, 삶의 구석으로 내몰린 어느 할머니도 부끄러움에 빠져 있다. 「쩔걱거리는 소리」를 보라. 노파는 "산더미 같은 파도 떼가 달려와서/ 금방이라도 끌고 가버릴 것" 같은 "바닷가 그 집"에 살고 있다. 노파의 겨울나기를 위하여 연탄을 날랐으나, 그녀는 얼굴조차 내밀지 않는다. 다만 "가끔, 헝겊 기운 것 같은 양철지붕에서/ 쩔걱거리는 가위소리가" 났을 따름이다. 노파는 왜 모습을 드러내지 않았을까. 시인은 그녀가 자신의 처지를 부끄러워했기 때문일 것이라 추측하고 있다.

시인이 부끄러움 타는 두 번째 이유로는 그만의 도저한 섬세함을 꼽을 수 있겠다. 존중하기는 하나 이름만 겨우 아는 사람의 사망 소식을 문자메시지로 접하면 대개 무시해 버리게 마련이다. 그런데 김광렬의 경우는 어떠한가. "보낼까 말까 생각 궁굴리기/ 느닷없이 소식 보내면/ 이상하게 여기지나 않을까 멋쩍어/ 망설이다 기회 놓치기/ 그래도 보내야 하지 않을까/ 생각 되돌리기/ 결국 마음을 실어 보내지 못하고/ 미안하다, 미안하다 되뇌며/ 그저 내 소심하기나 탓하기"(「한나절나기」) 누군가에게 실수했을 경우에도 시인은 어찌할 바를 모른다. 기침하다가 침방울이 옆자리 여자에게 튀었다. "더듬거리며 사과"하여 괜찮다는 대답을 들었으나, "그래도 무언가 모자라다고 생각한 나는" "거듭 사과"하였고 이에 그녀는 짜증을 낸다. "사과를 받아주지 않는다고 착각한 나는/ 공연장을 나서는 그녀를 뒤따라가면서까지/ 다시 거듭거듭 사과했다" 결국 "사색이 된 그녀가, 갑자기,/ 길바닥에, 철퍼덕, 주저앉더니/ 제발 내 곁에서 사라져달라고" 애걸하는 상황이 벌어졌다.(「스토커?」) 무엇이 문제였을까. 개체로서의 인간과 인간 사이에는 통상 어느 정도의 거리가 작동하는바, 섬세한 시인에게는 그렇게 방치 혹은 허용된 영역에 대한 처리가 버겁게 다가서기 때문이다. 이는 존재에 대한 불안과 연동하는 사항이라 할 수 있다.

김광렬의 『내일은 무지개』는 ㉠ 스스로에 대한 각성한 시인으로서의 규정과 ㉡ 존재자의 실존에 잇닿는 부끄러움이라는 감정, 두 개의 축을 중심으로 구성되어 있다. 그리고 그 두 축의 긴장 사이에서 ㉢ 깨달음에 관한 인식이 빚어진다. 따라서 『내일은 무지개』에 대한 논의는 이러한 세 갈래를 따라가며 진행되어야 온당하겠다. ˙

2. 종교 층위에 놓인 예술과 김광렬의 결기

간혹 예술을 종교 층위에서 파악해 나가는 경우를 접할 수 있는데, 김광렬 또한 이러한 범주에서 이해할 수 있지 않을까 싶다. 예술을 통한 상승(=초월) 가능성에 침윤해 있기 때문이다. 「새의 부리」에 등장하는 화가 강요배는 "다랑쉬오름 분화구에/ 솥처럼 풍성한 낮달을 앉혀두었다가" 하늘로 띄워 올리며, 막고굴 불화 속 "고뇌를 풀기 위해 하늘 춤을 추는 저 여인"은 "세속세계와 천상계, 그 경계 어디쯤에서" 자리를 마련하고 있다.(『飛天』) 이처럼 김광렬에게 예술은 지상과 천상을 매개하는 수단이다. 뿐만 아니라 죽음에 생기를 불어넣는 것이 바로 예술이기도 하다. 이중섭의 〈황소〉 그림을 보고 써 나간 「힘」에서 이는 선명하게 나타난다. 이중섭으로 표상되는 예술가는 "땅바닥에 어지럽게 널린 뼈다귀들/ 재빨리 주워모아" 생명을 불어넣는 존재이다. "두 눈 딱, 부릅뜨고/ 뿔 당차게 앞으로 내밀고/ 쇠뭉치 같은 콧김 내뿜으며/ 발가락 으스러져라 흙바닥도 긁으며/ 금방이라도 그림 속 뚫고/ 뛰쳐나올 것 같다" 그와 같은 시인의 인식이 「악기를 든 여인들」에서는 "귀 닫힌 베토벤도 마음으로 영혼의 소리를 들었듯/ 마음으로 그림을" 읽는다거나 "죽어서도/ 저승의 말씀 모조리 화폭에 옮겨 심을 것"이란 표현으로 변주된다.

『내일은 무지개』에 나타나는 김광렬의 예술관을 이렇게 파악한다면, 영혼의 소리를 따라 서역으로 먼 길 떠난 혜초 또한 또 한 명의 예술가라 할 수 있겠다. "생로병사 긴 번뇌들이 뾰족한 송곳처럼 가슴을 후벼 파는 그런 밤"으로부터 "찬란한 새벽빛"으로 나아가는 과정은 세속세계로부터 천상계로 올라서려는 노력과 일치하기 때문이다. 김광섭을 매개로 하여 혜초는 출행의 심정을 다음과 같이 들려주고 있다.

무슨 소리였을까 그것은, 댓잎을 흔들고 가는 소슬바람 소리였을까 오동나무 잎사귀로 내려앉으며 현악기를 뜯는 달빛 소리였을까 뒤뜰에 구르는 낙엽 소리였을까 벽장 속에 숨어 우는 귀뚜라미 소리였을까 끊기 어려운 곡기처럼 세상 인연이 허공과 허공을 손바닥 짚으며 밀려와 마음을 심란하게 하는 밤, 생로병사 긴 번뇌들이 뾰족한 송곳처럼 가슴을 후벼 파는 그런 밤, 자 이제 떠나야지 질긴 가죽신발 꿰어 신고 낙타가 있으면 낙타를 타고 없으면 타박타박 걸으며, 어디선가 끊임없이 나를 부르는 소리, 너의 어두운 마음 한복판에 세상 이치를 꿰뚫고 다스리는 혜안이 필요하지 않겠느냐고 삼라만상이 속삭이는 소리, 먼 서역의 경전이 서늘한 밤공기에 파장을 일으키며 파르르 떠는 소리, 자 이제 망설일 시간이 없네 가다 사구에 파묻혀 스러지는 한이 있어도 가야 하고말고 암, 일어나 어서 가야 하고말고 다짐하며 무릎 세울 때 밤새 퀭해진 두 눈썹 위로 파들거리며 돋아나는, 찬란한 새벽빛

　　　　　　　—「혜초가 서역으로 떠나던 마지막 날 밤의 고백」

　"세상 이치를 꿰뚫고 다스리는 혜안이" 열리려면 먼 서역으로 떠나야 한다. 도중에 "사구에 파묻혀 스러지는" 위험이 널려 있지만, 스스로를 구원하여 날아오르기 위해서는 그러한 위험 따위야 기꺼이 감당해야만 할 터이다. 이러한 혜초의 다짐 위에 앞서 살펴보았던 김광렬의 스스로에 대한 규정, 즉 늘 깨어있어야 하는 시인으로서의 인식을 포개어 읽을 수 있다. 혜초가 구도求道에 목숨을 내걸었듯이, 김광렬 또한 온 존재를 걸고 "벼랑 끝에서 간신히 움켜잡는 아슬아슬한 나뭇가지"인 양 시에 매달려 있다.(「나의 시」) 그러한 까닭에 그는 "시를 붙들고/ 죽어라고 놓지" 않겠다는 결의에 차 있을 수밖에 없으며, 무르익어 "화분처럼 곱다랗게" 머무르는 순간이 사구砂丘에 파묻혀 "어디론가 사라진다는" 지점이라는 사실을 명징하게 인식하지 않을 수 없는 것이다.

　길을 나선 자는 아무런 의심 없이 앞으로 나아가야만 한다. 흘깃 돌아보았다가는 낭패에 빠지고 말 터이기 때문이다. 그런 점에서 『그리스신

화』에 등장하는 예인 오르페우스는 그의 반면교사라 할 수 있다. 지하세계에서 바깥으로 향하던 오르페우스가 한 번 뒤돌아보자 어떤 사태가 발생했던가. 머무름에 대한 불안을 김광렬은 다음과 같이 토로하고 있다. "편안한 침거를 거부하지 않으면 미래의 나는 없을 것 같은 끝없는 불안감, 어떻게 해야 하는가 그 답을 아직 나는 찾지 못했다 여전히 틈만 나면 쿵쾅거리며 심장을 치는 피톨들, 그들의 끈질긴 물음을 나는 찾아주어야 할 것 같다"(「피톨들의 물음」) 시를 둘러싼 김광렬의 결기는 바로 이러한 불안감의 이면으로 이해할 수 있다. 그는 오로지 매 순간 "하얗고 붉은 시詩 꽃잎 몇 장"만을 바라보며 앞으로 나아가는 자인 것이다.(「수련」)

3. 대대待對의 초월론과 가벼운 하강

　김광렬의 결기는 가볍게 비상하지 않는다는 점에서 나름의 의미를 획득하게 된다. 즉 허공 속으로 공허하게 사라지는 것이 아니라, 현실의 무게를 끌어안으며 세상과 더불어 부끄러움을 넘어서려는 데 의미가 있다는 것이다. 가령 "사막이 낙타의 고통"인데, 그는 "얼마 전에는 사막의 낙타를" 탔었다. 그렇게 누군가의 통증을 당연하게 여겼던 자신이 부끄러웠다고 진술하고 있는 시편이 「부끄러움이 나를 부스럭거리게 한다」의 일절이다. 이러한 구절을 써 내려갈 때 그는 부끄러움의 반대편까지 바라보고 있다. 「어린 성자聖者」가 이를 드러낸다. "우리가 탄/ 다섯 마리의 낙타 고삐를 끌고 가는 아이/ 모자도 쓰지 않고/ 얼굴 가리개도 없이/ 모래에 푹푹 빠지며 걷는/ 그 아이가 다름 아닌 성자였다" 아이/어린 성자/불타로 인하여 그는 부끄러움을 느꼈다. 그러면서 그는 어린 성자와 하나가 되어 부끄러움을 넘어서지 못한 데 대하여 자책한다. "나도 낙타에서 내려/ 허공 연꽃 피워내며 함께 걷고 싶었지만/ 용기가 없었으므로/ 아이도 성자도 불타도 될 수 없었다/ 나는 왜 그때 낙타에서 내리지 못했던가." 그러니까 부끄러움을 느끼는 자신이 부끄러움을 느끼도록 하는 대상과 하나가 되어 부끄러움이 피어나는 지점을 넘어서는 것이 김광렬의 초월론인 셈이다. 따라서 세계 인식의 방식을 보건대, 「부끄러움이 나를 부스럭거리게 한다」가 부끄러움을 매개로 하여 「쩔걱거리는 소리」와 대칭하여 마주하는 것은 결코 우연이라 할 수 없다.

　흥미로운 사실은 김광렬이 미움의 대상까지도 같은 방식으로 끌어안고 있다는 점이다. 「부끄러움이 나를 부스럭거리게 한다」에는 "내가 켠 촛불이 사람들의 찢긴 가슴이라는" 사실을 되새기며 부끄러움을 느낀다는 진술도 나타난다. 적폐가 창궐하는 현실과 대면하여 이를 무기력하게 방치해왔던 데 대한 자책일 터이다. 그런데 「채널 바꾸기」에서는, "광장의 촛불을 품고 다른 세상이" 열리자 그가 촛불 들고 맞섰던 대상을 자신의 일부로 이해하는 모습을 보여준다. "사람이 사람을 미워하는 일이/ 얼마나 수렁 같은지 아는 사람은 안다/ 내 안의 나가/ 또 다른 나를 힘껏 밀어내 버리는 것 같다" 적폐 청산에 동참하면서도 동시에 불교에서 말하는 공업共業 개념에 입각하여 스스로에 대한 성찰까지 수행하려는 것일까. 분명한 것은 청산하되 청산의 대상까지 자기 안으로 끌어안는 이러한 관점이, 투쟁과 해방의 직선적 역사 인식보다는, 대대待對 관계에 근거하는 동아시아 전통사상의 역사 인식에 다가서 있다는 사실이다.

　아마도 김광렬의 도저한 섬세함은 이와 무관치 않을 터이다. 경계하고 넘어서야 할 바깥 대상이 '내 안의 (어떤) 나'와 어떻게 잇닿아 있는지 성찰하는 시선이 두루웅술할 수는 없겠기 때문이다. 그런 점에서 시편 「불

꽃과 풀꽃」이 관심을 요한다. "한 사내가 서울 시내 공중화장실에서/ 아무 이유 없이/ 아주 낯선,/ 한 여자를 죽였다는" 사실을 접하고 시인은 두 가지 반응을 함께 나타낸다. ⓐ 몽상주의자: 시인은 "활활 솟구치는 불길 바라보며/ (중략)/ 파괴본능을" 느껴본 일이 있다. 그래서 두렵다. "내 안에도/ 그런 병적 증상은 잠자고 있어/ 어느 날 나도 모르는 사이/ 검은 악마로 깨어날까 봐 두려워요" ⓑ 여성혐오주의 비판: "여성에 대한 단순혐오증이/ 그 여자를 죽인 원인일" 것이라는 주장에 대해 "너무 확대해석하는 것 아니냐고/ 경계하는" 이들에게 시인은 반대 의사를 드러낸다. "그러고 말기에는 무언가/ 미심쩍은 구석이 있기는 해요" ⓐ에서 시인이 자기 내면을 응시하고 있다면 ⓑ에서는 자기 바깥의 논의에 경청하는 양상이다. 따라서 「불꽃과 풀꽃」에서도 대대 관계에 입각한 인식은 유효하게 이어진다고 할 수 있다. 그런데 이때 흥미로운 지점은 '활활 솟구치는 불꽃'이 상승하는 방향이라면, 한 사내에게 꺾인 "풀꽃 같은 여성"은 죽어서 바닥으로 쓰러져 하강한 상태라는 사실이다.

자기 바깥의 야만까지도 자신의 일부인 양 섬세하게 끌어안는 의식은 가볍게 비상하지 못한다. 무거운 현실이 비상의 발판으로 전제되므로 상승에 앞서 하강이 요구되는 까닭이다. 이로써 『내일은 무지개』에 나타나는 하강 이미지를 이해할 수 있게 된다. 김광렬에게 하강은 상승을 위한 준비에 해당한다. 하강과 상승이 겹쳐 있는 「꿀잠을 위해」의 다음 구절을 보라. "벤치에 늘어지게 누워 한 사람/ 모락모락 단꿈을 피워 올리고 있다" 등장인물의 단꿈은 가장 낮은 자세로부터 모락모락 피어오르고 있다. 그런 점에서 이 사람은 딱딱한 고체에서 녹아 액체가 되었다가 기체로 승화하는 초와 닮았다. 이는 "촛불집회에서/ 촛불을 커든 사람" 아닌가. 또한 하강은 상승을 예비하고 있으므로 무거움을 벗고 가벼워질 수 있다. 그래서 "땅바닥에 지천으로" 떨어지는 등나무 꽃은 "재미있다는 듯/ 빗자국 위로" 또 떨어지는 것이며, "분분히 흩날리는 모습이" 황홀한 것이다. (「등나무 꽃길에서」) 이는 결국 죽음의 방향으로 가라앉게 되는 「삶」에 대해 이야기할 때도 유효하다. "내가 저 노란 은행잎처럼/ 햇살에 눈부시게 반짝이다/ 가진 것 하나 없이/ 떨어져갈 존재임을 안다면/ 추락하는 것이 가벼우리라"(전문)

『내일은 무지개』에 실린 2부 촛불집회 시편들과 3부·5부로 묶인 시편들은 김광렬이 현실에 내려앉아 써 나간 결실이다. 이러한 범주의 작품에 드러나는 진중한 의식이 앞서 분석했던 비천하고자 하는 예술혼을 비끄러매고 있다. 『내일은 무지개』를 축조해 나간 동력은 꿈을 좇아 비상하려는 힘과 현실에 밀착하려는 하강의 중력 사이에서 마련된 것이다.

4. "푸름을 뒤집어쓴 내 영혼"

종교에서 각성한 자는 하강하는 경향을 띤다. 하늘의 뜻을 땅 위에서 이루기 위함이다. 예수의 하산은 대표적인 사례로 꼽을 수 있다. 그렇지만 땅을 일구고 사는 이들의 상상력에서는 땅이야말로 생명의 원천이다. 그래서 「나의 뿌리」라는 수사가 가능해지는 것 아니겠는가. "나를 여기에 있게 한 조상이 나의 뿌리라면/ 나는 내 자식들의 뿌리이기도 하다" 김광렬이 대지의 상상력으로 기울어질 때 「돼지감자 밭에서」와 같은 시편이 만들어진다. "나는 땅을 파고/ 당신은 부드럽게 흙을 고르고/ 함께 돼지감자를 심었으니/ 당신과 내가 흘린 땀을/ 피땀이라 하자"(1연) 물론 종교에서의 각성과 대지의 상상력이 맞부딪쳐 충돌하는 것은 아니다. 산꼭대기에서 내려왔든, 땅 표면을 뚫고 올라왔든 이는 깨달음을 얻고 실행하기 위한 방편에 불과하기 때문이다. 그러니 초점은 내가 얻은 깨달음과 이의 실행이 얼마나 생명력 있는가에 맞춰져야 하겠다. 「상강 무렵」은 시인이 제 자신을 이러한 문제 앞에 내세우고 있는 시편으로 읽힌다.

> 프로메테우스가 인간에게 불을 훔쳐 준 것처럼
> 니체가 낮은 마을로 산상의 초인을 내려 보낸 것처럼
> 사막이 기꺼이 한쪽 자리를 오아시스에게 내준 것처럼
> 언 땅이 혼신의 힘을 다해 풀꽃들을 키워낸 것처럼
> 가을은 농부들에게 열매를 주었다
> 나는 누구에게 무엇을 내준 적 있나
> 서릿발 밟으면 공허한 소리만 사각사각 부서진다.
> ─「상강 무렵」

시인은 자신이 이룬 바에 대해 '공허한 소리만 사각사각' 부서진다고 진술하고 있으나, 어쩌면 그야말로 나름의 깨달음에 다가선 징조로 이해할 수 있다. 삶이란 본디 부조리한 것이어서 무無를 향해 나아가며 그 과정에 의미를 덧입히는 행위의 연속이 아니었던가. 그래서 스스로를 비워낸 옛 선사는 공空한 삶에 대해 다음과 같이 갈파한 바 있다. "종일토록 행하여도 일찍이 행한 바 없고 종일토록 말하여도 일찍이 말했다 할 바 없다."[01] 김광렬이 옛 선사가 도달했던 무심無心의 경지에서 무위無爲를 이야기한다고 단언할 근거는 미약하나, 가벼운 하강을 가능케 했던 자기비우기(가진 것 하나 없이/ 떨어져갈 존재)로 판단하건대, 옛 선사가 도달했던 경지

01　극근克勤·중현重顯, 「제16칙 껍질을 깨고 나옴[鏡淸啐啄]」, 『碧巖錄』上, 藏經閣, 1993, 150쪽.

를 향해 꾸준히 나아가고 있었다고 말할 수는 있겠다. 아마도 「회鱠, 날아 오르다」와 같은 시편은 그러한 도정에서 창작되었으리라. 주지하다시피 회鱠란 삶과 죽음, 그러니까 有와 無의 두 속성을 끌어안고 있는 매개물인 바, 회가 "도마와 접시 사이의 허공을/ 힘차게 날아" 오르며 "바다에 눈을 맞추는 일"을 감행할 때, 시인 역시 有와 無 양편에 발을 딛고 깨달음의 가능성을 타진하고 있는 형국이 되기 때문이다.

『내일은 무지개』 6부의 실크로드 시편들과 4부에 묶인 귀향 모티프 시편들은 그러한 맥락을 배면에 깔고 읽어나가게 된다. 가령 생명력을 상징하는 물이 남아 있지 않은 「사막 한 귀퉁이에 서서」 시인이 "사막은 커다란 경전이요/ 모래들은 활자"라는 깨달음을 얻고 "작아질수록 더 커져" 간다고 토로하고 있는 장면을 보라. 불모의 터전[無]에서 삶[有]의 경건함이랄까 소중함을 체득할 수 있었기에 모순어법이 가능해진 것이다. 시인의 실크로드 행은 이를 확인하기 위한 길 떠남이었고, 실크로드 시편들은 여행에서 얻은 깨달음의 과정이다. 진부하기는 하나, 귀향 모티프를 담고 있는 시편들은 삶도 결국 여행이라는 관점에서 이해할 수 있다. 4부의 가장 앞에 실린 「제주바다는 젖어서 돌아온다」에서 몇 번 반복되는 것처럼, 김광렬은 현재 돌아가는 중이다. 하지만 「잃어버린 어머니를 찾아서」 연작에서 나타나듯이, 그가 돌아가 안길 대상은 지금 여기에 자리하는 것이 아니라, 그의 기억 속에 존재한다. 이렇듯 귀향 모티프로 묶이는 시편들은 시인[有]─관념(기억)─어머니/고향[無]의 관계를 기본형으로 구축되어 있다. 有와 無의 중첩 위에 놓여 있다는 것이다.

그렇다면 有와 無의 중첩 위에서 펼쳐지는 삶은 대체 뭐가 다를까. 여기에 대한 답변은 김광렬 자신의 몫으로 남겨두기로 하자.

보리밭이 펼쳐져 있다

보리들이 숨 쉬고 있다

팽창하는 숨구멍이 보이는 듯하다

숨구멍을 빠져나온 공기방울들 푸르다

그래서 보리밭은 온통 따뜻하다

지금 나는 살 것 같다

잿빛 도시로부터 와서

푸름을 뒤집어쓴 내 영혼,

보리처럼 쑥쑥 자랄 것이다

탄탄하게 여물 때까지

누렇게 무르익을 때까지

거둬들일 때까지

밥그릇에 담길 때까지

푹 썩어 거름이 될 때까지

결국 무엇을 남기는가?

　세상의 한 그릇 따뜻한 숨결이다

　　　　　　　　　　　　　　　—「따뜻한 숨결」

저항:
근대를 넘어서려는
모험 혹은 기억

출판자본에 포획된 문학,
현실 수리로서의 문학비평

1. 뒤늦게 당도했던 '근대문학의 종언'이라는 담론

문학비평의 현 위치를 확인하기 위해서는 '근대문학의 종언' 담론으로 되돌아갈 필요가 있을 성싶다. 2000년대에 들어 문학비평을 둘러싼 논란이, 마치 원한 맺힌 장소를 배회하는 귀신인 양, 반복하여 귀환하고 있으니 이에 대한 발본적인 접근이 이루어져야 하겠기 때문이다. 기실 철학의 죽음, 이성에 대한 회의 등을 거느리고 인문학의 종언이 본격적으로 논의되기 시작한 계기는 1991년 현실 사회주의권의 몰락이었다. 이와 비교하자면 문학에서의 종언 논의는 퍽 뒤늦었다고 할 수 있는데, 2004년 겨울 『문학동네』에 실린 가라타니 고진의 「근대문학의 종언」으로써 비로소 촉발되었던 것이다. '근대문학의 종언'이라는 가라타니 고진의 주장이 한국 문단에 적지 않은 파장을 일으켰던 까닭은 판단의 근거로 한국의 상황을 제시하고 나선 데 있다. 즉 활력 넘쳤던 한국문단은 이제 현실 대응력을 상실했고, 문학제도 내에서 관성적인 문학을 산출하는 데 머무르고 있는 실정이니, 근대문학의 정신을 지탱해온 마지막 보루가 허물어지고 말았다는 것이 그의 전언이었던 것이다.

근대문학의 종언을 선언함으로써 가라타니 고진이 그어놓은 종언 이전과 이후의 경계는 한국문단의 세대 문제와 결부하여 생각해 볼 수 있다. 서구 발명품인 근대문학이 제도의 일환으로 조선에 이식된 이래 이 땅의 작가들은 어쩔 수 없이 근대의 폐해를 자신의 문제로 끌어안아야만 했다. 예컨대 일제 강점기 작가들은 국권 강탈에 따른 고통 속에서 자신의 근거를 마련해야 하였고, 해방기와 6·25를 경과하면서 완고한 이념의 굴레를 체험한 작가들은 그로 인한 상처에서 출발할 수밖에 없었으며, 급격한 산업화에 따라 발생한 빈곤계층의 비참한 현실과 군사정권의 폭압은 작가들로 하여금 그 출구를 찾아나가도록 강제하였던 것이다. 그런 점에서 동아시아에서 통용되어왔던 종래의 문학 개념을 폐기하고, 새롭게 서구의 Literature에 대응하는 문학 개념을 정초하려는 작업이 1910년 시작되었다는 사실은 퍽 상징적으로 다가온다.[01] 근대문학이 한일병탄에 의해 생겨난 민족국가의 공백을 이념 수준에서나마 감당해야 했던 처지가 느껴지기 때문이다.

한국근대문학이 대對사회적 책무로부터 자유로워지기 시작한 것은 1990년대에 접어들어서이다. 기실 변화가 배태될 요인은 다분하였다. 첫째, 이전과는 다른 방식으로 문학의 자양분을 섭취하는 세대가 전면에 등장하였다. 이전 세대들은 엄중한 시대 상황과 맞대면하여 그 한복판에서 체험을 쌓아나갔던 반면 이후 세대는 독서를 통한 간접체험으로써 문학의 질료를 마련해 나간 측면이 컸던 것이다. 예컨대 국권 상실이니, 아비 부재니, 5월 광주와 같은 날 것 그대로의 체험이 없이 새로운 세대는 정규교육 과정을 착실하게 밟으면서 독서를 통하여 작가 수업을 수행하였다.

---

01 이광수, 「문학의 가치」, 『대한흥학보』 11호, 1910. 3.

둘째, 이들 세대의 작가 수업은 우후죽순 늘어난 문예창작과를 통해 진행되는 양상이 현저해졌다. 주지하다시피 문예창작과는 학교제도와 문학제도를 매개하는 장치인 바, 매개 기능만 부각될 경우 작가 수업은 한낱 등단을 위한 글쓰기 기술의 습득으로 전락하고 만다. 셋째, 국내외 정세가 크게 변화하였다. 국외에서는 사회주의권의 몰락이 도구적 이성으로 설계했던 목적론적 세계관의 파탄을 증언하였고, 국내에서는 6월항쟁 이후 진행된 절차적 민주주의가 사회 곳곳에 낙관적인 전망을 유포하였던 것이다.

지리멸렬해진 문학비평의 현 주소는 1990년대 펼쳐진 변화 요인에 대한 당시 문학비평의 적절치 못했던 대응에 기원을 두고 있다. 가라타니 고진이 선언한 '근대문학의 종언'은 1990년대 문학비평의 잘못된 방향 선택이 야기한 잘못된 결과를 두고 가해진 것이다. 그러니 '인문학의 죽음(위기)' 담론이 '근대문학의 종언'으로 도달하기까지 지연된 십여 년 동안 문학비평이 어떠한 입장을 취해 나갔는가를 먼저 살펴봐야 한다. 그러고 나면 복원해야 할 문학비평의 덕목이 무엇인지 자연히 드러날 터이다.

2. 지리멸렬해진 현단계 문학비평의 기원과 구축 과정

1990년대 문학비평의 향방과 관련하여 먼저 주목해야 할 것은 1991년 진행되었던 두 개의 좌담 「세대론의 지평」과 「새로운 세대의 문학적 지평」이다. 좌담은 각각 『오늘의 시』·『비평의 시대』에서 마련하였는데, 제목에서 드러나듯이 이 자리에 참석한 젊은 비평가들은 과거와의 단절을 통한 새로운 세대의 출현을 선포하고 나섰다. 여기서 주창된 새로움은 '80년대 문학'과의 대조를 통하여 마련되었는바, 80년대 문학이 '(집단의) 이성적 의지'에 근거를 두었던 반면 새로운 세대의 문학은 '(개인이 품은) 욕망의 진실'에 충실하다는 내용이었다. 1989년 베를린장벽이 무너져 내린 데 이어 1991년 소비에트 연방공화국의 해체가 눈앞에서 펼쳐졌던 상황을 염두에 둔다면, 당시 신세대론의 주창자들이 자본주의의 승리를 선포하였던 "역사의 종언"(프랜시스 후쿠야마) 따위의 분위기에 어느 정도 편승했다고 판단할 수 있다. 이성의 의지를 배척함으로써 현실 모순을 타개해 나갈 근거를 말소해 버렸고, 이를 대체한 것이 '욕망의 진실'이었으니 현실 유화적 태도를 예비한 것으로 이해할 수 있기 때문이다.

기실 신세대문학론의 논리는 그다지 정교한 것이 못된다. 근거는 대략 세 가지 정도 꼽을 수 있다. 첫째, 욕망의 진실에 충실하다고 해서 문학적 성취가 보장되는 것은 아니다. 일급작가라면 인물의 욕망을 다룰 때 오히려 욕망을 응시하는 태도를 충실하게 견지해 내는 법 아닌가. 이 경우 욕망의 응시는 성찰하는 이성의 힘에 근거하여 작동하는 것이다. 그렇다면 '이성적 의지'와 '욕망의 진실'이라는 이항 대립은 다분히 작위적이라고 판단할 수밖에 없다. 둘째, 시대가 변했다고 문학의 對사회적인 역할이 증발할 리 만무하다. 그렇다면 문학이 변화한 현실과 맞서 어떠한 길항 관계를 구축해야 하는가, 모색해야 할 터인데 신세대문학론은 이를 생략하고 80년대 문학의 시효 소멸만 강조함으로써 현실에 투항하고 말았다. 셋째, 사회주의권의 붕괴를 계기로 심문해야 할 것은 도구적(목적론적) 이성이지, 이성 일반이 아니다. 신세대문학론은 도구적(목적론적) 이성의 문제점을 타박하고 이를 대체·보완할 또 다른 이성의 가능성 계발로 나가야 할 지점에서 근대가 성취한 덕목까지 부정하는 우를 범하였다. 정교하지 못하게 '이성적 의지' 일반을 타매한 데 따른 귀결이다.

그럼에도 불구하고 신세대문학론은 1990년대 초반 파급력을 행사할 수 있었다. '이성적 의지'에 입각하여 논리를 구축해 나갔던 비평가 그룹이 급변하는 현실 속에서 좌표를 상실하였고, 그로 인하여 신세대문학론을 제어할 만한 동력이 확보되지 못했기 때문이다. 덧붙이자면, 국가부도 사태에 직면했던 1997년 12월까지 한국사회의 전반적인 경향 또한 '욕망의 진실'이 광폭하게 질주하는 대중소비사회의 전형적인 양상으로 전개되었다.

신세대문학론이 설정해 놓은 방향 위에서 출현한 것이 『문학동네』다. 1994년 겨울 창간된 『문학동네』는 1995년 4월 폐간 위기를 맞았으나, 편집위원과 작가들의 추렴을 통해 정상적인 발행이 가능해졌으며, 이후 출판사로서의 성공은 그야말로 비약적이었다. 문학동네는 1년이 되었을 즈음 신경숙의 『깊은 슬픔』을 베스트셀러로 밀어 올렸고, 이를 바탕으로 50여 명의 작가와 출판 계약을 맺는 등 문단 내 영향력을 키워 나갔다. 이러한 방식의 투자는 성공에 성공을 거듭하여 1998년 말 무렵에는 문학제도의 한 축을 차지하기에 이를 수 있었다. 출범 4년 만에 문학동네가 '90년대 문단'의 중심으로 우뚝 올라섰다는 『조선일보』 기사는 이를 확인시켜 주는 자료인바,[02] 기사를 작성한 박해현은 『조선일보』 문화부 기자이면서 동시에 창간 때부터 『문학동네』의 편집위원이었다.

출판사 문학동네의 급속한 성장이 우려를 자아냈던 까닭은 그 배경에 『조선일보』라는 언론권력과의 결탁이 있었기에 가능했다는 데 있다. 예컨대 『조선일보』는 신경숙을 박완서와 나란히 앉혀 『깊은 슬픔』을 간접적으로 띄운다거나, 문학작품의 베스트셀러 현상을 조명한다는 명목 아래

---

02 박해현, 「문학동네 출범 4년 만에 '90년대 문단' 중심에」, 『조선일보』, 1999. 1. 6.

좌담을 마련하여 『서른, 잔치는 끝났다』(최영미)·『화두』(최인훈)와 함께 『깊은 슬픔』의 의미로 돋을새김하는 방식을 선보였다. 또한 『조선일보』는 문학동네가 '김승옥 전집'을 출간할 즈음에는 「새로 읽는 그때 그 작품」 꼭지를 신설하여 김승옥의 작품을 조명하였고, 일본 소설작품들을 내놓자 '일본문학 특집'을 기획하였으며, 마루야마 겐지의 『천년 동안에』(문학동네)를 노벨문학상 수상작가 주제 사라마구에 관한 기사보다 두 배 분량으로 부각시키기도 하였다. 그 결과 출판사 문학동네 출범 이후 1990년대 『조선일보』가 쏟아낸 문학동네 관련 기사의 양은 문학과지성사, 창작과비평사와 비교했을 때 두 배에 달하였다.[03]

언론권력과 결탁하여 성장한 출판자본이 문학의 생산 및 유통에 영향을 끼친 것은 당연한 귀결이었다. 먼저 두드러진 현상은 『문학동네』가 적극적으로 신인 발굴에 나섰다는 사실을 꼽을 수 있다. 문단 질서가 『창작과비평』과 『문화과사회』를 중심으로 작동하는 상황이었으니, 이를 타개하기 위한 방편이었을 터이다. 『문학동네』가 발굴한 신인들은 『조선일보』 지면을 통하여 대중적인 인지도를 확보하는 데 유리하였다. 김정란은 이를 두고 "좀처럼 조명을 받기 어려운 신인들이 줄줄이 『조선일보』 지면에 등장한다." 라고 지적한 바 있다. 그런데 이때 출판자본의 욕망과 언론권력의 영향력 사이를 문학비평이 매개하고 있음은 눈여겨보아야 한다. 이른바 '주례사비평'의 출현인데, 작품의 가벼움과 트리비얼리즘(쇄말주의)에 대하여 과도한 의미를 부여하는 비평 경향이 현저해진 것이다.

'출판자본의 신인 발굴 → 주례사비평을 통한 과도한 찬사 → 언론을 통한 대대적인 홍보'라는 구조 속에서 작가·작품은 이제 상품으로서의

---

03 문학동네와 『조선일보』의 유착 관계에 대한 구체적인 논의는 김정란의 「그들의 문학―그 치명적 얽힘」(『인물과 사상12: 마당발은 위험하다』, 개마고원, 1999)에서 인용하였다.

운명을 감내해야 하는 상황에 처하게 되었다. 본디 자본은 이윤 추구를 위하여 끊임없는 새로운 기술력과 상품 개발에 사활을 거는 법이다. 마찬가지로 출판자본 역시 새롭게 만들어 낸 상품인 양 신인작가를 매 계절마다 바꿔가며 화려하게 조명하였고, 이에 따라 기성작가들은 낡은 상품이 시장에서 밀려 나듯이 점차 입지가 좁아졌으며, 젊은 작가들의 명멸주기 또한 빨라졌던 것이다. 상업적인 성공에도 불구하고 『문학동네』가 문인들 사이에서 그다지 호감도가 높지 않았던 까닭은 아마도 여기서 기인하는 것이 아닐까 싶다. 1999년 8월 27일자 『동아일보』에 따르면, 1980년 이후 문예지로 등단한 문인 120명을 대상으로 선호하는 잡지를 조사한 결과는 『창작과비평』(13%) · 『문학과사회』(13%), 『세계의문학』(9%), 『작가세계』(6%) · 『현대문학』(6%) · 『문예중앙』(6%), 『문학동네』(4%) 순이었다.[04]

그렇다면 문학계 내 진보의 맏형 노릇을 담당하였던 『창작과비평』은 이즈음 어떠한 태도를 취하였던가. 국내외 정세가 급변하는 가운데 어느 방향으로 나아가야 할지 갈피를 잡지 못하였는바, 그 자리에는 백낙청의 『흔들리는 분단체제』(창작과비평사, 1998)가 상징처럼 놓여 있다. 북한 붕괴를 거스를 수 없는 전제로 삼아 통일문제를 전망해야 한다는 이 책의 내용은 노태우 · 김영삼 정부 당시 흡수통일을 주장했던 보수 세력의 입장과 상당 부분 닮아있다. 백낙청의 이러한 변화는 문단을 향해서도 그대로 관철되었는데, '리얼리즘과 모더니즘의 회통론'이라는 테제가 여기에 해당한다. 한국사회에서 근대는 성취해야 할 그 무엇이면서 동시에 극복하지 않으면 안 될 그 무엇인 까닭에, 이중과제의 해결을 위해서는 리얼리즘과 모더니즘의 회통이 요청된다는 것이 논리의 골자이다. 대표적인 평문으

04　유윤종, 「80년대 이후 등단문인, 『창작과비평』가장 선호」, 『동아일보』, 1999. 8. 27.

로는 최원식의 「'리얼리즘'과 '모더니즘'의 회통론」(『현대한국문학 100년』, 민음사, 1999), 백낙청의 「2000년대 한국문학을 위한 단상」(『창작과비평』, 2000. 봄)을 꼽을 수 있다.

리얼리즘으로부터 후퇴한, 혹은 유연해진 『창작과비평』의 변화가 어떠한 의도에 따라 기획되었던가는 속단하기가 어렵다. 하지만 이로써 실현된 결과가 현실 수리에 머무르고 말았다는 비판은 피할 수 없을 듯하다. 어째서 그러한가. 이후 『창작과비평』은 『문학동네』에서 대중적인 인지도를 쌓고, 대중성을 거머쥔 작가들을 적극 포용하는 데로 나아갔기 때문이다. 『문학동네』 출신 신인작가의 입장에서도, 『창작과비평』 입장에서도 이는 충분히 매력적인 거래였다. 출판사 창작과비평은 커다란 투자 없이 상업적인 이윤을 어느 정도 보장받을 수 있었으며, 신인작가는 『창작과비평』이 거느리고 있는 문학적 권위와 진보적인 이미지를 자신의 후광으로 활용할 수 있었던 것이다. 이러한 구조가 고착되면서 『문학동네』의 세계관 및 문예미학은 2000년대 한국문단에서 무시할 수 없는 기준으로 자리를 잡아 나갔다. 반면 『창작과비평』과 『문학동네』의 공모 관계에서 배제된 『문학과사회』는 점차 문단에서 주도적인 위치를 상실하게 되었다.

지난 해 신경숙의 표절 문제로 한국사회가 퍽이나 시끄러웠을 때 『문학동네』와 『창작과비평』에 주로 비판의 화살이 쏟아진 까닭은 이러한 2000년대 문단의 변화와 관련이 있다. 『한겨레』의 최재봉 문화부 선임기자는 그 가운데서도 『창작과비평』의 책임이 더 크다고 느꼈던 듯하다. 지리멸렬해진 현 단계 문학비평의 처지를 극복하려면 아마도 이러한 비판을 염두에 두고 방향을 모색해야 할 것이다.

1990년대 이후 진보문학의 약화에는 『창비』의 책임이 크다고 본다. 『문학동네』 작가 좌담에서 이 잡지 편집위원인 신형철은 "출판사들 사이의 문학적 취향과 입장 사이에 교집합이 점점 넓어지고 있다"고 말했는데, 나는 그것이 『창비』가 진보적 문학관이라는 자기중심을 놓치고 문학동네와 문학과지성사 쪽에 '투항'한 결과라고 본다. 그렇게 해서 출판사 창비는 성공을 거두었을지 몰라도, 진보문학의 맏형이라는 이념적 구실에는 실패했다.

문제는 '저항'의 약화에만 있지 않다. 창조 쪽을 들여다봐도 『창비』의 부실과 빈약은 눈에 뚜렷이 들어온다. 90년대 중반 이후 『창비』가 선택해서 한국문학의 중심에 내보낸 작가가 몇이나 될까. 대부분은 문학과지성사나 문학동네 쪽에서 배출하거나 발탁한 작가를 뒤늦게 추인하고 포섭하는 방식 아니었던가. 그것이 창비다운 저항의 색깔을 약화시키는 악순환으로 이어져 왔다.[05]

3. 문학비평, 문단 자정을 위해 무엇을 해야 하는가

한국문단에 과연 자정 능력이 있는가. 『서울신문』 문화부의 김승훈 기자가 던지는 물음이다.[06] 신경숙 표절 여부와 문학권력 논쟁으로 양분되었던 문단 관계자들이 한목소리로 검찰의 개입을 반대했던바, 이러한 반응이 그에게는 의외였던가 보다. 기실 현재의 한국문단에서 자정 능력을 기대하기는 어려울 성싶다. 예컨대 한국문단이 그간 문학과 현실의 관계 설정에 관한 반성의 계기를 가지지 못했던 것은 아니다. 2008년 광우

---

05 최재봉, 「최재봉의 문학 속으로: 문학동네의 길, 창비의 길」, 『한겨레』, 2015. 9. 10.

06 김승훈, 「문학 표절, 문단 자정 VS 검찰 수사」, 『문학의오늘』 제18호, 2016. 봄.

병 집회가 연이어 펼쳐지고, 2009년 노무현 전前대통령이 서거하자 여러 잡지에서 문학의 대對현실 역할을 묻는 기획을 마련하였다. 여기에는 작가가 시민들의 의식을 따라가지 못하는 것은 아닌지 자성이 깔려 있었다. 하지만 그뿐, 한국문단은 의미 있는 변화로 나아가지 못했다. 작동하고 있는 문학제도의 물질성을 극복하지 못했던 것이다. 신경숙의 표절 문제에 관해서도 마찬가지로 말할 수 있다. 만약 문단에 어느 정도의 자정 능력만 갖추어졌더라도 2000년 가을 표절이 처음 제기되었을 당시 적절한 조치가 이루어지지 않았을까.

그럼에도 불구하고 검찰의 개입을 통하여 문단에 바람직한 변화가 생겨나리라 기대하기는 어렵다. 징벌을 통하여 문학에 내재하고 있는 성찰의 기능이 강화되는 것은 아닐 터이며, 문학과 사회와의 바람직한 관계가 외부에서 작용하는 압력을 통하여 강제되는 것도 아니기 때문이다. 무엇보다도 문학작품의 생산은, 문학제도의 물질성에 의해 제약받는다고 해도, 본질적으로 현실과 맞대면하여 더 많은 자유를 희구하는 정신에 바탕하고 있는 바, 사법부의 개입을 통한 문제 해결은 끊임없이 비상해야 하는 문학정신에 스스로 족쇄를 채우는 결과를 초래하기 십상이다. 세상의 법은 피로써 피를 씻는 방식을 취하지만, 문학은 그러한 방식이 야기하는 회의적인 결과를 선취하는 자리에서 시작해야 한다. 그러니, 실패를 예감하면서도, 문단의 자정은 문단 내부에서 동력이 확보되는 방식을 기대할 수밖에 없다.

비평은 문단의 자정을 위하여 어떠한 변화를 감수해야 할까. 제도적 차원에서 접근하자면, 먼저 문학잡지를 출판자본으로부터 독립시킬 수 있어야 한다. 잡지 편집권을 손에 쥔 비평가가 좋은 작가를 발굴하여 적극적으로 평가하고자 욕망하는 것은 당연한 일이며, 비평가에게 편집권은 그러한 역할을 감당하라고 주어졌다. 하지만 잡지 편집권이 출판자본과 결합하는 순간부터 자본의 논리가 문학 내부로 유입되게 마련이다. 그리고 일명 '주니어 시스템'에 관한 반성도 필요하다.[07] 개성을 중요한 덕목으로 삼는 예술 분야에서, 신인의 가치는 선배가 성취한 바를 득의만만하게 넘어섰을 때 찬란히 빛나는 법이다. 위대한 시인일수록 '시적 영향에 대한 불안'을 앓는 까닭이 여기에 있다.[08] 문학비평이라고 예외일 리 만무하다. 신인비평가를 특정한 매체로 묶어둘 경우, 신인은 기성 비평가가 구축해 놓은 매체의 담론 및 논리의 틀을 넘어서기가 어려워진다. '주니어 시스템'이 문단 내 세력 만들기의 방편으로 작동하고 만다는 것이다.

예컨대 2000년대 문학을 '무중력 공간'으로 규정하였던 이광호, 김형중을 보라. 이제 문학이 현실의 무게를 가뿐하게 털어내기에 이르렀다는 주장인데, 이로써 2000년대 세대론은 현실과의 완전한 절연을 기획하는 데로 나아갔던바, 이들은 현재 『문학과사회』 편집위원으로 함께 활동하고 있다. 이광호가 1990년대 신세대문학론을 주창했던 대표적인 이론가였으며, 김형중이 『문학동네』의 '주니어 시스템' 속에서 성장하였다는 사실을 염두에 둔다면, 왜 하필 이광호·김형중이 그러한 주장을 펼쳤던가는 그리 의아할 일이 아니다. 문학비평가 신형철은 우리가 살고 있는 3차원 세계가 지겹다면, 공간을 삭제하여 2차원으로 건너가거나 시간을 도입하여 4차원으로 넘어서면 되리라고 제안한 바 있다.[09] 주지하다시피 여기

---

07 2015년 7월 15일 열린 〈신경숙 표절 사태와 한국문학의 미래 끝장토론회〉에서 문학평론가 김대성은 '주니어 시스템'이란 용어를 사용한 바 있다. 유력한 문학매체가 자사 출신 신진비평가들에게 좌담을 열어주고, 서평·해설·비평의 기회를 배타적으로 제공하는 체제를 가리킨다.

08 해롤드 블룸, 윤호병 역, 『시적 영향에 대한 불안』, 고려원, 1991.

09 신형철, 「전복을 전복하는 전복—2000년대 한국시의 뉴웨이브」, 『실천문학』, 2006. 겨울.

서 말하는 2차원·4차원이란 현실 바깥의 영역이니 그 또한 문학을 '무중력 공간'에 배치하고자 시도했던 셈이다. 신형철은 현재『문학동네』편집위원을 맡고 있으며,『문학동네』의 '주니어 시스템' 속에서 비평 수련을 하였다.

변화해야 할 문학비평의 경향은 이러한 상황으로부터 설정할 수 있다. 기실 현대철학의 흐름은 한국문단의 최근 주조와 반대 방향으로 진행하는 추세이다. 이는 '내재적 초월론'이라는 용어로 집약할 수 있는데, 초월이란 눈앞에 펼쳐진 현실의 질곡을 치열하게 넘어서려는 과정 가운데서 획득되는 것이지, 현실 바깥에 어떤 초월세계를 관념적으로 설정하고 그리로 가볍게 이월하는 작업이 결코 아니다. "이러한 초월론은 존재가 지향하는 바를 결단하게 만드는 해석"과 "자신의 존재를 향한 해석"을 동반하기에 "존재적 초월과 존재의 깊이를 내재하는 이중적 과정"이라 이해할 수 있다.[10] 따라서 현대철학의 성취를 문학비평에서 제대로 받아들일 수 있다면, 문학의 앙가주망 여부를 두고 왈가왈부하는 수준을 극복하여, 바깥으로는 현실과 더불어 미래로 한 걸음 내딛는 한편 내적으로는 존재의 성숙을 꾀하는 이론을 마련할 수 있을 터이다.

덧붙이건대, 내재적 초월론이 함의하는 바에 충실하기 위해서는 섣부른 보편주의나 세계주의를 경계할 수 있어야만 한다. 지금 여기의 구체적인 현장에 밀착해야 한다는 것이다. 명쾌한 이론으로써 포획하기에 현실은 너무나 복잡다단한 법이니 만큼, 보편주의·세계주의로 포장된 서구이론은 구체적인 한국 현실과의 간극을 더욱 크게 내장할 수밖에 없다. 지난 2000년대부터 최근까지 외국이론으로 현란하게 무장하였으나 공허하게

---

10 신승환,『해석학』 아카넷, 2016, 37쪽.

만 느껴지는 문학비평을 많이 접했다. 공허하게 느껴졌던 까닭은 작품을 매개로 작가와 한국사회의 현실을 이해하는 수준으로 나아가지 못하고, 비평가의 현학취미만 부각되었기 때문이다. 심지어 서구이론에 관한 이해가 천박한 경우도 왕왕 목도하는데, 좌파 이론을 끌고 와서 문학의 현실 비판 기능을 부정하는 데 이르러서는 그 무모한 용기에 그저 혀를 내두르게 될 따름이다. 한국비평문학의 참담함은 이러한 경향이 주류를 이루고 있다는 사실에 있다. 새로운 문학비평은 이를 딛고 일어서야 할 것이다.

빵과 서커스로 통치되는 세계에 맞서는
아나키스트의 존재학
— 최인석 장편소설 『강철무지개』에 대하여

1. 호흡하는 세계의 인간과 매매하는 세계의 기계

　최인석은 장편소설 『강철무지개』의 제목을 이육사의 시구에서 따왔다. 제목 바로 뒤의 페이지를 「절정」마지막 행이 차지하고 있고, 소설은 다음 페이지로 건너간 뒤에야 시작되고 있으니 틀림이 없겠다. "겨울은 강철로 된 무지갠가 보다" 이 한 줄의 진술에는 『강철무지개』가 담아내고 있는 작가의 현실인식이 집약되어 드러나 있다. 음양론陰陽論에 따르면 도道는 멈춰 서는 법 없이 부단히 변화하며, 만물은 이로 인하여 유행流行하게 마련이다. 그러니 겨울 따위야 응당 봄의 기운에 의해 밀려날 터이지만, 도대체 이육사/최인석을 둘러싸고 있는 엄혹한 현실은 옴짝달싹할 조짐이 없다. 순간을 상징하는 '무지개'와 견고를 상징하는 '강철'의 조합은 이로써 가능해졌는바, 『강철무지개』는 그러한 의지와 절망 사이의 깊은 심연에서 인양해 낸 세계라 할 수 있겠다.
　미래 사회를 다루고 있으나 『강철무지개』가 묵시록 따위로 빠져들지 않을 수 있었던 근거도 의지와 절망의 팽팽한 긴장을 통해 확보되고 있다. 소설의 시간 배경은 2100년 앞뒤로 십여 년 동안이다. '재선'과 '지연'이 행복했던 시절을 제시하는 장면에서는 8000톤 급 중국 컨테이너 화물선이 침몰했던 2075년으로부터 20년 이상 지났다는 진술이 나타나며(128), 사건이 본격적으로 진행될 즈음에는 윤심덕 음반 표지의 발매년도를 보며 "1926년이라고요? 이게 그럼 180년이 된……. 이게 골동품이군요!"(50)라고 놀라는 '유 박사'의 대사가 끼어 있으므로, 이에 근거하여 추론할 수 있다. 주지하다시피 묵시록은 미래에 펼쳐질 사건과 분위기를 절대화함으로써 현실에 대한 냉담함을 유포하는 경향이 강하며, 종말론과 쉽게 결합하는 특징을 내보이기도 한다. 『강철무지개』가 묵시록 경향으로 떨어지는 사태를 방지하기 위하여 작가가 환기시켜 놓은 장치는 인간의 존재 형식이다.

『강철무지개』 1장은 인간의 존재 형식을 되새기는 내용으로 채워져 있다. 가령 다음과 같은 구절. "섭취와 배설이 살아남기 위해 필수적인 생리적 과정이라면, SS울트라마켓에서 벌어지는 진지하고 기계적인 행사 역시 살아남기 위해서는 누락시킬 수 없는 사회적, 기계적 과정이었다."(9) 인간은 숨을 내쉬면 들이마시고[呼吸], 눈을 한번 감았다가 한번 뜨고[─과 이], 음식물을 섭취했으면 배설해야 하는 존재이다. 그런데 2095년 즈음에 이르러서는 SS울트라마켓의 질서가 이를 대체하고 있다. 먼저 질서에 적응해 있는 인간의 형상을 보자. 식사는커녕 화장실에 갈 짬도 없이 마켓 직원들은 계산대에 올라온 무수한 상품들에 각각 붙은 바코드를 찍고, 계산기의 단추를 누르고, 총액을 확인하고, 카드를 받아들고 기계적으로 할부인지 일시불인지 묻고 나서 사인을 부탁하고, 인사를 하고, 다시 계산대에 올라온 각 상품들의 바코드를 찍고……를 반복한다. 그러니 "바코드 판독기와 계산기는 팔의 연장일 리가" 없으며, 오히려 마켓 직원이

야말로 "그 기계들의 연장이었다."(9)

SS울트라마켓의 고객이라고 다를 바 없다. "고객들마저 그 기계의 연장이었다. 그게 아니라면 어찌 이다지 정연하게 그 크고 무겁고 불편한 수레를 끌고, 그 온갖 상품들을 스스로 운반하여, 그 비좁은 통로로 찾아들어, 줄을 지어 늘어서서 순서를 기다리다가, 고분고분 때로는 은행 신용카드를, 때로는 작업카드를, 때로는 현금을 지불하고 사라질 수 있을 것인가."(9) 인간의 생태에 근거한 음양의 관점은 이 지점에서 상품의 판매-구매(소비)란 쌍으로 변형되고 있다. 상품 매매賣買에 입각하여 인간을 기계의 연장으로 재편성하는 SS울트라마켓의 질서는 사회 전체를 관통하는 원리이기도 하다. 2095년의 인간을 기계 범주의 존재로 파악할 여지는 여기서 마련된다. "어쩌면 그들은 SS울트라마켓이라는 거대한 플랜트에서 기획, 행정, 생산 또는 유통, 판매, 소비 따위의 각기 다른 부문을 담당하고 있는, 역할이 다르고 생김새가 다른 안드로이드에 불과한 것은 아닐까."(14)

기실 2095년의 인간은 현재, 즉 2014년의 인간이기도 하다. 노동자가 빅데이터를 통해 분석된 매출 결과로 추궁당하고, 작업장 천장에 붙은 카메라를 통해 일거수일투족 감시받으며, 자신의 감정까지도 판매를 위해 강요당하는 것은 비단 SS울트라마켓에서의 상황만이 아니다. 텔레비전에서 흘러나오는 쇼에 몰입하거나 나이트클럽의 휘황한 조명 아래 몸을 맡기는 방편으로 현실의 고단을 겨우 지워나가는 사람도 SS울트라마켓의 직원 '지니'만이 아니다. 예컨대 다음과 같은 지니의 행동은 현 시대를 살아가는 감정노동자들의 처지와 일치하지 않는가. "혼자 있을 때도 무심코 입을 열면 사인해주세요, 안녕히 가세요, 따위의 말이 치약 거품처럼 밀려나왔다. 더 상냥하게, 더 부드럽게. 어서 오세요. 할부인가요?"(13) 따라서 작가는 인간의 존재 형식이란 큰 그림을 제시하면서 그 안에 2014년의 실태를 2095년의 상황 위에 겹쳐 놓았고, 이로써 현실의 중력을 『강철무지개』에 담아내고 있다고 이해하게 된다.

2014년의 현실로부터 한 발짝 더 나아간 미래 사회의 모습은 2105년 무렵의 상황으로 제시되고 있다. SS울트라마켓이 성장하여 국가의 권력을 일정 부분 이양하는 데까지 나아간 것이다. 집합거주지구인 SS울트라의 에너지돔이 이를 상징적으로 보여준다. SS울트라돔에 사는 주민들은 120만인데,(175) 이곳에서는 회장의 고용인들이 합법적으로 경찰·군대의 역할을 담당한다.(151) 국가가 주민들에게 세금을 부과하지만, 그 세금은 국가로부터 행정과 조세의 권한을 일부 양도받은 에너지돔이 대신 납부한다.(176) 따라서 '재선'이 다음과 같이 투덜대는 것은 당연하게 파악된다. "기업에 봉건 영토를 준 것과 다름없어. 그 영토에서 무슨 일이 벌어지는지 온전히 아는 사람은 회사의 고급간부들뿐이야."(177) 2105년의 세계에서는 SS울트라마켓의 노동자들이 SS울트라돔의 속민屬民으로 전락하고 마는 셈인데, 이러한 흐름은 역사가 진행하는 경로로 굳어지고 있다.

결국 세계는 에너지돔과 에너지돔이 연결된 네트워크로 이행될 것이다. 시간은 걸리겠지만, 결국 국가는 조정기구 정도로 축소될 것이다. 국가가 네트워크 속으로 흡수될지도 모른다. 에너지돔 집단을 대표하는 기구, 즉 기업집단의 이익을 대변하는 기구, 그 기구는 대외적으로는 국가로 유지되겠지만, 실질적으로는 기업의 대리인 역할이 가장 중요한 기능이 될 것이다. 과거 한때 부르주아는 국가를 건설했지만, 앞으로 오래지 않아 부르주아는 국가를 매입하여 소유하게 될 것이다. 그것이 기업과 국가의 운명, 부르주아의 운명이었다. (182)

『강철무지개』는 이러한 방향으로의 역사 전개에 맞서고 있는 작품이다. 인간의 존재 형식이 섭취—배설의 순환 속에 자리하고 있다는 사실을 환기시키는 한편, 그 반대편에서 시장질서로 작동하는 판매—구매(소비)의 논리가 인간을 한낱 기계 부품으로 전락시키고 있음을 고발하며, 그 길을 따라 펼쳐질 미래는 암울할 수밖에 없으리라 경고하고 있는 것이다. 물론 작품에는 작가가 경고하는 세계에 맞서 자신이 기계가 아님을, 살아 있는 인물임을 증명해 나가는 고투가 치열하게 펼쳐지고 있다. 작가의 사상은 등장인물들이 고투를 펼치는 방식을 통하여 제시되어 나타난다. 먼저 밝혀 놓고 시작하자면, 작가 최인석이 현 질서에 맞서는 방식으로 채택한 사상은 아나키즘이라 할 수 있다.

2. 신기루처럼 어른거리는 자유·자치·자연의 공동체

SS울트라마켓의 직원 '지니'(차지연)와 서울클라우드익스프레스의 화물 운송기사 '제임스'(윤재선)는 나이트클럽에서 만나 사랑에 빠졌다. 그런데 두 사람 모두 직장에 나간다 해도 연인으로서, 부부로서 살아가기에 생활비는 턱없이 부족하고, 시간도 허락되지 않는다. (131) 그래서 직장을 그만 둔 두 사람은 폐허가 되어버린 서해의 마을로 거처를 옮겼다. 마을이 폐허가 된 것은 컨테이너에 핵폐기물을 가득 담고 있던 중국 화물선이 2075년 공해에서 침몰했기 때문이다. 이후 핵 유출에 따른 환경 파괴가 심각하게 벌어졌고 "당국은 안산 이남의 전 해안에서 어업을 금지하고 주민들을 소개하는 포고령을 발령했다."(142) 이들이 폐허가 된 마을을 찾아 들어간 시기는 그로부터 20년 이상이 흐른 뒤이며, 다행히 바다는 조금씩 회복 중이었다. 호미를 쥔 재선과 지연이 "잠시 자갈을 뒤적이고 펄을 뒤적이면 어렵지 않게 맛조개나 세발낙지 같은 것을 찾아낼 수 있었다. 그것들은 잠시 후 국이나 구이가 되어 그들의 식탁에 올랐다."(127)

작가가 꿈꾸는 사회 운영의 질서는 폐허에서의 삶을 통하여 제시되고 있다. "펄은 그들의 무궁무진한 사냥터가" 되었으며, 이를 근거로 재선과 지연의 삶은 가능해진다. (128) 직장에 묶여 각자의 삶을 마냥 마모시켜 나가던 그들은 이곳에서 비로소 "인간이 어떻게 살 수 있는 존재인지를, 인간이 무엇일 수 있는지를 온몸으로 깨달았다."(139) 그렇다면 폐허에서의 삶은 어떠한 것이었던가.

> 서늘한 바닷바람 속에 나가 앉아 조개나 낙지를 구워놓고 마시는 막걸리는 달고 흐뭇했다. 해가 기울 무렵 해먹 위에 몸을 포개듯 누워 바라보는 석양은 아름답고 슬펐다. 그것은 충만이었다. 세상의 모든 것을 버리기로 작정한 뒤에야 비로소 그런 충만을 맛볼 수 있다는 것은 서글펐으나, 그런 충만이 여기 존재한다는 것을, 그들 스스로 만들어 낼 수 있다는 것을 깨달은 것은 참으로 다행스러운 일이었다. 그들은 세상의 끄트머리, 세상의 벼랑 끝에 아슬아슬하게 서 있었고, 비로소 저녁놀처럼 충만은 다가왔다. (128)

폐허라고는 하지만, 오히려 그래서 자연의 생명력이 복원되었고, 그 안에서 인간의 행복한 삶이 가능해지고 있는 풍경이다. 주지하다시피 인간은 근대로 접어들면서 자연 바깥으로 빠져나왔고, 자연을 무분별한 개발 대상으로 설정하였으며, 생명체의 존재 가능성을 적극적으로 훼손해 왔다. 그런 점에서 『강철무지개』의 충만한 풍경은 근대에 입각한 가치관에 맞서는 작가의 의식을 드러내는 장면에 해당한다. 이때 근대의 대안으로 제시하고 있는, 충만한 삶이 가능해지고 있는 세계의 모습이 아나키즘에서 지향하는 바와 일치하고 있음은 눈여겨 볼 필요가 있다.

아나키즘(Anarchism)은 흔히 무정부주의로 번역되지만, 지배가 없는 상태를 뜻하는 그리스어 anarchos에서 유래한 용어이므로 모든 지배에 반대하는 사상으로 이해하는 편이 낫겠는데, 이 또한 부정접두어 무無를 통해 개념을 규정하고 있어서 소극적이란 비판에 직면하기 십상이다. 그래서 박홍규는 다음과 같이 주장하고 있다. "아나키즘을 그 내용에 따라 긍정적, 적극적으로 **자유롭게, 자치로, 자연과 더불어 사는 사회**를 지향하는 것이라고 보는 것이 적절하다고 나는 생각한다."[01] 아나키즘은 시민의 자치에 의한 자발적 결정을 적극적으로 옹호한다. 그런데 근대 체제에서는 자본의 가치를 최우선으로 설정하는 까닭에 그러한 자유와 자치는 훼손당할 수밖에 없다. 또한 같은 이유로 자연은 자본에 착취당하는 대상으로 처해지고 만다. 그래서 대부분의 아나키스트들은 자연의 질서 속에 인간의 자리를 배치하며, 자연과의 공존 속에서 인간의 자유와 자치를 확보해 나가려는 경향을 나타낸다.

재선과 지연이 살아가는 해변 풍경은 아나키즘에서 추구하는 세계의 형상화에 해당한다. 여기에는 그들을 억압하는 어떠한 지배 권력도 없으며, 그들은 충만한 자유 속에서 인간의 존재 의미와 가치를 스스로 만들어가고 있고, 자연의 흐름에 순응하면서 삶을 이어나가고 있다. 요컨대 자유, 자치, 자연이 조화롭게 추구되는 세계라는 것이다. 따라서 여기 제시된 장면은 『강철무지개』를 통하여 드러낸 작가가 지향하는 바의 정점에 해당한다고 볼 수 있다. 그런데 이는 '강철'로 축조된 세계로부터 격리된

---

01 박홍규, 『아나키즘 이야기: 자유·자치·자연』, (주)이학사, 2004, 46쪽. 진한 글씨 강조는 원저자.

신기루와 같은 세계라는 사실을 묵과해서는 곤란하다. 즉 최인석은 자신이 지향하는 바를 드러내기 위하여 이러한 장면을 창출해냈고, 그로 인하여 이 세계는 현실과의 긴장감이 제거된 진공 상태로 존재할 수밖에 없다는 것이다. '세상의 끄트머리, 세상의 벼랑 끝'에서 이어가던 재선과 지선의 삶이 파탄을 맞는 까닭은 여기서 빚어진다.

타이베이와 통일하여 그곳에 공군기지·해군기지를 건설한 중국과 댜오위다오釣魚島에 군사기지를 마련한 일본이 충돌함으로써 중일전쟁이 발발하였고, 한국은 중립 원칙을 발표하는 한편 만일의 사태에 대비하기 위하여 기지 건설과 방어망 구축에 나서게 되었다. "당연히 동중국해를 멀리 마주 보는 서해안 중남부 지방이 후보지로 상정되었다. 더구나 그 지역은 핵폐기물 오염으로 주민들이 소개된 후 방치된 지 20여 년이 지난 텅 빈 땅이었고, 군사 기지로는 최적이었다."(248) 재선과 지선은 한밤중 집안으로 들이닥친 병사들의 총구(국가권력의 폭력)에 떠밀려 다시 인간을 기계의 연장으로 재편성하는 세계 한가운데로 휩쓸리게 된다. 자, 이제 자연 속에서 자유와 자치를 충분하게 맛본, 그럼으로써 인간의 가치를 확인하였던 재선과 지선은 자신들을 둘러싼 현실과 어떻게 맞설 수 있을까. 이는 근대체제에 맞서는 방편으로 아나키스트의 이념을 구현해 나갈 작가 최인석 나름의 방식을 묻는 일이기도 하다.

3. 투사鬪士의 길과 성녀聖女의 길, 사이에서 닦는 도道

부르그(bourg, 城)에서 파생한 부르주아(bourgeois)는 본디 성벽으로 둘러싸인 상공업 도시에 거주하는 자본가를 가리키는 용어였다. 성벽을 해체하고 자신들의 이념을 전 세계로 확산시켰던 부르주아지는 2105년 무렵에 이르러 다시 견고한 성채를 쌓아올렸다. SS울트라의 에너지돔이라는 집합 거주지가 이에 해당한다. 거주지 바깥에서의 삶은 불안정하기만 하다. 일자리 얻기가 어려우며, 일자리를 얻는다 해도 비정규직 신세에서 헤어 나올 수 없기 때문이다. 그럼에도 불구하고 비정규직 노동자들의 신분조차 분할되어 있는데, 이를 가르는 것은 회사에서 발행한 작업카드(장판)다. "그들의 운명은 카드와 더불어 세분되어 있었다. 한 달짜리, 석 달짜리, 여섯 달짜리, 1년짜리……. 2년짜리가 가장 긴 장판이었다."(35) 작업카드의 종류가 소비의 내용과 규모를 결정한다. 그러니 작업카드는 결국 비정규직 노동자들의 신분 차이를 드러내는 지표가 되는 셈이다.

SS울트라의 에너지돔에 입주하면 집과 직장을 얻게 된다. 그렇지만 자유와 자치를 포기해야만 한다. 먼저 SS울트라는 "사기업이었고, 이윤은 그들을 추동하는 유일한 엔진"인 만큼 에너지돔을 운영하는 목적이 분명할 터인데, 에너지돔의 수익과 분배에 관한 사실은 거주민 누구도 알 수 없다.(231) 또한 에너지돔 내의 언로言路는 통제, 조작되고 있다. "에너지돔 행정 당국은 스스로 운영하는 신문과 방송사를 만들어 뉴스와 여론의 생산자가 되는 길을 택했으며, 그리하여 뉴스는 더 밝고 더 깨끗하고 더 재미있고 더 화려해졌다."(231) 뿐만 아니라 원형감옥(Panopticon)을 연상시키는 관측실은 90미터 높이로 우뚝 솟아있다. 도시 상공을 날아다니는 로켓의 인간 감시도 있으니, 관측실의 기능은 이중 감시에 해당하겠다. "처음 로켓을 쏘아올린 자들은 인류에 대한 감시가 우주개발의 가장 중요한 임무가 되리라는 건 상상도 할 수 없었을 것이다. 그러나 그렇게 되고 말았다."(235)

이러한 상황에서도 인간의 구원이 가능할까. 종교의 가능성에 관한 탐구는 이 지점에서 요청된다. 구원을 약속한 이는 언제 재림할 것인가. 믿음이 깊은 자는 "인간의 시계로 예수 그리스도의 시간을 잴 수는 없습니다. 한 달, 10년…… 이런 것은 불완전한 인간의 어리석은 계산입니다."(91)라고 말하겠으나, "인간의 시간에 존재하지 않는 예수나 천국"은 믿음이 없는 자에게 "무한의 기다림 혹은 무한의 실망"일 따름이다. (92) 재림과 함께 진행될 최후의 심판이 타락에 대한 징벌이라면, 불신자에게 이는 참혹한 현실의 파괴 이상의 의미를 획득하기 힘들어진다. "심판이라고요? 분노, 이 세계에 대한 돌이킬 수 없는 무시무시한 분노와 복수, 절대적이고 최종적이고 회복 불가능한 파괴, 그런 것을 심판이라는 이름으로 포장한 거지요."(204) 그렇다면 현실에 적극적으로 맞서려는 투쟁을 굳이 미래의 일로 유보시켜야 할 필요가 없어지게 된다. 『강철무지개』의 아나키즘적인 투쟁은 이러한 논리 위에서 펼쳐지고 있다.

무장한 군대에 쫓겨 '세상의 끄트머리'에서 세상 한가운데로 밀려 돌아온 재선과 지연은, 다시 폐허로 찾아들어갈 수밖에 없었던 경제 조건과 맞닥뜨렸고, 결국 갈라지고 만다. 화물 운송기사 재선을 통하여 SS울트라돔 바깥의 양상이 제시되는 한편, SS울트라돔 내부의 상황은 지연의 생활을 통하여 전달된다. 그리고 이들과 함께 2105년의 세계를 보여주는 동시에 인간 구원의 방법을 각각 다르게 제시하는 '나오미'와 '에스더'가 등장한다. 나오미는 "예수님을 지키는 결사대"의 일원으로 육성된 인간병기인 반면,(87) 에스더는 나오미와 같은 학교에 다녔으나 "예수 그리스도가 사랑이라" 여기는 인물이다. (203) 자신을 둘러싼 완고한 현실에 맞서면서 자신이 추구하는 세계로 나아가려는 최인석 나름의 방법은 이들 인물들을 통하여 모색되고 있다.

먼저 에스더를 보자. 그녀는 서울역 근처에서 노숙하는 나오미를 발견하자 따뜻한 손을 내밀어 '예수님 사랑의 학교'로 이끌었다. 석연치 않은 이유로 학교에서 쫓겨난 그녀는 간호사가 되어 환자를 돌보던 중 내막도 모른 채 멕시코로 출장을 떠나게 된다. 멕시코는 어떠한 땅인가. 폭력조직에 의한 납치, 살인, 폭발물 테러가 흔하게 벌어지고, 경찰은 폭력조직과 이권을 다퉈 수시로 총격전이 펼쳐지는 국가이다. 이곳에서 에스더는 '유기홍 박사'가 진행하는 '한창수 회장'의 간 이식 수술을 도왔는데, 장기 밀매로 한 회장에게 간을 이식한 소년이 걱정되어 행방을 좇다가 멕시코 현실 속으로 사라져 버렸다. 자신의 안위는 내팽개친 채 생지옥의 풍경 속으로 뛰어드는 면모라든가, 첫 번째 완전한 인간과 이름이 겹치는 '아담' 찾기를 마지막까지 포기하지 않는 태도는 예수(사랑)의 길로 향해 있을 것이다.

나오미의 선택은 정반대다. 학교를 떠난 그녀는 살아남기 위하여 "적의 다리를 부러뜨리고, 팔꿈치를 부쉈다. 신분카드와 작업카드를 훔치고 위조하고 밀매하였으며, 마약을 운반하고 팔고 수출하여 한때는 제법 큰 돈을 만진 적도 있었다."(193) 시위 현장 옆을 이동하는데 진압대가 폭행해오자 현란한 무력으로 응징하는가 하면, 사라진 에스더의 행방을 찾기 위하여 한창수 회장을 테러하고, 유기홍 박사의 집에 화염병을 던지기도 한다. 물리력·공권력·자금력을 기반으로 하는 부도덕한 폭력에 맞서 똑같이 부도덕한 방식과 폭력으로써 맞서는 셈이다. 구원이 사라진 마당에 이제 남은 것은 야만에 찌든 현실일 뿐, 살아남기 위한 방편으로 폭력의 길도 출현할 수 있음을 작가는 나오미를 통해 암시하고 있다.

그렇지만 에스더, 나오미의 길은 여러 가지 가능성 중의 양 극단일 따름이다. 결국 에스더, 나오미가 죽음으로써 그들이 걷는 길이 단절되고 마는 데서 보건대, 작가가 추구하는 방식도 극단과 극단 사이의 어느 지점에 놓여 있을 것이다. 작가의 선택은 반체제 단체 'PeC'의 지연이 나아가는 길로 열려있는 듯하다. 로마의 시인 유베날리스는 빵과 서커스로 로마가 통치된다고 풍자한바 있는데, 빵과 서커스의 로마자 표기가 'Panem et Circenses'이며, 그 약자가 PeC다. 그러니까 PeC에는 빵과 서커스로 인간을 길들이고 있는 체제에 맞서겠다는 의지가 담겨 있는 셈이다. SS울트라돔에 거주하는 지연은 그 질서에 적응하지 못하고 PeC에 가담한다. 아마 '세상의 끄트머리, 세상의 벼랑 끝'에서 보낸 삶의 기억이 작용했기 때문일 터이다.

PeC는 폭력투쟁을 배제하지 않는다. 그러한 선택의 정당성은 '카지모도'의 발언에서 드러난다. 그는 오케스트라가 민영화되자 정리해고 당한 바이올린 주자의 비참한 말로를 전한다. 그러고 나서 치환이 불가능한 단독자로서의 인간 존엄을 다음과 같이 표현하고 있다. "그 여자의 연주는 오직 그 여자가 아니면 안 되는 겁니다. 누가 그걸 대신하겠어요? 귀신이 와도, 절대자가 와도 안 되지요."(371) 그런데도 이런 일은 특별할 것 없이 너무나 흔한 사연이 되었다. "이걸 누군가 체계적·지속적 살인이라고 주장한다면 그것이 완전히 틀린 주장일까요? 어떤 자들이 선전포고 없이 세상에서 가장 약한 사람들을 향해 이미 전쟁을 하고 있는 것이라 주장한다면 그게 많이 잘못된 주장일까요? 그게 사실이라면 이건 얼마나 비열한 전쟁입니까? 얼마나 잔인한 전쟁입니까?"(371) PeC의 에너지돔 파괴는 이러한 논리로써 결정되었다.

에너지돔 파괴에 나선 지연은 파괴 직전 에너지돔의 비상벨을 누른다. 직원들이 에너지돔 바깥으로 뛰쳐나갈 수 있도록 배려한 것이다. "에너지돔에서 일하는 사람들 대부분이 사실은 지니와 마찬가지로 고통스러운 우여곡절 끝에 거기 이르렀을 것이다. 저 무고하고 억울한 사람들, 세상에 떠밀려 간신히 이곳에 이르러 비로소 한숨을 돌리고 있을 그들에게 그녀가 줄 수 있는 것이 죽음이라니. 그들에게 무슨 죄가 있는가."(368) 그리고 그녀는 죽음의 순간을 기다린다. 시곗바늘이 00을 가리킬 때 폭탄은 터지도록 조작되어 있다. "벽시계의 초침이 59를 향해, 마침내 00을 향해 깜빡거리는 것이 마치 쿵쿵 큰 소리로 접근하는 거인의 발자국처럼 여겨졌다."(436) 죽음에 앞서 지연이 환청처럼 듣고 있는 것은, SS울트라마켓에서 SS울트라돔으로 진행하는 역사의 흐름에 균열을 내는, 또 다른 역사의 도래 가능성을 암시하는 발자국 소리일 것이다.

야만이 범람하는 현실에 대한 거친 분노를 유지하되 인간의 가치를 마지막까지 끌어안아야 한다. 지연의 선택을 통하여 작가가 전달하고 있는 메시지의 골자는 그렇게 정리할 수 있겠다. 에스더(사랑)와 나오미(폭력) 사이에서 마련된 이 길은 아나키즘에서 설정하고 있는 기본방식과 일치한다. "아나키즘은 소수가 다수를 지배하는 경제사회는 불가피하게 착취로 이어지므로 오늘날의 자본주의 사회야말로 구조적으로 폭력적이라고 본다. 따라서 그 폭력에 반대하는 아나키즘은 폭력적일 수가 없다. (중략) 하지만 폭력에 대한 마지막 저항권으로서의 불가피한 폭력(예컨대 폭력적 권력에 대한 정당방위로서의 폭력)까지를 부정하는 것은 아니다."[02] 아나키스트로서 작가 최인석의 면모는 이 대목에서도 확인할 수 있다.

4. 아나키스트의 귀신들

대중문학 장르의 특징으로 흔히 언급되는 기법을 『강철무지개』가 적

---

02 박홍규, 위의 책, 48쪽.

극 활용하고 있다는 사실도 눈여겨 볼 지점이다. 창작방법상의 이러한 특징은 작가의 진중한 주제의식을 홍미롭게 펼쳐나가는 동력이 되고 있다. 소설에 나타나는 대중문학 서사의 기법들을 하나씩 찾아보면, 가장 두드러진 것은 추리 양식의 차용이라 할 만하다. 반정부 테러리스트로 지목된 아이리스(에스더) 남자친구의 정체, 에스더의 행방, PeC 조직의 실체 등 작품 전체가 추리 기법을 통하여 구축된 양상이기 때문이다. 나오미가 양손에 채찍을 하나씩 쥐고 테러하는 장면, 시위 진압대를 응징하는 장면에서는 언뜻 무협 요소도 발견할 수 있다. 또한 팩션(faction) 개념을 활용하되 그 틀을 넓히고 있는 모습도 나타난다. 팩션이란 사실(fact)에 허구(fiction)를 덧붙인 장르를 가리키는바, 이때 사실은 주로 역사와 관련하여 논의된다. 그런데 최인석은 현재의 사실에 허구의 미래를 덧붙여서 암울한 세계를 실감나게 형상화하는 데 성공하고 있다. 악몽을 꾸는 듯 생생하게 전달되는 멕시코의 현실, 여러 국가의 조계지로 분할된 북한 상황, 핵 유출이라든가 중일전쟁 발발 등이 이에 해당한다.

『강철무지개』의 추리 기법 활용과 연관하여 홍미를 끄는 점은 작가가 한 인물에게 여러 개의 이름을 부여하는 측면이다. 예컨대 가출한 '안영희'는 매춘을 강요당하는 장소에서 '마릴린'이란 이름을 부여받고, '예수님 사랑의 학교'에 들어갔을 때는 '나오미'로 불렸으며, 매매춘업소를 운영할 때는 '프랭크'로 자신을 드러낸다. 뿐만 아니라 SS울트라기업의 교도소에 갇히자 '나탈리'가 되고, 서울클라우드익스프레스에 들어가 재선의 조수가 될 때 이름은 '멜라니'다. 추리해 나가는 홍미를 불러일으킬 수 있을 터이나, 이는 자칫하면 독자로 하여금 혼동을 일으키는 요소로 작용할 수도 있다. 그래서 작가는 혼동이 우려되는 장면에서마다 이에 대하여 다음과 같이 자연스럽게 정리해주는 모습을 보여준다. "아이리스는 속옷을, 처음에는 남성용 속옷을, 한동안 망설인 끝에 여성용 속옷까지 잔뜩 사서 모두 그/그녀의 이름으로 영치해 준 다음, 이제 전과 8범이 될 안영희-마릴린-나오미- 프랭크-나탈리를 저 거대한 벽 너머에 남겨둔 채 돌아서야 했다."(212)

단지 기법의 효과만을 염두에 두고 작가가 등장인물의 작명作名에 몰두했을 리 만무하다. 그런 점에서 앞서 인용한 바 있는 카지모도의 발언을 다시 떠올려 볼 필요가 있다. 바이올린을 연주자는 많다. 음원 파일은 아무 데서나 구할 수 있다. "하지만 그 여자의 연주는 오직 그 여자가 아니면 안 되는 겁니다." 모든 인간은 단독자로서 존엄하며, 그 가치를 존중받을 수 있어야 한다는 것이다. 그런데 등장인물들을 둘러싸고 있는 세계는 그러하지 못하다. 만인을 향한 만인의 투쟁을 효과적으로 수행해나가기 위한 방편 속에서 나오미에게는 많은 이름이 들러붙었다. 인간이 기계로 취급받는 세계에서 차지연은 지니가 되고, 윤재선은 제임스가 되며, 에스더는 아이리스가 되었다. 공자는 모든 일을 이루기 위하여 먼저 이름을 바로 세우겠노라고 밝힌 바 있다. 이른바 '정명正名' 논리이다.[03] 그러니 갑옷처럼 두터운 위명僞名이 요구되는 세계는 바로 서기가 얼마나 어려울까. 혼란을 감수하면서도 작가가 이름 짓기에 매달린 까닭은 이러한 사실의 지적에 있을 터이다.

『강철무지개』에서 한 가지 더 언급할 점은 작가가 귀신을 활용하는 맥락이다. 안영희의 어머니는 무당이 되고자 작두 타는 연습을 하다가 고꾸라져 목이 베어져 죽음을 맞았다. 무당이 되지 못했으나, "세상이 한 송이 연꽃이다. 연꽃 한 송이가 이 세상이고 우주야." 라고 영희에게 말을 할 때

---

03 『논어』의 「자로子路」편 참조.

는 무당과도 다를 바 없었다. (74) 그렇게 죽은 어머니는 영희의 꿈에 나타나 복수를 독려한다. 예컨대 첫 번째 꿈에서는 '제리'를 죽여 버리라고 강권하고 있다. 제리는 어린 안영희를 잡아다가 '마릴린'이라 이름 붙이고 매춘을 강요하는 인물이다. "일월성신日月星辰이 뜨고 지는 데에도 순서가 있고, 처녀귀신 몽달귀신 과부귀신 홀아비귀신이 사잣밥을 먹는 데에도 순서가 있다. 니가 그놈을 죽이지 않으면 그놈이 널 죽이고, 그렇게 순서가 바뀌면 내일 뜨는 일월성신이 더 이상 오늘 같지 않을 거다. 그래서야 되겠냐."(81) 귀신이 된 어머니가 꿈에 나타나 복수의 시점을 알려주는 것은 모두 세 번이다.

프로이드에 따르면 억압된 것은 귀환한다. 과거에 받은 심각한 충격은 시간이 지났다고 사라지는 것이 아니라, 무의식에 트라우마로 남았다가 어느 순간 의식의 틈을 비집고 분출한다는 것이다. 근대의 시간의식이 과거-현재-미래로 직선을 이루고 있는 반면 과거와 현재를 착종 상태로 파악한다는 점에서 프로이드의 시간관은 근대 전복의 가능성을 내장하고 있다. 무의식이란 개념을 몰랐지만, 우리 선조들은 억압된 것이 현실 한 가운데에 귀신의 형태로 귀환하리란 사실을 알았다. 그래서 해원상생解冤相生의 길을 열고자 무당을 내세웠다. 최인석은 이러한 무당의 역할에 일찍 주목한 작가다. 리얼리즘 문법이 완고하게 작용하던 1990년대 중반 환상은 현실로부터의 퇴각이 아니라 현실의 연장이며, 환상으로써 현실 너머를 꿈꿀 수 있음을 『내 영혼의 우물』(고려원, 1995)로써 제시하였으며, 이를 무당이라는 존재와 결합하여 밀어붙인 세계가 『아름다운 나의 鬼神』(문학동네, 1999) 이었다.

그러니까 귀신 어머니의 출몰은 『강철무지개』가 『내 영혼의 우물』·『아름다운 나의 鬼神』 계보를 잇는 특징이 되겠다. 꿈을 통해 현현한 어머니는 마치 천체의 운행과 땅 위의 질서를 잇는 존재처럼 이야기한다. 일월성신이 뜨고 지는 순서는 음양 조화의 순리順理에 따르는 것, 그 순리를 현실 위에서 이뤄 내라고 딸을 다그치고 있는 것이다. 그런데 구현 방식이 개인 차원의 복수에 머무를 뿐이라는 데 심각성이 있다. 이를 통하여 해원解冤이 가능할지도 의심이거니와 상생相生하는 질서를 가늠하기에는 지난하기 때문이다. 우리네 현실이 너무도 각박하게 돌아가는 탓에 사적인 복수를 넘어설 만큼의 여유조차 허용되지 않기 때문이 아닐까. 분명한 점은 문제가 해결되지 않는 한 최인석의 귀신은 『강철무지개』 이후에도 꾸준히 출몰할 것이라는 사실이다. 그리고 보면 데리다 역시 비슷한 방식으로 『마르크스의 유령들』이 배회할 수밖에 없는 까닭을 예상한 바 있다.

자신의 사상이랄까 이념을 가지고 현실과 대결해 나가는 소설을 읽은 지 오랜만이다. 현실과 대결하려는 작가가 줄어들었고, 자신의 웅숭깊은 사상으로써 대결 의지를 가다듬을 수 있는 작가는 드물기 때문이다. 현실과의 팽팽한 길항에서 벼리고 벼린 사상을 나침반으로 삼아 소설적 형상화의 성공에까지 이르렀다면 문학사에 등재될 만한 작품으로 평가할 수 있지 않을까. 최인석의 『강철무지개』는 그러한 평가를 부여하기에 인색해질 필요가 전혀 없는 수작秀作이다.

나무의 시간으로 빛나는 제주 포구의 도대불
— 홍성운의『오래된 숯가마』에 대하여

1.「올레길 송악」을 걸으면서 발견하는 세 가지 사실

괴테가『파우스트』에서 남긴 유명한 문장이 있다. "모든 이론은 잿빛이며, 푸르른 것은 오직 생명의 나무뿐이다." 홍성운의『오래된 숯가마』를 일독하다 보면 문득 그 문장이 떠오른다. 이념으로 인해 사람살이에서 발생했던 비극적인 면모를 푸른 식물성의 세계가 감싸 안고 있기 때문이다. 가령「올레길 송악」의 경우를 보면, 거무칙칙한 "현무암 불 덴 흔적을/ 푸르게 감싸"주는 것은 돌담에 핀 풀, 꽃 등이다. 물론 현무암이 화산 폭발과 연관되기는 하지만, 시의 전체 흐름으로 보건대 '현무암 불 덴 흔적'은 송악의 역사와 관계된 것으로 이해해야 한다. 현무암의 색깔을 닮아있는 것처럼 "거무데데한 사내들"이 등장하고, "바람도 이 길에 들면/ 안부를 묻곤" 하는 까닭은 그래야만 전모가 드러난다. 올레 10코스를 걸어본 사람이라면 알고 있을 터인데, 송악은 제주 근현대사의 비극이 펼쳐진 장소이다. 중국 본토를 폭격하고 미국 전함과 맞서기 위하여 강점기의 일제는 송악에 알뜨르비행장을 건설했고 해안에 동굴기지를 파들어 갔다. 6·25가 벌어졌을 때에는 보도연맹원 149명이 수감되었다가 이곳 섯알오름에서 학살되기도 하였다. 그러니까 올레 담장에 핀 풀, 꽃들은 그 역사를 어루만지며 끌어안고 있는 셈이 된다(송악은 두릅나무과의 덩굴식물 이름이기도 하다. 그러니까 이 시에서 송악은 이중적인 의미로 사용되는 셈이다).

온종일 걸어도 발이 들뜨는 제주 올레
허술한 담장일수록 송악이 무덕졌다
바람도 이 길에 들면
안부를 묻곤 한다

돌담에 기댄 만큼 길어지는 그림자 따라
햇볕 공양 받겠노라 고개를 더 내밀까
현무암 불 덴 흔적을
푸르게 감싸 준다

계절을 탄다면야 가을 남자 아니래
봄여름 다 보내고 갈걷이에 꽃이 피는
턱을 괸 송악 열매들
거무데데한 사내들

섬에 산다는 건 절반은 기다림이다
수평선에 배 닿아도 마냥 설레느니
올레길 나무 우체통
엽서 넣는 떨림 같은
　　　　　　　—「올레길 송악」 전문

4연의 첫 번째 행 "섬에 산다는 건 절반은 기다림이다"는 제1부의 제목이기도 하다. 이러한 단정은 대체 어떻게 가능해지는 것일까. 시적 논리를 파악하자면 1연의 "허술한 담장일수록 송악이 무덕졌다"라는 행에서부터 출발해야 한다. '무덕지다'라는 단어는 '한데 수북이 쌓여 있거나 뭉쳐있다'는 의미다. 따라서 안과 밖 경계가 허술한 제주의 담장, 즉 낮게 내려앉은 돌담 아래일수록 풀이파리 더욱 무성하게 웃자란 풍경을 떠올릴 수 있다. 2연은 돌담과 푸른 이파리가 어울려 있다는 이러한 진술을 영상으로 풀어낸 대목에 해당한다. 돌담과 무성한 이파리 사이 여기저기에 꽃이 피고 열매도 맺었나 보다. 이는 3연에서 알 수 있는데, 네 번째 행에서 색채의 유사성을 매개로 하여 현무암 돌담이 "거무데데한 사내들"로 이어지는 장면이 흥미롭다. 이로써 자연의 풍광은 제주의 역사와 관련을 맺게 된다. 즉 올레 돌담에 피어 현무암을 감싸 안은 풀들이 제주의 역사를 끌어안게 되는 전환이 바로 이 지점에서 이루어진다는 것이다.

계절에 아랑곳 않고 송악의 돌담 아래 고개를 든 꽃과 열매처럼 제주의 "거무데데한 사내들"은 계절을 타지 않는다. 꽃, 열매가 어떤 일에 쏟은 노력에 돌아가는 성취의 상징이니, "거무데데한 사내들"이 계절을 타지 않는다는 말은 "현무암 불 덴 흔적"을 감싸 안고 이를 지워내기 위해서 이러저러한 상황과 시기를 저울질하지 않는다는 의미가 되지 않을까. 섬에서의 삶이 절반은 기다림이라는 단정은 여기서 가능해진다. 앞에서 언급했던바, 송악에서 벌어졌던 비극의 역사는 제주 내부에서 뚫고 나왔다기보다는, 제국과 제국의 격전 혹은 이념과 이념의 대결이라는 세계사의 격랑에 휩쓸린 결과였다. 그렇다면 "현무암 불 덴 흔적"을 치유하는 작업 또한 세계사적인 전환과 함께 펼쳐져야만 한다. 제주가 '세계 평화의 섬'으로 지정된 것은 이러한 맥락과 깊은 관련이 있다.

자, 이제 다시 1연으로 돌아가 보자. "허술한 담장일수록 송악이 무덕졌다" 안팎의 견고한 경계를 허물면서 식물성의 세계로 채워나갔던 그 영상은 "섬에 산다는 건 절반은 기다림이다" 위에 그대로 겹쳐진다. 섬에서의 삶이 안팎의 경계를 지우면서 내남없이 함께 꽃을 피워내고 열매를 맺어내는 데로 나아가야 한다는 방향에서 정확하게 일치하고 있다는 것이다. 섬사람들의 기다림은 그러한 순간의 현현을 향해 열려 있다. 이 기다림은 『오래된 숯가마』의 가장 앞에 실린 「도대불」¹의 진술로 표현하자면 "가슴에 외등을 단 건/ 섬 사내의/ 고집입니다"라고도 고쳐 말할 수도 있으리라.

이렇게 살펴보면 「올레길 송악」에서 크게 세 가지 특징을 추출해 낼 수 있다. 첫째, 인간의 삶이 지향해야 할 가치와 방향을 암시하는 역할로써 자연의 면모가 전면에 부각된다. 둘째, "현무암 불 덴 흔적"(잿빛)과 식물성("푸르게 감싸 준다")의 대비에서 나타나는 것처럼 색채의 활용이 두드러진다. 셋째, 제주의 자연과 역사를 지렛대로 삼아 세계를 바라보는 태도가 선명하다. 이는 '세계 평화의 섬' 제주가 차지하는 가치의 발견으로 이어지기도 한다. 기실 이러한 세 가지 특징은 비단 「올레길 송악」에만 한정되는 특징이 아니라 『오래된 숯가마』 전체를 관통하는 면모라고 할 수 있다. 따라서 이 세 가지 사실을 중심으로 하여 『오래된 숯가마』의 의미를 살펴보고자 한다.

---

01 '도대불'이란 '제주 포구의 옛 등대'라는 설명이 시 뒤에 붙어 있다.

2. 가야할 거리만큼은 나무의 시간

여기 고립되어 사람들의 기억에서 사라져 버린 「외딴 집」이 있다. "큰 길 뚫리기 전"이었다면 "아는 이도 없었을 집"이다. "반세기 동안 이웃 없이 살아서"라는 구절로 보건대 아마도 4·3의 상흔과 관련이 있을 듯하다. 시인은 표제작 「오래된 숯가마」에서도 비슷한 방식으로 4·3을 환기시킨 바 있다. "관음사 산길을 따라 몇 리를 가다보면/ 숲 그늘 아늑한 곳에/ 부려놓은 숯가마 하나"는 "무자년 터진 소문에/ 발길 모두 끊겼느니" 무자년이라면 4·3이 일어났던 1948년을 가리킨다고 보아야 하지 않을까. 시인은 「외딴 집」의 고립이 해소되기를 기원하는데, 그 기원을 드러내는 데 활용하는 소재가 땡감이다. "불임의 먹감나무가/ 해거리 끝에/ 땡감 달듯이" 그러니까 자연을 상징하는 '불임의 먹감나무'가 인간 역사의 상처를 치유하는 사례로 제시된 것이다. 이는 「오래된 숯가마」에서도 마찬가지라고 할 수 있다. 발길이 끊긴 숯가마의 "적막강산 이 산중을 외려 위무"하는 것은 "큰오색딱따구리 둥지 치는 소리"이며, 역사의 상처가 그래도 다 치유되지 못했을 때 단풍도 들기 때문이다. "시월상달 한라산 단풍은 그때 화기로 타는 거다"

「외딴 집」, 「오래된 숯가마」가 상처를 주고받은 지난 역사와 관련이 있다면, 「고로쇠나무에게」는 현재진행형인 사태가 인간과 자연의 관계를 통해 형상화된 경우이다. 기실 문면의 내용만 좇았을 때 「고로쇠나무에게」는 그저 밋밋하게만 다가온다. 시인이 고로쇠나무의 "물관에 드릴을" 대고 "방울방울 떨어지는 수액"을 취했고, 이에 대해 "나무야 정말 미안하다/ 너를 채혈해 갈증을 풀다니"라고 반성하는 장면은 값싼 감정이라는 혐의를 떨치기 어렵기 때문이다. 그렇지만 고로쇠나무에 드릴을 들이댄

시기가 어느 "2월 한기 가신 날"이며, 이 시기가 "저 중동에 전운이 감돌던 2월"과 겹친다는 사실에 주목한다면 상황은 달라진다. 배면에 깔린 이 시의 주제는 이를 포착해야만 비로소 드러나기도 한다.

2003년 3월 미국과 영국 연합군은 제대로 명분도 갖추지 않고 그저 제 이익을 추구하여 이라크를 공격해 들어갔다. "저 중동에 전운이 감돌던 2월"에서 이어지는 "무너진 도시의 3월"이란 표현은 이 사건을 가리킨다. 이라크를 공격하는 미국·영국과 고로쇠나무에 드릴을 대는 시인은 과연 어느 만큼이나 다른가. 그러니까 시인은 미국·영국의 행태를 비판하는 데서 그치지 않고, 이를 자기 삶의 반성 계기로 끌어올리고 있는 셈이다. 이때 '무너진 도시'라는 표현 또한 눈여겨보아야 한다. 미국·영국의 침략이 도시를 지탱하는 논리의 맨 얼굴이 드러난 계기라는 시인의 인식이 드러나기 때문이다. 이 시에서도 치유책은 자연에서 마련된다. 바로 그 잔인한 3월, 고로쇠나무에서 "신음이 멎었는지 가지가지 혈색이" 피었고 "눈웃음 같은 이파리들 무성히" 돋아날 희망이 움트고 있다.

앞서 「올레길 송악」에서 '허술한 담장'을 이야기한 바 있는데, 『오래된 숯가마』에서 인간이 만들어낸 온갖 경계를 넘어서고 있는 것도 자연이다. 「숲터널을 지나며」와 「한탄강」이 이를 대표적으로 보여준다. 제주의 한라산 제1횡단도로는 "5·16 군사 정권 때 징역살던 사람들이 죗값을 치르느라 산허리를 헐어내" 뚫었다. 그로 인하여 산은 위쪽, 아래쪽으로 나뉘었고, 이에 따라 "나무며 짐승들이며"까지 모두 "반세기 편이 갈렸던" 상황이었다. 그런데 양편의 나무들이 도로 위로 서로를 향해 가지를 뻗어 1.2 ㎞ 가량 터널을 만들었다. 시인은 이를 「숲터널을 지나며」 1연에서 다음과 같이 읊고 있다. "오래 마주 보아 서로 휘는 나무들/ 촉수를 뻗는대도 한 뼘 남짓 하늘이다/ 가야 할 거리만큼은 나무의 시간이네" 자연은 스스로 상처를 넘어선다. 보라, 나무가 서로를 감싸니 그 사이로 햇빛도 감히 스며들지 못하지 않는가. "누구나 저 나름의 옹이진 슬픔이 있어/ 얼개 짜고 토닥이고 상처를 보듬느니/ 이 가을 여문 햇살도/ 짐짓 비껴간다"(3연)

「한탄강」의 경우 경계는 남북의 분단으로 나타난다. 시인은 "스무 살 초병으로" 철책 앞에 섰지만, 당시 그가 접한 것은 철책만이 아니다. "검문을 받지" 않고 불어대는 "해빙의 바람"을 맞기도 했고, "녹이 슨 경원선을" 사열하는 들풀도 보았다. 그리고 아직 봄이 오지 않은 듯 "동면을 채 깨지 못한 강물"도 흘러가고 있다. 모두 자연물 계열에 속하는 소재들이다. 「올레길 송악」에서 색깔을 통해 '현무암 = 거무데데한 사내들'이라는 등식을 끌어낸 바 있고, 「고로쇠나무에게」에서는 2월이라는 시점을 통해 '이라크 침략을 감행하는 미국·영국 = 고로쇠나무에 드릴을 대는 시인'이라는 등식을 만들어내었던 시인은 여기에서도 같은 유형의 상상력을 펼치는데, 얼음 이미지를 통하여 '한탄강 = 철책'이라는 전개가 이에 해당한다. 물론 철책은 역사의 상처에 해당하는 소재이다.

"금강산 발밑을 굽이돌던 물줄기가/ 철책을 외려 잊은 듯 남으로" 깊어지는 한탄강의 기원을 찾아 거슬러 올라가면 빙하기에까지 가 닿는다. 한탄강은 "빙하기에 길을 내어/ 마른 적이 없습니다" 가장 극심했던 빙하기에는 적도 지역마저 빙하에 뒤덮였다고 하는데, 한탄강은 그런 빙하를 녹이면서 강이 되어 지금 이렇게 흘러가고 있다. 단단하게 굳어 남과 북을 길게 가르고 있는 철책도 녹는다면 한탄강처럼 흐르게 될 것이다. 김대중, 노무현 정부의 대북 정책에서 시인은 그러한 가능성을 발견했던 게 아닐까. 이는 "나직이 풀리고 있는 철책은 강물입니다"라는 진술에서 확인하게 된다. 이때 빙하기는 자연스럽게 남과 북이 대치하고 있는 현재의 상황에 대한 비유로 작동하고 있다. 그렇다면 한탄강, 즉 자연은 역사의 상처를 인간의 삶이 지향해야 할 가치와 방향을 암시하는 역할로써 또 다시 제시되었다고 볼 수 있겠다.

「외딴 집」, 「오래된 숯가마」, 「고로쇠나무에게」 계열의 시편들이 역사 치유와 연관되며, 「숲터널을 지나며」, 「한탄강」 계열의 작품들이 경계 극복과 관련이 있다면, 「흑룡만리」와 같은 시편은 제주의 오랜 문화와 신화, 역사를 후경으로 삼아 서정을 표출한 경우에 해당하겠다. 앞의 두 계열의 시편들이 자연을 전면에 내세우고 인간의 삶을 그 이면에 은근하게 배치하면서 두 세계의 대립 위에서 펼쳐지는 반면, 「흑룡만리」 계열의 작품들은 시인(인간)의 정서와 자연이 하나로 통일된 면모를 드러난다는 점에서 어느 정도 변별되는 바 있다고 하겠다. 기실 시인의 개인사까지도 역사의 범주로 포함시켜 파악할 경우 『오래된 숯가마』에서 가장 큰 비중을 차지하는 것은 마지막 「흑룡만리」 계열의 작품들이다. 나의 감각을 앞세워 말하자면, 눈길이 오래 머무는 작품들 역시 「흑룡만리」·「파옥破屋을 넘어서」·「자목련 두 그루」·「동행」·「고향집 소묘」 등 세 번째 계열에 많이 포함되어 있다.

대표적으로 「흑룡만리」를 살펴보자.[02] 섬에는 특유의 폐쇄성이 있다고 하는데, 제주도라고 예외일 리 없다. 사방이 바다로 가로막힌 데서 오는 고립감은 어느 섬에서나 마찬가지로 작동하기 때문이다. 제주도의 경우 이는 역사와 결부되어 있기도 하다. 지난 조선 왕조에서 제주도민의 육지 진출을 막아 출륙금지령出陸禁止令을 내렸던 것이다. 망망한 태평양에 갇힌 제주도민들은 척박한 땅을 일구며 그 과정에서 골라낸 돌로 돌담 문화를 형성해 나갔으며, 설문대 할망 신화를 전승하면서 스스로의 정체성으

---

02 '흑룡만리'란 '제주의 현무암 잣담을 이르는 말'이라는 설명이 시 뒤에 붙어 있다.

로 가다듬어 나갔다. 신화에 따르면, 설문대 할망은 바다 한가운데 제주도를 만들기로 마음먹고 치마폭으로 흙을 날랐는데, 그렇게 해서 만들어진 것이 한라산이고 치마의 구멍으로 떨어진 흙부스러기는 오름이 되었다고 한다. 이 모든 내용을 시인의 그리움 혹은 고립감 속에서 뭉뚱그려 형상화 놓은 작품이 「흑룡만리」이다. 한낮 적요를 깨뜨리는 휘파람새 소리가 얼마나 권태로운가를 아는 사람만이 쓸 수 있는 시다. 단 한 번만이라도 제주 돌담 문화를 눈여겨 본 사람이라면 「흑룡만리」의 정서를 접하면서 무릎을 탁 한 번 치게 되지 않을까.

> 누군가 그리워 만 리 돌담을 쌓고
> 참아도 쉬 터지는 이 봄날 아지랑이 같은
> 울 할망 흘린 오름에
> 눈물이 괸 들꽃들
>
> 차마 섬을 두고 하늘 오르지 못한다
> 그 옛날 불씨 지펴 내 몸 빚던 손길들
> 목 맑은 휘파람새가
> 톺아보며 호명하는
>
> 비가 오든 눈이 오든 한뎃잠을 자야 한다
> 그래서 일출봉에 마음은 가 있지만
> 방목된 저녁노을이
> 시린 발을 당긴다
>
> 섬에 가두어진 게 어디 우마뿐이랴
> 중산간의 잣성도, 낙인 된 봉분들도

먼 왕조 출륙금지령으로

그렇게 눌러앉았다

　　　　　　　　　　　　　—「흑룡만리」 전문

3. 흰 색과 검은 색 사이에서 번지는 홍조紅潮

　『오래된 숯가마』의 두 번째 특징은 두드러진 색채의 활용이다. 특히
무채색은 주로 생명력을 소진한 상황을 환기시키는 데 이용되는 반면, 왕
성한 생명력이 강조될 때는 붉은 색감이 등장한다는 사실이 두드러진다.
먼저 무채색의 경우를 보면, 잿빛은 주로 상처를 안고 있거나 활동이 멈
추게 되었을 때 출현하고 있다. 가령 앞에서 살펴본 「올레길 송악」의 거무
데데한 현무암은 불 덴 흔적을 안고 있으며, 「흑룡만리」에 등장하는 검은
돌담은 고립감·그리움을 상징하는 객관적 상관물로 기능하는 양상이다.
"누군가를 뜨겁게 했던" 「오래된 숯가마」도 지금은 화기를 잃어 잿빛, "펄
펄 끓던 용암의 시간"이 굳어 "식어서 돌이 된 시간"을 맞게 되니 석기인
의 발자국도 검은 현무암으로 남아 있다(「섬에 사람이 있었다고?」). "4·3때 조
각난 가슴, 그 상흔이" 남은 "구엄리 안개마을, 외로 앉은 돌염전"의 "하늘
도 먹물 빛 하늘"이다(「구엄리 돌염전에서」).
　현무암을 중심으로 해서 잿빛이 여러 번 등장하는 반면, 이와 대비될
것처럼 생각되는 흰색은 거의 나타나지 않는다. 흰색이 전면에 드러나는
시는 「마른 산수국」이 유일하다. 산수국은 처음에 흰색으로 피었다가 분
홍색, 파랑색 등으로 변하는데, 꽃의 색깔이 자주 변한다고 하여 제주에서
는 도체비꽃(도깨비꽃)이라고 부른다. 산수국 꽃이 분홍색으로 변했든, 파

랑색으로 변했든 시간이 지나 겨울이 되면 그 화려함도 헛것, 꽃은 다시 색소를 잃어 흰색에 근접하며 누렇게 말라가는 양상까지 끌어안게 된다. 『오래된 숯가마』에서 무채색은 이렇게 생명력의 소진을 드러내는 역할을 감당하고 있다.

> 온 섬에 폭설이 내려 길이 모두 지워진 날은 사려니숲길을 천천
> 히 걸어가 보라 산수국 마른 꽃잎들 결로 남아 흔들린다
>
> 산에 든다는 건 마음을 비우는 일, 그러기에 야생화도 마른 꽃이
> 되기에는 바람에 향기를 풀고 색소까지 내줘야 한다
>
> 요즘 길섶에는 겨울 나비 한창이다 오가는 사람들의 동공 가득 묻
> 어나는 가벼운 꽃의 날갯짓, 지난여름 꿈의 잔상들!
>
> —「마른 산수국」 전문

흰색 대신 잿빛에 맞서 생명력을 드러내는 색깔로 활용되는 것은 붉은 색이다. 『오래된 숯가마』에 실린 시편에서 '타다'라는 동사가 간혹 등장하는 까닭은 여기서 추론할 수 있다. 붉은색을 강조하거나 붉은색과 잿빛을 매개하기에 가장 용이한 단어가 바로 '타다'라는 것이다. "못 다한 이야기가 여태" 남은 「오래된 숯가마」의 사연은 "시월상달 한라산 단풍"으로 오늘도 타오르고 있으며, 사랑이 익어가는 「한담 노을길」도 "제주 옹기 그 불가마/ 사흘 낮밤 타는 불길"에 물들어 있다. 지금은 "동성마을 신성마을 제성마을을 부유"하는 사람들도 한때 "도두봉 타는 봉화에 불빛을 낮추면서" 살았다(「몰래물 앞에서」). '타다'라는 동사는 그와 같은 방식으로 나타나는데, 문면에서 그 단어를 직접 확인할 수 없더라도 의미상 '타다'를 끼워

넣어 이해해야 하는 대목도 적지 않다.

가령 불의 이미지가 등장하는 시 몇 편만 보자. 시인이 가슴 속에 품고 있는 외등은 분명히 「도대불」처럼 타고 있을 것이고, "자목련 봉오리 터져/ 그대 4월, 또 불 지른다"고 했으니 그 불이 타오르는 것은 당연하며 (「이면裏面을 보다」), "만삭된 꽃봉오리들/ 또다시 봄 불이다"라는 「자목련 두 그루」의 어구도 마찬가지로 해석할 수 있다. "펄펄 끓던 용암의 시간"에 피었던 "순비기 꽃불"도 타오르는 이미지다(「섬에 사람이 있었다고?」). 「오래된 연못」에서는 "마을 한 귀퉁이, 한때 기와 굽던 그 터/ 가마불 모두 꺼지고 늪물이 차올랐다"라고 하여 '꺼지다'를 통하여 한때 타올랐던 불의 이미지를 환기시키고 있다. 물론 이 '꺼지다'라는 단어가, 지금은 검게 그을려 딱딱하게 굳은 현무암처럼, 불 이미지를 통해 붉은색과 잿빛을 매개하는 데로까지 나아가기도 한다.

그렇다면 붉은색은 어떻게 생명력을 드러내고 있을까. "작약 한 무더기 꽃 피웠던 자리에/ 쓰다만 시처럼 마른 줄기 놓여" 있으나, "목 빛이 붉어지도록/ 봄의 길목 지켜" 선 뿌리 모양으로 표현되고 있다(「겨울 뿌리」). "낮술에 불콰해진 내 고향 불알친구!"(「술패랭이꽃」), "자줏빛 립스틱을/ 짙게 바른/ 아낙들"(「들싸리」)과 같이 나타나고 있다. "석공이 화강암에 정을 대듯 음각을 하듯/ 부리에 기를 모으고 중심을" 찍어나가는 "머리에 불점을 찍은 큰오색딱따구리"의 새빨간 불점으로 집약되기도 한다(「한라산 큰오색딱따구리」). "오래 생각을 담은 탱탱한 말풍선"으로 표현되는 「석류」가 붉은 이유도 "동박새/ 속말을 털 듯/ 층층이 시어를" 쏟아낼 만큼 생명력이 충만하기 때문이다. 하지만 석류의 그 결실이 그저 주어지지는 않았을 터, "독한 근성이 체내 가득" 쌓일 때까지 더위와 맞서면서 결국 "스스로 붉은 색소 쟁이는" 고추를 닮아야만 가능해질는지 모르겠다(「동행」).

이처럼 생명력이 확인되는 것들은 붉게 물들어 있으니 『오래된 숯가마』에 피는 꽃들도 홍조를 띠고 있는 양상이다. 「배롱나무」의 목백일홍은 "그 절정/ 어쩌지 못해/ 한 백일 홍조를" 띠고 있으며, 물관에 드릴을 대기 전 「고로쇠나무에게」 또한 "아쓱한 계곡 바람에도 홍조를 띠던" 자태를 유지하고 있었다. 시간이 개입하는 까닭에 서사가 확보되어 「배롱나무」, 「고로쇠나무에게」보다 규모가 크게 느껴지는 「자목련 두 그루」의 꽃송이들도 홍조를 띠는 것은 변함이 없다.

> 나의 작은 뜨락엔 자목련 두 그루가 있다
> 더러 손이 갔지만 직선과 곡선을 품어
> 휘어도 꺾이지 않는 품성도 지니고 있다
>
> 지난여름 태풍으로 잎들은 남루했다
> 그 형상 마주할 땐 4월은 없다 했는데
> 만삭된 꽃봉오리들
> 또다시 봄 불이다
>
> 우리네 입소문은 번지다가 멈추지만
> 자목련 봄 불은 절정이 돼야 꺼진다
> 겨우내 아꼈던 말을 한꺼번에 쏟는 거다
>
> 얼핏 보면 오뉘 같고 다시 보면 부부 같다
> 어깨를 감싼 듯이 따스한 봄날 오후
> 양 볼에 홍조를 얹은
> 꽃송이 꽃송이들
>   —「자목련 두 그루」 전문

동양화론을 공부하다 보면 '천상묘득遷想妙得'이라는 용어를 만나게 된다. 천상遷想이란 "자신의 심사心思와 심정心情, 즉 사상과 감정을 회화 대상에 옮겨서 그 대상으로부터 내재정신을 체험하고 감수함으로써 회화적 표현에 내포되게 된다는 뜻"이며, "'묘득妙得'이란 그러한 자신의 사상과 감정, 그리고 객관 대상이 지니는 본질적 성정 등이 융합된 관조·체험·심미 등이 심오한 경지에 이르러 본질을 깨달았을 때를 말하는 것이다."[03] 「자목련 두 그루」는 '시와 그림은 본디 하나[詩畵本一律]'[04]라는 인식에 입각하여 천상묘득의 관점으로 써 내려간 작품으로 볼 수 있다. 그러니까 표면에만 머물렀을 경우 이 작품은 '자목련 두 그루'를 노래한 것으로 읽히겠으나, 정작 여기서 확인해야 할 것은 시인이 이룩한 의식의 경지가 되겠다.

시인은 첫 번째 연에서 자목련의 "휘어도 꺾이지 않는 품성"을 말하고 있다. 그 품성을 아껴 자신의 작은 뜨락에 두고 들여다보는 시인은 아마도 그 품성을 사랑하고 있을 터이다. 그런데 여기에 서사가 개입한다. 지난여름 태풍 피해로 올해 4월의 꽃구경이 힘들까 짐짓 낙심했는데, 막상 4월이 돌아오니 "또다시 봄 불"이라는 것이다. 그런데 여기서 4월이라는 시기가 범상치 않게 다가온다. 다른 작품에서 시인은 4월을 이렇게 읊고 있기 때문이다. "그렇다, 어젯밤 꿈이 오늘 아침 현실이 되듯/ 하나가 둘이 되고 둘이 하나 되는/ 자목련 봉오리 터져/ 그대 4월 또 불 지른다"(「이면裏面을 보다」 4연) 그러니까 4월은 개인(하나)이 우리(둘)가 되어 꿈을 현실로 만들어내는 시점이라 할 수 있다. 『오래된 숯가마』 전체의 맥락 속에서 파악할 때, 아마도 자목련이 불 지르는 4월은 4·3의 기억과 관련이 있지

---

03 崔炳植, 『동양회화미학: 수묵미학의 형성과 전개』, 東文選, 1994, 55쪽.

04 여기에 대해서는 위의 책 217~225쪽 참조.

않을까 싶다.

자목련이 내지르는 봄 불은 쉬이 잡히지 않는다. "마른 줄기" 아래 땅속에서 "목 빛이 붉어지도록/ 봄의 길목 지켜" 선 「겨울 뿌리」모양 겨우내 침묵으로 견디었으니 이제 드디어 "한꺼번에 쏟는" 상황을 맞이했기 때문이다. 이 순간 자목련은 하나이면서 둘이고, 둘이면서 하나가 된다. 그래서 "얼핏 보면 오뉘 같고 다시 보면 부부" 같은 것이 아니겠는가. 홍조는 이 지점에서 번지기 시작한다. 그리고 자목련의 봄 불에서 홍조를 확인하는 시인의 얼굴 위로도 역시 홍조가 떠오르고 있다고 단정해도 무방할 것이다. 시인이 자목련을 통해 읽어나가고 있는 의미는 기실 자신의 바람이 투영된 결과이니, 결국 시인이 자목련이고 자목련이 시인인 까닭이다. 이렇게 본다면, 앞에서 「한탄강」·「올레길 송악」·「고로쇠나무에게」 등에서 전개하는 상상력의 특징을 언급한 바 있는데,「자목련 두 그루」는 그 특징을 끝까지 밀어붙인 사례라고 이해할 수도 있겠다.

4. 제주포구에 도대불을 밝히고 있는 까닭

『오래된 숯가마』에서 시인의 시선은 제주 내부를 향하고 있다. 제주 바깥을 소재로 삼은 경우는 「한탄강」, 「선유도」, 「정도리 구계등」 정도에 불과하다는 데서 이는 드러난다. 반면 앞서 살폈던 시편들에서 알 수 있듯이, 시인이 자연을 전면에 부각시키고 인간사人間事/人間史의 면모를 배후에 감추는 방식으로 창작하는 까닭에 제주의 풍광은 적극적으로 펼쳐지고 있다. 제주의 구체적인 지명을 내걸고 있는 작품만 보더라도 「올레길 송악」, 「한담 노을길」, 「주남 저수지」, 「화북 포구」, 「몰래물 앞에서」, 「부록富祿 마을」,「구엄리 돌염전에서」 등 일곱 편에 해당한다. 제주의 인물을 대상으로 제목으로 취해 그 환경을 펼쳐나간 시편도 「토우-영갑 형 생각」, 「폭풍의 바다-변시지 화백」,「애월, 바람의 덫-순동巡東 선생님」,「베개 할 망」 등 네 편이나 된다. 그러니 구체적인 내용까지 살핀다면『오래된 숯가 마』의 제주 향토성이란 너무나 선명할 수밖에 없다.

이러한『오래된 숯가마』의 면모를 온전하게 이해하기 위해서는 제주 출신 소설가 현기영의『지상에 숟가락 하나』의 마지막 대목을 참조할 필 요가 있을 듯하다. 그 내용은 이렇다. "자연으로 돌아가기 위해 귀향 연습 을 하고 있는 지금의 나에게는 그 동안의 서울생활이란 부질없이 허비해 버린 세월처럼 여겨진다. 저 바다 앞에 서면, 궁극적으로는 내가 실패했 음을 자인할 수밖에 없다. 내가 떠난 곳이 변경이 아니라 세계의 중심이 라고 저 바다는 일깨워준다. 나는 한시적이고, 저 바다는 영원한 것이므 로."[05] 척박한 자연 환경과 맞서거나 순응하면서 제주인은 그러한 의식을 키워 나갔다. 자연은 영원한 반면 인간의 존재는 유한하며, 유한한 인간 은 자연의 일부라는 것. 이는『장자』나『도덕경』따위를 읽어 배우는 것이 아니라, 제주인이라면 생득적 요소라고 이해해도 무방하다.

현기영은 이러한 제주인의 의식을 사상의 차원으로 내세우고자 시도 한 바도 있다. 계급주의와 민족주의의 대결 속에 다음과 같은 주장을 당 당하게 내세우고 있지 않은가. "어떤 시대, 어떤 상황에서도 우리 고장 사 람들의 공동체의식은 불멸할 거야. 육지와 격절되어 있는 섬이라는 지리 적 위치가 어쩔 수 없이 그렇게 만들어. 외세의 지배를 받지 않고 우리끼 리 상부상조로 잘 살아보자, 이거야."[06] 사상의 갈래로 정리할 경우, 이는

---

05 현기영,『지상에 숟가락 하나』, 실천문학, 1999, 388쪽.
06 현기영,『바람 타는 섬』, 創作과 批評社, 1989, 147쪽.

아마도 아나키즘에 입각한 공동체주의 정도가 될 것이다. 이러한 맥락에서 파악하자면, 『오래된 숯가마』의 첫 번째 특징, 즉 자연의 면모가 인간이 지향해야 할 가치와 방향을 암시하는 역할로 기능하고 있다는 측면은 제주인 특유의 감각 구조와 연동하여 접근할 수 있겠다. 시라는 장르의 속성으로 인해, 시인의 작법 방식으로 인해 의식 차원이 강조되지는 않았지만 말이다.

덧붙이건대, 아나키즘에 입각한 공동체주의에서는 상위 범주의 단위가 하위 범주의 단위와 구조적인 상동성相同性을 갖추고 있다고 본다. 예컨대 마을 단위의 집단은 그 경계를 유지하되 어떤 사안에 관해서는 그 경계를 개방하여 도島 단위로 뭉쳐 나간다는 것이다. 이는 제주가 겪은 근대사의 비극 속에서 뚜렷하게 드러났던 바 있다. 그러니 시인의 시선이 제주 내부를 향해 있음에도 불구하고, 고집스럽게 가슴에 외등을 달고(「도대불」) 삶의 절반을 기다림으로 채우면서(「올레길 송악」) 경계를 지워나갈 수 있는 근거도 여기에서 마련되고 있는 셈이다. 『오래된 숯가마』가 제주를 노래하고 있으나 기실 온 세계를 다루고 있다는 판단은 그래서 가능해진다. 제주가 『오래된 숯가마』의 중심이라면, 당신이 발 딛고 서 있는 곳 그 곳도 세계의 중심인 바, 다양한 중심이 서로를 인정하고 이해하면서 이 세계는 비로소 전회轉回하기 시작한다는 것이다.

상동나무 그늘에서 어깨의 흉터를 깁다
— 김세홍의 『소설 무렵』에 대하여

1. 상동나무 아래에서 몽유하는 삶

시집 『소설 무렵』(심지, 2014) 내에서 시간은 정지해 있다. 이는 첫 번째 실린 「상동몽유도夢遊圖」에서부터 감지된다. 시인의 고향 뒷더기에 우뚝한 상동나무가 한 그루 있었나 보다. 햇살은 마치 상동나무 잎사귀를 투과해서야 비로소 마을에 가 닿는 듯 "수천, 수만 땀을/ 잎새에" 수놓는다. 그런데 이는 유년시절의 기억에만 한정되는 것이 아니라, 현재는 물론 미래에까지 드리운 풍경이라 할 수 있다. "긍휼한 내생來生의 바람에 흔들려/ 가끔씩 나를 계시처럼 후들려 깨우는/ 상동나무"(5연)이기 때문이다. 따라서 상동나무는 하늘과 땅을 잇는 우주목의 면모를 지니게 된다. 상동나무(우주)의 무변창대 앞에서 사람의 일이란 얼마나 우연하고 일시적이며 가변적인가. 시인은 이를 다음과 같이 드러내고 있다. "사금을 풀어놓던 상동나무는/ 일시에 햇살의 공동묘지가 되곤 했다"(2연) 삶이란 상동나무 아래를 몽유하는 데 불과한 것. 그러니 생활에 눈 밝은 이들이 귀히 여기는 금이 한순간 헛것(공동묘지=죽음)으로 치환된다고 해도 이상할 게 없다.

삶에 대한 이러한 인식은 시집 여러 곳에서 확인할 수 있다. 「허공무덤」을 보면, 시인은 "구배구배 흘러가는 무중력의 시간을 의지 삼아/ 기둥을 세우는" 일이 삶이라 파악하고 있고, 그런 까닭에 우리네 삶 도처에서 "내일이면 사라질/ 수상한 아지랑이"가 감실거린다. 인간사가 한낱 감실거리는 아지랑이와 같다면, 아지랑이의 출현과 소멸을 낳는 시간의 흐름이 특별한 의미를 획득할 수는 없는 법이다. 하기야 불가에서도 "종일토록 행하여도 일찍이 행했다 할 것이 없고 종일토록 말하여도 일찍이 말했다 할 바 없다."[01]라고 하였으니, 끊임없는 시간 속에서 굳이 분별을 지으려는 시도는 도도하게 흐르는 강물에 조약돌 몇 개 던져대는 작위일 수도 있겠다. 그래서일까, 시인은 삶의 질서에서 작동하는 구별을 허물고("애초에 돌담을 쌓은 밭들의 경계가 어디 있고/ 잿밥을 나누는 가문의 차별은/ 이승의 것", 「崇祖堂 입춘」), 흥망성쇠의 경계를 지우며("피고 지는 일이 분별없는 일이라 여겼다", 「그늘」), 결국엔 모든 존재의 흔적까지 뭉뚱그려 놓는다. ("중천에 뜬 햇살 아래에서/ 떠나가는 것들은 죄다/ 경계가 흐리고 기억이 없다", 「축생도畜生圖」)

이렇게 생활 세계의 표면을 부유하는 한편, 표면에서부터 나아갈 바를 확보하려는 시인의 지향은 「소금쟁이」에 잘 드러난다. 몸 가진 존재가 수면에 머무르기 위해서는 부지런히 발을 저어야 한다. 그런데 여기 물 위를 가볍게 이동하는 소금쟁이가 있다. 자, 소금쟁이는 무엇을 보고 있는가. "둠벙에 바람이 잔물결을 만드는 동안 빛은 그물을 만들어 허공에 지나가는 모든 것들을 포획한다" 살아있는 것들은 어찌할 도리 없이 소멸되어야 할 운명을 끌어안고 있으니 결국 허공을 발판 삼아 겨우 존립하는 양상인 바, 소금쟁이만이 그러한 운명을 직조하는 그물에 시선을 고정시킬 수 있다. 존재로서 자신이 감당해야만 하는 운명을 망각할수록 우리 인간

---

01 『碧巖錄』上, 장경각, 1993, 150쪽.

들은 수면 아래로 더 깊숙하게, 즉 생활의 질서에 몸을 담그게 되며, 자신을 옥죄고 있는 바람과 빛이 만들어 내는 그물에 무지하게 된다.

「소금쟁이」가 흥미로운 점은 소금쟁이로서의 자기 인식을 『성경』의 한 대목으로 이끌어 나가는 데 있다. 『성경』에는 예수가 베드로로 하여금 물 위를 걷게 하였으나 두려움에 빠진 베드로가 물에 빠지고 만다는 내용이 등장한다. 손 내밀어 베드로를 붙잡은 예수는 책망한다. "이 믿음이 약한 자야, 왜 의심하였느냐?"(「마태복음」 14장 31절) 헌데 시인은 스스로를 "구원 받은 사내"라 칭하고 있다. "내 몸은 해독되지 못한 것들이 잡아놓은 그물이다 나를 포박하여 데리고 온 갈릴리 선지자 단 한 번의 구원으로 나는 물 위를 걷는다" 1+1=? 따위의 산술에서는 정답을 통해 질문이 사라지나, 존재를 둘러싼 물음은 답변을 통해 지워지기는커녕 오히려 답변 속에 뿌리를 내려 더욱 집요하게 확장되게 마련이다. 그러니 물 위에 떠있는 존재는 그 자신까지도 해독되지 못하는 것들의 그물이 되어 버리곤 한다. 이 순간 불가지不可知의 회의로 빠져들 법도 한데, 시인은 구원을 결코 의심치 않으며 자신이 물 위를 가볍게 이동하는 소금쟁이임을 분명히 하고 있다.

생활 세계를 관통하는 것은 모래시계의 무거운 시간인 반면, 시인의 몽상은 촛불의 일렁임을 따라 가볍게 비상하는 초시계의 시간 속에서 펼쳐진다. 『촛불의 시학』에서 바슐라르가 지적했던 바다. 이를 비틀어 말하건대, 생활 세계에 침잠하고 있는 이들은 중력의 법칙을 충실히 따르지만, 물 위에 떠 있는 자는 부력으로써 삶의 근거를 마련한다. 부력에 바탕을 둔 삶에서 시간은 멈추어 있다. 존재의 구원을 향한 열망은 인과의 무거운 사슬이 작동하지 못하는 지점에서 작동하기 때문이다.

2. 점자가 되어 누운 어머니

　대체 시인은 어떠한 연유로 생활 세계의 바깥에 시선을 두게 되었을
까. 『소설 무렵』은 김세홍이 등단한지 18년 만에 처음 펴낸 시집이다. 그
런 만큼 몇 편의 시는 시인의 내밀한 이력을 파악할 단서로 자리하고 있
다. 그 가운데 주목하게 되는 것은 생모와 관련된 시편들이다. 「빙의憑依」
에 의하면, 시인은 두 살 때 생모를 잃었다. 어머니의 묘를 이장할 때 처음
뵌 팔순의 이모할머니는 "내 헐렁한 겉옷의 어깨를 내리고 애처롭게 내
흉터를 가만히" 들여다보며 울먹인다. 『소설 무렵』 전체에서, 한두 개 명
사를 사용한 경우를 제외하면, 제주어가 전면에 부각되는 경우는 「빙의憑
依」가 유일한데, 정보를 제공하는 시인의 표준어와 이모할머니의 감정 어
린 제주어가 자아내는 긴장이 팽팽하다. 이모할머니가 전달하는 생모의
삶은 이러하다.

　　아이고 이 설운 애기야, 니네 어멍이 일찍 돌아가부난 몰람실거여
　　그 사태에 가족들 몬딱 죽어불 때 니네 어멍은 통시에 숨언 살아나지
　　안해시냐, 그때 군인 한 사람 완 통시울에 죽창 들런 깍깍 찌르는 시
　　늉만 허연, 사람 이서도 어신추룩 높은 사람한테 없댄 고르난 어멍만
　　산거라 너네 어멍 딱 열 살 때여. 경헌디 시집 강 술푸대기 서방을 만
　　나 노난 서방한티 맞아지민 통시 강 숨는 버릇이 질들어 분거라 니 뱃
　　속에 담앙 이실 때도 몇 번이나 경허연, 나가 통시에 강 어멍 데려오
　　곡 해났쪄 그 술푸대기가 꼭 그 군인 흉내내므로 통시울 강 깍 깍 찌
　　르는 시늉을 해 나신디 무사, 니네 어멍도 꼭 그 자리에 흉터 있지 않
　　으냐게!
　　　　　　　　　　　　　　　　　　　　　　　　　　─「빙의憑依」 3연

생모의 삶은 두 가지 사실을 중심으로 정리된다. 첫째, 4·3이 벌어졌을 때 생모는 뒷간으로 숨어들어가 가족들이 몰살되는 와중에서 홀로 살아남았다. 당시 생모가 겪은 생사를 넘나드는 고난은 어깨의 흉터로 각인된다. 둘째, 그 상처는 치유되는 것이 아니라 주정뱅이 남편을 통하여 수시로 재현된다. 그렇다면 생모가 살아냈던 삶이란 야만적인 폭력에 맨몸으로 노출되었던 비극적인 세계가 아니었을까. 의식하지는 못했겠으나, 생모가 감당해야 했던 삶의 무게로부터 시인이 놓여나지 못하였음은 어깨에 난 그의 흉터로써 확인할 수 있다. 기실 시집에 실린 몇 편의 시편들은 마치 구순기에 생모를 잃은 시인의 흉터처럼 다가온다. 예컨대 무화과나무를 보며 "어미들의 통곡을 듣고/ 저승 가서 실컷 젖이라도 먹으라고/ 어느 바람결이 심어놓고 갔을까" 떠올리는 「젖꼭지나무」, 눈 내리는 풍경을 "숟가락으로 누운 적막강산/ 누굴 떠먹이러 쌀알이 소복소복" 쌓이는 것으로 바라보며 "한 세상 저물녘// 당신이 떠먹여 주는 숟가락에/ 온기 한 점을 받아먹은 일이 있다"라는 사실 위에 포개놓는 「소설小雪 무렵」이 대표적이다.

「점자로 오는 당신」은 비어있는 생모의 자리가 얼마나 휑하였나를 인상적으로 보여준다. 죽은 자는 말이 없으니 "모음과 자음이 만들어내는 세계에서" 생모와 재회할 수 없다. 다만 점자 모양으로 봉긋 올라온 봉분이 남아있어서, 시인은 봉분을 만짐으로써 전해지는 촉감을 통해 겨우 생모를 감지할 수 있을 뿐이다. "가끔 만지면 등고선에서 퇴적층이 열리고 어떤 질감이 느껴졌지" 시간의 퇴적층을 거슬러 저 편에 누워 있는 생모를 시인은 어떻게 끌어안고 있을까.

당신은 언제나 구릉에 있었지

찾아가 보면, 모음과 자음이 만들어내는 세계에서 나는

한 번도 당신을 본 적이 없었어 가끔 만지면 등고선에서

퇴적층이 열리고 어떤 질감이 느껴졌지 언제나 나는 잊곤

했어 늘 그랬던 것은 아니고 저쪽에서 어떤 기별이 먼저

온 것은 아닌지, 확실하진 않았어 타인의 손금을 보면서

당신을 찾으려 애써보았지

품는다고 했으나,

품어지지 않는 당신

가만, 가만히 흔들리는 물가의 달이었어

평원에서는 불러낼 수는 없었지

고뿔 걸린 사람의 체온에서 살짝,

한소끔 끓고서야 품을 수 있을까

자음과 모음 안에서 당신을 찾을 수가 없었어

당신은 다섯 손가락 구릉으로 올라온 봄비였다가,

새벽녘 창문을 올라선 새순이었지

휑한 무화과 우듬지에 걸린 초생달이 상현에 이르는 동안

나는 당신의 자궁에 갇혀 있었지

휘파람을 불곤 하는 구릉에서

언제나 당신은 나를 보고 있었지

―「점자로 오는 당신」 전문

시인의 삶에서 점자로 누워있는 생모가 차지하는 비중은 결코 작지 않
다. 언제나 생모가 시인을 지켜보고 있었다고 하나, 이는 주체와 객체의

자리가 뒤바뀌어 가능해진 진술일 터, 실상 시인이야말로 생모의 빈자리를 언제나 의식하고 있었음을 이 대목에서 알아챌 수 있기 때문이다. 따라서 생모가 맞닥뜨렸던 야만적인 폭력에 시인이 둔감했을 리 없다. 4·3과 관련되는 시편에서 그 일면이 드러난다. "아기무덤 거느린 숙부인무명씨지묘"를 돌아봐야 할 집안은 4·3을 겪으면서 절손絶孫되어 버린 듯 "무자년 끊긴 손길"로 표현되어 있으며(「숙부인무명氏지묘」), 어떤 아낙은 살기 위하여 노래를 불러야 했다. "부역의 혐의로 끌려온 소리쟁이 아낙에게/ 스렁스렁 등 돌려 앉아 대검을 갈던/ 순경이 했다는 말/ 잘 부르면 살려주지/ 마른 눈물 꼭꼭 삼키며/ 불거진 힘줄, 날 선 대검 위에서/ 반나절을 불러간다 불러온다 했다던/ 둘러앉은 사람들의 간장을 옥죄던/ 젖몸살 앓던 아낙의 가락"(「목포의 눈물」) 문면에 드러나 있지는 않으나, 「반딧불 묘지」의 경우엔 공간 배경의 일치로 인해 현기영의 단편 「도령마루의 까마귀」를 환기시키며 공권력의 폭력을 연상케 한다.

야만적인 폭력은 무자년의 4·3에서만 나타나는 것이 아니다. 어쩌면 생활세계가 폭력으로 얼룩져 있는지도 모를 일이다. 예컨대 「무 군단」을 보면, 무는 "밀려가는 동장군"이라든가 "연삼 일 폭설탄"도 견디어 냈으나, 팔리지 못할 상황에 처하자 트랙터 쟁깃날에 의해 "두세 동강으로" 잘리고 만다. 생모에게 가했던 주정뱅이 아버지의 폭력도 마찬가지다. 그렇다면 폭력이 미치지 못하는 순결한 영역을 찾아나가다가 결국 시인이 발견하여 정착지로 삼은 곳이 생활세계의 바깥이라 판단할 수 있지 않을까. 시인이 구원을 갈구한다는 점까지 고려한다면 이러한 추론은 보다 설득력 있게 다가설 수 있을 것이다.

3. 무간지옥의 포수와 까치의 눈물

『소설 무렵』에 대하여 마지막으로 덧붙일 한 가지 사실. 폭력으로 얼룩진 일상세계를 가로질러 그 표면으로 나아가기 위하여 시인이 부여잡은 가치는 연민이다. 한 마리 개가 짖기 시작하면 수십, 수백 마리 개가 따라서 짖어대는데, 인간의 분노 혹은 적개심이란 이와 같아서 맹목적이기 일쑤이다. "나의 어떤 적개심이 우리에 갇힌 한 마리의 적개심을 건들고/ 또 한 마리가 이어받고/ 말인 듯 비명인 듯/ 골을 휘도는 메아리까지 한통속이다"(『오, 나도 개처럼』) 그래서 시인은 전염되면서 강렬해지는 분노의 연쇄로부터 멀찍하게 벗어나서 연민을 이야기한다. 이때 연민의 대상은 악연을 지은 자이고, 연민을 보내는 이는 상처 입은 자가 된다. 살아서 쌓는 업業을 씻는 것은 연민을 통해서이다. 이는 「용서」라는 시편에 잘 드러나 있다.

> 절간밥을 얻어먹던 어린 까치가 있었다
> 얼치기 포수에게 죽임을 당한 이후
> 生을 거듭하여 동자승이 되었다
> 어느 날 동자승이 노스님과 탁발을 나갔다가
> 오래되어 녹이 슨 탄피를 줍는다
> 동자승이 수그려 앉은 채 고개를 박고 하염없이 운다
> 노스님이 까닭을 물으니
> 자신을 쏘았던 포수가 너무 불쌍하다고 말한다
> 포수는 지금 납독이 올라 사경을 헤매며 무간지옥에 있다고
> 동자승이 십여 분 그렇게
> 눈물을 흘리고 나자

포수는 편안히 눈을 감을 수 있었다

—「용서」전문

드디어 『꽃 같은 시절』에 이른 「홀로어멈」
─ 공선옥 장편소설 『꽃 같은 시절』에 대하여

고된 노동으로 깊게 주름진 노인의 일상적인 두어 마디에서 문득 시를 느끼게 되는 순간이 있다. 짧은 그 순간에 새삼스럽게 다가서는 삶의 면면은 그리 간단치가 않다. 언어의 매개 없이 온몸으로 직접 세계와 대면하는 데서 오는 인식의 투명함이라든지, 오랜 시간 가슴 속에 품어왔던 서러운 눈물과 땀방울의 염도와 같은 것, 혹은 세상을 느슨하게 놓아두면서도 자신의 방식으로 따뜻하게 품어내는 넉넉함 등. 생경한 지식이나 조잡한 기교 따위로는 도저히 담아낼 수 없는 깊이와 내력이 이 속에 묻혀 있다. 그네들의 몇 마디가 시의 자리로 성큼 이월할 수 있는 까닭은 이러한 내공이 개입하기 때문일 터이다. 공선옥의 장편소설 『꽃 같은 시절』(창비)의 가장 커다란 미덕이라면 이러한 지점을 효과적으로 살려내었다는 사실이라 할 수 있다. 그러니 대략적으로 내용을 살피고 난 후, 그 미덕의 근거를 파악해 나가는 방식으로 소설을 읽어 내려가는 것이 좋을 듯하다.

1. 『꽃 같은 시절』의 대략적 내용과 리얼리티

자, 여기 젊은이들은 떠나가 버리고 노인네들만 남은 마을이 있다. 평생 농사나 지으며 순박하게 삶을 이어오던 그네들이 데모에 나섰다. 새롭게 들어선 '순양석재'가 법적인 절차도 무시한 채 돌 깨는 작업을 시작하자, 그로 인한 피해가 상당했기 때문이다. "첨엔 쿵쿵 허는 소리가 나길래 다시 인공이 되었는가, 혔는디 그것이 아니고 독공장에서 독 깨는 소리여. 독 깨는 소리가 어뜨케나 큰지 인공 때 대포소리 같애. 그 소리에 놀래서 어미 뱃속에서 소새끼가 죽고 염생이가 죽고 갱아지가 죽고 닭이 알을 안 낳고 천지사방이 문지투성이라 깻잎삭 한나를 못 묵어. 그란디도 나랏님들은 '돈을 벌어야' 쓴다고 독공장 돌리는 것을 안 막어. 그렇게 디모를 헌 거여."(254쪽) 데모하는 노인들을 경찰이 고압적으로 다그치지만, 그네들이 데모에 나선 까닭이나 시종 원하는 바는 단순하고 명료하다. 그저 "조용히 살다 죽고 잡다"는 것(66쪽). 칠팔 십에 이르러 살날도 얼마 남지 않은 노인들의 이 소박한 바람이 어째서 이처럼 냉혹하게 짓밟혀야 하는가.

기실, 소설에서 그려내고 있는, 공권력이 자본의 편을 들고 나서는 장면은 현실세계에서도 충분히 확인할 수 있는 바다. 예컨대 나는 2009년 5월 어느 날 용산 철거민촌 현장에서 이를 똑똑히 확인했다. 용역업체 깡패들은 험악한 기세로 누차 시비를 걸어오는 한편, 문화행사 참가자의 얼굴을 유유히 사진으로 채증하고 있었다(그 사진이 어디로 건네질 것인지 여부는 상식 수준의 판단에 맡기겠다). 거꾸로 문화제를 진행하는 측에서 충돌 상황을 사진으로 찍노라면 용역 깡패로부터 초상권 운운하는 고함소리 들으며 사진기를 빼앗기는 일이 벌어졌다. 『꽃 같은 시절』에 등장하는 '깡 시인'의 모델 송경동 시인은 격한 몸싸움에 휘말리기도 했다. 골목 입구에 서 있던 전경들은 철거민 측이 용역업체 깡패들에게 맞을 때는 가만히 있다가, 용역업체 깡패들이 수세에 몰리는 상황에 이르러 개입하는 방식으로 출현했다. 용역업체를 구조적으로 비호했던 검찰, 경찰의 비정상적 행태야 여러

경로로 지적된 바 있으며, 그네들이 남발한 무수한 소환과 기소는 지금까지도 문제가 되고 있으므로 더 이상의 설명은 생략하기로 한다. 다만, '어째서 이처럼 냉혹하게'라는 물음이 오히려 어수룩하게 다가올 정도로 우리는 철저하게 일그러진 세계에 살고 있으며, 『꽃 같은 시절』은 이러한 현실을 실감나게 재현하고 있다는 사실을 환기시키는 선에서 넘어가고자 한다.

2. 어쩌다 내 자식이 저렇게 변했나, 울고만 싶은 노인들

『꽃 같은 시절』에서 흥미로운 지점은 작가가 이러한 현실에 접근하는 방식이다. 자, 등장하는 노인들의 사유 방식을 먼저 살펴보자. 그네들은 타지에서 흘러 들어온 '복주 엄마'를 대책위원장으로 추대하였다. "젊은 사람들이 기양 돈으로 해결을 볼라고 해갖고 우리가 복주 어매를 위원장으로 올려분 거여."(178쪽) 기실 젊은 세대에 해당하는 자식들은, 대부분 도시로 떠났을 뿐만이 아니라, 자신의 부모들이 적당한 보상금으로 타협하기를 원하는 모양새를 보인다. 어차피 이길 수 없는 싸움이라는 판단이 뿌리 내리고 있는데다가, 돈을 중심으로 세계를 파악하는 데 깊숙하게 물들어 있기 때문이다. 가령 이런 식이다.

> "엄마, 고춧가루가 다 떨어졌네? 고춧가루 좀 보내줘. 사먹는 건 도대체 믿을 수가 없어. 왜 아무 말 안해, 엄마? 아유, 돈 보낼게에."
> (중략)
> "아이, 자식한테 묵을 것 보냄서 어느 부모가 돈 욕심을 낸다냐.

그런 방정맞은 입초실랑은 놀리지를 말어라."

했더니,

"엄마, 좀더 솔직해지면 안돼? 돈이 좀 적다,라고 한달지, 뭐 그렇게."

하는 것이었다. 억장이 무너져서, 당최 아무 소리도 안하고 싶은 적이 한두 번이 아니었다. 어쩌다 내 자식이 저렇게 변했나, 울고만 싶었다. (232쪽)

노인들은 자식 세대가 내보이는 의식 세계로부터 멀찍하게 떨어져 있다. 예컨대 '복주 엄마'네 식구가 이사 오자 아랫집 노인은 당연하다는 듯 살갑게 대하며 음식을 갖다 주곤 했다. '해정'이 이사를 왔을 때도 마찬가지다. "사람 사는 동네에 사람이 들어왔으니 인사 정도는 터야 사람 사는 동네라 헐 수 있지 않겠느냐, 허는 것"이 이네들의 상식이다(84쪽). 즉 나와 너의 경계가 선명하게 나뉘어졌기보다는, 오히려 '우리'라는 단위를 전제하고 그 안에서 나와 너를 하나로 이어가는 공동체의식이 그네들 사유의 특징이라는 것이다. 군청 앞에서 밥을 나누어 먹는 장면도 이를 확인할 수 있다. 다음은 그네들과 닮아가며 비로소 하나가 되어가는 '복주 엄마', 즉 '영희'의 진술이다.

"첨엔 그랬어요. 너무 화가 나서 견딜 수가 없어 만날 악만 쓰고. 점심을 날마다 사먹을 수도 없고 노인들이 도시락 챙기기도 그래서 군민의 쉼터에서 해먹었는데 무슨 피크닉하는 줄 알고 지나가는 사람들이 맛있겠다며 밥 좀 달라고 오죠. 그러면 특히 할머니들이 어서 오시라고 하고 밥을 퍼주죠. 그런데 노인들이 왜 군청 앞에서 밥을 해먹고 있는지 묻지도 않고 밥만 먹고 가버려요. 나는 첨엔 그것도 화가 났어요. 근데, 이젠 제가 그래요. 지나가는 사람이 있으면 무조건 오라고 하죠. 그래서 그 사람이 와서 맛있다고, 잘 먹고 간다고 하면 그렇게 고맙고 좋을 수가 없어요. 내가 뭐라고 해도 할머니들이 그냥 웃기만 하는 것이 첨엔 답답했죠. 근데 자꾸 반복되다보니까, 제가 그분들을 닮아가요. 근데, 그분들처럼 하니까 맘이 좋더라고요. 그냥 좋아요."(183~4쪽)

지금은 서로 대치해서 팽팽하게 맞선 관계일지라도, 좁은 지역 안에서의 문제인 까닭에, 그 관계는 만남의 다른 조합 속에서 일순 허물어질 수도 있다. 가령 시위대를 감시하는 '강 형사'이지만, 그 어머니가 젊어 어려웠던 시절 '공님'에게 크게 신세진 바 있고, '공님'이 시위에 참여하고 있으니 어쩌면 어색한 장면에 직면함직도 하다. 그 어색한 순간에 맞닥뜨려 '공님'이 '강 형사'를 마음속으로 끌어안는 방식에서도 공동체의식은 유효하게 작동한다.

강 형사가 부끄러워하며 밭가 나무 뒤로 돌아가 담배를 피우는 것을 보고, 담배는 몸에 해롭다는 말을 하려다 그만두고,
"집이 오마니한테도 담배 하나 주소."
하고 말았다. 나무 뒤에서 담배를 피우며 먼 하늘을 쳐다보고 섰는 것이 영락없이 서울 왕십리 동사무소에 근무하는 아들 같았기 때문이다. 우리 아들도 저러고 건물 귀퉁이 같은 데 돌아서서 담배를 피우겠거니 싶어서 마음이 짠해졌다. (229쪽)

맞은편에 대치하여 맞서고 있는 사람에게까지 '짠한 마음'을 품어 안는 노인네들의 인식 구조를 어떻게 이해해야 좋을까. 이는 『꽃 같은 시절』

의 문학적 의미를 따져 묻는 일이라 할 수 있다. 다른 작가와 변별되는 공선옥의 특징이 여기서 돋을새김 되며, 우리가 잊고 있는 전통의 한 가지 맥락을 다시 확인해 볼 수 있는 계기가 되기 때문이다.

3. 『꽃 같은 시절』이 근대 이후의 세계로 미끄러져 나갈 가능성

우리가 살고 있는 사회는 대체 어떠한 방식으로 생겨 먹었을까. 관점에 따라 여러 가지 답변이 가능할 텐데, 근대에 돌입해서는 "모든 것의 전제로서 개인을 설정해 놓고, 사회를 개인의 의사에 따라 구성하거나 해체할 수 있는 집합체와 같은 것으로 설명"하는 경향이 주류를 이루고 있다. 즉 각각의 개별자個別子, individual들이 모여서 사회계약설에 근거하여 만들어 나간 합체合體, assemblage를 사회라고 파악한다는 것이다. 이러한 관점에서는 개별자의 욕망이 해방되고 충족되는 방향으로 사회가 나아갈 수밖에 없다. "다른 개별자를 침해하지 않는 범위에서"라면 한 개별자의 욕망 실현을 위하여 "모든 생각과 행동이 허용될 수 있어야" 한다는 전제가 바탕에 깔려 있기 때문이다. (〈개별자—합체 세계관〉)

하지만 우리네 전통 사상에서는 사회를 다른 방식으로 인식해 왔다. 예컨대 성리학에서는 우선 통체統體, whole로서 태극太極 개념을 설정하면서부터 논의가 시작된다. "태극은 천지만물이 생성 전개되는 원리인 동시에 현상으로 드러난 천지만물의 총체이다." 그리고 "개체는 전체인 태극에서 성분成分을 본분本分으로 부여받아 직분職分으로 실천하는 분적分的 존재이다." 따라서 이때의 개체는 통체의 분신으로 존재한다는 점에서 부분자部分子, positioner라고 부를 수 있겠다. 사회에 관한 인식은 이러한 철학적 사유 위에서 펼쳐졌다. "사회는 통체로서 전제되지만 개체가 통체의 분신이기 때문에 통체와 개체는 동등한 지위를 갖는다. 개체가 남녀노소나 존비귀천 등에 따라 각각으로 구분되는 것은 통체에게 부여받은 분수分數가 다르기 때문이다."(〈통체─부분자 세계관〉)

두 개의 세계관을 비교하여 어느 하나가 우위에 놓인다고 단언하기는 어렵다. 나름의 장단점이 있기 때문이다. 예컨대 단점을 꼬집어 말하자면, 〈개별자─합체 세계관〉이 먼저 발생한 서구는 "다른 문화권을 침략하고 정복하여 개별자적 욕망 충족에" 몰두해 왔다. 그들의 세계관에 동의하지 않는 관점을 열등한 타자로 규정하는 한편, 인간 바깥의 모든 자연에 대해서는 개발의 대상으로 설정해 버렸던 것이다. 한편 〈통체─부분자 세계관〉이 형성된 동아시아에서는 서구의 자유, 평등, 해방 등의 개념이 생겨나기 어려웠다. "성리학에서 자유는 관계의 이탈을, 해방은 관계의 무력화를 뜻할 수도 있었다." 그런 까닭에 두 개의 세계관 사이에서 적절한 균형 잡기가 요청되는데, 〈통체─부분자 세계관〉의 '통체'를 천황이라든가 김일성, 박정희 따위로 대체해서는 파시즘으로 기울어지기 십상이고, 〈개별자─합체 세계관〉을 경계하지 않는다면 사회 구성원들은 자발적으로 동원된 노예의 삶으로 귀결할 수밖에 없다. 〈통체─부분자 세계관〉의 위험성은 일제의 신체제新體制, 박정희의 병영국가 등을 통하여 충분히 경험한 바 있다. 그러니 개체들의 총합을 넘어서는 세계에 대한 경외감을 회복하되, 자유·평등·해방 등 근대의 긍정적인 유산을 이월시키는 방향에서 '근대 이후'를 모색해 나가려는 노력이 필요할 성싶다.

공선옥의 『꽃 같은 시절』은 이러한 가능성을 어느 정도 내장하고 있다. 이론을 통해 사상을 뚜렷하게 가다듬은 것으로 파악되지는 않으나, 현재 농촌의 리얼리티를 충실하게 따라잡아 복원함으로써 그러한 지점

위에 올라선 것이다. 자, 보라. 『꽃 같은 시절』에 등장하는 노인들은 공동체의식 위에 발을 딛고서 야만적이고 타락한 자본주의의 현실에 적극적으로 맞서고 있지 않은가. '꽃 같은 시절'은 바로 이 자리에서 펼쳐지고 있다. "못살겠다고 악을 써도 암도 들어주는 사람이 없고 암도 들어주는 디가 없으면 가서 악을 쓰는 것이 디모여. 디모를 다 해보고, 경찰서를 가보고 이 오맹순이가 말년에 꽃시절을 보내고 오네, 시방."(254~5쪽) 요즘 지독한 자기연민, 욕망, 좌절 속에서 한국 작가들이 몸을 오들오들 떨고 있는 가운데, 공선옥은 건강한 민중(노인들) 속으로 들어가 나름의 탈출구를 제시하고 있다. 『꽃 같은 시절』의 의미는 여기에서 찾을 수 있다.

4. 「홀로어멈」에서 『꽃 같은 시절』에 이르는 길

사실 나는 『꽃 같은 시절』을 읽으면서 작가가 1999년 가을 『창작과비평』에 발표했던 「홀로어멈」을 떠올렸더랬다. 「홀로어멈」은 세 아이를 이끌고 촌으로 내려온 남편 없는 여인의 좌충우돌기다. 이 여인은 고단한 현실에 호락호락 당하지 않을 만큼 결기가 있으며, 논리적으로 행동할 만큼 배움도 있다. 그렇지만 타지 사람으로서 마을에 존재하는 공동체 속으로 편입해 들어가기가 너무도 어렵기만 하다. 주인 없는 감나무인 줄만 알고 감을 한 부대 땄다가 문제가 되자 "대뜸 자루 하나에 얼마냐"라고 물었다가 곤경에 처하는가 하면, 산사태로 교통이 두절되자 군청에 전화 걸었다가 마을 사람들로부터 "우리는 우리 마을에서 일어난 일을 남에게 맡기지 않고 살았소."라고 질책을 받는 식이다. 이 자의식 강한 여성이 어떻게 공동체 속으로 스스로를 밀어갈 수 있을까. 「홀로어멈」 이후 공선옥의 행로가 궁금했던 까닭은 그러한 물음이 있었기 때문이다.

『꽃 같은 시절』에도 「홀로어멈」에 나타났던 여성작가로서의 자의식이 여전히 살아있고, 행정심판위원회의 문제점을 지적할 정도의 논리력 또한 갖춘 것으로 드러난다(‘영희’). 그런데 그러한 자의식, 논리는 공동체 안에 자연스럽게 스며들어가 있다. 이는 작가의 시선이 민중(노인들)에 맞춰져서, 그들의 자리에서 세상을 바라보는 경지로까지 나아갔기에 가능해진 결과이리라. 기실 소설의 여성주의 요소는 할머니들의 지난한 삶 속에서 펼쳐지고 있으며, 논리도 공동체의 일상을 깨뜨리는 외부 세력을 향해 벼려져 있을 뿐만 아니라, 작가의 위치를 가늠케 하는 ‘영희’나 ‘해정’은 할머니들을 닮아가는 양상으로 등장하고 있기도 하다. 그런 점에서 「홀로어멈」에서 『꽃 같은 시절』에 이르는 동안 작가는 자신의 세계를 넓고 깊게 구축하기 위해 개별자의 울타리를 차츰차츰 허물어 왔다고 말할 수 있을 성싶다. 독자인 나로서는 바로 이러한 사실이 반갑고, 고마웠다.

문학으로써 세계를 조금이라도 움직이고자 하는 작가는 그 자신의 자리 역시 조금씩이나마 바꿔 나갈 수 있어야 할 것이다. 『꽃 같은 시절』을 들고 나온 공선옥은 그 길을 보여주고 있다.

---

* 3절의 직접 인용은 최봉영의 『본과 보기 문화이론』(지식산업사)에서 가져왔음을 밝힙니다. 아울러 〈개별자―합체 세계관〉, 〈통체―부분자 세계관〉에 관한 분류 또한 여기에 기대고 있음을 부기합니다.

은빛 물고기 한 쌍과 비민족주의적
반식민주의의 가능성
— 김재영 장편소설『폭식』에 대하여

1. 21세기의 자화상과 '반제反帝'의 필요성

자크 아탈리(Jacques Attali)는『21세기 사전』에서 20세기의 종언에 관하여 흥미로운 주장을 펼친 바 있다. "20세기는 악마의 세기였고, 20세기가 물려준 세상은 말 그대로 도저히 살 수 없는 지경의 세계"라고 비판하면서 그 시작과 끝을 다음과 같이 정리하고 나섰던 것이다. "20세기는 1918년에 시작되었다. 21세기는 아마도 1989년에 시작된 것이 아닌가 싶다."[01] 주지하다시피 1918년이라면 러시아혁명이 성공적으로 마무리된 해이며, 1989년은 베를린장벽이 무너져 사회주의 기획이 실패로 돌아갔음을 환기시켜준 연도이다. 그러니까 자본주의와 사회주의의 대결이 20세기를 관통하는 커다란 틀이었으며, 이제 자본주의의 거칠 것 없는 질주를 전제로 펼쳐지는 새로운 시대가 21세기라는 주장인 셈이다. 자, 현재 우리가 살아나가고 있는 21세기의 자화상은 어떠한 모습일까. 아마도

---

01   자크 아탈리「서문」,『21세기 사전』, 중앙M&B 1999, 13면.

2001년 미국 뉴욕에서 발생한 9·11테러가 이를 상징적으로 드러내는 사건이 아닐까 싶다. 세계질서가 미국 중심의 자본주의로 재편되면서 가능해진 '팍스 아메리카나(Pax Americana)'의 실상이 이로써 적나라하게 폭로되었기 때문이다.

『폭식』은 뉴욕의 바로 그 현장에서부터 펼쳐지기 시작한다. 예컨대 9·11테러가 벌어졌던 장소 주변의 추모시설을 서술해나가는 「앵초」의 다음 장면이 대표적이다. "연두색 바탕에 '2001년 9월 11일의 영웅들'이라고 쓰인 흰 글씨가 눈에 들어온다. 수많은 희생자들의 이름이 적혀 있다. 낸씨, 대니얼, 마틴…… 민욱의 이름은 보이지 않는다. 헤롤드, 엘리자베스, 루이스…… 민욱은 이 나라에서 아직 죽음조차 인정받지 못한 걸까. 하긴 그의 국적은 한국이었다. 그렇다면 한국인 희생자들 명단은 어디 있지? 중국이나 베트남, 이집트 따위의 외국에서 온 사람들의 이름은? 사방을 둘러봐도 눈에 띄지 않는다."(53면) 이 순간 허울 좋은 세계화의 이면을 확인하게 된다. 세계화의 심장이라 부를 수 있는 그 곳에서도 국적은 여전히 유효할 뿐만 아니라, 이는 "죽음마저 국경이 갈리고 이해관계에 따라 귀천이 나뉘는 현실"(54면)로까지 이어지면서 강력하게 작동하고 있기 때문이다. 이렇게 유통되는 국가의식이 제국의 논리와 잇닿아 있다는 점에서 이 대목은 눈여겨볼 필요가 있다.

추모공원 한쪽에 설치된 '희망의 종'을 언급하는 장면에서 작가의 메시지는 더욱 분명하게 드러난다. "미디어를 통해 본 기억이 난다. 부시를 비롯한 미국 정치가들이 해마다 구월이면 타종하던, 비장한 표정으로 악의 축을 선정하고 전쟁을 선포하던, 영광에 마음 들뜬 젊은이들을 불러 모아 오래된 거짓말, 조국을 위해 죽는 건 감미롭고 지당하도다, 라고 외치던 그 장소, 그 종이다."(54면) 9·11테러가 벌어진 현장에서 진행되는 죽음에 대한 애도는 평화를 향해 나아가지 않는다. 그것은 피로써 피를 씻는 악순환이 이어지는 계기이자, 과정에 불과할 따름이다. 21세기는 그렇게 우리 앞에 모습을 드러내었다. "시체가 있는 곳에 독수리가 모여드는 법이라더니. 누군가는 테러와의 전쟁을 선동했고, 어떤 이들은 먼 나라를 침략했다. 아무도 죽음 자체를 슬퍼하지 않았다. 억울한 죽음들은 번쩍이는 미 정부 홍보지에 실려 총알이 되고 폭탄이 되고 미사일이 되어 다른 죽음을 불러들일 뿐이었다."(41면)

「롱아일랜드의 꽃게잡이」 또한 뉴욕을 배경으로 삼은 작품이다. "뉴욕 맨해튼은 지금 전 세계 여러 나라를 자본과 전쟁, 그리고 상업문화로 지배하고 있다"(146면)라는 문장을 보건대, 제국으로서의 면모가 분명한 미국에 대하여 작가의 비판적인 시선은 여전하다고 할 수 있다. 아마도 이러한 비판을 거두어버린다면 뉴욕을 지나 대서양으로 흘러드는 허드슨 강물 속에서 이방인은 자신의 정체성이랄까 존재가치를 제대로 유지해나가지 못하리라. 그래서 작가는 등장인물 '수'를 통해 다음과 같이 진술하고 나섰다. "허드슨 강은 '그림자도 가라앉는 강'처럼 보였다. 해가 밝은 날에도 그림자 하나 보이지 않는, 옛이야기에 나오는 강…… 그 강에 닿아버린 자신의 존재가 송두리째 빠져 사라질 것 같은 두려움에 수는 부르르 몸을 떨곤 했다."(144면)

등장인물 '수'가 느끼는 두려움은 충분히 근거가 있다. 그래서 『폭식』에는 허드슨 강에 영혼이 마모되어가는 인물들이 등장하게 된다. 어머니가 미국 시민권을 포기한 데 대하여 비난하는 한편 미군 장교가 되어 테러로부터 아메리카를 지키겠노라고 떠벌리는 「앵초」의 재미교포 2세 '보람', "거금 주고 미국 시민권 샀잖아. 그것도 모자라 한국 선거권 사려고? 다 때려치워. 우리한테 고국이 무슨 소용이야"(141면)라고 외치는 「롱아일랜드의 꽃게잡이」의 어머니가 대표적이다. 다국적기업 스위치 사의 플랜트 수주 비즈니스를 하는 「폭식」의 '민 팀장' 또한 이러한 범주에 넣어도 무방하다. 결국 회사의 이익과 자신의 안위를 위하여 과거 동료를 배신한 인물이니 그의 영혼은 이미 뉴욕 맨해튼의 논리에 포섭되어 있는 형국인 까닭이다. 물론 이들의 반대편 자리에도 인물들이 포진해 있다. 「앵초」에는 "한국과 미국이 싸우게 되면 미국 편에서 싸우겠습니까, 라는 마지막 질문에" 일부러 오답을 선택하여 미국시민권을 포기한 '하윤'이 등장하며, 「롱아일랜드의 꽃게잡이」에는 "고국이 잘살아야 우리도 이국땅에서 무시당하지 않는다는 거 몰라? 그리고…… 언젠가는 돌아가야지"(141면)라고 주장하는 아버지가 있다. 「폭식」에는 자본의 논리를 거스르며 몇 번이고 철창 행을 감수하는 '최형'이 존재한다.

그렇다면 『폭식』에는 제국과 민족(국가)에 관한 작가의식이 분명하게 드러내는 셈이다. 작가는 제국의 위협에 맞서는 단위로 민족(국가)이라는 단위의 필요성을 분명하게 인식하고 있다. 즉 반제국주의를 견지해나갈 단위로서 민족(국가)을 설정하고 있는 것이다. 그러니 작가가 「M역의 나비」[02] 「롱아일랜드의 꽃게잡이」 「앵초」 등의 배경으로 왜 하필 미국의 뉴욕을 선택하였는가를 이해할 수 있다. 제국의 한복판에서 제국의 실상을 파악하는 한편 민족(국가)의 필요 여부를 확인해 나갈 필요가 있었던 것이다. 이러한 작가의식의 반대편에는 2000년대 들어 급격하게 확산된 소위 탈식민주의 관점이 자리한다. 이는 '민족은 상상의 공동체'에 불과하다면서 민족(국가)의 폐해를 강조하며 민족(국가) 부정으로 나아가는 입장이다. 제국의 논리가 막강하게 작동하는 현실에서 이렇게 민족(국가)을 부정하

---

02 "세계 제일의 경제규모를 자랑하는 그 도시"(76면)라는 표현에서 이러한 사실을 알 수 있다.

고 해체해야 한다고 주장하는 것은 제국의 논리 속으로 순순히 포섭되어 버리는 자발적인 무장해제로 귀결하지 않을까. 이러한 위험을 환기시키면서 경고하고 있다는 점에서 『폭식』의 첫 번째 의미를 확인할 수 있을 것이다.

2. 비민족주의적 반식민주의(non-nationalistic anti-colonialism)의 가능성

기실 첫 번째 작품집 『코끼리』를 상재할 때만 하더라도 작가는 세계화를 계급의 관점에서 파악하는 입장이었다. 가령 표제작 「코끼리」를 보면, 구멍가게 주인이 공장 프레스에 손가락이 잘린 외국인 노동자를 향해 다음과 같이 일갈하는 장면이 제시되어 있다. "옛날에 내가 공장에서 일할 땐 손가락은 유도 아녔어. 팔뚝이 날아가고 모가지가 뎅겅뎅겅 했으니까. (중략) 늬들도 자르면 피 나오고 누르면 똥 나오는 사람이다, 이거냐? 웃기는 소리들 마. 한국 놈들한테도 안 해준 걸 늬들한테라고 해 주겠냐? 아니 꼬우면 돌아가. 젠장, 어차피 늬들도 고국으로 돌아가서 공장 차리고 사장 되려고 여기 왔잖냐."[03] 그러니까 과거 한국에서 묵인되어온 열악한 노동현장의 문제는 여전하며, 이를 둘러싼 계급 간의 모순이 이제 일국을 뛰어넘어 세계 차원에서 펼쳐진다는 인식이 작품의 전면을 차지하고 있는 것이다. 자본의 논리 앞에서 노동자들의 동일한 처지를 확인하게 되는 이러한 태도는 국제주의(internationalism)의 연장이라고 할 수 있겠다.

따라서 『폭식』에 이르러 민족(국가)을 하나의 단위로 설정해가는 시

---

03 김재영, 『코끼리』, 실천문학사 2005, 26쪽.

도는 이전 작품집과 차별되는 면모라고 파악할 수 있다. 그렇지만 이러한 변화가 계급 문제를 포기하고 민족주의(nationalism)로 선회한 결과라고 규정지어서는 곤란할 수밖에 없다. 제국과의 관계를 냉정하게 파악하여 민족(국가)을 저항의 단위로 설정하는 동시에 작가는 한국의 제국주의적인 속성 또한 몰각하지 않고 있기 때문이다. 즉 아亞제국주의(subimperialism) 국가로서 감당해야만 하는 긴장을 적실하게 드러냄으로써 세계질서 속에서 한국이 처한 곤혹한 처지를 통찰력 있게 환기시키고 있다는 것이다. 이는 세계와 시민 사이에 존재하는 국가라는 매개단위를 지워버림으로써 성립하는 세계주의(cosmopolitanism)와도 현격히 다른 관점이다. 그러니 제국에 대한 저항과 스스로에 대한 반성을 동시에 밀고나가면서 다른 민족(국가)과의 공존 가능성을 열어놓았다는 점에서 일단 비민족주의적 반식민주의(non-nationalistic anti-colonialism)에 근접해 있다고 정리하는 것이 타당할 듯하다.

이러한 면모는 「꽃가마배」를 통해 확인할 수 있다. ㉠동남아시아 국가(태국)와 한국의 관계; 하반신이 마비된 아버지는 딸 정도 나이에 불과한 처녀를 아내로 맞이하였다. "이게 훨씬 더 싸. 파출부 부르는 거보다 색시 들이는 게 훨씬 싸다니까. 월급 안 주고 밥만 먹여주면 되니까"(16면)라는 의도에서 진행된 결혼이었으니 계모(태국 신부)가 제대로 대우를 받을 리 만무하다. 계모는 아버지와의 사랑도 전혀 인정받지 못하며, 도망가거나 재산을 빼돌릴까 의심하는 '수경'과 고모로부터 집요한 감시를 받기도 한다. ㉡한국과 미국의 관계; 미국으로 돌아간 애인 마이클에게서 연락이 끊긴 지 벌써 한참이다. 수경은 그를 찾아 미국으로 떠나고자 하지만 비자가 승인되지 않는다. "태국에서 온 계모 외에는 호적상 어떤 보호자도 없을뿐더러 미국인들이 신뢰할 만한 걸 가지고 있지 않기 때문이라고 했다. 나는 미국인들이 신뢰할 만한 게 뭐냐고 대사관 직원에게 따졌다. 당연히 큰 재산, 그리고 확실한 직업을 뜻하지요, 미국으로 갔다가 도망쳐 불법체류자로 남기 십상이니까, 라고 직원은 대답했다."(32면) 이렇게 정리하면 '동남아시아 국가(태국):한국＝한국:미국'이라는 등식이 성립한다. 누군가를 향해 날린 무자비한 혐의가 마치 부메랑처럼 자신에게 되돌아오는 자리, 그곳에 한국이 위치해 있는 셈이다.

이 곤혹한 처지를 탈출하기 위한 가장 일반적인 방법이 세계질서의 정점인 뉴욕(자본)의 논리에 순응하여 나비처럼 가볍게 팔랑팔랑 날아오르는 일이다. 바로 「폭식」의 민 팀장이 택한 방식이다. 그렇지만 이러한 선택이 그리 순탄해 보이지는 않는다. 「폭식」의 내용을 보건대, 그는 다국적 기업의 판단에 따라 언제고 내버려질 수 있는 도구에 불과하기 때문이다. 「롱아일랜드의 꽃게잡이」에서는 결국 아일랜드계 전남편으로부터 버림받은 교포2세 '싸브리나'가 등장한다. 결혼생활 십년 만에 전남편이 이혼을 선언하는 이유는 퍽 간단하다. "나한텐 백인 아내가 필요해."(127면) 비상飛上을 시도하였으나 결국 실패하고 만 셈이다. 「M역의 나비」에서도 마찬가지다. 미란은 "돈이 꼭 필요할 때만 찾아가는 아저씨"인 백인 노인과 결혼하였다. 그렇지만 이렇게 시작한 결혼생활이 행복하지는 못했을 터, 결국 그녀는 달려오는 기차에 뛰어들어 스스로 목숨을 끊고 만다. 이러한 인물들은 모두―자본의 거점 맨해튼 역을 암시하는 듯한데―M역으로 몰려드는 한 마리 나비라고 할 수 있겠다. 이 작품의 한 구절 "프라다 가방을 빼앗아 멀리 내던져버렸다. 잔디 위에 거꾸로 처박힌 새빨간 가방으로 나비 떼가 달려들었다"(90면)에서 빨간 색깔과 프라다 상표는 욕망을 가리키고 있으며, 이때 들끓는 욕망으로 정신없이 날아드는 존재의 상징이 나비라는 사실은 분명해지기 때문이다.

뉴욕 맨해튼으로 날아든 이들의 삶이 그렇게 우울하게 펼쳐지고 있다면, 그 반대편에 놓인 동남아시아 국가(태국)로 나아간 경우는 어떠할까. "방콕 후알람퐁 역에서 아유타야로 가는 열차는 잠을 청하기엔 너무 밝다"(8면)라는 문장으로 시작하는 「꽃가마배」가 그 양상을 드러내고 있다. 수경이 아유타야를 향해 길을 나선 까닭은 그곳이 계모의 고향이고, 거기에 자신의 배다른 동생이 살고 있기 때문이다. 그녀가 아유타야에 도착함으로써 맺는 작품의 끝을 보면 평온한 풍경 묘사에서 확실한 안정감이 느껴진다. "까르륵 웃어대는 아이 모습은 영락없는 나무요정이다. 아니, '토종 감나무'를 아비로 둔 내 동생이다. 나는 아이를 번쩍 안아 올린다. 수동아, 나 수경이 누나야. 잘 지냈어? 낯선 손길에 놀란 아이는 눈을 동그랗게 뜨고 쳐다본다. 작고 작은 은빛 물고기 한쌍, 찬란하게 빛을 발한다."(37면) 마지막 문장의 '작고 작은 은빛 물고기 한쌍'이란 배다른 동생의 동그랗게 뜬 눈을 가리키는 것이다. 이 물고기가 '성스러운 물고기'를 뜻하며, "집에 물이 들어오면 이 물고기가 집안사람들 안전을 지켜준다"(20면)라는 사실을 염두에 둘 때, 아버지와 계모가 사랑으로 낳은 결실, 즉 한국과 동남아시아(태국)의 국경을 가로지르는 뜨거운 연대에 작가의 기대가 머무르고 있음을 확인할 수 있다.

「꽃가마배」의 주제의식과 더불어 놓치지 말아야 할 또 하나의 사항은 수경이 독서를 통해 가야 수로왕의 부인인 허황옥許黃玉의 경로를 추적해가는 의미다. 『삼국유사』에서 허황옥은 자신이 아유타국 공주라고 밝혀놓았는데, 아유타국이 계모의 고향 아유타야와 유사한 명칭이라는 사실은 그저 우연의 산물에 머무르는 것이 아니다. 이를 드러내기 위하여 작가는 다음과 같은 사실을 끼워놓았다. "기원전 1세기 초, 아요디아 왕족의 일부가 타이로 넘어가 메남 강 어귀에 나라를 세웠고, 지금은 '아유타야'

라는 지명으로 남았어요."(10면) 그러니까 수경이 보여주는 수로왕비에 대한 관심은 계모를 이해하고자 하는 노력과 일치한다고 볼 수 있다. 그렇게 기원으로 거슬러 올라가다 보면 자연스럽게 단일민족, 단일핏줄의 한민족 신화는 깨어지게 된다. 김해 김씨, 김해 허씨, 양천 허씨 등이 수로왕과 허황옥의 후손이고 보면, 그들의 몸속에는 외국인의 피가 면면히 흐르고 있다고 판단할 수 있기 때문이다. 작가가 민족(국가)을 이야기하고는 있지만, 그 민족(국가)의 상이 혈연에 근거한 민족 관념과는 거리가 멀다는 사실을 여기서 확인할 수 있다. 민족의식이 경계의 대상으로 떠오르는 까닭은 순수한 단일 핏줄을 강조하는 파시즘과 연동되기 때문인데, 그러한 지점을 작가가 어떻게 돌파해 나가는가가 여기에서 드러난다.

민족문학이 "민족의 주체적 생존과 그 대다수 구성원의 복지가 심각한 위협에 직면해 있다는 위기의식의 소산"[04]이라고 이해되던 시절이 있었다. 애초부터 민족문학은 "어디까지나 그 개념에 내실內實을 부여하는 역사적 상황이 존재하는 한에서 의의 있는 개념이고, 상황이 변하는 경우 그것은 부정되거나 보다 차원 높은 개념 속에 흡수될 운명에 놓여있는 것"[05]이었다. 그렇다면 1987,88년 이후 급격하게 달라진 한국의 세계적인 위상과 역할에 맞추어 민족문학론을 어떻게 재구성해야 할 것인가. 세계화가 진행되는 데 적절하게 대응하기 위해서는 어떠한 쇄신이 필요한 것일까. 『폭식』은 이러한 구상을 전개하는 데 필요한 사유 지점들을 풍성하게 끌어안고 있다. 민족관념을 새롭게 정의하고, 이를 계급 문제와 통일시켜 파악해나가는 작가의 관점은 민족문학론을 재구성해갈 방향과 긴밀하게 맞닿아 있으리라는 것이다. 『폭식』의 두 번째 의미는 바로 여기에 놓인다.

---

04 백낙청, 「민족문학 개념의 정립을 위해」, 『민족문학과 세계문학』, 창작과비평사 1978, 125면.
05 같은 면.

3. '죽음의 시대'와 문학

아마도 자본주의 질서는 당분간 변화하지 않을 것이다. 대부분의 사람들이 변화를 원하기보다는 질서에 적응하여 자신의 욕망 채우기를 꾀하고 있기 때문이다. 서민으로 분류할 수 있는 「달을 향하여」의 덕호를 보라. 달나라의 토지를 분양하겠다고 사무실을 차려놓고 있다. 돈이 될 것 같아서 다른 누구보다 먼저 그러한 사업에 뛰어든 것이다. 이제 밤하늘도 더이상 동경과 낭만의 대상일 수는 없게 되었다. 또 한명의 서민 박병찬은 어떠한가. 엄동설한에 길거리로 나앉을 지경에 처한 가난한 가족의 절박함을 목도하지만, 그들에게 편의를 제공하는 대신 딸의 피아노 교습비용을 위하여 끝내 "눈을 내리깐 채 주먹을 풀지 않았다."(114면) 그러니까 박의 가족과 세입자 가족은 자신들의 이익을 위해 서로 갈등하고 서로를 딛고 올라서야 하는 관계인 셈이다. 「폭식」에 등장하는, 십년 전 외환위기가 닥쳤을 때 대신그룹에서 함께 해고된 민 팀장과 최형의 관계 또한 마찬가지다. 해고된 이후 그들의 선택은 달랐는데, 작가는 이렇게 담담하게 기술하고 있다. "해고자 복직싸움에 적극 뛰어든 그와 일치감치 포기하고 새 일자리를 찾아 전국을 누빈 나. 0.7평 감옥으로 추방된 그와 망망대해 같은 외국으로 추방된 나"(162면). 십년이 흐른 뒤 그들은 각각 협상단의 맞은편에 앉아 한 사람은 다국적기업의 이익을 대변하느라, 다른 한 사람은 노동자의 권리를 옹호하느라 갈등을 빚는다. 그리고 「십오 만원 프로젝트」에는 직장에서 아내의 가슴을 주무르는 상사의 모습이 그려지기도 한다. 여기 어디에도 누군가의 안식처가 되어주는 인물은 드러나지 않는다. 21세기는 바로 이러한 논리를 바탕으로 나아가고 있다.

이러한 21세기의 질서 안에서 인간의 말랑말랑한 부드러움과 따뜻한 온기를 꿈꾸기란 무척이나 지난할 수밖에 없다. 이를 하나의 증세로 상징하여 드러낸다면 「폭식」에 나타나는 '신체 석화과정' 정도가 되지 않을까. 몸뚱이가 딱딱하게 굳어간다는 것은 생명의 상징인 물방울이 몸 안에서 서서히 말라간다는 의미가 될 것이며, 이것이 "몸에 있는 항체가 서로를 적으로 여기고 싸우다가 세포를 죽게 하는 병"(178면)이라고 하였으니 지금 우리 사회의 기본 동력과 연관되어 있음이 선명하게 드러난다고 하겠다. 그런 점에서, 자끄 아딸리가 20세기를 악마의 세기였다고 명명한 데 빗대어, 어떤 희망도 섣불리 가질 수 없다는 의미에서 21세기를 '죽음의 세기'라고 불러도 무방할 것이다. 인간의 생명력은 시시각각 고갈되어가며, 만인이 만인에 대하여 끊임없이 싸움을 전개해야 하니 이러한 세계야말로 죽음의 가치로 뒤덮인 시대가 아니고 다른 어떤 시대일 수 있겠는가.

　루카치는 『소설의 이론』을 다음과 같은 문장으로 펼쳐나갔다. "별이 빛나는 창공을 보고, 갈 수 있고 또 가야만 하는 길의 지도를 읽을 수 있던 시대는 얼마나 행복했던가? 그리고 별빛이 그 길을 훤히 밝혀주던 시대는 얼마나 행복했던가?"[06] 다시, 길이 보이지 않고, 길의 지도조차 가지고 있지 않은 시대임을 절감하게 된다. 그래서 더욱더, 무모한 도전에 그칠지라도 누군가는 새롭게 길을 만들어나가겠노라 다짐하고 나서야 하리라고 판단할 수밖에 없다. 우리에게 문학이 여전히 필요하다면 문학은 마땅히 그 방향으로 나아갈 수 있어야 한다. 문학의 자리는 원래 거기에 그렇게 놓여 있었으니 새삼스럽게 호들갑을 떨 일도 아니다. 아마 새롭게 만들어나가는 그 길은 작고 작은 은빛 물고기 한쌍을 찾아나서는 길에서 그리 멀지 않을 것이다.

06　게오르그 루카치, 반성완 역, 『루카치 소설의 이론』, 심설당, 1998, 25쪽.

거울을 깨뜨려가며 자화상을 그리는 방법
― 김서은의 『안녕, 피타고라스』에 대하여

1. 밤의 아리아

『안녕, 피타고라스』의 적지 않은 시편들은 마치 지난밤 꾸었던 꿈의 내용을 풀어놓은 듯하다. 예컨대 시집의 가장 앞에 실려 있는 「드로잉」을 살펴보자. 부제가 '자화상'인 이 시는 "엘리베이터가 멈췄다"라는 진술로 시작하고 있다. 의식세계에서 무의식세계로 하강하는 통로는 곧잘 계단, 두레박과 같은 상징으로 나타나는데, 여기서 엘리베이터는 그런 소재의 변형에 해당한다. 그러니 이제 엘리베이터의 문이 열리는 순간 무의식세계에 똬리를 틀고 있던 미정형의 무언가가 쏟아져 들어올 것은 분명하다. 그것이 무엇인가. "문 뒤에서 웅크리고 있던 검은 해일"이었다가 "손끝에서 새들을 튕겨" 내기도 하고, "구겨진 날개를 펼치면서 춤을" 추어대면서 "마침내 형상이 드러나기 시작"하는 그것은.

> 엘리베이터가 멈췄다
> 엘리베이터가 멈춘 곳에 문이 있었다 한 번도 가보지 못했던 문
> 뒤에서 웅크리고 있던 검은 해일이 밀려왔다 등줄기가 섬뜩하게 젖으

면서 감싸고 있던 실루엣이 두꺼워졌다 몸에 바짝 붙어서 나를 따라온다 손끝에서 새들이 튕겨나왔다 구겨진 날개를 펼치면서 춤을 추었다 춤을 추고 또 추었다 마침내 형상이 드러나기 시작했다 내 머리 위에 앉았던 새 한 마리 너에게 날아갔다 둥글게 제 자리를 맴돌다 날개를 접고 안식을 했을 때에 내 안의 또 다른 내가 완성되었다 이미 다 커 버린 내가 거울 속에서 이빨을 드러내고 히죽이 웃고 있었다

　　엘리베이터가 멈췄다

—「그로잉-자화상」 전문

　　물론 그것은 의식으로써 강하게 억압하고 있던 무의식세계의 무언가일 터이다. 「기호야 놀자」를 보건대 이는 육체성이 아닐까 추측하게 된다. "까마득한 계단 밑에서" 화자가 발견하는 것은 "내장과 머리통이 서로 뒤엉켜" 있는 광경이며, 그 순간 "나는 꼼짝할 수 없었지"라고 진술하고 있기 때문이다. 이는 내장(육체성)과 머리통(이성)이 한데 어울려야 한다고 무의식이 경고하고 있는 게 아닌가. 「샤샤의 거리」도 마찬가지 관점에서 얘기할 수 있다. "음악다방 계단을" 쿵쾅거리는 샤샤는 절제되지 않는 욕망 혹은 동물성을 연상시킨다. "발가락마다/ 은빛 매니큐어를 뽐내며" "아슬아슬 초미니의 거리에서" 부유하는 모습이 그러하며, "온몸이 털로 뒤덮인" 외양이라든가 "서로의 꼬리를 물어뜯고" 있는 행위가 그러하다. 의식과 무의식의 경계를 표지하듯 이 시에서는 '안개비'가 흐르고 있기도 하다.[01]

---

01 이들 외에도 '계단'이 등장하는 시는 네 편이 더 있다. 「세상은 작은 상자 같아」에서는 무의식세계로 미끄러지는 양상이 "뒤뚱거리다 계단 밑으로 떨어지는 나"로 제시되어 있으며, 동물성은 "잿빛 털을 뒤집어쓰고" "꼬리를, 귓불을 핥고" 있는 것으로 나타난다. 「수요일」에서는 "암호문 같은 출구가 엉클어진 틈새, 계단이 미끌미끌 쓸려 내리고 자동차들이 쿠킹호일처럼 구겨져" 있다는 시구가 등장한다. 「드로잉」의 경우 "구겨진 날개를 펼치면서 춤을" 추는 것으로 나아가는 반면, 「수요일」에서는 구겨진 상태에 그대로 머무르고 있다는 점에서 차이

따라서 「드로잉」의 그 무엇은 일단 육체성이라고 전제하여 논의를 풀어나갈 수 있겠다. '종마種馬'로 변형하기도 하는 그 육체성은 "밤의 향연이 시작"되어야 비로소 "변종바이러스 같은 호모사피엔스의 마을을 지나" 멀리까지 "어디론가 튕겨나갈" 수 있게 된다. (「존경하옵는 최초의 종마 씨!」) 그러한 질주 속에서 "죽은 줄 알았던 신체의 일부는" "차가운 잠속으로 번식하는 프로포폴처럼" 삶의 영역으로 귀환하기도 한다. (「관계-처럼」) 반대로 이러한 세계로의 하강이 방해를 받을 경우에는 또렷한 이성이 모든 영역을 차지해 버리고 마는 양상이 펼쳐진다. "이봐요, 그만 날 좀 놓아줘요. 왜 느닷없이 천장 가득 노란 알전구를 풀어놓는 거예요 난 아무 짓도 하지 않았다고요"(「스틸녹스」) 머리통 모양을 하고 있는 알전구(이성)가 천장 가득 노랗게, 즉 밝게 채우면서 밤의 향연을 가로막고 있는 것이다.

「드로잉」에서 자화상을 그려 나가는 시인은 육체성을 억압할 것이 아니라, 오히려 육체성을 기꺼이 수용할 수 있어야 하리라는 사실 정도는 깨닫고 있는 듯하다. "문 뒤에서 웅크리고 있던 검은 해일"에서 "새들이 튕겨 나왔다"는 진술은 억압하고 있던 그 무언가가, 즉 육체성이 오히려 자유(새)를 가져다주리라는 사실을 암시하고 있으며, 더군다나 그 새가 "춤을 추고 또 추었다"고 하였으니 이는 유희(쾌락)의 수준으로 나아갈 가능성까지 예비하고 있는 것이기 때문이다. "내 안의 또 다른 나가 완성"되어 화자로서의 '나'와 이루는 통일은 그러므로 안정감이 있다 하겠다. 그렇지만 「드로잉」이 『안녕, 피타고라스』에서, 가장 앞에 실린 시이기는 하나, 가

가 있다. 즉 「수요일」을 써 내려갈 당시 시인은 자신이 끌어안고 있던 의식과 무의식의 충돌을 스스로 해결할 준비가 되어 있지 않았던 것이다. 「광합성 도시」에서는 "삐걱거리는 계단을 꼬리를 문 그림자들이 뜯어먹기도 해"라고 하여 무의식의 범람이 나타나고 있으며, 「접도구역」에서는 "밤의 층계를/ 내려오는 달의 숨소리들"을 통해 천상계와 지상계(뱀, 쥐)가 연결되고 있다.

장 나중에 읽어야 할 시편이라는 사실을 잊지 말아야 한다.

자화상을 이처럼 그려낼 수 있을 때까지 시인은 얼마나 긴 분열을 겪어왔을까. "거기, 안개 숲이 있다 아니, 없다 그 숲에 바람이 솟구친다 나는 거기 없다 아니, 있다"(「body blues」) 시인이 의식세계와 무의식세계의 경계를 상징하는 '안개 숲'으로 나아가기를 두려워했고, 그 숲에서 방황하는 스스로를 부정도 긍정도 못하는 상태에 빠졌던 때가 있었음을 여기서 알수 있다. "터널 속으로 들어선 느낌"이었다는 어절로 시작하는 「예詩몽·1」 또한 마찬가지다. 터널이란 하나의 존재가 다른 존재로 거듭나는 통과제의의 장소, 즉 동굴의 변형이다. 그러니 이곳에서의 존재는 A이면서 동시에 not A가 되니 "나는 내가 아닌 것같이" 무언가를 하면서 동시에 "가장 나인 것같이" 상반된 다른 무언가를 수행할 수 있다. 그때 "비는 내렸고 비는 오지 않았고" 하는 까닭도 동일하다. 안개 숲 혹은 터널을 통과하지 못했다면, 『데미안』식으로 표현하건대 스스로를 감싸고 있는 알을 깨고 나오지 못했을 경우, 시인은 그저 "고장 난 시계가 제 몸을 콜라주처럼 뜯어 던질 때마다 공중에서 폭파되는 머리통들"(「광합성 도시」)이나 목도하고 있었을 것이다.

하지만 시인은 '몸'(육체성)을 부정하는 순간 '머리통'(이성) 또한 훼손당할 수밖에 없음을 알고 있다. 일그러진 합리성의 체계(고장 난 시계)가 그 배후에서 작동하고 있다는 사실도 깨닫고 있다. 그리하여 육체성과 이성의 분리를 비판 혹은 반성하는 단계를 넘어 완전한 화해의 수준으로까지 나아갈 수 있었을 것이다. 그러니 「드로잉」은 예컨대 「body blues」, 「예詩몽·1」, 「광합성 도시」와 같은 세계를 통과한 이후 도달한 셈이 된다. 『안녕, 피타고라스』에서 가장 나중에 읽어야 할 시편이 「드로잉」이라는 주장은 이러한 맥락에서 성립한다. 그렇다면 『안녕, 피타고라스』에 묶인 시편들을 「드로잉」에 이르는 도정의 흔적으로 읽을 수 있지 않을까. 기실 『안녕, 피타고라스』 전체를 찬찬히 읽어보면, '엘리베이터'의 문 너머 세계를 가늠하면서 그 가늠하고 있는 바를 갖가지 이미지로 길어 올리는 양상이 확인된다. 『안녕, 피타고라스』가 마치 밤의 아리아와 같은 인상을 짙게 풍기는 까닭은 여기서 말미암는다.

2. 거울을 물고 있는 거대한 뱀

「고래에게 낚이는 또 하나의 방법」은 몸(육체성)과 머리통(이성)의 대립, 즉 밤/꿈과 낮의 긴장을 쾌락원칙과 현실원칙의 관계로 치환하여 드러낸 작품이다. 그러니 「드로잉」에 나타났던 엘리베이터 문밖의 그 무엇이 이 시에서는 고래 형상으로 출몰하였다고 파악해도 무방하다.

> 고래나 낚으러 떠나볼까 가장 깊은 서울의 모퉁이를 돌아돌아 심심풀이 기차를 칙폭 칙폭 타고 물속으로 가라앉아 구두를 벗어, B컵 형상기억 비비안을 벗어, 동해바다 끄트머리에서 번지점프를 하네, 음파음파 허파꽈리를 부풀리며 고래고래 불러보네

> 고래가 살고 있네 불 꺼진 빌딩에 빌딩과 구름이 침묵하는 동안 옥상은 고래를 키우고 있었네 반짝이는 어둠 한철 내내 고래만 보듬고 있었네 그 젖은 눈동자 속에 은빛 지느러미 옴지락거리는, 붉은 콧구멍만 벌름거리는, 고래 고래들
> ─「고래에게 낚이는 또 하나의 방법」1, 2연

제1연에서 고래가 출몰하는 장소는 서울을 벗어난 동해 앞이다. 서울에서 동해까지 그 거리가 만만치 않지만, 도심에서 벗어나는 모습이 퍽이나 한가롭게 묘사되어 있다. "돌아돌아"라는 표현은 질주하는 양상과 거리가 멀며, "심심풀이"로 탄 기차는 "칙폭 칙폭" 경쾌하게 리듬을 부여하는 모양새이기 때문이다. '칙폭 칙폭'은 뒤의 "음파음파", "고래고래"로 이어지며 언어유희를 제공하기도 한다. 형식에서 뿐만이 아니라 내용에서도 해방감은 확인되는바, "구두를 벗어, B컵 형상기억 비비안을 벗어"에서의 구두나 브래지어는 모두 육체를 감싸서 억압하는 도구의 상징으로 다가오고 있다. 그렇다면 1연의 중간 부분에 삽입된 "물속으로 가라앉아"라는 하강의 이미지는 무의식=쾌락원칙으로의 침잠과 연관된다고 이해할 법도 하다.

　　그러할 때 제2연의 의미 또한 명료해진다. 고래는 동해가 아닌 서울에서도 출몰할 수 있다. "불 꺼진 빌딩" 그러니까 현실원칙이 지배하는 일의 세계가 폐장한 뒤 비로소 고래의 존재는 확인할 수 있는 것이다. 쾌락원칙에 따를 때 느낄 수 있는 둥실 떠오르는 해방감을 떠올린다면, 도심 고래의 서식지는 왜 빌딩 지하가 아니라 "옥상"인지 이해할 수 있을 게다. 제1연이 음악적 자질을 거느리고 있다면, 제2연에서는 회화적 자질을 드러내고 있다는 점도 흥미롭다. "은빛 지느러미"의 색채는 "반짝이는 어둠"과 어울리면서 환상적인 분위기를 자아내며, "붉은 콧구멍"의 색감은 육체성을 환기시킨다. 덧붙이건대, 붉은 세계로 나아가기 전단계의 색깔은 흰색이라 할 수 있다. 제3연의 다음 구절을 보라. "하얗게 분칠한 엄마는 왜 돌아오지 않는 걸까" 현실원칙에 지배당하는 스스로를 지우고 은폐하는 행위가 하얀 분칠이며, 분칠한 가면을 둘러쓸 경우 "붉은 콧구멍" 속으로 들어가기에 용이해진다.

자, 고래를 낚으러 떠난 시인은 과연 포경捕鯨에 성공할 수 있을까. 이는 어리석은 물음이라 봐야 한다. 고래가 출몰하는 세계에서 주체(의식)는 무의식의 움직임을 제어하기는커녕 오히려 무의식의 흐름 속에서 정처 없이 부유할 따름이기 때문이다. 시인도 이를 알고 있다. "고래나 낚으러 떠나볼까"라고 시작했고 제3연에서는 "누가 저 고래 좀 잡아줘요"라고 소리치고 있지만, 정작 시의 제목을 「고래에게 낚이는 또 하나의 방법」이라고 정한 대목에서 이는 드러난다. '낚다/낚이다'는 분리할 수 없는 하나의 쌍이다. 앞에서 살펴봤던 「body blues」, 「예詩몽 · 1」의 A와 not A의 공존도 동일한 맥락에서 이해할 수 있다. 그렇지만 낮밤 구별 없이 작업을 꾸준히 이어가나는 세계, 즉 현실원칙이 강고하게 작용하는 체제에서는 상황이 다를 수밖에 없다. 고래가 출몰하는 세계를 정벌하기 위한 주체(의식)의 시도는 치밀하게 수행되며, 그 과정에서 A는 A이고 not A는 not A이어야 한다는 구별이 당연하게 전제되기 때문이다.

　현실원칙이 완고하게 작동하는 세계를 시인이 어떻게 파악하고 있는가는 몇 가지 이미지만 살펴봐도 금세 알 수 있다. 먼저 기다란 선형線形 이미지. 이는 종종 뱀의 형상으로 나타난다. 가령 시인은 현실원칙에 갇혔던 시절을 가리키면서 "꼬리뱀을 삼킨 적도 있다"(「혀의 이동 경로」)라고 표현하거나 현실원칙으로부터 자유로워지는 순간을 "뱀허물을 벗듯 꿈틀거린다."(「관계-처럼」)라고 진술하고 있다. 「body blues」에는 "뱀 같은 길"이라는 표현이 등장하며, 「스틸녹스」의 "끝없는 레일 위를 달려갔고"의 레일 또한 영락없이 기다란 뱀의 형상이다. 원형圓形이기는 하나, 벗어날 길 없는 운명과도 같은 순환의 아득함을 그리고 있다는 점에서 「우로보로스」의 제 꼬리를 물고 있는 거대한 뱀 역시 동일한 범주에서 이해하게 된다. "그러므로 나를 낳고 그러므로 아버지를 낳고 아버지의 아버지를 낳고 말았다"라는「낳고는 낳고를 낳고」의 가계도도 기다란 뱀처럼 선형이다.

선형 이미지가 암시하는 바는「예詩몽·1」의 다음과 같은 구절을 통해 확인할 수 있다. "무섭게 시간은 흐르고 흐르지 않는 속에서 결코 오지 않을 버스를 우리는 늘 기다려왔어" 현실원칙을 따라 흐르는 시간은 살아남기 위한 경쟁을 동반하기에 "무섭게" 흐르지만, 이는 가볍게 상승할 수 있는 쾌락원칙의 가능성을 철저하게 봉쇄할수록 더욱 강력하게 관철된다. 즉 무섭게 흐르는 시간이란 현실원칙의 시간에 해당하고, 그로 인해 배제된 흐르지 않는 시간이란 쾌락원칙의 시간을 가리킨다는 것이다.[02] 이때 쭉 늘어지는 현실원칙의 흐름이 곧「혀의 이동 경로」,「스틸녹스」등의 시편에서 확인할 수 있었던 기다란 선형 이미지를 낳았다고 할 수 있다. 물론 그러한 시간에 충실하다고 하여 스스로를 해방시킬 수 있는 출구가 마련되는 것은 아니다. 그런 식의 기대란, 이를테면 "결코 오지 않을 버스를" 기다리는 행위에 가깝다. 그래서 시인은「우로보로스」에서 다음과 같이 읊고 있다. "나를 둘러싼 것들로부터 나는 사라지고 또 삭제되고 도저히 아무것도 도착할 수 없는 곳에서 은밀히 존재했다" 이 순간 시인의 근거는 '흐르지 않는 시간', 즉 현실원칙이 작동하는 시간의 바깥에 마련되는 양상으로 흐르게 된다.

선형線形 이미지와 더불어 현실원칙이 완고하게 작동하는 세계를 드러내는 중요한 소재는 거울이다. 흔히 거울은 나르시시즘 혹은 성찰을 환기시키는 소재로 활용되는데, 『안녕, 피타고라스』에서는 동일성의 폭력을 고발하는 매체로 채택되고 있다는 사실이 흥미롭다. 예컨대「커밍아웃」을 보라. 거울 속의 여자가 "쉬폰 치마"를 벗고 "얼굴을 콜라주처럼 뜯

---

02 바슐라르 식으로 표현한다면 "무섭게 흐르는 시간"이란 무겁게 가라앉는 모래시간의 시간에 해당하며, "흐르지 않는 시간"은 안식과 몽상을 가능케 하는 초시계의 시간에 가깝다.

어" 던지자 "거울 밖 남자가" 나타난다. 그러니까 거울 속 여자=거울 밖 남자는 여장 남자였던 셈이다. 그/그녀는 "깃털이 되고" 싶었고 "어두운 하늘을 음표처럼 통과하고" 싶었으나 끝내 모든 희망을 포기하고 만다. 남자는 남자여야 한다는 완고한 동일성의 규율이 그/그녀를 철저하게 억압했기 때문이리라. "거울 밖 남자가 거울 속 남자를 향해 방아쇠를 당겼어 세모 네모 대각선으로 얼굴이 쭈그러지고 있었어" 그렇다면 거울 속에 있던 여자는 어디에 남게 되는가. 남자가 "뜨거워진 팔 다리를 거울 밖으로" 내던졌을 때 "여자는 팔 다리를 집어 들고 구름 속으로 저벅저벅 걸어" 들어갔으니 아마 구름 속에 거처를 마련했을 것이다. 물론 여기서의 구름은 「예詩몽·1」, 「우로보로스」 등에 나타났던 현실원칙이 작동하는 시간의 바깥 세계를 변형한 지점에 해당한다.

남성의 머리 모양을 몇 가지 유형으로 미리 분류한 뒤, 방문객의 머리를 거기에 맞춰 자르는 남성 전용미용실 「BLUE 클럽」의 풍경에서도 완고한 동일성의 규율을 확인할 수 있다. "길게 늘어진 팔이" 거울 앞에 앉은 "꽁지머리 남자를" 매만지기 시작하면 게임이 시작된다. "아무도 피 흘리지 않았다/ 거울 속에 있는 그와/ 거울 밖에 있는 내가/ 러시안 룰렛 게임을 한다" 꽁지머리로써 개성을 드러내었던 '거울 밖에 있는 나'는 '거울 속에 있는 그'가 어떤 보편적인 유형으로 자리 잡을 때까지 룰렛게임을 이어갈 것이다. 「써클 렌즈」에서는 시인의 개성을 획일화시키려는 시도가 나타난다. '시인 길들이기'라는 부제를 보건대 "칼라플눈알로 갈아 끼운 여자"는 비평가인 듯하다. 비평가는 색안경을 갈아 끼워가며 시인의 작품을 난도질해 댄다. "검은 눈을 통과한 검은 말들이/ 행간 사이를 미친 듯이 질주하고 있다/ 붉은 눈을 통과한 붉은 말들이/ 그 여자 늘 가짜라고 했다" 비평가가 이렇게 단정할 수 있는 까닭은 시인의 시가 비평가 자신이 지금껏 익숙하게 접해왔던 시 세계와 이질적이기 때문이 아닐까. 「써클 렌즈」의 마지막 연은 다음과 같다. "쏘아보던 거울이 허연 덧니를 드러내고 키득거렸다" 결국 비평가의 난도질은 거울(동일성)을 배경으로 삼아 펼쳐졌던 셈이 된다. 동일성의 욕망을 통해 작동하는 현실원칙의 완력은 그만큼 막강하다.

동일성의 작동이란 측면에서 보았을 때, 가족은 현실세계의 축소판이라는 인식을 보여주는 시가 「beyond silence」이다. 엄마는 제 자식에게 백설공주의 계모마냥 사과를 권하고 있다. 물론 그녀는 사과에 독이 들었을지 여부는 알지 못한다. 다만 애정이라고 믿고 사과=동그란 우주=엄마의 몸이라는 은유(동일성) 안에 제 자식을 묶어두려고 할 따름이다.

어머니 왜? 보랏빛 안개와 달콤한 은유를 꼭 믿어야 하는 건 아니라고 말해 주지 않으셨어요 아가야 세상에 단 하나 내 아가야 이 사과 좀 먹어 보렴 이 사과는 동그란 우주란다 내 몸이란다 거울아 거울아 이 세상에서 누가 제일 예쁘니

거울 속 엄마들이 등 뒤에서 두 팔로 나를 끌어안네 입술이 닿는 곳마다 별이 돋아난단다 구름이 피어난단다 나는 차렷하고 그 말씀만 붙잡고 있었지 한 발 아래는 벼랑이야 벼랑 너머엔 헬륨 풍선 같은 머리통이 뒹굴고 있어, 나는 거울 속에서 꼼짝하지 못했네 엄마는 돌아앉아 날마다 거울을 닦네

— 「beyond silence」 1, 2연

거울아, 이 세상에서 누가 제일 예쁘니. 이렇게 물었을 때 가장 빛나는 것은 거울 앞에 앉은 자, 거울의 표면에 나타난 세계가 될 터이다. 그런데

A는 A인 채로 완결된 그 세계는 거울에 비춰지지 않는 바깥 세계에 대하여 배타적으로 존립한다. 그러니 "한 발 아래는 벼랑"일 수밖에 없다. 벼랑에 고립되어 있으면서도 스스로에게 정당성을 부여할 수 있을까. 아마 그 방법으로는 거울에 비친 대상에게 더욱 커다란 애정(이라고 믿는 것)을 쏟아 부으면서 더욱 강렬하게 동일성에 집착하는 것 정도가 가능할 것이다. 날마다 거울 닦는 엄마는 시종("거울 속 엄마들") 제 자식을 끌어안고 입술을 갖다 대고 있으며, 그럴 때마다 축원과 위협이 동반된다. 그런데 그 축원과 위협은 거울의 세계가 만들어내는 자기 암시의 주문에 불과한 것으로 다가온다. 제3연에 나타난 시적 화자의 반문과 제4연에 나타난 시적 화자의 현실이 이를 보여준다.

화자가 묻는다. "그런데 어머니 아무리 기다려도 별이 쏟아지지 않아요 왜 구름이 자라지 않나요?" 하지만 엄마의 답변은 들을 수 없다. 그럴 수밖에. 「예詩몽·1」의 구절로 표현하자면, 엄마와 그녀의 자식은 "결코 오지 않을 버스를" 기다리고 있기 때문이다. 화자의 현실에 대해서도 마찬가지로 얘기할 수 있다. 벼랑 바깥에는 헬륨 풍선 같은 머리통(온전한 수준에 도달하지 못한 이성)이 뒹굴고 있다고 들었으나, 문득 깨닫고 보니 정작 여기저기 구멍이 난 채 스스로를 제대로 채우지 못한 이는 화자 자신이다. "바람 빠진 내 속 것을 꿰매고 있네 구멍 난 우주를 꿰매고 있네 밤새 폭우가 쏟아지네 밤새 브라더 미싱이 덜덜덜 돌아가네" 밤새 덜덜덜 돌아가는 재봉틀 소리는 「고래에게 낚이는 또 하나의 방법」에 등장했던 '불 꺼진 빌딩'의 반대편 세계에서 쉴 새 없이 울리고 있다. 거울 속의 세계가 밝게 빛날수록 그 재봉틀 소리는 더욱 요란스러워질 수밖에 없다.

「부시치킨」은, 동일성의 폭력을 고발하고 있지는 않으나, 도시문명 비판으로 나아간 사례에 해당한다. 시는 평화로운 채식의 세계로 시작된다.

"새들이 날아갔다/ 오른쪽에선 고구마푸딩이 둥글게 부풀고 있었다"(1연) 그렇지만 그 뒤를 잇는 것은 "피 묻은 앞치마"를 두르고 "죽음의 냄새를" 풍기고 있는 "정육점 여주인"으로 상징되는 육식의 세계이다. 도시문명은 이를 테면 육식 세계를 은폐하고 채식 세계를 전면에 부각시키면서 작동하고 있다. 그래서 도시인들은 "편집증환자같이 한 가지 방법으로 고구마 푸딩을 씹고" 있는 것이 아닌가. 정글의 법칙이 정글에서만 작동하는 작동한다는 도시문명의 환상을 겨냥하여 시인은 다음과 같이 진단을 내린다. "서로의 목줄을 쪼아대며 검은 날개를 퍼덕거리는/ 이 도시만큼 괜찮은 무덤도 없으리라" 거울은 이 도시가 무덤임을 환기시킬 수 있는 장소, 즉 채식 세계가 육식 세계 아래 은폐되는 경계 위에서 반짝거린다. 도시문명의 균열 가능성은 그 반짝거림을 통해 드러날 터이다. "불안한 환상들이 거울 속에서/ 빛나고 있었을 거야"[03]

쾌락원칙을 불필요한 낭비로 규정하여 배척하고, 현실원칙만을 절대적인 가치로 받아들여 세계 구획의 원리로 삼으려는 어떠한 시도에도 불안한 환상은 깃들 수밖에 없다. 현실원칙이 약속하는 미래가 찬란할 수는 있으나, 그 찬란한 미래는 환상에 불과하며, 더군다나 환상마저도 현재의 만족(쾌락) 혹은 의미와 가치를 포기하면서 가능해지는 까닭에 도저히 회피할 수 없는 불안 속에 뿌리를 내리며 비로소 성립하기 때문이다. 『안녕, 피타고라스』의 선형 이미지와 거울 이미지는 그러한 지점을 파고들면서 형성되고 있다. 고래를 낚든 고래에게 낚이든 아무런 상관없이 고래와 더

---

03 여기서 분석한 텍스트 이외에도 거울이 등장하는 시로는 「드로잉」, 「혀의 이동경로」가 있다. 「드로잉」의 경우에는 "이미 다 커 버린 내가 거울 속에서 이빨을 드러내며 히죽이 웃고" 있는 상황으로 나타나는데, 이때 '다 커 버린 나'는 통과제의를 통과한 측면에서 파악해야 하기에 성찰의 면모로 이해해야 온당하다. 그러니 본문에 나타나는 거울 이미지와는 변별할 필요가 있다. 「혀의 이동경로」에 관해서는 다음 절에서 논의할 것이다.

불어 그저 한바탕 즐기기를 꿈꾸는 상상이 결코 가볍지 않게 다가오는 까닭은 여기에 있다.[04]

3. 언어적 인간(Homo loquens)의 운명

『안녕, 피타고라스』의 또 한 가지 특징은 비평가에 관한 혐오를 숨기지 않는다는 사실이다. 이러한 면모는 앞서 살펴보았던 「써클 렌즈」 이외에도 「관계-읽히다」, 「어제의 대화법」, 「기호에 관한 또 다른 오해」, 「그들만의 리그」 등에서 확인할 수 있다. "나는 그의 손안에 있다"라는 문장으로 시작하는 「관계-읽히다」의 경우, 읽는 주체로 설정된 그는 비평가일 텐데, 다음과 같은 구절로 끝을 맺는다. "왼손에 잭나이프를 든 남자가 손바닥 위에서 잘 익은 고기를 규칙적으로 썰고 있었다." 「기호에 관한 또 다른 오해」에서는 그들이 무리 지어 등장한다. 맘대로 쏟아내는 비평세계가 시와는 상관없는 독백에 불과하다는 점에서 그들은 "혼자 놀기의 진수를" 보이기도 하지만, 패거리가 되어 폭력을 행사할 때는 한 모습으로 통일된다. "패거리들이 내 손발을 묶어놓으려고 했어요 온갖 것들로 널브러

---

04 선형 이미지, 거울 이미지와 더불어 빈번하게 출몰하는 소재는 머리카락이다. 「거룩한 잠」, 「선물」에서는 "긴 머리카락"이 등장하며, 「소리소」에서는 "젖은 머리카락을 털면서"라는 구절이 보이고, 「스틸녹스」의 경우 "머리칼 풀어헤친 바람소리", 「부추」에서는 "나도 덩달아 생머리를 풀어헤쳐/ 섹시하지"라는 표현이 확인된다. 그리고 「SNS」에는 "머리를 풀어헤치고 싶은 날이다"가 나타난다. 여기서 머리카락은 길들여지지 않는 이미지로 활용되고 있다. 즉 현실원칙을 위반하는 맥락에서 『안녕, 피타고라스』의 '머리카락'을 이해할 수 있다는 것이다. 「웃음, 고구마 푸딩 같이 푹푹 떠먹을 수 없는」, 「라벨 속으로 스미는 자전거」에서도 머리카락이 나타나기는 하나 위의 사례와 함께 묶기는 곤란하다.

진 내 안과 밖은 너무 복잡했으니까요"「그들만의 리그」에서 파악할 수 있는 전언도 이와 비슷하다.

시인이 비평가를 혐오하게 되는 동인動因은 얼핏 시인 자신에게서 찾을 수 있을 모른다. 「어제의 대화법」을 보면 이러한 구절이 있다. "누군가 나를 읽는 것이 우울해 드라큘라의 이빨처럼 나의 내부를 통과하는 지점을 알고 있을 거야" 자신의 시가 읽히는 순간을 드라큘라에게 흡혈당하는 것과 같은 상황으로 파악하고 있는 것이다. 그렇지만 드라큘라에게 피를 빨린 이는 다시 드라큘라가 된다는 사실까지 염두에 둔다면, 이는 동일성의 논리에 갇히기를 거부한다는 의미로도 해석할 수 있다. 기실 후자로의 접근이 타당한 까닭은 시인 스스로 마치 공기 입자처럼 브라운운동을하며 어디로든 확산되기를 바란다고 공표하고 있기 때문이다. "나는 아직질주중이야 나의 유일한 외부를 향해 일정한 방식이 없는 것이 나의 방식이지 그렇지, ok 그렇게 말이야" 그러니까 「기호에 관한 또 다른 오해」에서 "온갖 것들로 널브러진 내 안과 밖은 너무 복잡했으니까"라고 자각했던 그 복잡성을 시인은 자신의 창작 방식으로 그대로 밀고 나가는 셈이 된다.

아마 그 복잡성이 비평가들로 하여금 김서은의 시 세계에 접근하는 데발목을 잡는 요인으로 작용했을 것이다. 그리고 시인은 여기서 빚어지는오독과 폄하에 상처 받았으리라 싶다. 실제 시인의 시를 살펴보면 비슷해보이는 구절도 맥락에 따라 정반대로 이해해야 할 정도로 변화가 무쌍하다.[05] 그렇지만 시인이 무의식의 세계까지도 문면 위로 끌어올리고자 시

---

05 예컨대 동일성 비판이란 측면에서 해석했던 「써클 렌즈」의 "쏘아보던 거울이 허연 덧니를 드러내고 키득거렸다"라는 구절과 통과제의 이후의 성숙으로 이해하게 되는 「드로잉」의 "이미 다 커 버린 내가 거울 속에서 이빨을 드러내고 히죽 웃고 있었다"라는 구절을 비교해 보라.

도하고 있다는 점에서 파악했을 때, 그 복잡성은 언어를 사용하는 존재의 조건이랄까 운명에까지도 가 닿으리라고 생각해 볼 수 있겠다. 이 경우 흥미롭게 다가오는 소재가 혀다. 주지하다시피 언어는 혀를 통하여 발화된다. 『안녕, 피타고라스』에서 혀는 몇 편의 시에 등장하는데, 이때 혀는 언어의 자리를 차지하고 일상의 권력관계를 비판하는 기능을 수행하는가 하면 언어적 인간의 면모를 새삼 생각해 보게 만든다.

기실 혀를 통한 일상의 권력관계 비판이란 비평가에 관한 혐오의 연장에서 이해할 수 있다. 혀라는 소재를 매개하고 있다는 점에서 차이가 있을 뿐 의식세계의 차원에서 펼쳐지고 있는 점에서는 동일하기 때문이다. 그러니 "악마에게 팔았던 세 치 혀는" 달콤했느냐고 쏟아 붓는 야유라든가 "상처를 주고받았던 저 혓바닥들"과 같은 표현이 등장하는 「관계-처럼」은 언어적 인간의 면모에 접근하기 위한 과정처럼 다가온다. 혀라는 소재로써 언어적 인간의 면모를 환기시키는 시편으로는 「트로이메라이, 내 말 좀 들어봐」, 「혀의 이동경로」 등을 꼽을 수 있다.

「트로이메라이, 내 말 좀 들어봐」의 앞부분에서 혀는 상승을 가능케 하는 근거처럼 제시되어 나타난다. "우리, 혓바닥 활주로 위로 비행기를 날려볼까" 비행기의 상승하는 이미지와 결합하여 평화롭고 한가하게 레이크타호의 풍경이 아른거리고, 트로이메라이가 번지기도 한다.[06] 그런데 비행기가 혓바닥 활주로에 착륙할 때는 완전히 거꾸로 뒤집힌 꼴이다. "내 혓바닥엔 핏물이 고여 있어" 어째서 이런 일이 벌어지는 것일까. 비행기가 비행 궤도에 들어서기 위해서는 구름층을 뚫고 올라야만 하듯이, 레이크타호의 풍경이 아른거리고 트로이메라이가 번지는 세계로 나아가기

---

06 레이크타호는 아름다운 호수와 숲으로 유명한 캘리포니아 소재의 휴양지이며, 트로이메라이는 슈만의 피아노곡 〈어린이의 정경〉 중 제7곡이다.

위해서는 다음과 같은 지점을 통과해야 하기 때문일 것이다. "난 아주 집을 나왔거든 어제는/ 폭주족같이 비가 쏟아졌지/ 흰 바지를 입을까/ 천둥이 치고 번개가 솟아".

집(혀=활주로)을 떠난 나(언어=비행기)는 온전하게 순수한 상태로("흰 바지") 전달되지 못하고 폭주족같이 쏟아지는 비로 인하여 흙탕물이 튄 것처럼 오염된 뒤에야 비로소 수신자에게 도달하게 마련이다. 언어학 상식으로 말하자면, 시니피앙(기표)과 시니피에(기의)가 1:1로 대응하리라는 믿음은 순진한 환상에 불과할 뿐, 기실 시니피에는 시니피앙 아래에서 조금 못 미치거나 조금 지나치면서 항상 미끄러진다. 그러니 '레이크타호'와 '트로이메라이'로 상징되는 이륙과 착륙 사이에 존재하는 안락은 언어 혹은 발화와 수신 사이의 긴장을 무시한 환상에서나 가능할 따름이다. 역으로 발화와 수신 사이의 긴장을 자의식의 수준으로 받아들이고 있는 이라면 환상 속에 깃든 피비린내를 섬세하게 감지하고 있지 않을까. "내 혓바닥엔 핏물이 고여 있어"라는 구절은 그러한 자의식 혹은 감성의 산물로 다가온다.

「혀의 이동경로」에서 부각되는 것은 무의식과 의식 사이의 경계인 듯하다. 시의 1연은 다음과 같다. "오호츠크 해협을 건너왔다고 했다 글쎄, 마른 안개 잡목 숲을 헤치며 왔다고도 했다 그를 만난 적이 없다 거울 속을 헤엄치듯 그가 오른손을 내밀 때 난 왼손을 감춘 채 목인사만 했을 뿐이다" '거울 속의 그'는 당연히 '거울 밖의 나'와 외양이 일치하겠으나, 나는 풍문으로만 듣고 있을 뿐 그에 관하여 제대로 아는 바가 없다. 또한 하나가 될 수도 없으니 그저 간단히 목례만 까딱할 따름이다. 그럼에도 불구하고 그와 나는 거울을 사이에 두고 마주할 수밖에 없을 터이며, 마주하는 그 지점에 언어가 자리할 것이다. 그리고 그와 나의 관계는 무의식과

의식의 관계처럼 자리하게 된다. 다음 구절에서 그러한 판단의 근거를 확보할 수 있다. "나의 외부와 당신의 내부가 서로 맞닿는 한 점 블랙홀이 우리의 최종 종착지인가요, 내가 입술을 달그락거리자 갑자기 비가 내렸다"

거울 밖의 나와 거울 속의 그는 떨어진 존재가 아니라 맞닿아 있는 존재이며, 맞닿는 지점은 블랙홀로 표현되고 있다. 블랙홀에서는 마치 말을 가로막듯이 '내가 입술을 달그락거리자' 비가 쏟아진다. 즉 블랙홀이 집어삼키는 것은 언어인 셈이다. 시의 다른 곳에서 "내 혀의 내비게이션은 아지랑이 속으로 사라지고"라고 나타나 있는데, 이 또한 언어를 집어삼키는 블랙홀의 속성과 연관하여 이해할 수 있다. 나와 그가 맞닿은 지점에 블랙홀만 있는 것은 아니다. 경계를 그어놓은 것처럼 바리게이트도 놓여 있다. "그가 쳐놓은 바리게이트 안에서 햇빛 반대편으로 걸어가야 했다" 의식과 무의식의 관계 또한 이와 비슷하지 않을까. 의식(나)과 무의식(그) 사이에는 검열(바리게이트)이 일어나며, 검열이 가해지는 지점에서 언어는 심각한 혼란을 겪게 된다. 전문가라 할지라도 꿈을 통해서나 언어가 변형되는 언저리로 다가갈 수 있을 따름이고, 그 또한 뒤틀려있기에 내용을 해독하는 데 몇 년이나 소비되지 않는가. 그러니 의식과 무의식의 경계는 언어가 빨려 들어가는 블랙홀이 되는 셈이다.

무의식의 세계에서 시인은 갖가지 이미지를 길어 올리고 있다고 앞서 언급한 바 있는데, 의식과 무의식의 경계에서 뒤틀리는 언어의 측면으로까지 나아간 시인을 발견하게 될 때, 다양하게 변주되는 그 이미지들은 일정한 방식을 가지지 않은 것처럼 보이지만 결코 쉽지 않게 만들어진 것임을 확인할 수 있다. 그리고 시집 제목이 왜 『안녕, 피타고라스』인가도 이해할 수 있을 법하다. 의도와는 무관하게 언어에 일어나는 변형/왜곡을 어찌할 수 없다면, 자신을 드러내는 데 변형/왜곡을 넘어설 수 있는 방안을 모색해 볼 수도 있을 터, 그곳에 언어를 대체하여 수의 세계가 자리할 법도 하다는 것이다. 「피타고라스에게 편지를 쓰네」를 보면 피타고라스에는 다음과 같이 설명이 따라붙어 있다. "수는 자연 만물의 서정적 근원이라 주장함."

수의 세계가 과연 언어의 세계를 대체할 수 있을지 여부는 알 수 없다. 어쩌면 그것은 그리 중요한 일이 아닐지도 모른다. 도달해야 할 세계를 명확하게 설정하는 것보다 동일성에 입각하여 자기복제를 완강하게 행하는 이 세계로부터 끊임없이 탈주하려는 노력 그 자체가 이미 충분한 의미를 획득하기 때문이다. 『안녕, 피타고라스』는 현실원칙이 무겁게 작용하는 현실세계로부터 나름의 탈주 방식을 보여주고 있으며, 그러한 시도가 현실의 균열 지점을 날카롭게 직시할 수 있음을 증명하고 있다.

역사와 기억 그리고 소설의 자리

— 여순사건에 관한 기억의 소설화 가능성 단상

1. 탈근대의 지평 위에 펼쳐진 역사 혹은 기억

이청준은 「전짓불 앞의 방백傍白」에서 경직된 이념의 폭력성을 인상적으로 제시해 놓은 바 있다. "내 개인적인 체험에 불과한 일이기는 하지만, 저 혹독한 6·25의 경험 속의 공포의 전짓불"이라고 하였으니 이는 격렬한 좌우 대립의 소용돌이 속에서 그가 직접 겪은 사건일 수도 있겠다. "앞에 선 사람의 정체를 감춘 채 전짓불은 일방적으로 '너는 누구 편이냐'고 운명을 판가름할 대답을 강요한다. 그 대답 앞에선 물론 어떤 변신도 사라짐도 불가능하다. 대답은 불가피하다. 그리고 그 대답이 빗나가 편을 잘못 맞췄을 땐 그 당장은 목숨이 달아난다. 불빛 뒤의 상대방이 어느 편인지를 알면 대답은 간단하다. 그러나 이쪽에선 그것을 알 수 없다. 그것을 알 수 없으므로 상대방을 기준하여 안전한 대답을 선택할 수가 없다."[01]

의도한 바는 아니겠으나, 이청준이 '개인적인 체험에 불과한' 전짓불 앞의 공포를 진술할 때 드러나는 것은 근대 체제를 지탱하였던 세 가지 이

---

01 이청준, 「전짓불 앞의 傍白」, 『키 작은 自由人』, 文學과 知性社, 1990, 37쪽.

넘이다. 우선 전짓불을 비추면서 이쪽 편인가, 저쪽 편인가를 추궁할 때 부각되는 것은 우익이냐, 좌익이냐의 문제이다. 이 경우 우익이란 1948년 8월 15일 수립된 근대국가의 가치와 이념을 지켜 나가려는 이념형을 가리킨다. 자본주의 체제를 바탕으로 하면서 (민족)국가의 안녕과 이익에 초점을 맞춰 사고하는 민족주의(nationalism)에 해당한다는 것이다. 반면 좌익은 (민족)국가의 틀보다는 프롤레타리아 계급의 권력 획득과 국제적 연대를 강조하는 이념체다. 여기에는 부르주아가 계급 착취의 진상을 호도하는 한편, 자신들의 이익을 관철시키기 위하여 내세운 것이 민족국가라는 비난이 동반한다. 이러한 입장은 국제주의(internationalism)라고 명명된다.

전짓불 앞에서의 공포를 토로하는 이청준이 민족주의나 국제주의 가운데 어느 한 편으로 기울어졌을 리 만무하다. 우익이냐, 좌익이냐를 가르는 이념에서 벗어나 좌우지간左右之間 지점에서 이청준이 취하는 태도는 세계주의(cosmopolitanism)이다. 세계주의는 현실 인식 단위로 교양 있는 개인을 내세운다. 민족이나 계급이라는 단위를 매개하지 않고, 근대 시민 정신에 입각하여 교양 있는 개인의 영역을 넓혀 나가려는 입장인 것이다. "카드섹션에선 모든 개인이 하나의 색깔의 단위로서만 그 존재의 의미가 허용된다. 그것은 전체를 떠나서는 독자적 의미나 자율성을 지닐 수 없는 기계적 기능의 한 단위일 뿐이다. 소설에서의 개성과 개인은 그 자체로서 자율적인 완성체로서 독자적 존립이 가능한 진실의 단위이다. 그것은 그 자신의 자율성에 의하여 사회적 삶의 공의에 편입되고 그 질서에 조화된다."[02]

---

02 위의 글, 46쪽.

1991년 소비에트공화국의 해체 이래 탈근대 논의가 꾸준히 이어지고 있다. 근대는 이미 막다른 벽에 봉착했으며, 이에 따라 근대를 대체할 새로운 체제가 펼쳐져야 하나 그 상이 아직 구축되지 못한 실정이니, 일단 근대 체제에서 탈주할 가능성을 모색해 보자는 태도가 탈근대 논의의 입점이다. 우리가 살아내고 있는 이러한 시대감각 위에서 보자면, 작가가 '전짓불 앞에서의 공포' 일화를 소개하기에 앞서 겸양을 담아 덧붙이고 있는 췌언 "내 개인적인 체험에 불과한 일이기는 하지만"이라는 문구에 주목하게 된다. 목적론적 세계관에 입각한 국제주의에서 역사란 선험적으로 주어진 목적을 실현하는 과정이며, 과거 벌어졌던 사건은 그러한 역사를 정당화하는 소재로 활용되게 마련이다. 그렇지만 1989년 베를린장벽이 붕괴하면서 목적론적 세계관의 거대 서사는 회의의 대상으로 전락할 수밖에 없었다. 이는 국제주의에 입각한 과거사 해석 및 역사 구축이 이제 곤란해졌음을 의미한다.

반면 민족주의(자본주의)는 내적인 모순에도 불구하고, 국제주의와의 대결에서 승리한 자본주의 단계에서 이제 인류의 역사가 완결되리라는 낙관을 유포하기 시작하였다. 이러한 분위기를 반영한 대표적인 저작으로는 프랜시스 후쿠야마의 『역사의 종말』(1992)을 꼽을 수 있다. 역사의 종말이라는 자신감을 바탕으로 펼쳐졌던 경제 측면에서의 중요한 변화는 세계화였다. 이윤 추구를 본령으로 삼는 자본이 이제 국가 경계를 뛰어넘어 무한질주하게 되었고, 노동력 또한 보다 나은 임금을 좇아 월경하게 되는 상황에 이르렀음을 의미하는 용어가 바로 세계화이다. 이와 동시에 개별 국가 단위에서 벌어진 현상이 민족사에 대한 관심의 범람과 이에 결합한 '문화재산업(heritageindustry)'의 팽창이었다.

물론 민족 역사의 강화 현상에는 세계화로 인해 발생한 민족 구성원들의 정체성 혼란에 대응하는 측면이 존재할 터이다. 그렇지만 이러한 변화가 역사적 주체 창출이라는 지점으로 귀결하는 것은 아니다. 어쩌면 상황은 정반대일 수 있다. 먼저 대중의 여가생활에 보조를 맞추는 문화재산업에서 "역사는 기껏해야 '문화재'의 형태로 존속하게 되며 급기야는 과거에 대한 향수를 자극하는 자본주의적 관광상품으로 전락하고 만다."[03] 더군다나 "현대문명은 첨단기술의 권능으로 부활한 신화의 세계이다." 이로써 "문제가 되는 것은 과거에 대한 망각이라기보다 오히려 편집증적인 집착이다. 데이터베이스에 더 많은 자료가 저장되고 더 많은 시뮬레이션이 가동될수록 역사적 진리의 권위는 실추된다. 항상 임의적으로 접근 가능한 디지털 방식의 기억장치, 즉 '램(RAM)'이 역사적 진리를 압도하면서 과거와 현재, 여기와 저기, 현실과 가상의 차이는 사라진다. (중략) 그 시간을 창조적으로 영위하는 '(역사적) 주체'도 없다. 존재하는 것이라곤 오직 무한대의 정보와 영상 이미지의 연쇄뿐이다."[04]

그렇다면 그와 같은 상황을 어떻게 타개할 수 있을까. 이 지점에서 역사학계가 주목했던 것이 기억이다. 역사란 기억을 질료로 삼되 여러 기억들 가운데 하나를 선택하여 배타적인 권위를 부여함으로써 성립한다. 따라서 기억의 복원은 곧 역사 기술에서 배제된 타자의 목소리를 되살리는 작업이 된다. "기억의 미학은 역사의 형이상학보다 성찰적이다."[05]라는 단정이 가능해지는 까닭이다. 기억의 자리에서 역사의 폭력성을 해체해 나가고 있는 전진성은 역사의 구축을 다음과 같이 정리하고 있다. "역사란 기억을 대상화(객관화)하여 비판적으로 재구성해낸 가공물이다. 보다 직

---

03 전진성, 『역사가 기억을 말하다』, 휴머니스트, 2005, 20쪽.

04 위의 책, 21쪽.

05 위의 책, 43쪽.

설적으로 표현한다면, 역사는 기억의 조작이라고도 할 수 있다. 역사는 자발적인 기억행위와 거리를 둔 채 그것의 신뢰성에 대해 의문을 제기하고 그 시성한 권위를 해체—베버(Max Weber)의 표현을 빈다면 '탈주술화(Entzauberung)'—해 버림으로써 결국 본원의 기억을 변형시킨다."[06]

새삼 「전짓불 앞의 방백」에 등장하는 사소할 수 있는 구절 "내 개인적인 체험에 불과한 일이기는 하지만"에 눈길이 머무르는 이유는 이로써 설명할 수 있다. 근대의 몰락을 예감하고 있으나 대체할 만한 이후 체제를 구상하지 못하는 과도기의 격랑을 헤쳐 나갈 일단의 가능성이 기억의 복원에서 마련된다는 것이다. 이는 완고하게 버티고 선 역사를 해체하는 한편 역사의 큰 줄기로부터 소외된 약자의 목소리를 되살리는 작업이 되며, 문학 그 가운데 특히 소설의 자리를 확인하는 계기가 된다.

2. 기억을 둘러싼 소설의 두 양상; 집단기억의 복원, 개인기억의 해체

기실 따지고 보면, 소설小說은 역사가 아닌 기억과 친연성을 띠게 마련이다. 이름에 벌써 드러나 있듯이 그 기원부터가 '작은 이야기'이기 때문이다. 권력을 장악한 계급으로부터 가담항설街談巷說이라 폄하되었던 이력도 떠올려 봄직하다. 그런 까닭에 소설은 민족·계급·인류와 같은 집단의 보편서사를 직접 내세우기에 적합하지 않은 장르라 할 수 있다. 그렇지만 소설이 '작은 이야기' 수준에 머물러야만 한다고 속단해서는 곤란하다. 의식·무의식 층위에서 작가는 자신이 속한 집단의 관념 및 가치·욕

06　위의 책, 77~8쪽.

망까지도 작품 속에 담아내는 바, 최근 비평에서 '작품(work)'이라는 용어 대신 굳이 '텍스트(text)'를 취하는 까닭은 이러한 양상을 드러내기 위함이다. 루시엥 골드만의 경우, 작가가 속한 집단·계급의 사고 구조는 문학텍스트의 구조로 재현되는 법이라면서 '발생론적 구조주의'를 주창한 바도 있다. 이를 수용한다면 문학텍스트는 개인의 창작물을 뛰어넘는 사회 집단의 '초개인적 정신 구조'의 산물이라는 주장도 가능해진다. "위대한 소설은 '작은 이야기'를 통해 '큰 세상'을 탐구한다."[07]라는 명제가 타당성을 획득하는 근거가 이로써 마련된다.

　이 지점에서 이청준의 「전짓불 앞의 방백」으로 돌아간다면, 작가가 비록 "내 개인적인 체험에 불과한 일이기는 하지만"이라고 서술해 놓기는 하였으나, 서술되고 있는 '전짓불 앞의 공포'를 둘러싼 내용은 온전히 그만의 체험이라고 할 수 없다. 가령 양민을 세워놓고 좌익 협력자를 색출해 냈던 여순사건 당시의 '손가락 총'을 떠올려 보자. 여순사건의 '손가락 총'과 이청준이 말하는 '전짓불'은 별다른 차이가 있어 보이지 않는다. "협력자 선별 기준은 교전 중인 자, 총을 가지고 있는 자 외에 '손바닥으로 총을 쥔 흔적이 있는 사람, 머리를 짧게 깎은 사람, 흰색 찌끼다비地下足袋: 일할 때 신는 일본식 운동화를 신은 사람, 미군용 군용팬티를 입은 사람, 흰 고무신을 신은 사람' 등으로 자의적이었으며, 심사자인 우익 인사가 '손가락 총'으로 가리키면 재판절차 없이 즉결 처형되었다고 한다."[08] 즉 이청준의

07　최원식, 「문학의 귀환」, 『문학의 귀환』, 창작과비평사, 2001, 19쪽. "위대한 소설은 '작은 이야기'를 통해 '큰 세상을 탐구한다. 소설이 전자를 통해서만 후자에 도달할 수 있다는 점을 망각한 80년대식 유토피아주의도 병통이지만, 후자에 대한 감각을 잊고 전자에만 몰두하는 90년대식 채팅주의도 문제다."

08　(사)여수지역사회연구소, 『다시 쓰는 여순사건보고서』, 한국학술정보, 2012, 59쪽.

개인체험/개인기억은 우리 현대사의 집단체험/집단기억으로 이월될 여지가 크다는 것이다.

민족문학의 큰 줄기를 돌아보건대, 우리 작가들은 대체로 집단기억을 복원시키는 역할을 떠맡아왔다. 가령 현기영의 「순이 삼촌」은 4·3사건과 긴밀하게 결부되어 있다. 왜 하필 '식겟집'(제삿집)에 모인 사람들이 죽은 '순이 삼촌'의 내력을 두고 이야기를 나누는가. 순이 삼촌의 상처는 개인의 상처가 아닌 제주인들(집단)의 상처인 까닭이다. 그러니 기회만 주어진다면 제주인들은 그 기억을 공유할 수 있고, 전승해 나가고자 한다. 4·3사건을 겪은 순이 삼촌은 왜 "심한 신경쇠약 환자"여야만 하며, "콩 볶는 듯한 총소리의 환청幻聽은 자주" 그를 괴롭히는가.[09] 상처를 고스란히 방치한 채, 역사가 그 기억을 봉인하여 말소시키려 하기 때문이다. 즉 순이 삼촌의 신경쇠약·환청은 개인 차원을 뛰어 넘어 국가권력의 폭압성과 맞대면하여 작동하고 있다는 것이다.

『순이 삼촌』을 펴낸 뒤 현기영이 정보기관에 끌려가 모진 고초를 겪었던 사실은 익히 알려져 있다. 현기영이 그런 일을 당했던 까닭은 좌익이었기 때문이 아니라, 집단기억을 되살리는 역할을 자임하고 나섰기 때문이다. 그러한 작업의 의미랄까 효용은 다음과 같은 문장을 통하여 확인할 수 있다. "개인적 기억의 억압과 집단기억의 억압을 동일한 수준에서 논의할 수는 없다. 전자는 심리적 과정인 반면 후자는 과거에 대한 상이한 관점과 해석이 경쟁을 벌이는 공적 담론의 장에서 형성되기 때문이다."[10] 그런 점에서 현기영을 좌익으로 만들어 낸 것은 4·3사건의 절대적인 해석 및 기록—역사—에 대한 경쟁을 허용치 않았던 군사정권의 배타성이

---

09 현기영, 「順伊 삼촌」, 『順伊 삼촌』, 창작과비평사, 1996, 44쪽과 73쪽.

10 전진성, 앞의 책, 72쪽.

었다고 말할 수 있겠다.

집단기억이 공적 담론의 장에서 역사와 경쟁을 벌이는 최근 양상은 조갑상의 「병산읍지 편찬약사」를 통해 어느 정도 살펴볼 수 있다. 병산읍지를 편찬하는 데 지역 유력자들은 보도연맹에 관한 기술이 영 못마땅하다. 처음에는 그 내용을 의심하다가 '과거사위원회 보고서'에도 기재된 사실임이 밝혀지자 "굳이 우리 책에까지 펼쳐놓을 필요가" 있겠느냐 반박하는가 하면, "차지하는 비중이 너무 크니" 분량을 대폭 줄이라 요구하기도 하고, "자라나는 학생들을 포함해서 모든 주민들에게 알려 자부심도 가지고 내일의 발전도 도모하자는 것이" 병산읍지의 편찬취지인데 보도연맹 건은 이에 부합하지 않는다는 식이다.[11] 결국 "제대로 기술해야 된다는 것입니다. 병산읍지니까 말입니다"[12]라고 강변하던 이규찬 교수는, 유지들의 공세를 견디어내지 못하고, 원고를 완성해 놓고도 자진사퇴하기에 이르고 만다.

「순이 삼촌」·「병산읍지 편찬약사」처럼 집단기억을 복원하려는 작품군群과는 달리, 기억 자체를 해체 대상으로 삼는 부류도 있다. 예컨대 전성태의 「퇴역 레슬러」에도 "좌파 우파가 엉켜서 난리굿판 친" 일이 등장하지만,[13] 이를 둘러싼 사건은 후경으로 밀려나 있어서 한 청년의 밀항 계기 정도로만 활용되는 실정이다. 스무 살 즈음 일본으로 밀항한 그 청년은 레슬러로 성공하여 국민들의 영웅이 되었으며, 노쇠하고 병이 들자 귀향하였다. 귀향한 퇴역 레슬러에게 환각처럼 퍼져오는 양파 냄새는 그의 존재 기원과 맞닿아 있다고 할 수 있다. "양파 냄새는 아주 어릴 때의 아침을

---

11 조갑상, 「병산읍지 편찬약사」, 『병산읍지 편찬약사』, 창비, 2017, 각각 68쪽·72쪽·79쪽.

12 위의 소설, 76쪽.

13 전성태, 「퇴역 레슬러」, 『국경을 넘는 일』, 창비, 2005, 55쪽.

기억나게 해주었다. 아침을 짓는 매캐한 냇내 속에서 그는 양파 냄새를 맡으며 잠에서 깨어나곤 했다."[14] 그러니 "양파 냄새는 그가 고향에 내려온 목적을 더욱 분명하게" 확인시켜 주었다고 해도 무방하다.[15]

그런데 퇴역 레슬러의 존재 기원을 환기시키는 양파 냄새가 한낱 헛것에 불과하다면 어찌할 것인가. 소싯적 호형호제하며 지냈던 김가가 그 고장 양파 재배의 기원을 알려준다. "일천구백칠십이년도에 나가 이장 하믄서 손수 배와다가 시범적으로 다 안 지었소?"[16] 양파 농사가 1972년 시작되었다면, 6·25전란 와중에 밀항한 레슬러가 어린 시절 양파 냄새 속에서 잠을 깨곤 했다는 기억은 허구가 되고 만다. 이 지점에서 작가 전성태의 의도가 드러난다. 과거 사건에 관한 객관적/보편적 진술은 불가능하며, 인간은 단지 주관적으로 사태를 기억할 따름인데, 그 기억마저도 환각 위에서 구축된다는 것. 이로써 원인과 결과의 관계를 파악하여 하나의 논리로 구축해 나가는 힘, 즉 이성은 그 권위를 상실하게 된다. 다시 말해서, 근대를 관통하는 원리인 데카르트의 코기토(Cogito)가 부정된다는 것이다. 그렇기 때문에 「퇴역 레슬러」의 환각은 「순이 삼촌」의 환각과 근본적으로 다를 수밖에 없다.

이와 같은 독법으로 김연수의 「다시 한달을 가서 설산을 넘으면」을 읽을 수 있다. 혜초의 『왕오천축국전』은 본래 세 권이지만 227행으로 축약된 판본만 남아 있으며, 그마저도 누락된 글자가 있어서 면밀한 검토가 동반된 주석을 달아가며 이해해 나가야 한다. 이에 대해 작가는 두 가지 사실을 지적하고 있다. "원문이 사라졌으므로 우리가 상상하는 모든 문장은

---

14   위의 소설, 40쪽.

15   위의 소설, 38쪽.

16   위의 소설, 51쪽.

원문이 될 수 있었다."[17] "주석이란 선택할 수 있는 많은 해석 중에서 가장 많은 사람들이 합당하다고 생각하는 해석을 채택하는 일에 불과하다."[18] 여기서 원본에 관한 온전한 이해의 불가능성이 드러난다.

그렇다면 사건에 대한 기술, 그러니까 문장을 통한 재현은 가능한가. 여기에 대해서도 김연수는 회의적이다. 작품의 화자는 아무런 말없이 자살해 버린 여자친구를 이해하기 위하여 소설을 써 내려갔다. 사태의 이해가 목적인 까닭에 그는 "인과 관계에 어긋나는 일들은 문장으로 남기지 않았다." 그런데 "소설이 점점 완성돼 갈수록 소설 속 여자친구의 삶에서 자신이 점점 지워진다는 사실을 그는 깨달았다." "그와 여자친구 사이에 일어났던 모든 일들은 오직 그 마지막 순간, 그러니까 여자친구의 투신에 논리적으로 부합되느냐 아니냐에 따라서 문장으로 남길 것이냐, 그렇지 않을 것이냐가" 결정되었기 때문이다.[19] 사태를 이해하기 위하여 인과관계를 파악해 나가는 이성의 세계는 논리적 완결을 추구하려는 그 속성으로 인하여 실상을 겉돌 수밖에 없다. 따라서 "진실과 거짓, 현실과 환상, 삶과 죽음이 뒤섞여 있는 곳",[20] 그러니까 만년설과 빙하로 뒤덮여서 원정대에게 환각을 불러일으키고 있는 '설산'은 바로 우리가 살고 있는 이 세계의 상징이라 할 수 있겠다.

---

17   김연수, 「다시 한달을 가서 설산을 넘으면」, 『나는 유령작가입니다』, 창비, 143쪽.

18   위의 소설, 151쪽.

19   위의 소설, 124쪽.

20   위의 소설, 113쪽.

3. 여순사건에 관한 기억의 소설화 가능성 단상

주지하다시피 현재 여순사건에 대한 역사의 평가는 좌우 대립에 초점이 맞춰져 있다. 여순사건과 관련하여 지역민들이 겪어야 했던 참혹하고 억울했던 구체적인 개별 체험은 지워졌거나, 대충 뭉뚱그려진 채 흐릿하게 후경으로 밀려나 버린 양상이라는 것이다. 예컨대 『한국민족문화대백과사전』 '여순사건' 항목을 보면 이러한 양상을 확인할 수 있다. "1948년 10월 19일 전라남도 여수·순천 지역에서 일어난 국방경비대 제14연대 소속 군인들의 반란과 여기에 호응한 좌익 계열 시민들의 봉기가 유혈 진압된 사건."[21]

여순사건에 관한 그와 같은 관점을 정립하는 데 초석을 닦은 것은 이승만 정권이었으며, 언론은 이를 그대로 받아 적는 방식으로 확산해 나갔다. 김석범은 『火山島』의 한 대목에서 이를 지적해 놓고 있다. "22일자 중앙지에 보도된 장문의 정부 발표는 거의 한 페이지에 달했다. 반란의 성격을 '좌익이 가장 꺼리는 일부 극우 정객과 결탁하여 반국가적인 반란을 일으키고……'라고 규정하였는데, 일부 극우 정객이란 이승만의 정적인, 남쪽만의 단독정부 수립 반대운동의 지도자, 구 중경대한민국임시정부 주석 김구를 가리켰다."[22] 김구·김규식 등 정적政敵들까지 한데 옭아매려 했던 이승만 정권의 의도가 두드러지는데, 이러한 덮어씌우기는 워낙 설득력이 없는 까닭에 이후 배제되어 나갔다. 김구·김규식 등은 좌파가

---

21 http://100.daum.net/encyclopedia/view/14XXE0036410.

22 김석범, 김환기·김학동 옮김, 『火山島』 11권, 보고사, 2015, 11쪽. 덧붙이건대, 해당일자 『자유신문』 등의 기사에서 소설에서 전하는 내용을 확인할 수 있으며, 이는 당시 국무총리 겸 국방장관이었던 이범석李範奭의 발표를 보도한 것이다.

아니었으므로 그들의 무관함을 둘러싼 논의는 쉽게 금지시키기 어려웠을 터이다. 이렇게 하여 여순사건의 대립 축으로 굵직하게 남게 된 것이 좌익과 우익의 대립이다.

문인들 또한 좌우 대립으로서의 여순사건 규정에 나름의 역할을 담당하였다. 진압군이 여수·순천을 함락한 뒤 문화교육부는 '반란실정 문인조사반'(이하 문인조사반)을 해당 지역에 파견하였는데, 이에 동조했던 것이다. 문인조사반은 10명이었으며, "제1대는 박종화朴鍾和, 김영랑金永郞, 김규택金奎澤, 정비석鄭飛石, 최희연崔禧淵 등 5명으로 구성되었고, 제2대는 이헌구李軒求, 최영수崔永秀, 김송金松, 정홍거鄭弘巨 등 5명으로 구성되었다." 이들은 "11월 3일부터 총 6일 동안 광주, 여수, 순천, 광양, 진주 등지를 둘러보았다." 그리고 서울로 돌아가서는 "중앙 일간지에 각각 답사기를 발표하였다. 이 중 가장 많은 분량이 발표된 것은 이헌구의 「반란현지견문기」로서 『서울신문』에 총 9회에 걸쳐 연재되었다. 그 다음은 박종화의 「남행록南行錄」이었다. 「남행록」은 『동아일보』에 총 5회에 걸쳐 연재되었다. 『동아일보』에는 고영환이 쓴 「여순잡감」도 연재되었다. 이 밖에 정비석의 「여·순 낙수落穗」가 『조선일보』에 걸쳐 실렸다."[23]

역사학자 김득중의 평가에 따르면, "적어도 정부가 문인조사반원을 파견할 때에는 이들에게 사태를 파악할 수 있는 일정한 견문과 학식이 있기" 때문일 터인데, "문인조사반이 남긴 글을 보면, 실상은 정반대였다는

---

23 김득중, 『'빨갱이'의 탄생: 여순사건과 반공 국가의 형성』, 선인, 2009, 394~5쪽. 『'빨갱이'의 탄생』 제6장 「'빨갱이'의 창출」 제2절 '문인·종교사회단체의 '빨갱이' 담론에는 '반란실정 문인조사반의 활동과 그 한계가 구체적으로 분석되어 있다. 김영랑은 문인조사반원으로 다녀온 뒤 「절망」, 「새벽의 처형장」 등의 시를 발표하였다.

것을 알 수 있다.[24] 가령 문인조사반원들은 당시 시민들 사이에 널리 퍼져 있던 불안감을 지적하면서도 그 이유에는 관심이 없었다. "시민들이 불안했던 이유는 사태수습에 나선 정부가 구체적인 조사 없이 시민들의 생사를 마구잡이로 처리하는 데 있었다. 시민들은 진압군으로부터 신변을 안전하게 보장받을 수 없었다. 봉기 지역에 거주하는 젊은이들은 거의 모두 동조자라고 의심받았고, 조그만 혐의라도 발견되면 군인과 경찰들이 곳곳에서 즉결처분을 실시했다."[25] 여순사건의 모든 책임을 반란 주범자인 사회주의자들에게만 맞춰 나갔던 것이 문인조사반원들의 여순사건 접근법이었다.

그렇다면 좌우 대립의 관점에서 기술되고 있는 역사에 맞서 소설은 어떻게 지역민들의 기억을 복원해낼 수 있을까. 방안을 모색하기 위해서는 우선 이전 발표된 여순사건 소재 작품들을 살펴보아야 할 터이다. 그런데, 과문한 탓일 수는 있겠으나, 여순사건을 논의할 만한 사례로 즉각 떠오르는 소설은 거의 없다. 김동리의 「형제」(『白民』, 1949. 3, 이후 「광풍 속에서」로 改題), 김승옥의 「건乾」(『산문시대』 1집, 1962. 여름) 정도가 있을까.[26] 그런데 「형제」는 주제의식이 좌파의 비윤리성을 고발하는 데 머물러 있으므로 별다른 논의가 어렵겠고, 「건」의 경우에는 작가가 상황을 너무 왜곡해 놓았기

---

24 위의 책, 397~8쪽.

25 위의 책, 399~400쪽.

26 물론 순천에서 성장한 김승옥이 해당 지역을 배경으로 삼아 창작한 작품은 「건」 이외에도 여럿 있다. "김승옥의 소설 중 여수와 순천을 공간적 배경으로 삼은 작품은 「환상수첩」(1962: 순천), 「생명 연습」(1962: 순천), 「건」(1962: 순천), 「누이를 이해하기 위하여」(1963: 순천), 「무진기행」(1964: 순천), 「내가 훔친 여름」(1966: 여수), 「재룡이」(1968: 순천으로 짐작됨)이다."(김미란, 「여순사건과 4월혁명, 혹은 김승옥 문학의 시공간 정치학」, 『대중서사연구』 15권 2호, 2009, 21쪽.) 그렇지만 「건」을 제외한 다른 작품들에서 여순사건은 등장하지 않거나 후경으로 밀려나 있고, 순천 및 여수는 고향 이미지로 표상되고 있다.

때문에 기억의 측면에서 파악하기엔 무리가 따른다. 「건」의 이러한 문제점은 작가가 자신의 자유주의(세계주의) 세계관을 무리하게 관철시키려다 보니 발생했을 터이다.

> 지역민은 "빨갱이 시체 구경"을 하러 몰려나오거나, 시 당국과 동회의 요청에 따라 약간의 보수를 받고 시체 파묻는 작업을 하기도 한다. 매관 일을 주선한 반장은 빨치산의 고모인 노파에게 "이분이 파묻어주시기로 했습니다."라고 예의를 다하며, 입회순경은 작업을 곁에서 지켜볼 뿐 아무런 공권력도 행사하지 않는다. 비록 "빨치산의 습격"으로 "방위대 본부에서는 아직도 불길이 오르고" 있지만 사람들이 전혀 불안이나 공포에 시달리지 않는데다 생활의 활기마저 풍기고 있다. 그리고 이 모든 것은 여수를 비이념적인 공간으로 구조화하는 데 이바지한다.
> 무엇보다도 이 와중에 빨치산의 시체에 염을 하고 매장을 할 수 있는 것은 빨치산을 포용할 수 있을 만한 분위기가 텍스트 안의 지역 사회에 형성되어 있기 때문이다. 이는 물론 실제의 역사적 사실과 일치하지 않는다. 실제 사실에 부합되지 않는 방식으로 빨치산의 죽음을 처리함으로써 부각되는 것은 남한 사회의 인도주의적 면모와 순천 지역 사회의 상대적인 평화로움이다.[27]

상황이 이러하다면 다른 사례를 참조할 필요가 있겠다. 현기영의 경우, 4·3을 소재로 창작하기 위하여 먼저 신문철을 뒤적였으나 별 소득이 없었다. "4·3을 작품화하기 위해서는 우선 취재의 난관을 뚫고 나가지 않으면 안 되었다. 중앙도서관에서 관계 자료를 찾아봤으나 극우 편향

---

27 위의 논문, 29~30쪽.

의 부실한 기록들만 보일 뿐이었다. 어느 날 그 도서관의 지하실에 박혀 있는 먼지투성이의 제주신문 철을 뒤지던 나는 4·3 당시 2년에 해당되는 부분이 뭉텅이 째 탈락되어 있음을 보고 처연한 심사를 가눌 수 없었다. 나중에 안 일이지만, 당시 제주신문사를 접수한 서북청년단이 그 부분을 파괴해 버린 것이었다."[28]

그래서 그는 사건이 벌어졌던 현장에서 부지런히 발품을 팔 수밖에 없었다. "증언청취도 쉽지 않았다. 고교 교사로 재직 중이던 나는 2년간 방학 때마다 고향에 내려가 취재에 몰두하곤 했는데, 증언자들이 좀처럼 입을 열려고 하지 않아 여간 애를 먹은 게 아니었다. 친척들마저 왜 아픈 과거의 상처를 건드리려 하느냐고 냉랭하게 거부반응을 보였다. 어느 할머니는 나를 보고 4·3 때 죽은 큰 아들의 모습을 보는 것 같다며 내 손목을 붙잡고 하염없이 눈물을 흘리면서도 가슴 속 응매듭으로 맺혀 있는 쓰라린 사연을 끝내 털어놓지 않아, 나 역시 덩달아 울기만 하고 발걸음을 돌린 적도 있었다."[29]

어쩌면 당연하달 수도 있겠으나, 「순이 삼촌」의 창작에서와 마찬가지로, 여수사건에 대한 기억 복원을 위해서는 자료와 증언 확보가 가장 선행되어야 할 것이다. 그런데 이때 주목해야 할 지점은 현기영이 「순이 삼촌」을 써 내려가는 입장이다. 그는 서북청년단 출신으로 이제 "오십 줄 나이의 고모부"를 등장시키고 있지만,[30] 고모부에게 당시 상황에 관하여 스스로 변호할 기회를 부여하고 있으며, 이후 갈등의 축을 중앙정부(육지) 대 소외되었던 제주의 상황으로 이끌고 있다. 다른 소설에서도 4·3으로 인

---

28 현기영, 「나의 문학적 비경 탐험」, 『바다와 술잔』, 화남, 2002, 178쪽.

29 위의 산문, 178~9쪽.

30 현기영, 앞의 소설, 61쪽.

한 공동체의 해체 양상을 그려 내고 있으나, 그 과정에서 구성원들 사이의 구체적인 대립은 가능한 자제하였다는 인상을 남기고 있다. 예외가 있다면 단 한 작품 「아스팔트」를 꼽을 수 있을까. 짐작컨대, 이는 공적 담론의 장에서 역사와 경쟁해야 하는 집단기억의 성격을 작가가 의식하였기 때문일 터이다.

어떠한 집단기억을 승인할 수 있는가는, 해당 지역에서 더욱 첨예하게 부딪칠 수밖에 없다. 가해자와 피해자가 뒤엉켜 있으며, 이는 이미 구조화된 채 오랜 시간 흘러온 탓이다. 그래서 「병산읍지 편찬약사」에서와 같은 상황이 벌어지는 것 아닌가. 여순사건이 벌어진 지역의 내부 갈등에 말려드는 상황을 방지하면서, 동시에 집단기억의 무게를 확보해 나가기 위해서는 현기영의 소설 전략을 참조해야 한다. 그리고 여순사건에 관한 집단기억을 왜 복원해야 하는가, 라는 문제의식의 출발점을 놓쳐서도 곤란하겠다. 이는 4·3의 경우와 그리 다르지 않을 것이다. "살아남은 자인 우리는 그 참사를 잊을 수 없었다. 그때 죽은 자들은 살아남은 우리를 대신해서 죽었기 때문이다. 도민의 십분의 일쯤 죽이자는 사전 계획이 있었음이 틀림없음으로, 그들이 죽지 않았다면 대신 아마 우리가 죽어야 했을 것이다. 그래서 죽은 자들은 살아있는 우리에게 자신들을 기억하라고 요구할 권리가 있고, 살아있는 우리는 그 죽음을 기억할 의무가 있다."[31]

이청준 마냥 집단기억과 포개질 수 있는 개인기억을 복원할 수도 있겠다. 얼마 전, 안재성의 장편소설 『아무도 기억하지 않았다』를 읽다가 다음과 같은 문장을 발견하였다. "여수에서 무장폭동을 주동한 지창수 상사도 집에서 돈을 풀어 살아났다."[32] 『아무도 기억하지 않았다』는 6·25에 인민

---

31 현기영, 「죽은 자는 힘이 세다」, 『소설가는 늙지 않는다』, 다산책방, 2016, 121쪽.

32 안재성, 『아무도 기억하지 않았다』, 창비, 2018, 113쪽. 이 소설은 정찬우(鄭燦宇,

군으로 참전했던 정찬우鄭燦宇, 1929~1970의 실명 수기를 바탕으로 하고 있으니, 지창수 상사와 관련된 정보는 정찬우의 개인기억에 해당하겠다. 정찬우의 기억에 따른다면, 지창수 상사는 이념을 포기하고 살아난 경우이며, 이념과 목숨을 교환한 대가가 돈이었다고 말할 수 있다. 바로 이 교환 지점에서 좌익이든 우익이든 경직된 이념은 그 허약한 뿌리를 드러내게 된다. 이념과 이념이 격렬하게 맞부딪치는 현장이 전쟁터이지만, 삶과 죽음의 교차 가운데서 이념의 부동성浮動性이 허망하게 드러나는 현장 또한 전쟁터가 될 수 있다는 것이다. 이를 양민의 입장에서 재구성한다면 한 편의 소설로 나아갈 수도 있지 않을까. 지창수 상사가 여순사건의 와중에 어찌 되었는가에 대해서는 여러 가지 설이 분분한 상태이다. 덧붙이건대, 당시 사회주의자였던 14연대 박정희 대위의 변신 또한 같은 맥락에서 접근할 수 있겠다.

또한 이념에 동조하여 어느 한 편에 섰다가 그 허구성을 깨닫게 된 인물의 기억을 추적할 수도 있다. 무분별한 양민 학살에 넌더리를 낸 진압군도 있었을 터이며, 살아남기 위하여 민가를 습격하고 약탈·살인해야 했던 반란군도 있었을 터이기 때문이다. 어느 경우도 자신들이 내세웠던 이념과 일치하지는 않는다. 이러한 관점에서 떠올릴 수 있는 작품이 김연수의 「뿌녕쉬不能說」다. '뿌녕쉬'란 자신이 겪은 바는 결코 말로 표현할 수 없다는 뜻이며, 소설의 화자話者는 '인민지원군'(중공군)으로 6·25에 참전했던 한 중국인이다. 왜 군대 명칭이 인민지원군인가. "자원한 인민들로 군대를 조직해 출전했다는" 중국 정부의 선전에 부합해야 하기 때문이다. 그런 까닭에 그들에게는 "이름이 없었다." "그래서 심지어는 퇴각하는 조

1929~1970)의 실명 수기를 바탕으로 하고 있으며, 여순사건 중 지창수 상사의 죽음 혹은 행방은 명확하게 밝혀져 있지 않다.

선인민군들도 우리가 어떤 군대인지 모를 지경이었지."[33] 이름이 지워진 존재는 곧 존재성이 사라진 존재. 그러므로 그네들의 기억은 육체에 새겨진 채 문자 바깥을 떠돌다 사라질 따름이다. "역사라는 건 책이나 기념비에 기록되는 게 아니야. 인간의 역사는 인간의 몸에 기록되는 거야. 그게 진짜야."[34]

향후 여순사건을 둘러싼 기억이 어떤 형태로 소설의 외피를 입고 기록되는지는 쉽게 가늠할 수 없다. 모쪼록 그와 관련된 논의를 펼치고 있는 이 자리가 그 계기가 될 수 있기를 희망해 본다.

---

33 김연수, 「뿌녕쉬不能說」, 앞의 책, 60쪽.

34 위의 소설, 70쪽.

4·3과 여순사건 속에서 갈려 나간
4·3무장대 그리고 김구 진영
— 김석범의 『火山島』를 중심으로

　작년 가을 김석범의 『火山島』가 완역되어 보고사에서 출간되었다. 『火山島』가 얼마나 방대한 분량의 역작인가는 책에 실린 지은이 소개만 봐도 능히 짐작할 수 있다. "1976년 대하소설 『火山島』를 일본 문예춘추사 『문학계』에 연재하기 시작, 20년 집필 끝에 1997년 원고지 3만 매를 탈고, 새로운 문학사조를 이루었다는 평가를 받았다."[01] 분량이 분량이니 만큼 『火山島』에는 해방기 제주의 도심 지리와 풍속사가 활력 있게 재현되어 있는가 하면, 제주에서 벌어졌던 4·3이 한반도·일본의 정세와 어떻게 연동하여 작용하였는가도 흥미롭게 기술되어 나타난다. 작가는 여순사건 의 발발이 제주 4·3의 전개에 끼쳤던 영향도 빠뜨리지 않았다.

　여순사건이 비중 있게 다뤄진 것은 『火山島』 제24장에서이다. 주지하다시피 애초 무력항쟁을 적극적으로 주장하여 관철시켰던 이가 김달삼이었고, 4·3 봉기 이후 한라산을 근거지로 삼아 무장대를 이끌어 나가다가 그는, 해주 인민대표자대회(1948.8.21~26)에 참가하겠노라는 명분을 내걸고 제주도 바깥으로 탈출해 버렸다. 군경의 대대적인 토벌이 전개되자 무

01　김석범, 김환기·김학동 옮김, 『火山島』 11권, 보고사, 2015, 447쪽.

장대가 고립되어 연명에 급급해진 것도 그 즈음부터이다. 이처럼 4·3무장대가 안팎으로 궁지에 내몰렸을 때 여순사건이 벌어졌으니, 4·3무장대로서는 여순사건의 향방에 촉각이 곤두서지 않았을 리 없다. 『火山島』의 작가 김석범은 바로 그 대목에 주목하였다.

10월 19일 밤, 여수의 국방경비대 제14연대에서 최초의 봉기가 일어났다. "한라산 중턱 관음사 부근에 있는 당 조직 아지트에는 20일 밤, 연락원을 통해 여수·순천의 반란 정보가 전해졌다. 다음 날 정오, 수동발전기를 전원으로 하는 무전기로 정부 발표 뉴스를 수신하여 반란 사실을 확인하였다. 국방군의 반란은 우연의 일치였지만, 수세에서 공격의 임전 태도로 전환하려고 그동안의 조직을 세 지역 연대에서 각각 몇 개씩의 부대 편성으로 세분화를 꾀하던 게릴라 측을 크게 고무시켰다."[02] 이제 세포 조직이 침투한 주둔 국방군이 본토 각지에서 봉기하고, 각 지역의 좌익 세력과 인민들이 이에 호응하여 싸움에 나선다면 4·3무장대는 기사회생할 수 있을 터이다. 그런데 상황을 과연 그처럼 낙관할 수 있었을까.

문제는 정보가 부족하다는 데서 발생한다. 무전기로 수신되는 정부 발표 뉴스에 의하면, 반란군토벌사령부는 순천을 시작으로 하여 반란군을 신속하게 진압해 나갔다. 그렇지만 이는 대한민국 정부 측의 교란일 수도 있다. 이 지점에서 작가는 4·3무장대가 혁명적 낙관론에 의거하여 투쟁을 무리하게 펼쳐 나간 것으로 파악하였다. 예컨대 여수·순천의 군사 반란에 고무된 제주도 인민유격대장은, 국방군과 경찰관 등에게 전달될 가능성이 없다는 사실을 알고 있으면서도, 성내 세포당원들의 노출을 감수하면서까지 다음과 같은 내용의 삐라를 인쇄토록 하였다. "친애하는 국방

---

02   위의 책, 11~2쪽.

군 장병 및 경찰관 여러분! 총을 잘 보시오. 그 총이 어디에서 나온 것인지를. 그 총은 우리의 고혈을 착취한 세금으로 마련된 것입니다. 영웅적인 항쟁에 오른 여러분의 부모, 형제, 자매들에게 그 총을 겨눠서는 안 되며, 함부로 동포를 향해 귀중한 총과 탄환을 쏘아서는 안 됩니다. 여러분의 부모, 형제, 그리고 당신들을 지켜줄 그 총을 투쟁하는 인민에게 돌려줍시다."[03] 무장대 성내 조직은 이로 인해 막대한 타격을 입게 된다.

과문한 탓인지 모르겠으나, 당시 제주도 인민유격대장 이덕구가 실제로 이러한 선택을 취하였는가에 대해서 나는 알지 못한다. 오히려 토벌대 측에서 이덕구의 투항이 없을 시 그의 가족 전부를 죽이겠다고 삐라를 제작하여 10월 25일 살포했다는 사실은 책에서 읽은 바 있다. 사실과의 부합 여부가 어찌 되었든, 역사적 상상력이란 관점에서 접근한다면, 4·3무장대의 운명이 여순사건의 발발과 수습에 따라 분수령을 맞이하였다는 작가의 분석은 탁월하다고 인정치 않을 도리가 없다. 생사의 기로에 섰던 4·3무장대의 입장에서는 지푸라기라도 붙들려는 절박함 속에서 여순사건에 매달렸을 터이고, 그 절박함이 과장에 가까운 기대감을 불러일으켰을 가능성도 충분할 뿐만 아니라, 여순사건의 성패와 상관없이 혁명적 낙관론이 소진한 뒤에도 4·3무장대로서는 살아남기 위하여 적극적으로 투쟁할 수밖에 없었을 것이며, 여순사건을 진압한 제2연대가 제주에 투입됨으로써 4·3무장대가 궤멸한 것은 사실이기 때문이다. 『火山島』에는 4·3무장대가 한라산 지형에 익숙하지 않은 제2연대를 공격하여 승리하는 장면이 펼쳐져 있기도 하며, 제2연대에 의해 결국 궤멸당하는 과정이 나타나 있기도 하다.

---

03 위의 책, 23쪽.

문면에 직접 드러나 있지는 않지만, 대중의 지지가 취약했던 이승만 정권이 민족주의 세력의 근거를 말살하기 위하여 제주 4·3과 여순사건을 어떻게 엮어 나갔는지 또한 『火山島』를 통하여 가늠할 수 있다. 이는 최근 조중연이 출간한 『사월꽃비』의 한 대목과 비교해 보면 분명히 드러난다. 먼저 『사월꽃비』의 한 대목이다. ㉠ "1948년 4월 제주도에서 무력 항쟁이 일어났을 당시, 육지의 김구·김규식 선생은 이승만의 단독정부 수립에 반대하며, 설령 남조선에서 단독 선거를 단행한다 해도 북로당과 합작하여 통일적 입법기관 선거를 실시하고 조선헌법을 제정한 다음 통일적 민주정부를 수립할 것이라 선언했다."[04] 다음은 『火山島』의 한 부분. ㉡ "22일자 중앙지에 보도된 장문의 정부 발표는 거의 한 페이지에 달했다. 반란의 성격을 '좌익이 가장 꺼리는 일부 극우 정객과 결탁하여 반국가적인 반란을 일으키고……' 라고 규정하였는데, 극우 일부 정객이란 이승만의 정적인, 남쪽만의 단독정부 수립 반대운동의 지도자, 구 중경대한민국 임시정부 주석 김구를 가리켰다."[05]

4·3이 발발했던 1948년 4월이라면 아직 남한 단독정부가 수립되기 이전이다. 정부 수립은커녕 단독선거조차 치러지지 않은 상태였다. 그러니 김구로 대표되는 민족주의 계열에서 그즈음 단선·단정에 반대했던 것은 당연하달 수밖에 없으며, 남북통일정부 수립에 나설 경우 상당한 승산이 있다고 판단했던 좌익 쪽에서 단선·단정 반대에 나섰던 것도 이해하지 못할 바 없다. 동일하게 단선·단정에 반대했더라도 이를 주장했넌 좌

---

04 조중연, 『사월꽃비』, 도서출판 각, 2016, 80쪽.

05 김석범, 앞의 책, 11쪽. 덧붙이건대, 해당일자 『자유신문』 등의 기사에서 소설에서 전하는 내용을 확인할 수 있으며, 이는 당시 국무총리 겸 국방장관이었던 이범석李範奭의 발표를 보도한 것이다.

파(4·3무장대)와 민족주의 계열(김구·김규식)의 근거와 이유는 그처럼 달랐는데, 이러한 맥락이 선명하게 드러나지 않는다는 점은 아쉬우나, ㉠의 진술에 큰 문제가 있는 것은 아니다. 그렇지만 여순사건이 일어났던 10월 하순이라면 이러한 접근이 불가능해진다. 남한에서는 8월 15일 대한민국 정부가 수립되었고 북조선에서는 9월 9일 조선민주주의인민공화국이 들어섰으니, ㉡의 시점에서는 남북 통일정부 수립을 기치로 내걸기 곤란한 상황으로 급변해 버린 것이다. 그러한 까닭에 여순사건 반란군들이 내세우는 논리는 다음과 같이 펼쳐졌다. "왜 우리들은 제주도로 동족상잔의 출동을 해야 하는가? 나는 출동에 절대 반대한다!"[06]

그러니까 여순사건이 벌어졌을 즈음 단선·단정 반대를 요구하는 구호는 이미 철 지난 외침이 되어 설득력을 가질 수 없었고, 이에 따라 좌파 세력과 민족주의 계열은 각자 나름의 활로를 찾아 나서야만 했던바, 좌파에서는 38선 너머에 건국된 북조선의 남진南進을 전제로 삼아 방향을 잡아 나갔다. 『火山島』에 등장한 여순사건 반란군의 다음과 같은 선동은 이를 보여주는 사례라 할 수 있다. "제군들, 지금 북조선 인민군이 남조선 해방을 위해 38선을 넘어 남으로 진격중이다. 우리들은 이에 호응하여 북진, 미국의 괴뢰놈들을 섬멸하자."[07] 뿐만 아니라 북조선으로부터 군사력을 지원받은 김달삼이 조만간 제주 해안에 상륙하리라는 풍문이 끊길기게 이어졌다고 『火山島』는 여러 곳에서 전하고 있는바, 이 또한 북조선의 존재를 염두에 두었던 남한 내 좌파의 기대감과 연관이 없을 리 만무하다.

반면 김구·김규식의 민족주의 계열이 선택했던 방향은 이와 다를 수밖에 없었다. 친일파와 손을 잡은 이승만 정부로부터 배척되었음은 물론

---

06 위의 책, 8쪽.

07 위의 책, 8~9쪽.

이고, 단정을 반대한다던 북로당 또한 분단정부를 수립함으로써 통일정부로 나아가려는 기획을 배신해 버렸으니, 민족주의 계열은 남한과 북조선의 두 정부 사이에서 독자 지반을 구축해 나가야 할 형편에 처해졌기 때문이다. 바로 이 지점에서 이승만 정부는 전가의 보도처럼 휘둘러댔던 반공 이념을 앞세워 민족주의 세력의 거세로 나아갔던 듯하다. ⓛ이 벌어질 즈음의 구체적인 상황을 소거하는 한편 ⓐ 때에 등장했던 단선·단정 반대의 동일한 입장만을, 입장을 산출해 내는 근거와 이유는 생략해 버린 채, 기입해 넣음으로써 좌익과 민족주의 세력의 결탁으로 엮어내고 있는 데서 추론은 가능해진다. 『火山島』는 이처럼 여순사건의 처리 과정에 당시 진행형이었던 4·3을 이용하여 이승만 정부가 민족주의 세력의 말살을 진행하였다는 사실도 드러내고 있다.

김석범의 『火山島』가 내장하고 있는 가장 큰 매력은 아마도 이러한 규모에 있을 것이다. 기실 그동안 나는 제주도의 지리적 환경 및 독자적 역사에 입각하여 4·3을 들여다보고 있었다. 그러한 까닭에, 단적인 예를 들자면, 해방기 모색되었던 탐라공화국의 열망이 어떤 식으로든 나타나 있는 작품에 관심이 가곤 하였다. 가령 김석희의 「땅울림」이라든가 조중연의 『사월꽃비』와 같은 작품들. 반면 『火山島』는 4·3과 여순사건의 관계도 관계지만, 해방 후 한반도와 일본의 정세 속에서 4·3을 폭넓게 조망하고 있다. 이처럼 활달한 상상력을 전개하기 위하여 작가 김석범은 부지런히 자료 발굴에 뛰었을 것이며, 만만치 않게 공부하였을 터이다. 그렇지만 이와 더불어, '위치의 정치학'이라고 부를 수 있겠는데, 그가 '재일작가'라는 신분으로서 『火山島』를 집필하였다는 사실 또한 명확히 기억하고 있어야 하지 않을까 싶다. 김석범이 머물고 있는 일본이라는 위치 또한 『火山島』의 상상력에 적지 않게 영향을 끼쳤으리라는 것이다.

그렇다면 여순사건이 벌어졌던 위치에서 4·3을 바라보면 어떠할까. 여순사건과 4·3은 차이점과 공통점이 분명하다. "여순사건의 특징을 보면 첫째 피해발생 지역이 전라남도·전라북도·경상남도 일부 지역 등 광범위하게 분포되어 있다는 점, 둘째 반군이 점령을 하는 과정과 이후 군경의 진압과 토벌과정에서 양측에 의해 다수의 민간인이 희생되었다는 점, 셋째 사건의 가해 집단과 희생 집단이 지역사회 내에서 명확히 구분하기 어려울 정도로 섞여 있다는 점이다."[08] 첫 번째 특징이 제주도와 여수·순천의 지리 환경에서 야기되는 명백한 차이점이라면, 두 번째·세 번째 특징은 학살에서 빚어지는 몇 가지 유형의 보편적인 양상 중 한 갈래라는 측면에서 공통점이라고 말할 수 있다.

내가 접한 범위에서 말하건대, 여순사건을 다룬 작품들은 시 분야에 치중되어 있고, 이들은 대체로 두 번째·세 번째 특징에 가 닿아 있는 것 같다. 예컨대 "광어와 도다리의 구별법을 확실히 안다는 자/ 그 자의 높은 목청 아래/ 결코 분별돼선 안 될 세상 하나가/ 또 한 번 엎어지고 뒤집어진다"라는 김진수의 「좌광우도」는 여순사건 당시 반란군 협력자의 선별 기준이었던 '손가락 총'을 소재로 취하고 있다.[09] 두 번째 특징과 관련 있

08 (사)여수지역사회연구소, 『다시 쓰는 여순사건보고서』, 한국학술정보, 2012, 154~5쪽.

09 "협력자 선별 기준은 교전 중인 자, 총을 가지고 있는 자 외에 '손바닥에 총을 쥔 흔적이 있는 사람, 머리를 짧게 깎은 사람, 흰색 찌까다비(地下足袋: 일할 때 신는 일본식 운동화)를 신은 사람, 미군용 군용팬티를 입은 사람, 흰 고무신을 신은 사람' 등으로 자의적이었으며, 심사자인 우익 인사가 '손가락 총'으로 가리키면 재판절차 없이 즉결처형 되었다고 한다."(위의 책, 59쪽.) 한편 여순사건 당시 순천경찰서 임시 외무반장을 했던 박오선 씨는 그러한 심사를 다음과 같이 기억하고 있다. "면담자: 여순사건 전개과정 중에서 가장 기억에 남는 것은 무엇이었습니까? 구술자: 안 죽일 사람을 죽였다는 것, 그것이 눈에 선하구만요. 면담자: 진압과정에서. 구술자: 진압하고 난 다음에, 재판한다 뭐한다 해가꼬, 과학적인 조사를 해야 하는데, 자기 기분으로, 갑·을·병으로 해 부러. 미움 받으면, 병 줄려는 것도 갑

다는 것이다. 그의 「어떤 비문」 또한 두 번째·세 번째 특징과 관련이 있을 성싶다. 아직까지 남아있는 국가폭력에 대한 두려움과 함께 세 번째 특징이 동시에 작용하고 있는 까닭에, 억울하게 죽어 매장되었으되 그들의 죽음에 대해 '학살'과 '희생' 사이에서 그저 "……"라고 비문을 새길 수밖에 없는 것으로 읽히기 때문이다. 구체적인 사건과 대상은 다르지만, 기실 이러한 방식의 창작은 4·3을 다루는 시편에서도 확인할 수 있다. 이는 앞서 지적했던 당시 벌어졌던 학살의 보편적 양태로 인해 나타나는 결과이겠다.

뿐만 아니라 이는 시 장르의 특성에서 기인하는 현상이기도 할 것이다. 학살로 인해 벌어진 비극적인 결과를 두고 격정적인 감정을 쏟아내기에 시 장르가 적합한 반면, 지리적인 특징과 맞물린 여순사건의 전개 과정이라든가 성격을 드러내기에는 아무래도 소설 장르가 맞춤할 터이기 때문이다. 4·3을 취급한 문학작품들 또한 이러한 장르의 성격에 부합하는 양상을 드러내고 있기도 하다. 그렇다면 비극적인 역사로부터 탈각하려는 문학작품을 통한 4·3과 여순사건의 연대는 당시의 야만적 학살에 대한 인본적인 대응이란 측면에서 암암리에 이루어지고 있는 셈이라고 할 수 있지 않을까. 그리고 그 위에서 만약 여수·순천에서 시작되어 전라남도·전라북도·경상남도 일부 지역까지 뻗어나갔던 반란군, 그리고 이를 진압하는 정부군의 구체적인 면모와 사건들까지 복원되어 서사를 갖춘다면 4·3과 여순사건은 또 다른 측면에서의 교합 지점을 마련하게 될 것이다. 『火山島』를 완독하고 나서 새삼 여순사건 소재 소설들의 활발한 발표를 기대하게 된 것은 그 때문이다.

으로 해 부러."(구술자 박오선, 면담자 선휘성, 「여순사건 녹취록: 당시 순천경찰서 임시 외무반장 박오선 씨가 겪은 여순사건」, 『사람의 깊이』 19호, 2015. 12, 274쪽.)

왜곡과 오해를 넘어서서
변화의 발판을 마련하자!
── 민족문학작가회의 명칭 개정 논쟁에 붙여

1. 언론의 장난에 놀아나는 작가회의

내가 보기에 문제의 핵심은 간단하다. 최근의 논란은, 어렵지만 3차방정식을 풀어보겠다고 나선 이들과 우직하게 2차방정식의 세계 안에 안주하겠다는 이들 사이의 갈등에서 비롯된다. 문제가 계속 꼬이고 논란이 증폭되는 것은 이게 왜 3차방정식인지 제대로 해명되지 못하기 때문이다. 여기에는 보수언론의 '장난'이 커다란 영향력을 끼치고 있다. 그러니 우선 논란의 구부려진 지점을 밝히는 데서부터 시작할 필요가 있어 보인다.

민족문학작가회의(이하 작가회의)에서 '민족문학'을 뗄 수 있는가. 보수 신문들은 단체의 이름에서 '민족문학'을 떼는 마당에 근본적인 성격까지 바꾸라고 요구하고 나섰다. 현재의 논의가 2차방정식에 머무는 데는 보수신문들이 설정해 놓은 이런 어이없는 문제의 틀이 주요하게 작동하고 있다. 그 틀은 지금도 굳건하게 작용하고 있다. 그러니 먼저 이 틀을 깨야만 한다. 이게 왜 어이없는 문제 설정인가.

현재 우리 사회의 정치적 분위기는 극단에서 극단으로 치우쳐왔다. 대통령 탄핵 정국이 끝난 뒤 보수 세력은 정신적으로 패닉 상태에 빠져 있었다. 보수언론 또한 여기서 자유로울 수는 없었다. 그런데, 2007년 현재 분위기를 보면 정반대의 상황이 펼쳐져 있음을 알게 된다. 여당은 갈기갈기 찢어졌으며, 마땅한 대통령 후보도 내세우지 못해 한나라당 인물을 어떻게 데려올까 고심하고 있을 정도이다. 답답하기는 민주노동당도 마찬가지다. 보수신문들은 문학계를 이해하는 데에도 이 틀을 그대로 적용하고 있다. 작가회의가 수세에 몰린 끝에 명칭 개정을 고민하고 있는 것처럼 이해한다는 것이다.

그렇지만, 작가회의의 상황은 다르다. 정치권의 동향과 관계없이 나름대로 내실을 쌓아왔기 때문이다. 2005년 '민족작가대회'를 개최하고, 2006년 '6·15민족문학인협회'를 결성한 것은 대표적인 사례이다. 남과 북의 작가들이 한 데 모여 논의를 펼칠 수 있는 형식적인 장치는 마련해 놓은 셈이다. 작가회의 산하 위원회로 자리하는 '민족문학연구소'의 활동도 주목할 필요가 있다. 민족문학연구소는 지난 몇 년 동안 북의 사회과학원과 학술적인 논의를 지속해왔다. 2006년에는 해방 이후 처음으로 남과 북의 학자들이 공동으로 연구서『강경애, 시대와 문학』(랜덤하우스코리아)을 발간하기도 했다. 민족문학연구소에서는 민족문학의 현재적 의미와 가치를 심도 있게 연구하고 있다. 나는『내일을 여는 작가』2006년 겨울호에「한국 근현대문학사에 붙이는 아홉 개의 주석」을 발표하였는데, 여기서 예각화한 민족문학에 대한 견해는 연구소 내에서 진행했던 논의에 기대는 바가 컸다. 문학의 상업화에 맞서 나름의 미학적 기준을 마련하기 위한 노력 또한 병행하고 있다.

그리고 누가 명칭 변경에 적극적인가를 따져야 한다. 작가회의 총회에서 명칭 개정의 필요성을 발표했던 이는 소설가 방현석(이사)이었다. 김남

일(이사)도 이런 입장을 개진하였으며, 김형수(사무총장)도 마찬가지였다. 정도상(통일위원회 위원장)은 『한겨레』를 통해 같은 입장을 피력하였다. 민족문학연구소 소장 김재용 또한 같은 생각인 것으로 알고 있다. 지금 열거한 작가들은 '민족작가대회'를 개최하고, '6·15민족문학인협회'를 결성하는 데 주도적인 역할을 담당하였다. 그리고 팔레스타인이나 이라크, 몽골, 동남아시아 작가들과의 조직적 연대를 위해 현재 동분서주하고 있기도 하다. 북측과 함께 『겨레말큰사전』을 편찬하는 일도 진행하고 있다. 하나의 문학사에 접근하기 위해 북의 학자들과 공동으로 노력하는 태도는 앞에 이야기한 그대로다. 그러니까 명칭 개정에 나서는 이들이 남과 북, 세계의 여러 국가들을 아우르며 활발한 활동을 벌인다는 사실은 충분히 동의할 수 있을 것이다.

그렇다면 자, 보자. 이들의 활동은 '민족문학'이란 틀 안에 있는가, 바깥에 있는가. 그리고 그들의 작품이나 논문을 한 번 읽어보라. 그 내용은 '민족문학'이란 틀 안에 있는가, 바깥에 있는가. 여기에 대해 나는 단호하게 답변할 수 있다. 그들은 민족문학이란 틀 안에 있다. 그들은 결코 '민족문학'을 버릴 사람들이 아니다. '민족문학'을 부여안고 뚜벅뚜벅 걸어 나갈 사람들이다. 그런데도 그들에게 험한 비난이 쏟아지고 있다. 문학권력에 빌붙어서 개인의 안위를 꾀하려 한다는 혐의가 가해지는 것이다. 나는 이러한 혐의와 비난에 결코 동의할 수 없다. 그리고 '민족문학'의 개념이 무엇인지 비분강개한 연설을 들어야 할 정도로 내 공부가 짧아서 그들을 옹호하는 것도 아니다. 문제는 의견이 제대로 소통되지 않는 데서 발생한다. 그들은 민족문학의 틀 안에 있으면서도 왜 명칭의 개정을 주장하고 나선 것일까.

다시 총회 자리로 돌아가 보자. 명칭 개정에 대해 논의를 시작하기 전정희성 이사장은 분명하게 밝혔다. "우리 조직의 이름에서 '민족문학'을 빼자는 것은 '민족문학'을 폐기하자는 것이 결코 아닙니다. 이 점을 분명하게 인지하시고 의견을 개진해 주시기 바랍니다." 그렇지만, '문학'은 버릴 수 있어도 '민족'은 버릴 수 없다는 입장이 회의장을 가득 메우고 말았다. 누가 '민족'을, '민족문학'을 버리자고 하였나. 그렇게 한심한 주장을 하는 사람들은 그 자리에 없었다. 비분강개한 시인들은 왜 가상의 상대를 만들어 내는가. 그리고 작가회의가 그렇게 민족문학의 존폐를 논의해야 할 정도로 수세적인 상태에 몰려있는가. 이는 급격히 보수화되는 정치적 상황을 문학단체의 존립에 기계적으로 적용한 관점에 불과할 따름이다. 그 관점은 대체 누가 만들어서 유포한 것인가. 그러니 결국 보수신문들이 펼쳐놓은 문제의 틀 안에서 작가회의가 시끄럽게 놀아난 꼴이 되고 말았다. 이것도 꼴사나운 일인데, 시간이 지나면서 인신공격으로까지 막 나가고 있다. 이래서는 논의가 정상적으로 이뤄질 수 없다. 이런 사실을 분명하게 인식하는 데서부터 논의는 다시 새롭게 시작되어야 한다.

오늘은 일단 현재 진행되는 논의의 문제점을 지적하는 데 만족하기로 한다. 그리고 명칭 개정에 대한 나의 생각은 내일 밝히도록 하겠다. 사실 나는 바꾸자는 의견에 소극적으로 동조하는 편이다. 그렇지만, 어느 한쪽이 일방적으로 매도되며 내몰리는 상황이기 때문에 그들의 입장이 전혀 일리 없는 것도 아니라는 사실을 환기시키기 위해서 이 글을 쓴다. 덧붙이자면, 젊은 작가들과의 술자리에서 그런 생각을 지나가는 소리로 밝힌 바 있으므로 '신고' 들어가기 전에 자수하자는 심정도 없지 않다.

2. 민족문학의 적은 무엇인가

흔히 문단의 양대 조직으로 작가회의와 한국문인협회(이하 문협)를 꼽는다. 그런데, 내 생각은 좀 다르다. 이사장을 선출할 때는 상당히 시끄럽지만, 과연 문협의 문학적 실체가 있는가에 대해서 회의적이기 때문이다. 문협을 일러 '양로원'이라고 비아냥거리는 목소리가 돌고 있는 것도 이러한 사정과 무관하지 않으리라 생각한다. 그럼에도 불구하고 문협은 작가회의의 반대편으로 자리매김 된다. 그리고 한나라당 의원들은 문협이 여러 가지 지원을 받을 수 있도록 배려하기도 한다. 예컨대 문학 지원금을 어느 쪽에서 많이 가져가는가를 산술적으로만 따져 추궁하는 것이다. 내용이라든가 질의 문제는 철저하게 무시된다. 오직 공모하고 채택된 데 따른 비율만이 중요할 따름이다.

나는 이런 형식적인 구도를 깨야 한다고 본다. 물론 지역의 경우 구체적인 상황이 어떻게 돌아가는지는 잘 모른다. 그리고 지역에 따라 상황이 다르기도 할 것이다. 따라서 지회나 지부에서는 자신들의 상황에 입각한 의견을 적극적으로 개진해야 하리라고 본다. 그럼에도 불구하고 문단의 전체 판세를 보았을 때 문협은 더 이상 작가회의의 맞상대가 될 수 없다. 나는 그렇게 생각한다. 그래서 누가 작가회의를 문협과 비교해서 이야기하면 "비교하는 자체가 부끄러운 일"이라고 면박을 주기도 한다.

그렇다면 이런 구도를 어떻게 깰 것인가. 명칭을 바꾸는 것도 한 가지 방법이라고 본다. 형식적인 대립을 해소할 수 있는 가능성이 생겨나기 때문이다. 그리고 대립을 해소한다고 해도 내용이 문제될 바는 없다고 생각한다. 어차피 문협은 문학적 실체가 없는 까닭에 작가회의는 가던 길을 그냥 그대로 가면 될 테니 말이다. 그러니까 나는 명칭의 변경을 전술적으로 생각하는 편에 속하겠다. 부언하자면, 작가회의의 반대편에 문협을 설정하고 거기서 민족문학의 가치를 찾으려고 하는 사고는 이미 낡은 태도라고 생각한다. 이제 문제를 구성하는 틀을 바꿔야만 현실 대응력을 가질 수 있다고 판단하는 것이다.

물론 문제를 구성하는 틀은 현실 속에서 마련해 나가야 한다. 지금 민족문학의 가장 큰 적은 무엇일까. 나는 먼저 문학의 미학적 기준이 사라져 버렸다는 데서 찾는다. 문학계 내부로 이식된 자본의 논리가 산업의 면모를 갖출 정도로 팽창한 까닭에 문학적 자의식이 없는 '그저 재미만 있는' 작품들이 호평 받는 실정이다. 그런 작품들을 보며 예비문학도들은 습작을 거듭한다. 그리고 등단한다. 악순환이라고 하겠다. 민족문학연구소는 열린 장을 통해 미학적 기준의 문제를 공유하기 위해 지난해부터 '작가와의 대화'를 진행해 왔다.

민족문학연구소의 관점에 따라 80년대부터 지금까지의 소설 흐름을 정리해나간 이유도 같은 맥락에서이다. 이러한 성과는 조만간 '생각의나무'에서 세 권의 책으로 출간된다. 그런데 이러한 작업을 진행할 때 완고한 민족문학의 기준을 적용하여 작품을 선정하기는 어려울 수밖에 없다. 90년대, 2000년대에 큰 영향을 끼친 작품들을 일방적으로 무시해서는 곤란한 탓이다. "너희의 길과 우리의 길은 다르다!" 라고 선언하는 것이 우직해 보이기는 하지만, 그런 우직함으로 문학계의 현실을 가리고자 하는 태도는 다소 무모해 보이지 않는가. 나는 선명성을 움켜쥔 나머지 현실에 대해 적절히 대응하지 못하는 행태를 무책임하다고 판단한다. 실제 전개되는 문학 현실이 눈 감는다고 사라지는 것은 아닐 터, 어떻게든 대면하고 맞닥뜨려야 한다고 생각하는 것이다.

그러면 어떤 작품을 느슨한 형태로나마 끌어안을 수 있을까. 나는 요새 논란이 되고 있는 '미래파'까지도 몇몇 작가들을 선별하여 논의의 대상으로 삼을 수 있다고 본다. 그들은 90년대 김영하가 보여준 냉소 뒤에 자리하기 때문이다. 즉 전망이 없는 현실에 맞서는 나름의 방식으로 추醜의 미학, 잔혹의 미학을 선택한 것으로 판단되기에 민족문학의 관점에서 충분히 점검 가능하다는 것이다. 오해는 없었으면 좋겠다. 나는 추의 미학을 통해, 잔혹의 미학을 통해 새로운 길이 마련되지는 않으리라 생각한다. 다만, 무너진 희망과 규범 사이를 모험하면서 그들이 '텅 빈 중심'의 의미를 깨닫고 '심오深奧'의 경지에 이를 수 있다면 함께 대화를 나눌 수 있으리라 기대하는 바는 있다. 그 가능성에 주목하고 대화하자는 것이지, 쌍수 들고 환영하고 나서자는 것이 아니다.

문제는 바로 여기에 있다. 진정으로 민족문학을 주창한다면 명칭 개정에 대해 "미래파를 데려오겠다는 말이냐?"라고 먼저 발끈하고 나서면 곤란하다. 문학계에 쟁점으로 대두되었으면 개입하여 자신의 관점으로 재구성할 수 있어야 한다. 그게 책임 있는 운동가의 자세 아닌가. 물론 굳이 명칭을 개정해야 그런 논의가 가능하냐는 반응이 있을 수 있다. 그런 물음이 쏟아진다면 나는 냉정하게 이야기할 수 있다. 현실적으로 출판사의 영향력이 민족문학의 가치를 압도해 버린 지는 이미 오래 전이다. 평론가들은 출판사의 구도에 묶여버린 까닭에 현재의 지형 속에서 격의 없는 논의를 펼치기가 어렵다. 그러니 이 틀 또한 깨서 논의할 수 있는 장을 마련해야만 한다. 아쉬운 쪽은 출판자본이 아니다. 민족문학 쪽이다. 그러면 어떻게? 글쎄, 작가회의가 스스로 변화하는 모습을 보여주는 것도 한 방편이 아닐까. 명칭 개정은 그러한 자세를 가다듬는 출발점이 될 수 있다.

저번 글에 밝혔듯이, 나는 명칭 개정에 대하여 소극적으로 지지하는 입장이다. 그래서 저렇게까지 상처를 내며 싸울 필요가 있는가, 요즘 생각하고 있기도 하다. 다시 말하지만, 나는 김형수 사무총장을 위시한 몇몇 작가들에게 쏟아지는 악의에 찬 비방에 결코 동의하지 않는다. 그래서 이렇게 생각할 수도 있다는 말을 전하기 위해 이 글을 써 내려가고 있다. 그리고 오해는 풀어버리자. 집행부가 젊은 작가들을 언급하는 것은, 젊은 문학의 흐름을 어떻게든 민족문학의 틀 안에서 끌어안고 방향을 설정해야 한다는 절박함의 발로이다. 지금의 틀로 가서는 90년대 중반 이후 꾸준히 자본의 논리에 문학이 잠식당한 것처럼, 문학의 주류 흐름에서 민족문학이 배제되어 버린 채 문단 질서가 굳건히 고착되고 말리라는 위기의식의 발로이다. 그래서 최근 몇 년 간 작가회의가 축적한 성과를 바탕으로 하여 판 바꾸기를 모색해 보자고 시도하는 것이다. 설마 후배들의 눈치를 보느라 민족문학을 내다버리자고 집행부가 주장하고 나서겠는가.

집행부가 내세운 몇 가지 명칭 변경의 이유가 있지만, 평회원인 나는 그냥 내 생각만을 적는다. 명칭 개정의 주장에 일리가 있다고 판단하는 내 나름의 입장을 밝히겠다는 것이다. 논의는 여기서 다시 시작해야 하지 않을까. 이러한 시도가 모험주의의 산물은 아닌지, 집행부의 고민을 어떻게 공유할 수 있을지 등. 나는 이런 방향으로 논의가 진행되지 못한다면 이번 논란은 악수惡手를 거듭하다가 반목과 상처만 남기고 끝나게 되리라고 생각한다. 그러니 색안경을 벗고 대화를 시작했으면 좋겠다.

3. 민족문학의 현 단계 과제

작가회의의 명칭 개정 논란이 정치권의 상황과 연동되고 있다. 나는 그동안 쌓아온 민족문학 진영의 역사를 두고 판단하건대 충분히 그럴 수 있다고 본다. '자유실천문인협회'와 '민족문학작가회의'는 반독재 투쟁, 반외세 투쟁으로 역사를 이어 왔으며, 여기에는 폭압적인 투옥과 참혹한 고문이 각주처럼 따라붙었기 때문이다. 그러니 투쟁의 전면에 섰던 작가들이 현재의 정치 상황에 대해 침묵하고 마는 것이 오히려 이상하다면 이상한 일일 터이다. 자신들이 온 삶을 걸고 만들어온 가치와 의미가 순식간에 허물어지고 마는 양상이 아닌가.

그래서 그런지 작년(2006년) 상반기부터 '손학규 지지'를 둘러싼 이야기가 들려오기 시작했다. 주로 70년대에 전면으로 나서서 활동했던 작가들의 선택 여부를 둘러싼 풍문이었다. 예컨대 이승철 시인의 지적으로 표면화된 황석영 소설가의 정치적 입장이 여기에 해당하겠다. 내가 볼 때에는 이러한 사실을 단지 황석영과 손학규의 개인적인 친분으로만 파악하는 것은 무리일 듯싶다. 인간적인 친분에도 역사적인 맥락이 개입하는 것이며, 여권 내에서 뚜렷한 대안이 없는 마당에 그런 밑그림을 그리는 일은 있을 수 있는 현상이라고 판단하기 때문이다. 따라서 나는 결코 지지하지 않지만, 그들의 선택과 판단에 대해 무언가를 폭로하는 방식으로 비판하는 데에는 동의할 수 없다. 또한 그 분들이 나름의 밑그림을 그리는 데에도 그리 반대하지 않는다. 국민들이 판단할 몫이라고 보기 때문이다.

(민주노동당원이 여기에 휩쓸리는 데에는 반대한다. 그럴 거면 왜 민주노동당에 가입하였나. 중요한 시기에 '열린우리당'과의 변별성 확보 노력을 스스로 포기해 버린 당시 민주노동당 지도부는 같은 맥락에서 실패하였다. 현재의 두 당의 지지율 동반 하락이 그냥 생겨나겠는가. 민주노동당은 제 갈 길을 가야 한다.)

다만, 현재의 상황을 환기시키면서 문학과 정치의 관계에 대해 이야기할 수는 있겠다. 다들 아는 사실일 텐데, 문학은 언어를 매개로 하여 사상이나 감정 등을 표현한다. 그런데, 1980년대까지 사상과 감정의 자유로운 표현이 철저하게 봉쇄되었다. 언론에는 재갈이 물렸으며, 사상은 검열의 대상이었고, 감정은 정권·방송·언론의 조작에 의해 편파적으로 만들어지는 상황이었다. 이 때 문학이 부르짖은 자유는 대한민국 언론·사상·집회·결사의 자유였고, 이는 대한민국의 자유였다. 1987년 6월항쟁 이후 '자유실천'이란 이름 대신 '민족문학'이란 이름을 택할 때 6월항쟁의 성과가 동반한다는 사실을 염두에 둘 필요가 있겠다.

작가회의가 문협을 비판할 수 있는 근거는 여기서 마련된다. 문학이 비로소 문학의 가치를 획득할 수 있도록 하기 위하여 작가회의는 적극적으로 투쟁하였다. 그런데, 문협은 그런 타락한 권력구조에 편승하여 호가호위狐假虎威 하지 않았던가. 작가회의의 활동에 적대적이기까지 하였다. 이러한 상황과 맞서면서 작가회의는 오늘에 이르렀다. 대한민국이 이만큼이나마 민주화를 이루는 데 작가회의(자유실천문인협회)가 보여준 깨어있는 작가정신은 결코 과소평가할 수 없을 것이다. 후배의 입장에서 그 험난한 가시밭길을 기꺼이 헤쳐 나간 작가회의 선배님들을 존경하는 까닭은 그처럼 작가정신이 빛나기 때문이다. 이것이 작가회의에 대한 나의 기본적인 생각이다.

그렇지만, 그러한 과제가 지금도 동일하게 우리 앞에 주어져 있는가에 대해서는 회의적이다. 노무현 정부가 '집회 및 시위에 관한 법률'을 개악한 사례는 있지만, 그게 과연 출판·언론·집회·사상의 자유를 근본적으로 훼손할 정도에까지 영향을 끼치는가에 대해서는 의문이기 때문이다. 오히려 언론이 나서서 노무현 정부의 발목을 사사건건 잡고 있는 상황이 아닌가. 우리 사회의 질서를 보수언론이 판짜기까지 하는 상황이 아닌가(그렇다고 언론 탓만 해서는 곤란하겠다).

이는 문학의 투쟁 방식과 내용이 과거와 달라져야 함을 의미한다. 심정적인 차원에서 "87년 이전"을 주장할 수는 있으나, 그게 그렇게 호락호락하게 동의를 이끌어 낼 수는 없다고 보는 까닭이다. 새로운 내용의 생산은 없이 단지 시민들의 위기의식에 호소하여 표의 결집을 전술적으로 꾀할 수는 있겠지만, 김대중 정권부와 노무현 정부를 거치면서 이미 각인된 '학습효과'를 생각한다면 그 또한 회의적으로 생각된다. 문학의 자리를 다르게 설정할 필요가 있다는 것이다. 그러면 문학은 대체 무엇을 해야 한다는 말인가.

호흡을 깊이 들이마시고 멀리 바라보아야 할 것이다. 그러기 위해서는 먼저 그 동안 민족문학이 축적한 성과를 계승하여 자본주의 현실과의 투쟁을 멈추지 말아야 한다. 가령 자본의 욕망이 작동하는 데 대하여 긍정할 것이 아니라 비판해야 한다. 민족(민족주의)의 특수성과 세계(세계주의)의 보편성을 대립적으로 파악할 것이 아니라 조화롭게 공존하는 질서를 모색해야 한다. 살아있는 자연을 한낱 이용 가능한 대상으로 사유(나-그것)할 것이 아니라 '나(생명)-너(생명)'의 관계로 복원시켜 생태학적 가치를 마련할 수 있어야 한다. 여기서 특히 '나-너'의 관계를 복원한다는 것은 근대의 '이성 중심적 주체'(사회계약론)를 뛰어넘는다는 관점에서 적극적으로 사유해야 하리라고 본다.

문학은 구체적인 현실을 매개하는 까닭에 이러한 사유가 추상에 머무를 리 없다. 가령, 각자의 취양이나 문학적 입지에 따라 평가의 수준이 달라질 수는 있겠으나, 방현석의 『랍스터를 먹는 시간』이라든가 전성태의 『국경을 넘는 일』, 김연수의 『나는 유령작가입니다』, 강영숙의 『리나』 등은 그래서 주목을 요하는 작품들이다. 민족 특수성과 세계 보편성의 긴장 속에서 빚어진 결과이기 때문이다. 작가들은 그렇게 세계와 대면하고 있다. 그 가치를 제대로 평가하고 의미 부여하는 일, 이것이 민족문학을 고려하는 평론가의 몫이라고 나는 생각한다.

그리고 반드시 동시에 진행해야 할 사항이 있다. 스스로에 대한 성찰이 이에 해당한다. 그 동안 민족문학은 외부세계(사회)를 향하여 발언해왔다. 정확히 말하자면 사회의 아픈 부분을 직시하며 발언해왔다. 감시와 탄압이 가해졌을 때 그것은 상당한 용기를 필요로 하는 행위였다. 물론 이는 지금도 여전히 필요한 사항이다. 그렇지만, 작가가 타락한 세계(사회)의 바깥에서 세계(사회)의 모순을 바라보는 방식으로는 성찰이 힘들 수밖에 없다. 자본주의가 고도화 될수록 더욱 그러하다. 과연 깃발을 들고 나아가는 작가의 내면에는 그 사회의 모순이 똬리를 틀고 있지 않을 것인가. 그러니 도덕적 낙차를 전면에 내건 민족문학은 이제 영향력을 행사할 수 없다고 봐야 한다. 성찰을 통해 스스로의 내면을 변화시키면서 동시에 사회의 현실을 바꾸는 데로 나아가야 한다는 것이다.

몇 줄 되지 않는 민족문학의 과제를 제시하였지만, 나는 이것만 제자리를 잡아도 문화 일반을 변화시킬 수 있으리라고 생각한다. 삶의 방식에 대한 교정 가능성, 인간과 자연에 대한 시선의 변경 등이 동반하는 까닭에 문화혁명의 가능성까지 내장하고 있다고 보기 때문이다. 문학은 이런 그림을 그리는 위에서 정치, 경제와의 관계를 재정립해야 하지 않을까.

너무 커다란 이야기인가. 너무 무책임한 소린가. 그렇지만, 나는 그 외에 다른 길은 없다고 판단한다. 그래서 최근 일고 있는 작가회의의 명칭 개정 문제를 정치권의 상황에 연동시키는 데에는 별다른 감흥이 없다. 굳이 그 안에 '민족문학'의 명칭 문제가 들어가야 할 까닭이 없기 때문이다. 부디 민족문학에 대해 큰 판을 새롭게 짜면서 논의를 할 수 있었으면 한다. 그래야 정치 개혁, 경제 개혁이 따라올 수 있을 테니 말이다.

현 단계 문학비평의 쟁점과 전망

— 대전충남작가회의 주최 제10회 문학심포지엄(2008.8.30) 발표문

1. 비평의 모험

바슐라르는 『공기와 꿈』의 서론 「상상력과 가동성可動性」을 다음과 같은 내용으로 시작하였다. "심리학적인 문제들과 마찬가지로, 상상력에 관한 연구들 역시 어원학적인 그릇된 조명 때문에 혼란에 빠져 있다. 사람들은 언제나 상상력이란 이미지를 **형성하는** 능력이라고 주장한다. 그런데 상상력이란 오히려 지각작용知覺作用에 의해 받아들이게 된 이미지들을 **변형시키는** 능력이며, 무엇보다도 애초의 이미지로부터 우리를 해방시키고, 이미지들을 **변화시키는** 능력인 것이다."[01] 상상력에 관한 규정을 이렇게 엄밀하게 가다듬으면서 상상력의 중요성을 강조하기 위하여 그는 서두에서 "블레이크Blake가 단언하듯이 '상상력은 어떤 하나의 상태가 아니라 인간 실존 그 자체'인 것이다."[02]라고까지 인용하고 있다. 이렇게 펼쳐지기 시작한 『공기와 꿈』에 붙은 부제는 '운동에 관한 상상력 연구'다.

---

01 가스통 바슐라르, 정영란 옮김, 『공기와 꿈』, 民音社, 1993, 9~10쪽.

02 위의 책, 11쪽.

현재 단계에서 '문학이론의 쟁점과 전망'을 논의하기 위해서는 우선 상상력의 중요성을 강조할 필요가 있을 성싶다. 시체時體에 갇힌 인간을 만물의 유행流行 가운데로 풀어놓는 과정에 문학을 배치하기 위해서이다. 자본주의의 위력을 현실이라고 강조하면서 이러한 "사실을(이라도) 수리하기 위하여"[03] 방안을 모색하는 자는 결코 상상력의 가치를 알아챌 수 없다. 상상력이란 주어진 세계와 나아갈 세계 사이에서 역동하면서 가교架橋처럼 기능하는 힘인데, 이를 명사의 상태로 고정시켜 두고 접근하기 때문이다. 물론 지향해 나아갈 세계의 상이 모호하지 않느냐고 따져 물을 수 있다. 그렇지만 어떤 물음으로도 상상력의 가동성可動性을 부정할 수는 없다. 예컨대 현재를 결여의 상태로 파악하는 데리다의 해체론은 하나의 훌륭한 예가 될 것이다. 불완전한 현실 세계의 빈틈을 통해 유령은 출몰하며, 유령의 뒤를 좇으면서 인간은 보다 나은 세계로 나아가게 된다. 바로 이때의 유령은 가동성으로 충만한 상상력의 다른 이름이다. 나아갈 세계의 상을 설정하지 않고도, 오로지 상상력에만 기대어 현실에 균열을 가하는 해체론은 그래서 한번쯤 읽어볼 만하다. 일종의 운동인 셈이다.

비평의 모험은 상상력과 함께 펼쳐진다. 그러니 현실의 중력으로부터 무관하게 둥둥 떠올라서 전혀 새로운 이미지를 만들어내었다고 찬사를 늘어놓는 태도는 비평의 모험에 값하지 못한다. 단지 '새것 콤플렉스'의 발현에 불과할 따름이다. 그와 반대로 현실의 모사에 머무르는 세계를 상찬하는 태도도 바람직하다고 보기는 어렵다. 거기에는 애초부터 비평의 모험을 요구할 만한 상상력에 미달하는 경우가 대부분이다. 비평을 정치학 혹은 사회학의 영역으로 치환되지 않고 문학의 영역에서 논의하는 까

03　김형중, 「기어라 비평!-2000년대 소설 담론에 대한 단상들」, 『문예중앙』, 2005. 겨울.

닭은 바로 이러한 상상력이 개입하고 있기 때문이다. 이런 사실을 배제하고 운운하는 비평의 모험은 그저 도박판의 모험과 동일한 선상으로 굴러떨어질 우려가 있다. 권력의지와 게임의 규칙만이 오롯하게 부각되는 까닭에 논의의 격이 떨어지고 만다는 것이다.

> 원칙적으로 얘기하면 비평이라는 건 텍스트에 대한 긍정적인 것이든 비판적인 것이든 과장되게 호명하는 것이라는 생각이 들거든요. 왜냐하면 비평가는 상식적인 판단을 하는 사람, 평균적인 발언을 하는 사람이 아닙니다. 이런 평균적인 실감은 독자의 몫이겠지요. 비평가는 작품에 대해 일종의 모험을 거는 사람입니다. (중략) 비평가는 자신의 문학적 정체성을 걸고 비평적 선택을 하는 것이고, 그건 일종의 문학적 베팅입니다. 그리고 그 모험에는 위험이 따를 것이고, 또한 그 위험을 감수하는 만큼의 문학적 선택의 이유가 있을 거라고 봅니다. 작품에 모험을 걸지 않은 비평, 적당한 거리를 두고 너무도 지당한 장단점을 말하는 비평은 누구나 할 수 있습니다.[04]

목소리가 우렁우렁 크다고 해서 그 내용이 경청할 만하다고 단언할 수 없듯이, 작품의 성취를 과장하여 평가한다고 해서 비평의 모험이 의미 있다고 단언할 수는 없다. 평균적인 독자를 넘어서는 비평가의 역할이 그런데 있을 리도 만무하다. 비평가의 역할을 소박하게 설정해서 그런지 "위험을 감수한 만큼의 문학적 선택의" 결과도 그리 대단해 보이지는 않는다. 가령 '2000년대 문학'을 강조하면서 주장하는 "새로운 시대의 문학적 구체성"은 상당히 왜소해진 형국이다. 여기서 말하는 '새로운 시대'란 기

---

04 이광호, 「좌담: '문학의 시대' 이후의 문학비평」, 『문학동네』, 2006. 가을, 156쪽.

껏해야 사회적인 관계를 몰각하고 그저 90년대 문학에 대한 새로움 정도로 협소화되고 있기 때문이다. "2000년대 자본주의와 90년대의 자본주의가 무엇이 다른가? 사회과학자들도 잘 모르는 것이죠. 그걸 작가나 문학비평가에게 뭐냐고 물어보면 안 되죠. 문학비평가는 작품 속에서 시대를 발견하는 사람이지 않습니까? 문학이라는 증상을 가지고 시대를 읽는 사람이지, 다른 데이터나 이론을 가지고 읽는 사람이 아니거든요. 2000년대의 사회적인 토대의 문제에 대한 인식을 먼저 가지고, 이것을 잘 반영하는 문학이 있는가 찾는 것은, 문학으로부터 사회를 읽는 방식이 아니지요. (중략) 앞선 작품들과 어떤 문법과 스타일의 차이를 통해서 한국문학이 2000년대적인 증상으로서의 자신을 드러내고 있는가 하는 얘기밖에 할 수 없는 것이고, 그 얘기가 사실 매우 중요한 것이죠."[05]

작품 속에서 시대를 읽어내는 곳에서 멈춰버린 비평가는 이류에 불과하다. 상상력의 궤적을 제대로 포착해내지 못하고 있기 때문이다. 그러니 상상력의 궤적을 따라잡기 위해서 비평가는 먼저 작가를 둘러싼 사회문화적 현실을 이해하고 있어야 한다. 사회문화적 현실을 '잘 반영한 문학인가/그렇지 못한 문학인가'라고 대립적으로 양분하기 위해서가 아니라, 작가가 그러한 문맥을 어떻게 변형시키고 있는가, 변화시키고 있는가를 살펴보기 위해서이다. 그리고 그러한 상상력이 어떤 의미를 지니는가를 보다 객관적인 관점에서 파악하기 위해서이다. 이러한 과정을 거치면서 문학과 사회는 교통 가능성을 확보하게 된다. 그렇지 못한다면 비평은 성공할 경우 기껏해야 해설에 도달할 것이요, 잘못될 경우 광고문구로 전락하고 말 것이다. 물론 90년대 문학과 변별되는 조그마한 차이를 침소봉대

---

05 이광호, 위의 글, 177쪽.

하여 '비평의 모험'이라 칭하고, 그 결과를 2000년대 문학으로 규정하기 위해서는 이분법에 근거한 논리 전개가 용이할지 모르겠다. 여기서 원하는 것은 오로지 90년대 문학과 변별되는 2000년대 문학의 구획이며, 이를 제외한 여러 복잡다기한 문제들은 거추장스러울 테니 말이다. 이때 논의하는 새로움이란 그저 창작 기법과 스타일의 차이에 불과한 것 아닌가. 문학을 도박과 혼동한 데서 초래한 결과라고 할 수 있겠다.

비평의 모험은 필요하다. 그렇지만 이것이 문학계의 담론 선점, 문학 권력의 추구와 동일하게 파악되어서는 곤란하다. 문학 바깥의 영역까지 포괄할 수 있되, 문학 나름의 품격을 견지할 수 있어야만 한다. 그 가능성을 현실 속에서 실현하기 위해서는 상상력의 가치에 좀 더 깊이 천착해 들어가야 하지 않을까. 인간은 현실 위에 발을 딛고 있으면서 그 바깥을 꿈꾸는 존재이다. 날아오를 수 없으면서도 날아오르기를 지향하는 존재이다. 문학은, 비평은 이러한 사실 위에서 자리를 마련할 필요가 있다.

2. 민족문학론의 갱신

민족문학작가회의 명칭 개정을 둘러싸고 논란이 분분했다. 벌써 1년 6개월 전의 일이다. 지금은 민족문학작가회의의 명칭이 한국작가회의로 개정되었다. 논의가 급박하게 전개될 때 나는 당시 상황을 근거로 「민족문학작가회의 명칭 개정을 지지한다!」[06]를 발표하였고, 이후 민족문학론

---

06 홍기돈, 「민족문학작가회의 명칭 개정을 지지한다!」, 『레디앙』(www.redian.org), 2007. 2. 17~19. 이 책에는 '왜곡과 오해를 넘어서서 변화의 발판을 마련하자!'라고 개제改題하여 실렸다.

의 구성 논리와 시대 변화의 상관관계를 학술적으로 검토하여 「민족문학론의 재구성」[07]을 발표하였다. 그러니 여기에서는, 그에 대한 세세한 논의는 피하고, 민족문학론의 갱신에 관한 나의 생각을 덧붙이는 수준으로 전개하도록 하겠다. 이야기의 실마리는 술자리에서 확인하게 되는 최근 작가들의 일상적인 관심사에서 잡아나가는 게 좋겠다. 향을 감았던 종이에서는 향내가 나고, 생선을 쌌던 종이에서는 비린내가 나는 법. 일상적인 관심이 작품을 써 내려가는 작가의식을 만들어내는 하나의 지표로 유효할 터이기 때문이다.

　　내 경험에 따르면 한국작가회의 소속 시인과 소설가들이 모인 술자리의 주제는 연령대에 따라 선명하게 나뉘는 추세이다. 50대 이상이 모인 경우에는 요즘 어느 작가의 작품이 좋더라는 평가와 정보가 오고 간다. 40대 중후반인 경우에는 '아고라 폐인'임을 자처하는 이들이 상당하다.[08] 30대와 40대 초반인 경우에는 부동산에 대한 정보가 끊이지 않는다. 물론 연령대 별로 처해있는 상황이 다르기에 일상적인 대화의 주제가 달라지는 것은 당연한 현상이다. 그렇지만, 거기에도 거친 시대를 헤치며 살아온 그들 나름의 세대 감각이 개입해 있게 마련이다. 내가 파악하는 그네들의 의식은 이러하다. 50대 이상 작가들은 기왕의 문학잡지들이 젊은 작가 중심으로 꾸며지는 까닭에 그러한 감각에 뒤처지지 않기 위하여 노력하고 있다. 반면 40대 중후반 작가들은 아직껏 사회 변화에 대한 열정을 세계관의 중심에 두고 있다. 촛불집회에서 발견한 가능성을 어떻게든 부여잡고자 하는 노력이 '아고라 폐인'의 지향으로 이어지는 것이기 때문

07　홍기돈, 「민족문학론의 재구성」, 『작가마당』, 2007. 여름.

08　'아고라'는 인터넷 사이트 다음(www.daum.net)에 개설된 토론방이고, '아고라 폐인'은 하루라도 아고라 토론방에 들어가지 않으면 견딜 수 없는 사람들을 가리킨다.

이다. 또한 이들과는 다르게 보다 젊은 층에서는 생활의 문제가 심각하게 작용하고 있음을 확인할 수 있다. 부동산에 관한 관심은 안정적인 주거 공간의 확보와 직결하는 문제인 것이다. 더 큰 세계를 상상하기보다 일상의 안정으로 눈을 돌리는 젊은 작가들의 면모가 그리 긍정적이지는 않다. 그렇지만 남한 자본주의의 발전에 따라 벌어지는 현상을 무시할 수는 없으므로 이를 마냥 비판하기도 곤란하다.

민족문학론의 갱신은 젊은 세대가 처한 상황 속에서 모색할 필요가 있다. 민족문학론을 미래의 방향으로 좀 더 넓게 열어두기 위함이다. 자, 젊은 작가들이 부동산에 관심을 가지는 까닭은 집값이 정신없이 오르기 때문이다. 빨리 집 한 채 마련하지 못한다면 커다란 손해를 보게 되리라는 두려움. 앞서는 두려움 속에서 그네들은 약자이다. 그래서 무슨 수를 써서든지 일단 집을 사고 보라는 권유가 오고 간다. 그런데 이와 비슷한 현상은 집을 사고 나서도 계속된다. 집을 사고 보니 얼마가 올랐더라는 안도와 다른 지역에 집을 산 누구는 어찌 되었더라는 비교가 이어지는 것이다. 이는 사회적인 약자의 경계 위로 올라섰다는 여유를 바탕으로 한다. 그리고 좀 더 나은 선택을 한 이들을 부러워하기도 한다. 이 순간 집은 거주공간이면서도 동시에 자본 축적의 수단으로까지 굳어지고 말았다는 사실이 명확해진다. 기실 이 두 측면을 분리하여 접근하는 일도 그리 만만하지가 못하다. 이러한 구조 속에서 파악하자면 시인도, 소설가도 평범한 일상인에 불과하다. 민족문학의 위기는 바로 이러한 현실에서부터 빚어졌다.

과거 국가권력이 폭압적일 경우에는 거기에 맞서 싸우면서 민족문학의 근거를 확보할 수 있었다. 절대적인 악으로서의 적은 내 바깥에 견고한 형태로 존재해 있었고, 그러한 불의에 맞서서 표현의 자유를 쟁취해 나가는 치열한 노력은 문학의 존엄을 확인시켜 주었다. 그렇지만, 상황이 많이 변화하였다. 남한의 언론, 출판, 집회의 자유는 어느 정도 확보되었고, 민주주의의 수준도 국가권력의 의지를 폭압적인 방식으로 관철시키기엔 용이하지 않은 단계에 이르렀다. 따라서 과거와 같은 방식을 유지하면서 민족문학의 근거를 강변하기에는 무리가 따른다. 또한, 남한 자본주의의 발달도 중요한 변수로 파악해야 한다. 작가를 일상인으로 끌어당기는 힘이 바로 자본주의의 발달에서 배태되었기 때문이다. 부동산 문제에 발이 묶인 이들은 하나의 구조 속에서 피해자이면서 동시에 가해자이다. 정신없이 뛰어오르는 집값 앞에서 바들바들 떠는 그네들은 피해자이지만, 힘들게 마련한 집의 가격이 행여나 떨어질까 노심초사하는 그네들은 가해자이다. 이 둘은 하나의 짝패로 단단히 묶여 있으며, 이러한 구조 바깥에서 안빈낙도安貧樂道 혹은 '자발적 가난'을 지향하지 않는 한 이를 피할 수 없다. 그러니 거대한 적은 내 바깥에만 있는 것이 아니라, 내 안에도 똬리를 틀고 있다고 봐 야 한다. 더 이상 도덕적 낙차를 통해 바깥의 세계를 질타하는 작가가 존립하기 힘들어진 상황이 도래한 것이다.

민족문학론의 갱신을 위하여 내가 '체득體得'을 강조하는 까닭은 여기서 비롯된다. 이제까지의 민족문학론은 부정한 권력과 싸우면서 세상을 바꾸고자 하였다. 세상은 여전히 불완전하고, 냉전시대의 사고에 찌든 세력이 아직껏 사라지지 않고 있으니 그러한 방향은 유지하여야 마땅하다. 하지만 이와 동시에 성찰을 통한 '나'의 변화까지 꾀하자는 것이다. 일견 단순해 보이지만, 이는 동양사상의 전통에 입각한 탈근대의 전망을 내장한 시도라고 감히 이야기할 수 있다. 그 까닭은 다음과 같다.

첫째, 데카르트가 설정한 인간상을 뛰어넘을 수 있다. 이는 인간의 내면과 외면을 양분하여 대립적으로 사고하는 방식에서의 탈피를 말한다.

일찍이 성리학에서는 '내성외왕內聖外王'의 가치를 추구한 바 있다. 안으로는 수신修身을 통하여 성인의 품성을 갖추고, 밖으로는 제왕의 능력을 지녀 세상을 구제한다는 내용이다. 여기에 착안하였는지 확인할 수는 없지만, 김지하는 '요기-싸르(yogi-ssar)'라는 개념을 제출한 바 있다. 수행을 통하여 내면의 평화를 추구하는 동시에 바깥 세계에 대해서는 사회 변혁을 추구하는 인간상을 가리키는 용어이다. 리얼리즘과 모더니즘의 회통을 둘러싼 문제도 이 가운데서 해결 실마리를 얻을 수 있으리라 생각된다. 둘째, 시간에 관한 인식이 달라진다. 근대의 시간관이라고 하면 과거와 현재와 미래가 하나의 직선으로 늘어선 모양이라고 할 수 있다. 한 번 가면 돌아오지 않고 사라지고 마는 형태이다. 하지만 시간과 동행하면서 존재의 깊이를 추구하는 '수신'이라든가 '체득'의 관점에서는 시간 개념이 달라진다. 예컨대 시간의 결은 의식의 깊은 곳에 섬세하게 음각되어 존재의 향기로 발하게 되는 것이다. 이에 따라 문학의 지향은 자연스럽게 지행합일知行合一로 향할 수 있게 된다. 셋째, '나'와 '너'를 대립하고 갈등하는 관계로 설정하는 것이 아니라, 대대待對의 관점에서 파악할 수 있는 단서를 확보할 수 있다. 성리학에서는 홀로 있을 때에도 도리에 어그러짐이 없도록 몸가짐을 삼가고 언행을 조심하는 수양법, 신독愼獨을 중요하게 파악하고 있다. 이는 자신의 욕망을 스스로 제어하는 능력을 기르기 위한 방편이며, 대상과의 올바른 관계를 설정하는 데에도 바탕이 된다. 즉 화이부동和而不同의 질서를 만들어내기 위한 전제가 된다는 것이다.

『펭귄뉴스』(문학과지성사, 2006), 『악기들의 도서관』(문학동네, 2008) 등 김중혁의 소설들을 읽다보면 체득에 가 닿은 의식이 번뜩인다. 가끔 소설적인 문장으로 정제되지 못한 채 세상을 파악하는 의식이 날 것 그대로 진술되기도 하지만, 지금 여기의 세상에 근거를 두되 이를 넘어 다른 세계로 이월하고자 하는 상상력의 폭과 깊이는 주목할 만하다.[09] 생득적인 감각으로 음양의 대대待對를 통해 비움과 공존의 여유를 보이고 있는 『호랑이 발자국』, 『목련전차』의 시인 손택수 또한 같은 맥락에서 접근할 수 있다.[10] 내가 생각하는 민족문학론의 갱신은 예컨대 그러한 것이다. 김중혁, 손택수 등이 선보이는 것과 같은 시도들을 민족문학의 성과 속으로 끌어안는 것. 그러니까 체득에 입각한 개인 단위에서의 화이부동을, 유럽 민족주의가 제공한 국가 모델을 뛰어넘은, 민족 단위에서의 화이부동으로 이끌어 '민족주의적 반식민주의(non-nationalistic anti-colonialism)'의 모델로 만들어 나가는 데 나의 상상력이 가 닿는 셈이다.[11]

3. 민족문학의 조직 갱신

민족문학의 갱신을 모색하기 위하여 적극적으로 사고해야 할 것이 그동안의 역사 속에서 구축하여온 조직의 근간이다. 이는 중앙 단위와 지역 단위로 나누어 사고할 필요가 있을 성싶다. 먼저 중앙 단위를 살펴본다면, 한국 민족문학의 가치를 세계문학 속에서 뿌리 내리는 방향에서 활용할 수 있을 것이다. 가령 2007년 전주에서 진행한 〈아시아 아프리카 문학 페스티벌〉은 대표적인 사례로 꼽을 수 있다. 각박한 세계 질서 속에서 문학의 가치에 근거하여 공존을 모색하는 시도는 민족문학의 실천이란 측

---

09 홍기돈, 「그, 21세기의 갈릴레오」(『문학과의식』, 2008. 가을) 참조.

10 홍기돈, 「감나무에 꽃이 피다」(『시와반시』, 2008. 봄) 참조.

11 자세한 내용은 홍기돈, 「한국문학사에 붙이는 아홉 개의 주석」(『내일을 여는 작가』, 2006. 겨울)과 홍기돈, 「민족문학론의 재구성」(『작가마당』, 2007. 여름) 참조.

면에서 커다란 의미가 있을 것이다. 그리고 에너지 자원을 노려서 야만적인 전쟁을 일으키는 제국의 야욕을 견제하는 데에도 장기적으로는 나름의 기여를 할 수 있으리라 생각된다. 뿐만 아니라 남한과 북한 사이에 놓인 장벽을 하나하나 제거해 나가는 과정에서도 민족문학이 담당하여야할 역할이 자못 클 것으로 예상할 수 있다. 그러니 2006년 작가회의가 주도적으로 결성한 '6·15민족문학인협회'에 적극적인 역할을 요구할 필요가 있을 터이다. 작가회의의 학문적 방향을 기획하는 민족문학연구소에서는 민족문학론의 갱신 속에서 이러한 사업들을 하나의 관점으로 묶는역할을 떠맡아야 할 것으로 생각된다.

지역 단위에서는, 창작에서도 마찬가지지만, 각 지역의 특수성에 근거한 사업을 펼칠 필요가 있다. 이에 따른 구체적인 내용이야 내가 세세하게 정리할 상황이 되지 못한다. 다만, 이런 측면에서 요즘 내가 관심을 가지는 분야가 '윤리적 소비'라는 점은 부기해두고 싶다. 지역 경제가 거대자본의 먹잇감으로 전락하는 상황을 지역화폐를 유통시킴으로써 비로소견제할 가능성을 마련할 수 있기 때문이다. 또한 계급을 대체하는 새로운공동체 단위를 모색할 여지도 이로써 마련할 수 있다. 마르크스의 변혁론이 생산의 측면에 초점을 맞췄다면, 이러한 시도는 소비에 중심을 맞췄다는 점에서 차이가 있다. 이는 가라따니 고진이 『세계공화국으로』에서 제안한 바 있고, 실상 유럽에서는 이미 구체적으로 전개되고 있기도 하다.[12] 갑작스러운 경제 논의가 다소 생뚱맞을 수는 있겠으나, 백낙청의 '민족문학론'이 박현채의 민족경제론과 아주 무관하지 않은 다음에야 민족문학론의 갱신을 논의하면서 경제관계의 밑그림을 염두에 두는 것이 그리 소

12　「탄탄한 경제·돈독한 유대, 지역화폐 'tp'로 산다」(『경향신문』13면, 2008.8.25) 참조

모적인 일은 아닐 것이다.

어찌 보면 이러한 제안은 너무도 당연한 것일 수도 있다. 하지만 민족문학에 대한 극단적인 비난이 제기되고 있는 바에야 그에 대한 방어의 수준에서라도 언급할 필요가 있었다. 예컨대 민족문학 비판이 '힘이 없는 헛것과의 싸움'이라고 진단하는 이광호는 후배 비평가 김형중에게 이렇게 조언하고 있다. "90년대 내내 이런 논의들이 진행되었는데, 2000년대에도 여전히 민족문학과 리얼리즘의 문제를 말한다는 것이 공허하고 생산적이지 않다는 느낌이 들기도 합니다. 그것은 이미 문학적인 생산성이 없다는 의미에서, 힘이 없는 헛것하고 싸운다는 느낌이 들 정도입니다."[13] 그렇다면 정작 그렇게 말하고 있는 자신은 왜 헛것에 불과한 민족문학 비판에 나서는가. 그는 서울의 관점에서 까닭을 밝히고 있다. "'헛것'이라는 말은 그 이념들이 현재의 한국문학에 대한 현실적인 독해력을 상실했는데도 불구하고 그 이념적인 권력을 유지하는 것에 대한 비판적 표현입니다. (중략) '민족문학작가회의'라는 조직, '창비'라는 출판자본과 문학집단, 그리고 백낙청 선생의 영향력 같은 것은 여전히 살아 있고 어떤 의미에서는 막강하고. 어쩌면 우리 문단의 주류라고 볼 수도 있습니다."[14]

최근 십여 년 이상 민족문학론이 답보 상태를 거듭했고, 이에 따라 문학작품의 생산성이 현격하게 위축된 사실이야 인정할 수 있는 바다. 그렇지만 현실 변화를 추동해온 민족문학의 역할까지 전면적으로 폄하하여야 할 까닭은 없다. 문학권력을 둘러싼 욕망을 전면화시킬 요량이 아니라면 말이다. 그렇다면 반대로 그가 '신세대문학론'을 들고 나와서 의미를 적극적으로 부여하였던 작가들 가운데 십여 년 이상의 시간을 견딘 작가가 얼

---

13 이광호, 「좌담: '문학의 시대' 이후의 문학비평」, 『문학동네』, 2006. 가을, 173쪽.
14 이광호, 위의 글, 179~180쪽

마나 되는가.

이광호와 달리 김형중은 지역의 상황에 입각하여 논리를 전개하고 있다. "아시겠지만 저는 지역에 거주합니다. 광주죠. 이광호 선생님의 의도는 알겠지만, 서울과 지역은 문인들의 정서가 또 다릅니다. 서울 문단에서 적실성을 잃어가는 담론도 지역에선 그렇지 않습니다. 완고하고, 영향력 있고, 또 변화 속도도 아주 느립니다. 더러는 80년대의 담론이 그대로 응고된 채로 유통되기도 하고요."[15] '80년대의 담론이 응고된 채로 유통'된다면 그건 비판받아 마땅하다. 현실에 유연하게 대처하지 못하는 구호로서의 문학, 문학론에 불과할 터이기 때문이다. 그렇지만 지역을 기반으로 하여 쌓아올린 나름의 성과가 있게 마련인데, 이것까지도 집요하게 허물어뜨리려는 그의 시도에까지 동의하기는 어려울 수밖에 없다.

민족문학의 조직 갱신을 굳이 설정하는 것은 이러한 공격에 대한 방어의 성격이 짙다. 그리고 조직과 문학론의 행복한 동행이 이루어지는 시대를 바라는 염원이 어느 정도 배어 있기도 하다.

---

15 김형중, 위의 글, 179쪽.

I 부 초월: 무한자를 사경寫經하는 작가들

무한자에게로 나아가는 길: 당신 안의 나, 내 안의 당신

『시와 희곡』 제2호, 노작 홍사용문학관, 2019.10.

사랑과 자유를 들고 당도한 세 번째 유형의 인간

제7회 카잔자키스 이야기 잔치, 한국카잔자키스 친구들 주최, 2015.8.22.

심연 위 '아슬아슬한 다리'에서 펼쳐진 부단한 투쟁의 기록

제회 카잔자키스 이야기 잔치, 한국카잔자키스 친구들 주최, 2016.8.27.

호접몽蝴蝶夢으로 펼쳐진 무위자연의 시학

『안상학 시선』 아시아, 2018.

물 그림자 속의 세계와 목수가 지어 놓은 집

『낙엽』 도서출판b, 2019.

바람이 불어오는 곳에 펼쳐진 불일불이不一不二의 세계

『새벽에 깨어』 푸른사상, 2019.

종교로서의 자본주의와 보살이 된 돼지

『다층』 2019. 가을

천상계와 지상계의 교통 가운데 만들어진 초탈超脫의 자리

『시조시학』 2018. 겨울.

우주의 기슭을 유랑하는 외로운 오디세이의 항해일지

『신생』 2015. 여름.

하산하는 예술혼과 비천飛天하는 현실

『내일은 무지개』 푸른사상, 2017.

II부 저항: 근대를 넘어서려는 모험 혹은 기억

홍기돈

제주 출생. 1999년 『작가세계』 신인상을 수상하면서 문학비평가로 등단. 중앙대학교에서 1996 년 「김수영 시 연구」로 석사학위를, 2003년 「김동리 연구」로 박사학위를 취득하였다. 평론집 『페 르세우스의 방패』(백의)·『인공낙원의 뒷골목』(실천문학)·『문학권력 논쟁, 이후』(예옥), 연구서 『근 대를 넘어서려는 모험들』(소명출판)·『김동리 연구』(소명출판)·『민족의식의 사상사와 한국근대문 학』(소명출판), 산문집 『인문학 프리즘: 심장처럼, 약간 왼쪽에 놓인』(삶이보이는창) 등이 있다. 2007 년 제8회 젊은평론가상(한국문학가협회 주관)을 수상하였으며, 『비평과전망』『시경』『작가세계』 등 에서 편집위원을 역임하였다. 2008년부터 가톨릭대학교 국어국문학과 교수로 재직 중이다.

역락비평신서 30
초월과 저항

초판 1쇄 인쇄 2019년 10월 30일
초판 1쇄 발행 2019년 11월 8일

지 은 이   홍기돈
펴 낸 이   이대현

책임편집   이태곤
편   집   권분옥 문선희 백초혜
디 자 인   안혜진 최선주
기획/마케팅   박태훈 안현진

펴 낸 곳   도서출판 역락
주   소   서울시 서초구 동광로46길 6-6 문창빌딩 2층(우06589)
전   화   02-3409-2055(대표), 2058(영업), 2060(편집) FAX 02-3409-2059
이 메 일   youkrack@hanmail.net
홈페이지   www.youkrackbooks.com
등   록   1999년 4월 19일 제303-2002-000014호

ISBN 979-11-6244-426-9(04800)
ISBN 978-89-5556-679-6(세트)

*정가는 뒤표지에 있습니다.
*잘못된 책은 바꿔 드립니다.

이 도서의 국립중앙도서관 출판예정도서목록(CIP)은 서지정보유통지원시스템 홈페이지(http://seoji.nl.go. kr)와 국가자료종합목록 구축시스템(http://kolis-net.nl.go.kr)에서 이용하실 수 있습니다. (CIP제어번호 : CIP2019037275)